Gianluca Puzzo

SANGUE CHIAMA SANGUE

Il primo romanzo della saga di Noah Parker

A mia moglie, che ci ha sempre creduto

Ringraziamenti

Ad Andrea, autore della copertina nonché P.R.,
total looker, promoter e factotum dell'Autore...
amico vero, in due parole.

Ai miei appassionati, tenaci e (giustamente) critici lettori
di bozze: Adele, Gennaro, Massimo, Romi e Salvatore.

A Giulio, per la lettura e le acute... "consulenze
professionali".

Ai miei genitori, amorevoli e volenterosi "lettori fuor
d'acqua" tra le pagine di un poliziesco.

Biografia dell'autore

Gianluca Puzzo nasce nel 1974 a Roma, dove vive e lavora. Giornalista sportivo fino al 2002, passa alla pubblicità come copywriter.

La scrittura è da sempre la sua passione: dal 2001 al 2010 realizza quattro raccolte di poesie ed una di racconti (Di terra e di vento, L'assenza, Echi di rivoluzione 1e 2, Ovunque ma non qui), tutte stampate e distribuite privatamente. Nel 2009 pubblica per la Mediaservice Millennium il racconto "Nuvolari - Un giorno, una vita" e, nello stesso anno, cura numerose discipline dell'enciclopedia Garzantina dello Sport, edita da Garzanti.

Nel 2011 realizza insieme a suo padre Luciano il progetto "Fuori Luogo", volume di fotografie e testi inediti dedicato agli oggetti abbandonati dal mare sugli arenili laziali. Il progetto si svilupperà anche in tre mostre, allestite a Ostia, Siracusa e Augusta.

Nel maggio 2013 apre il suo blog "Sport One - Storia e storie di numeri uno" (gianlucapuzzo.wordpress.com) e nell'autunno dello stesso anno inizia la sua attività di self-publisher con "Sangue chiama sangue", con una nuova raccolta di poesie inedite (Sogni capovolti) e con un'antologia di poesie, tratte dalle precedenti pubblicazioni, tradotte in inglese con testo originale a fronte (In depth).

"Sangue chiama sangue" è il suo primo romanzo e il capitolo iniziale della saga poliziesca dedicata al detective Noah Parker e ai suoi colleghi dell'Undicesimo Distretto.

Sommario

Lunedì 14 giugno 1971   pag.   13

Martedì 15 giugno 1971   pag.   43

Mercoledì 16 giugno 1971   pag.   71

Giovedì 17 giugno 1971   pag. 119

Venerdì 18 giugno 1971   pag. 173

Sabato 19 giugno 1971   pag. 211

Domenica 20 giugno 1971   pag. 243

Lunedì 21 giugno 1971   pag. 309

Premessa

La città senza nome in cui è ambientato questo romanzo è frutto della fantasia dell'Autore e non ha alcun riferimento con la realtà.

Lunedì 14 giugno 1971

Un cucchiaino d'acciaio girava stancamente il caffè nella tazza di porcellana dozzinale, mentre due occhi ancora assonnati fissavano senza pensieri l'ultimo buio della notte oltre i vetri. La cucina, di un verde chiaro molto fuori moda, restituiva strani riflessi sotto la luce fioca della lampadina centrale, distorta dal portalampade di plastica, anch'esso verde. Alcuni fasci di luce blu intermittenti andarono a mescolarsi in quel curioso gioco cromatico; in strada stava passando un'auto della polizia.

A scuotere l'attenzione di Noah Parker fu la voce della madre, entrata a poggiare un elegante completo blu sullo schienale della sedia, dall'altra parte del tavolo della cucina.

«Ecco il vestito… non spiegazzarlo mentre te lo metti, mi raccomando».

Parker sospirò.

«Mamma per favore, ne abbiamo già parlato… ti ho detto che ormai nessun detective usa più quei completi».

«Allora visto che ne abbiamo già parlato ti rispondo come le altre volte: ho visto tuo padre uscire da questa casa per trent'anni col completo intero, grigio, blu o marrone che fosse, e oggi che diventi come lui voglio che tu esca di casa vestito nello stesso modo».

«Ma papà faceva servizio in divisa… appena arrivato al distretto se lo toglieva, per me è diverso. E poi sono cambiati i tempi» provò a ribattere Parker, già sapendo che non ne sarebbe mai uscito vincitore.

La madre fece il giro del tavolo, lo abbracciò di spalle mentre era ancora seduto a rigirare il caffè e gli passò una mano tra i capelli corti e neri.

«Noah, non ti ho mai chiesto di fare anche tu il poliziotto, è stata una tua scelta – gli sussurrò – e io non voglio che tu sia come lui, anche se non ci sarebbe niente di male. Lo so che i tempi sono cambiati e tutto il resto, ma almeno questa cosa del vestito concedila a tua madre, no?»

Parker mollò il cucchiaino dentro la tazza e si voltò a guardarla. Aveva parecchi capelli bianchi e per un attimo stentò a riconoscere in quel viso invecchiato e assonnato la donna che con energia instancabile gli aveva fatto da madre e da padre, negli ultimi dieci anni e anche prima, quando i turni le portavano via il marito a qualsiasi ora del giorno e della notte.

«Va bene, mamma, andrò a lavorare col vestito».

La madre non aggiunse altro ma annuì leggermente e un lampo di gioia passò nei suoi occhi. Poi smise di scompigliargli i capelli e gli diede un leggero schiaffo sulla guancia destra.

«Bene, e ora sbrigati, detective Parker; non vorrai arrivare tardi al tuo primo giorno di lavoro, vero?»

«No, no, stai tranquilla, finisco solo di bere il caffè».

«Cos'hai? Sei preoccupato?».

«Sì, un po', penso sia normale il primo giorno di lavoro, no?».

La madre accostò una sedia alla destra del figlio e vi si sedette in punta, come faceva sempre. Parker notò questo particolare con la coda dell'occhio e accennò un sorriso.

«E' vero, le strade sono pericolose, Noah, ma tu sei un uomo e…» ma fu interrotta dal figlio.

«No mamma, non sono spaventato. Ti ho detto che sono preoccupato. – e allo sguardo interrogativo della donna proseguì – Sono preoccupato da me stesso. Sai bene quanta fatica ho fatto per finire l'Accademia, quante volte ho pensato di mollarla… l'ho finita per orgoglio, per amore di papà, perché tu fossi fiera di me… ma ora non so, non credo di poter diventare un poliziotto di cui farti esser fiera. Improvvisamente mi sembra tutto così enorme».

La madre non rispose. Osservò il figlio finire in un sorso il caffè ormai quasi freddo, afferrare una fetta dal tostapane e ficcarsela in bocca nervosamente, poi alzarsi e chiudersi in bagno. Il suo Noah era stato un figlio modello, mai un problema neppure da piccolo, limpido com'era suo padre; aveva recepito i principi con cui era stato cresciuto e non vi aveva mai derogato. Durante l'adolescenza, all'inizio degli anni Sessanta, era stata terrorizzata dall'idea che suo figlio potesse far combriccola con quei giovani che fumavano erba o si facevano di droga o cose così; suo marito era morto quando Noah aveva quindici anni e lei aveva pensato con rassegnazione a quella strada come alla fine inevitabile di un ragazzo cui manca improvvisamente il riferimento paterno, un riferimento fin lì attento e presente. Invece le sue preghiere erano state esaudite e il figlio era scivolato con una normalità quasi noiosa oltre quella difficilissima età. Aveva studiato il giusto, mai stato il primo della classe, aveva avuto i suoi amici, qualche ragazza, il baseball, la sua passione per i libri e i fumetti... alla fine della high school sapeva che avrebbe dovuto cercarsi un lavoro, troppo costoso mantenerlo all'università per una casalinga vedova, e invece, senza che in casa se ne fosse mai parlato, ecco la decisione di provare a entrare nell'Accademia di Polizia. Le prove superate abbastanza bene e poi, una volta dentro, eccolo diventare pian piano adulto. A ogni licenza, a ogni festa passata insieme, la madre non smetteva di stupirsi di quanto velocemente stesse scomparendo il liceale che teneva i libri con l'elastico in una mano e il guantone da baseball nell'altra. Un adulto sempre più silenzioso, chiuso, solitario, eppure così riflessivo, retto e affidabile da dimostrare ben più dei venticinque anni che stava compiendo. Al termine dei primi tre anni in Accademia una nuova sterzata inattesa: no alla specializzazione per ufficiali delle autopattuglie, lo stesso reparto in cui suo padre si era fermato alle tre strisce da sergente, ma il corso per ottenere la placca dorata da detective, il più difficile. Il posto del liceale ora era stato preso da quel giovane uomo chiuso in bagno a radersi la poca barba che gli spuntava sul viso, un uomo sensibile e dolce ma anche polemico e tagliente, carico d'amore per la vita e di rabbia per il mondo che vedeva cambiare attorno a sé in un modo che spesso non condivideva.

I pensieri della madre furono interrotti dallo spalancarsi della porta del bagno. Parker in mutande e calzini lunghi neri rientrò in cucina, afferrò il vestito e se lo portò via. Spuntò pochi minuti dopo, già vestito di tutto punto, mentre infilava nella tasca della giacca il porta distintivo in pelle contenente il tesserino di riconoscimento e la placca dorata nuova di zecca; intorno alle spalle s'intravide per un attimo la fondina ascellare. Era un po' goffa senza nulla dentro, ma la pistola d'ordinanza gli sarebbe stata consegnata solo dall'armeria del suo distretto d'assegnazione, l'Undicesimo, giù nel Barrio. Prese la cartella con i documenti personali da consegnare al suo prossimo comandante e baciò dolcemente sulla guancia sua madre, sul punto di chinarsi verso il mobile del salotto a cercare di sintonizzare la radio per ascoltare i programmi del mattino.

«Quando ti decidi a usare la radio a transistor che ti ho regalato a Natale? Si accende subito e te la puoi portare in giro per casa».

«No, sono affezionata a questa. – poi si voltò a guardarlo bene - Sei bellissimo, farai un figurone» gli disse orgogliosa.

«Speriamo» le rispose secco Parker, infilando nervosamente la porta. Lo attendeva un viaggio discretamente lungo in metropolitana, da North Banks, periferia nord della città, fino alla stazione di Byron, nel cuore del Barrio, a due isolati dall'Undicesimo Distretto.

Sporche le vetrate del portone, grigi di smog i due globi che cercavano di brillargli ai lati col numero undici stampato sopra, liso l'ottone della maniglia da spingere. Dopo un paio di passi dentro, un bancone altissimo di legno, al centro ormai perfettamente levigato da milioni di mani nel corso di decenni. E sopra il bancone, troneggiante, la grinta di un sergente, capelli e baffi rossi irlandesi e con la divisa impeccabile. Ecco come l'Undicesimo Distretto accoglieva i suoi visitatori.

«Cosa vuoi, ragazzo? Sei venuto a farmi iniziare storta la giornata? Cos'è? Stanotte t'hanno rubato la bici?»

«Ma… veramente sarei venuto a prendere servizio».

«Ah, sei venuto a riparare l'ascensore? Era ora, cazzo! Saranno sei mesi che è rotto!»

«No sergente, sono un nuovo detective, assegnato da oggi all'Undicesimo Distretto. Sono venuto a prendere servizio come poliziotto, non come ascensorista».

Il sergente squadrò Parker dalla testa ai piedi con occhio inquisitore. Piuttosto alto ma molto esile nella corporatura, capelli corti neri, faccia da bravo ragazzo, certo non da detective. O comunque, non una faccia con cui sopravvivere fino alla pensione in quella città, in quel quartiere. Un leggero scuotimento della testa dietro quei pensieri, poi ecco il suo innato senso del dovere riprendere il sopravvento, in fondo il ragazzo era pur sempre un suo superiore. Un saluto ufficiale accennato e una mano tesa da sopra il bancone, che Parker si affrettò a stringere vigorosamente.

«Mi scusi, non intendevo mancarle di rispetto, è che lei è così giovane e qui capita così tanta gente strana che… beh, insomma, ci siamo capiti. Lei è il benvenuto in questa gabbia di matti, detective…»

«Noah Parker, grazie sergente…»

«MacGovern, Tracy MacGovern, ma tutti i colleghi mi chiamano "Mac". Attenda qui che l'annuncio al tenente Braxton, il capo della Squadra Investigativa.»

«Ma non c'è il capitano Duvall? Secondo i miei documenti dovrei presentarmi a lui».

La faccia lentigginosa del sergente si contrasse in una smorfia. «Lasci perdere il capitano Duvall, oggi è una delle sue giornate no. E' meglio se la mando dal tenente, si fidi».

Parker annuì per cortesia, e pur non capendo il consiglio del sergente MacGovern si adeguò. Sentì il sergente armeggiare dietro il bancone con il telefono, nel frattempo controllò il suo vestito. Si era un po' spiegazzato nel viaggio in metropolitana per raggiungere il distretto, ma gli pareva che nel complesso sua madre sarebbe potuta essere fiera di lui. I detective non indossavano mai la divisa, se non in occasioni ufficiali; un vestito, con o senza cravatta, era l'habitat naturale della vecchia guardia, mentre le giovani generazioni tendevano ormai sempre più a preferire jeans e camicie fuori dai pantaloni o felpe colorate. In casa di Parker, però, le nuove tendenze trovavano ancora in sua madre un ostacolo insormontabile.

Il ragazzo controllò con gesti un po' ansiosi che nessun foglio fosse scivolato via dalla cartella dei suoi documenti di presentazione, infine aprì il portatessera, dove la placca dorata da detective che gli era stata consegnata in Accademia alla cerimonia di fine corso scintillò in tutta la sua giovinezza.

«Vada Parker, dopo il cancelletto prenda le scale a sinistra, poi al primo piano di nuovo a sinistra. La stanza del tenente

è nell'angolo in fondo alla sala dell'Investigativa».
«Grazie sergente, ehm, Mac e... mi dia pure del tu e mi chiami Noah. Non ci sono proprio abituato».
«Proprio un bravo ragazzo» pensò ancora il sergente.

La prima sensazione che aggrediva chi entrava nella grande sala della Squadra Investigativa dell'Undicesimo Distretto poteva essere semplicemente definita come "soffoca-mento". Scrivanie ingombre oltre ogni limite, rumore as-sordante di macchine da scrivere, telefoni che squillavano nervosamente, telescriventi che gracchiavano vomitando carta lunga fino a toccare il pavimento, uomini e donne che discutevano, urlavano, imploravano la propria innocenza in un'aria densa di fumo e puzza di sudore; sembrava impos-sibile che sedici detective riuscissero a lavorare ogni giorno in quella bolgia capace di mozzare il respiro e perforare il cervello ai meno avvezzi. Ma era più o meno la normalità di ogni distretto di polizia della città, eccezion fatta solo per quei pochi fortunati di stanza a Maya Hills, il quartiere dei ricconi, un altro mondo. L'Undicesimo Distretto, invece, si trovava nel cuore del Barrio, il "quartiere" per definizione, il più degradato e popoloso della città, reso celebre dalla poco invidiabile media di due omicidi al giorno. Un po' di brava gente in mezzo a un mare di galeotti, passati o molto promettenti di diventarlo a breve.
La sala dell'Investigativa non dormiva mai, i suoi neon erano accesi ininterrottamente da tempo immemorabile, giorno e notte, senza soluzione di continuità. Anche nel primo giorno da poliziotto di Noah Parker, il fatto che un bel sole primaverile brillasse fuori dalle inferriate alle fine-stre non comportò alcun cambiamento all'interno.
Superata dopo qualche secondo l'inevitabile paura di essere travolto da tutto ciò, Parker cercò di farsi forza, strinse le dita attorno alla cartella dei documenti ed entrò con passo deciso nella sala. Nell'angolo più lontano notò una stanza separata, ricavata con due pareti di legno e vetro satinato incassate tra i muri. La porta era chiusa, ma dentro si nota-vano le luci accese e delle figure in movimento. Parker de-cise che quella doveva essere la stanza del tenente Braxton

e virò verso l'angolo. Era quasi arrivato a destinazione quando, nel passaggio tra due scrivanie, un braccio muscoloso e nero lo afferrò per un lembo della giacca, rischiando di strappargliela.

«Sarebbe che il tenente è occupato, quindi se non hai un buon motivo per farlo liberare…»

«Il sergente Mac, cioè MacGovern volevo dire, giù di sotto, mi ha detto di presentarmi a lui. Credo che lo abbia avvertito del mio arrivo».

«E tu chi saresti?»

«Detective di terzo grado Noah Parker, da oggi in servizio presso questo distretto».

Era la prima volta che pronunciava una frase del genere nella sua vita e per un attimo gli parve che tutta la rumorosa umanità raccolta in quella stanza si fosse fermata ad ascoltarlo. Lui si guardò intorno imbarazzato, come se quanto aveva appena detto non gli fosse spettato, desideroso solo che nella sala tornasse l'inferno di pochi attimi prima. E il suo imbarazzo non fece che crescere quando finalmente vide la mano tesa verso di lui di Mike Jackson, quella stessa mano che pochi secondi prima l'aveva afferrato per la giacca, e che ora appariva decisamente più amichevole.

«Scusami, sono Mike Jackson».

Parker rispose con una stretta di mano involontariamente sbrigativa, coprì ansiosamente quei pochi passi che lo separavano dalla porta a vetri e bussò.

Dopo pochi attimi si trovò davanti un colosso biondo dal fisico pazzesco, con i capelli lunghi raccolti in un codino da un vezzoso laccio nero e una faccia dura, da carogna vera, con gli zigomi molto pronunciati e due occhi di un imperscrutabile grigio scuro.

«Che cazzo vuoi? Per le denunce mettiti in fila alle scrivanie degli altri detective, smamma».

L'ultima frase, detta con ferrea fermezza, fece quasi voltare le spalle a Parker, in cerca di qualche essere civile a cui presentarsi. Raccolse tutta la dignità di cui era capace e ripeté ancora una volta la frase magica che tanto effetto aveva prodotto con Jackson.

«Detective di terzo grado Noah Parker, da oggi in servizio

presso questo distretto».

Come risposta ottenne solo una sonora risata, subito interrotta da un brusco richiamo alle sue spalle.

«Piantala Grady, fallo passare».

Il colosso biondo si spostò, aprendo così alla vista di Parker il piccolo ma dignitoso ufficio del tenente Braxton. Qui i faldoni erano ben ordinati sugli scaffali di legno, la scrivania doveva tollerare solo un ordinario ingombro di fascicoli, la macchina da scrivere era in un angolo lontano, tipico di chi non doveva usarla continuamente come un normale detective.

Seduto su uno dei lati corti del tavolo un uomo nero di circa cinquant'anni, perfettamente calvo, con gilet e pantaloni blu scuro, camicia bianca che lasciava intravedere un fisico ancora ben preparato, fondina da spalla con una Colt '45, lineamenti del viso logorati dal peso delle responsabilità. Di fronte a lui, oltre l'armadio biondo chiamato Grady, una ragazza mora molto attraente, alta e longilinea, capelli corti e sorriso solare, con pantaloni beige, camicetta bianca, scarpe basse marroni, posò uno sguardo carico di dolcezza su Parker, che lo restituì, forse indugiando un po' troppo, visto che Grady lo richiamò bruscamente alla realtà.

«Ehi amico, raccogli la lingua e molla l'osso, la ragazza è proprietà privata».

«Ah, no scusa, non volevo…»

La ragazza fulminò il biondo con un'occhiataccia quando intervenne il nero a riportare l'incontro sui giusti binari.

«Sono il tenente Joe Braxton, molto piacere e benvenuto all'Undicesimo Distretto». Ancora una mano da stringere per Parker.

«Molto piacere tenente, sono Noah Parker, detective di terzo grado».

Dopo il saluto formale e la stretta di mano, Parker consegnò al tenente la cartellina contenente il proprio incartamento. Braxton iniziò a sfogliarlo rapidamente.

«Ah Parker, dimenticavo di presentarti due dei tuoi colleghi. Il tirannosauro biondo è il detective di primo grado Grady Watts – battuta accompagnata dal sorriso della donna e dal grugnito del diretto interessato – mentre lei è Gayle Zampisi, detective di terzo grado».

Memore dell'indugio precedente, Parker si limitò stavolta a un cenno con la testa, visto che almeno in questa occasione non c'erano mani tese da stringere, un gesto che stava iniziando a odiare.

«Dunque Parker vieni da... dall'Accademia?! Sei di prima nomina?!»

"Dio, fa che non sia vero..." pensò Watts alzando gli occhi al soffitto.

«Sì, ho preso il distintivo due settimane fa». La voce di Parker tradì un senso di colpa che non aveva ragione d'esistere ma che innegabilmente c'era. Braxton lo percepì subito.

«No, scusami Parker, tu non c'entri niente, è solo che... insomma, queste sono strade difficili e noi chiedevamo da mesi al comando Ovest dei rinforzi d'esperienza...beh, vorrà dire che ti affretterai a diventare un rinforzo d'esperienza, ok?»

Il tentativo del tenente Braxton di mascherare con una battuta la propria delusione fu piuttosto goffo e non riuscì affatto. Aveva chiesto mille volte al comando della Divisione Metropolitana Ovest uomini esperti da aggiungere alla sua Squadra Investigativa, ma se questo era il risultato, evidentemente la sua capacità diplomatica con le alte sfere non era davvero granché.

«Ci proverò tenente, ce la metterò tutta, glielo prometto» provò a rassicurarlo Parker.

«Ne sono certo. – e rivolgendosi agli altri due presenti in tono cortese ma imperativo - Potete lasciarci per cortesia? Finiamo dopo di parlare di quel fermo, tanto non c'è fretta».

«Sì certo tenente. Ciao Parker, benvenuto» disse Zampisi, mentre Watts aveva già imboccato l'uscita senza dire una parola.

«Ah, grazie, ciao».

Appena rimasero soli, il tenente iniziò a leggere con attenzione i documenti consegnatigli da Parker.

«Nato nel '46... figlio d'arte, vedo...» disse il tenente senza alzare lo sguardo dalle carte.

«Sì, ma mio padre non era un detective, ha sempre preferito rimanere alle autopattuglie; è andato in pensione da sergente, poi un tumore l'ha ucciso... ormai sono quasi dieci anni».

«Ha fatto la guerra?»

«Sì, nel Pacifico. Era nell'esercito, ha difeso Midway e poi ha fatto lo sbarco di Iwo Jima».

Braxton lanciò uno sguardo rapido a Parker.

«A Iwo Jima c'ero anch'io; prima ondata?»

«Seconda, credo».

«Come si chiamava tuo padre?»

«Edward Parker».

«No, il nome non mi dice nulla... - disse Braxton battendosi con un dito sulla tempia – Beh, torniamo a noi; i tuoi istruttori all'Accademia scrivono che ci sai fare più con i libri che con la pistola...»

Parker non trovò di meglio che annuire silenziosamente. Guardò fuori dalla finestra del tenente; il sole stava uscendo dalla cima del palazzo di fronte e un piccione, accomodatosi sul davanzale, li osservava curioso attraverso l'inferriata. Era vero, nelle esercitazioni di tiro non era mai stato granché. Il suo guaio, a sentire gli istruttori, era che pensava troppo al momento di sparare.

«Meglio così, comunque, i pistoleri metropolitani portano solo guai. – riprese il tenente - Andavi bene al liceo... come mai hai deciso di entrare nell'Accademia di Polizia anziché andare all'Università?»

«Andare all'università costa, tenente...»

«Già. Ma come mai proprio la Polizia? Per seguire le orme paterne?»

«No, no, è stata una mia scelta».

«Dettata da cosa?»

«Dalla voglia di servire e proteggere...»

«Il nostro motto lo conosco anch'io, Parker, è scritto sugli sportelli di tutte le nostre pattuglie... voglio sapere le TUE motivazioni».

Parker fu sorpreso. Abituato ormai da anni al rapporto assolutamente formale che s'instaura con i propri superiori in Accademia, sembrava quasi non ricordare i perché della sua scelta.

Prese tempo prima di rispondere, ma non gli venne in

mente nessuna motivazione epica o che suonasse carica di coraggio e sprezzo del pericolo.

«Io… ecco, io… l'ho fatto perché a un certo punto della mia vita mi è sembrato naturale che lo facessi… voglio dire… non mi è venuto in mente nient'altro che io potessi fare, è come se lo avessi sempre saputo che un giorno questa sarebbe stata la mia strada».

Braxton richiuse con cura l'incartamento di Parker e lo lasciò cadere sulla sua scrivania, andò a sedersi e infine si sporse in avanti, avvicinandosi al giovane detective.

«Siediti Parker» disse con tono paterno.

Parker ubbidì timoroso. Anche il piccione fuori dalla finestra aveva cambiato aria.

«Voglio chiarire una cosa con te. Vedi il colore della mia pelle?»

«S-sì, certo…»

«Ti crea problemi?»

«No, signore».

«Fuori di qui ti capiterà di dover difendere gente con la pelle nera come la mia o gialla o rossa o di qualsiasi altro fottuto colore diverso dal bianco… li difenderai?»

«Certo signore, senza indugio» rispose Parker di getto.

«Dove abiti?»

«A North Banks, signore».

«E a North Banks c'è l'uguaglianza tra bianchi e neri di cui Nixon va farneticando tutti i giorni alla tv?»

«No, signore, non direi proprio. Hanno solo tolto i cartelli "Riservato ai bianchi" dai bar e dagli autobus».

Braxton tornò a poggiarsi allo schienale della sua poltrona, ma non distolse lo sguardo da quello del suo interlocutore.

«Bene Parker, mi sembri sincero e io, di solito, sono un buon giudice di uomini. In questa città, in questo Paese, ne abbiamo già più che a sufficienza di bastardi razzisti, con o senza distintivo, ma in questa squadra, nella MIA squadra, questo non deve esistere. Chiaro?»

Parker annuì. Sentiva la gola secca e il bisogno di un po' d'aria fresca nei polmoni, ma rimase agganciato allo sguardo magnetico del suo superiore.

«Qui si lavora davvero sodo, Parker, e si lavora PER BENE;

niente bustarelle, niente razzismo, niente pestaggi, niente droga né per sé né tantomeno in giro. Non è una squadra perfetta, ma penso sia una buona squadra. Riga dritto e avrai intorno a te la miglior famiglia che tu possa desiderare, fai qualche cazzata e quel distintivo puoi buttarlo nel fiume ancora prima che arrivino quelli degli Affari Interni a farlo. Hai capito?»

Parker deglutì, poi annuì convinto. Braxton afferrò il telefono, premette un bottone la cui spia rossa s'illuminò pochi istanti dopo.

«Watts, vieni un attimo da me» e mise giù il ricevitore.

I due rimasero in silenzio per una decina di secondi, finché la porta si aprì ed entrò Watts.

«Dica tenente…»

«Entra Grady – e quando Watts ebbe richiusa la porta alle sue spalle - vorrei che facessi conoscenza con il tuo nuovo compagno di coppia».

«E dove sarebbe? Non vedo altri detective in questa stanza…» disse ridacchiando.

«Non fare lo stronzo Grady, lavori da solo da quasi sei mesi».

«E sto benissimo» lo interruppe Watts.

«Non ho dubbi, conoscendoti, ma questo lavoro, da che mondo è mondo, si fa in due, e vedi di non farmi incazzare».
Nel pronunciare le ultime parole Braxton si alzò in piedi con imponenza. Era poco più basso di Watts, ma incuteva altrettanto timore.

«Ma Joe… proprio io devo fargli da balia? Ci sono tanti altri sicuramente migliori di me come insegnanti e meno propensi a cacciarsi nei guai».

«Ma tu sei l'unico senza un compagno di coppia, sei esperto e fai quasi sempre i turni di giorno, che per iniziare sono sicuramente meglio dei notturni».

«Se iniziano a volare pallottole devo preoccuparmi sia del mio culo che del suo, quindi?»

«Esatto, proprio così. Se finite in una sparatoria o in qualsiasi altro guaio tu hai l'ordine di riportare al distretto entrambi, sani e salvi. Fallo crescere bene, non ti chiedo altro. Ma non provare a incasinargli la vita perché ti sbatto a cambiare la carta alle telescriventi, chiaro?»

Watts chinò la testa in un gesto eloquente.

«D'accordo Joe».

«E tu non fare cazzate – disse Braxton in tono imperativo, stavolta con l'indice puntato verso Parker – stagli attaccato e impara cosa dire, cosa fare e come comportarti. Non abbiamo bisogno di eroi, solo di buoni poliziotti, capito Parker?»

«Sissignore».

«Bene, ora fila in armeria a prenderti la pistola e fatti sistemare una scrivania, una macchina da scrivere e un telefono, e poi a lavorare. E ora fate lavorare anche me, al diavolo».

«Ti spiego come funzionano le cose qui, giovane Parker, ma stammi a sentire perché te lo dirò una volta sola» disse Watts senza alcun entusiasmo appena usciti dalla stanza del tenente.

Parker venne così a sapere che, con il suo arrivo, la Squadra Investigativa dell'Undicesimo Distretto contava sedici detective, articolati in otto coppie, che si dividevano i tre turni di otto ore di servizio, secondo uno schema 3-2-2 che prevedeva tre coppie a lavoro nel turno principale, dalle 8 alle 16, e due ciascuno nei successivi turni, quello serale dalle 16 alle 24 e quello notturno dalle 24 alle 8. Ogni giorno lavorativo della settimana c'era una coppia di riposo, due riposavano la domenica, giornata in cui era stato rilevato statisticamente come anche il crimine si rilassasse un po'. Come Parker avrebbe avuto modo di sperimentare, disse Watts, gli orari erano puramente indicativi, soprattutto sulla loro conclusione, anche perché era buona regola verso i colleghi presentarsi in ufficio almeno quindici minuti prima dell'ora di presa servizio, per incrociare i detective del turno precedente e farsi aggiornare su quanto accaduto nelle ultime otto ore. C'era in più la reperibilità sul turno seguente, una sorta di guinzaglio invisibile che faceva sì che nessun detective fosse mai completamente padrone del proprio tempo libero; in pratica almeno un componente di ogni coppia era tenuto a essere raggiungibile telefonicamente dai colleghi in servizio per tutta la durata del turno seguente il suo, e doveva trovarsi a non oltre un'ora di distanza dal distretto. L'unica eccezione alla reperibilità erano le tre settimane annuali di ferie, in cui si potevano far perdere le tracce di sé senza conseguenze. «Ma tu non ne avrai diritto prima di 12 mesi di servizio» ci tenne a sottolineare Watts. Ovviamente dovevano esserci motivi seri e ragionevoli per far tornare un collega in ufficio, ma non succedeva poi così di rado di dover lavorare per due turni consecutivi o di essere svegliati nel cuore della notte per un regolamento tra bande che avevano pensato bene di trasformare le strade del Barrio in un campo di battaglia. C'era poi una riunione settimanale tenuta, solitamente il martedì mattina, dal tenente Braxton, alla quale era tenuto a partecipare almeno un elemento di tutte le coppie di detective, riunione che aveva lo scopo di mettere ognuno di loro a conoscenza delle principali indagini seguite da tutte le altre coppie di colleghi, per evitare stupidi compartimenti stagni che, in passato, avevano causato più di qualche pericolosa e, a volte, ridicola sovrapposizione. L'orario normale del tenente andava dalle 7 alle 19, dodici ore che gli consentivano di abbracciare tutti e tre i turni dei suoi detective, tenendo così le fila di tutti i casi seguiti dalla squadra. Il suo giorno di riposo era il sabato, in cui il comando nominale della squadra passava per consuetudine al detective di primo grado con più anzianità di servizio, Bob Schuster, nel caso specifico. Il tenente aveva preferito rinunciare al riposo domenicale per dedicarsi in quella giornata, solitamente tranquilla, allo smaltimento delle pratiche arretrate, una montagna che, puntualmente ogni venerdì, minacciava di sommergerlo.

«Ora seguimi, ti faccio fare un giro turistico del distretto». Watts accompagnò Parker nei sotterranei dove, oltre all'armeria, c'erano le celle di sicurezza (in cui due fermati della notte precedente russavano della grossa), la parte più vecchia dell'archivio e gli spogliatoi maschili, lugubri e piuttosto sporchi. Più sotto ancora, attraverso una lunga scalinata, c'era l'accesso interno al garage del distretto, dove una decina di poliziotti in tuta blu si dedicavano alla manutenzione delle pattuglie e delle auto senza contrassegni, parcheggiate su due lati con precisione chirurgica.

«Bella quest'officina!» esclamò Parker dopo aver varcato la

pesante porta d'ingresso.

«Beh, non pensarci nemmeno a parcheggiare la tua macchina qui sotto. Possono farlo solo i nostri superiori. Privilegi del grado, così li chiamano».

«Su questo puoi star tranquillo, io vengo con la metropolitana».

Watts lo guardò con un misto di sorpresa e compassione.

«Da dove?»

«North Banks».

«Bel viaggio».

«Non c'è problema».

«Ma se ti chiamano per un'emergenza una cazzo di macchina ce l'hai?»

«Sì, certo».

«E allora perché non la usi tutti i giorni?»

«In metropolitana leggo e mi stresso di meno rispetto a quaranta minuti di traffico».

«Bah, contento tu... - Watts scosse la testa perplesso, gesto sottolineato dal dondolio del codino - Forza, torniamo su, questa puzza d'olio e benzina mi dà il vomito dopo un po'».

Entrarono in armeria, un oscuro magazzino senza finestre; Parker diede il proprio ordine di presa di servizio al sergente di guardia, un uomo dal piglio severo che dopo averlo controllato con lentezza esasperante gli chiese che arma volesse.

«Una Colt '45, se c'è, grazie».

Il sergente guardò Parker con una smorfia schifata, mentre Watts iniziava a ridere sommessamente, conoscendo la pignoleria insopportabile del sergente Easley.

«Non conosco nessuna Colt '45, detective. – e dopo una pausa sottolineata da un sospiro – Forse si riferisce alla Colt M1911 che utilizza il munizionamento da 45?»

Parker lo guardò sorpreso, ma ebbe la freddezza di non scomporsi.

«Sì, proprio quella sergente, mi scusi».

«Ah ecco, allora quella ce l'abbiamo». Soddisfatto della sua vittoria sul nuovo arrivato, Easley sparì nei meandri del magazzino, riemergendone poco dopo con l'arma richiesta da Parker.

«Eccola» disse con tono trionfante.

Parker la prese, controllò che fosse scarica e senza colpo in canna, fece scattare il carrello, la soppesò e la osservò attentamente.

«Ehm, sergente, mi scusi, ci dev'essere un errore...»

«Cioè?» saltò subito su Easley come se Parker avesse offeso le ultime tre generazioni dei suoi avi.

«Lei mi ha parlato di una '911, mentre questa è una '911 A1, il modello seguente. Il mirino è più largo, ai lati del grilletto ci sono i due sgusci... non ci sono dubbi».

«Voleva una pistola della Prima Guerra Mondiale, detective?»

L'arma in questione, la pistola più diffusa al mondo grazie al fatto di essere l'arma d'ordinanza dell'esercito statunitense fin dal primo conflitto mondiale, aveva subìto alcune lievi modifiche nel 1924 e tutti gli esemplari prodotti in seguito si erano visti aggiungere la sigla A1.

«No, mi va bene l'A1, ma visto che lei non aveva fatto cenno alla cosa, pensavo davvero che mi desse la prima versione, quella costruita fino al '24... visto che vogliamo essere pignoli...» e concluse la frase con leggero ghigno delle labbra.

Il sergente lo scrutò con sguardo indispettito.

«Abbiamo finito?» abbaiò nervosamente.

«No. Vuole che la carichi a sale?» disse Parker ironico.

«Due caricatori le vanno bene o ne vuole una cassa?»

Watts, un po' annoiato dal battibecco tra il suo nuovo collega e il sergente Easley, si decise finalmente a intromettersi.

«Ehi ehi, non esageriamo, va bene? Il tenente mi ha ordinato di riportarlo a casa sano e salvo, non di trascinarlo nella terza guerra mondiale! Due caricatori vanno benissimo e finiamo qui questa sceneggiata, per favore».

Esaurite le ultime formalità, i due detective lasciarono il sergente Easley alla solitudine del suo antro blindato e ripresero le scale in salita. Parker si sentiva strano, con la pistola sotto l'ascella sinistra. Mai prima di allora l'aveva portata addosso; in Accademia gli allievi non portavano né fondina né cinturone, le armi venivano consegnate loro solo alle postazioni del poligono di tiro, all'inizio delle esercitazioni, e ritirate subito dopo. La Colt 45 pesava più di un chilo, Parker ebbe quindi la sensazione che qualcosa o qualcuno gli spingesse in basso la spalla sinistra e rabbrividì al primo contatto dell'acciaio freddo del calcio dell'arma sul suo petto, attraverso la sottile stoffa della camicia. "Ma come fanno a tenersi addosso questa roba per dieci ore al giorno?" pensò.

Watts gli lesse nel pensiero, vedendolo sistemarsi continuamente la spallina e la manica della giacca, come se avesse un tic improvviso.

«Ti ci abituerai, piantala» gli disse laconicamente.

Poi, dopo qualche altro gradino in salita aggiunse: «L'ascensore è rotto da mesi».

«Lo so, il sergente Mac mi aveva scambiato per il tecnico mandato a ripararlo, quando sono arrivato» disse Parker.

Watts rise di gusto.

«A furia di passare le giornate dietro il bancone all'ingresso, quel fottuto irlandese non capisce più un cazzo».

Si fermarono al pianerottolo della sala dell'Investigativa, il loro posto di lavoro.

«Vuoi proseguire per i piani alti?»

«Cosa c'è?»

«Sale interrogatori, sala radio, un altro pezzo dell'archivio e poi, salendo, i laboratori della Scientifica, la sala riunioni, la stanza del capitano Duvall e altre scemenze del genere. T'interessa vederle o mi fai lavorare un po'? Ho una montagna di rapporti da battere a macchina».

Parker colse la palla al balzo.

«No, preferisco sistemarmi la scrivania e tutte le altre cose».

«Ok. Allora rivolgiti al fottuto irlandese. Quando ho finito ci andiamo a fare un giro per il Barrio».

«Sì, volentieri».

Il sergente Mac, per quanto "fottuto irlandese", fu molto disponibile e indicò a Parker i magazzini in cui trovare tutto il necessario, dalla sedia alla macchina da scrivere fino alla modulistica.

Dopo essersi sistemato, Parker passò nella stanza delle telescriventi, i mezzi attraverso i quali arrivavano le segnalazioni urgenti e i dispacci in tempo reale da tutti i distretti della città, dall'FBI e dall'Archivio Centrale della Polizia.

Era intento a leggere le ultime segnalazioni quando la sua attenzione fu attratta da un profumo femminile; alle sue spalle era entrata Gayle Zampisi.

«Che dicono le ultime notizie?» gli chiese sorridendo.

«Si rubano parecchie auto in questa città, a quanto pare. Qui non si parla d'altro».

«Già. A te non l'hanno mai rubata?»

«No».

«Sei stato fortunato, a me due volte».

«In realtà la fortuna non c'entra molto... ne ho una talmente vecchia che se un ladro la aprisse penso mi lascerebbe cinque dollari sul cruscotto».

Parker non aveva fatto altro che appropriarsi di una vecchia battuta sentita in tv, fu quindi sorpreso di vedere il viso della sua collega aprirsi in una magnifica risata, finita la quale ci fu però qualche secondo d'imbarazzato silenzio tra i due.

«Come mai col vestito? Con questo caldo ti scioglierai».

Parker stava per rispondere di getto dicendo, come sua abitudine, la verità ma si bloccò un attimo prima d'iniziare a parlare. "Uno di 25 anni che vive ancora a casa con la mamma non è troppo normale – pensò – meglio lasciar perdere".

«Il primo giorno di lavoro, sai...» rispose fingendo imbarazzo.

«No, per carità, ti sta bene eh! E' che... ti invecchia, ecco».

«Beh, fortunatamente sono ancora in quell'età in cui gli anni si possono aggiungere».

«Quanti anni hai?»

«25».

Zampisi rise. «Sì, allora va bene! Sono io allora, tra i due, quella che deve iniziare a togliersi gli anni».

Parker fece un sorriso di circostanza, ma la sua educazione gl'impose di non cadere nel tranello di chiedere l'età alla collega.

«Allora? Non mi chiedi quanti anni ho?» riprese Zampisi, fingendo delusione.

«No, ci mancherebbe. Posso solo dirti che dimostri la stessa età mia».

Zampisi tornò a ridere.

«Te la sei cavata, Parker! Bel furbacchione che sei!»

Poi, in un attimo, senza neppure una parola di congedo, si voltò e uscì dalla stanza. Parker rimase davanti alle telescriventi con la sorpresa dipinta sul volto e i pensieri in pieno turbinare. Non si accorse neppure del rotolo di carta di una telescrivente che gli si stava attorcigliando intorno a una scarpa.

Verso l'ora di pranzo Watts terminò di pestare furiosamente sui tasti della sua macchina da scrivere e invitò Parker al giro per il Barrio che gli aveva promesso. Presero una berlina senza contrassegni dal garage; Parker fece per afferrare la maniglia dello sportello del guidatore ma Watts lo scansò in modo perentorio con la mano ed entrò lui nel posto del conducente.

Appena uscito dalla rampa del garage, Watts s'immise nel traffico con l'aria di sapere esattamente dove andare. L'auto era una vecchia Buick piuttosto malandata, piena di cigolii e rumori sinistri, e con l'altoparlante della radio evidentemente rotto che trasformava le voci in un'insopportabile gracchiare di sottofondo. Watts sembrava non soffrire alcun fastidio a causa della radio e guidava concentrato senza parlare. Parker attese in silenzio per alcuni minuti poi, all'ennesima svolta dell'auto in direzione dell'uscita dalla città, azzardò una domanda.

«Dove andiamo?»

«Tu sei nato qui, giusto?» rispose Watts, come se non avesse sentito la domanda del collega.

«Sì, a North Banks».

«E nel Barrio ci sei stato qualche volta?»

«Beh, sì, non molto spesso ma ci sono stato, lo conosco un po'».

«Appunto, allora stiamo andando in un posto sotto la nostra giurisdizione in cui di certo non sei mai stato».

Parker si guardò intorno, erano sulla Statale 18, in direzione del mare, ma non erano ancora usciti dall'anello cittadino. D'un tratto Watts imboccò un'uscita laterale; la strada proseguì asfaltata per poche centinaia di metri, quando terminò in un largo sentiero ancora sterrato. In tutte le zone periferiche della città erano ancora abbastanza frequenti i tratti sterrati al di fuori delle vie di scorrimento principali. La loro auto superò una leggera salita e, dalla cima, Parker vide la destinazione scelta da Watts: la zona degli slum, una costellazione di baracche in cui nessun bianco che non fosse della polizia, dei servizi sociali o fuggito da un manicomio si sarebbe mai azzardato a mettere piede.

Parker ebbe un brivido al pensiero che Watts lo stesse conducendo lì dentro; da quel che ne sapeva, gli slum erano il territorio intoccabile delle bande più violente, l'armeria di tutti i delinquenti della città, il deposito di tutti gli spacciatori.

«Come mai hai scelto la '45?» disse improvvisamente Watts, quasi urlando, al di sopra dell'orribile rumore della radio.

«Eh?»

«'Fanculo! – e finalmente spense con un gesto brusco la radio dell'auto – A te non dava fastidio?»

«Oh, solo un po'…» rispose Parker, con finta noncuranza. Watts lo guardò sorridendo, poi scosse la testa.

«Ti sei sorbito venti minuti di questo strazio pur di non dirmi che ti dava fastidio eh?»

Parker abbozzò un sorriso.

«Beh, immaginavo che dovessimo tenerla accesa per forza».

«In teoria sì, se fosse un giorno normale, ma oggi siamo… in gita, ecco, diciamo così».

«Ah beh, grazie allora».

«Quindi, la '45? Pensavo che voi giovani usaste roba più nuova».

«Tipo?»

«Non so, mi dicono meraviglie della nuova Smith&Wesson 59… la 45 è una pistola da vecchi, sarà fuori produzione da trent'anni, anche se ne girano ancora tantissime».

«La 59 non l'ho mai usata, mentre quasi tutto l'addestramento l'ho fatto con la 45. Visto che non sono un gran tiratore, ho pensato di prendere l'unica arma che conosco abbastanza a fondo. Tu cos'hai?»

«Colt Python da 6 pollici».

Parker annuì. Non aveva mai sparato con quella pistola, ma ne aveva viste davvero tante in giro.

«Hai mai dovuto usarla?»

«Certo. E se la prossima domanda è se ho mai ucciso qualcuno, la risposta è la stessa».

«Ah, ok» disse Parker piuttosto sorpreso dalla risposta brusca del collega.

«Senti, non mi avrai mica portato fino agli slum solo per sapere perché ho scelto la 45, vero?» riprese Parker.

«Ci sei già stato?»

«Ovviamente no, altrimenti penso che non sarei qui, no?»

«No, credo proprio di no».

Watts fermò l'auto in un punto da cui la vista era particolarmente ampia e scese, subito imitato da Parker. Visti dall'alto gli slum apparivano come un enorme quadrato diviso al suo interno in una decina di grandi aree di legno e lamiera, separate l'una dall'altra da piccole strade sterrate. Già da quella distanza giungeva un vago fetore, qualcosa in cui si mescolavano fogne, sudiciume e povertà.

«Da lì nascono tutti i nostri problemi. – sentenziò Watts puntando l'indice – Fino a quindici anni fa c'erano solo i negri e pochi cinesi. Ora sono rimasti i cinesi più poveri, quelli che non possono permettersi neppure di andare a vivere a Chinatown, e solo un paio di slum sono ancora abitati da negri americani».

«Il resto è stato abbandonato?»

«Figurati. Sono arrivati cubani, portoricani, messicani, perfino thailandesi. Ma non vivono mescolati, nossignore. Ognuno ha la sua zona di baraccopoli e guai a sconfinare. Vedi quelle piccole strade che dividono le zone?» Parker annuì. «Quelle strisce di terra sono il confine, guardate a vista giorno e notte da gente armata da entrambi i lati. Se provi a passare senza essere autorizzato sei morto».

«Autorizzato da chi?»

«Dal capo, quello che con la sua banda ha vinto l'ultima guerra interna e ha preso il potere, finché qualcuno non gli farà la pelle per prenderne il posto. Le baracche esterne di ogni area servono per la sorveglianza, contro l'arrivo delle altre bande o della polizia, tutto il marcio sta nel cuore della zona, in un casino impercorribile di viuzze fangose e piene di spazzatura, oppure sottoterra, dove nascondono le armi».

«Anche le raffinerie della droga?»

«Sì, quelle sono al centro, ben protette. L'unico modo per arrivarci sarebbe con la cavalleria aviotrasportata, scendendo dagli elicotteri come fanno i nostri ragazzi in Vietnam... a proposito, tu come mai non sei laggiù?»

«Ero già in Accademia quand'è iniziata sul serio, voglio dire quando Johnson ha mandato lì un esercito vero».

Watts annuì poco convinto.

«Tu hai fatto la guerra mondiale?» chiese Parker.

«Ehi, quanti anni pensi che abbia?!»

«40?»

«Quasi giusto, 41, quindi sono riuscito a scampare da quell'inferno. In compenso mi sono fatto quattordici mesi in Corea quando avevo vent'anni, nei Marines».

«Difficile?»

«Abbastanza da poterci lasciare la pelle, ma penso mai quanto il Vietnam».

Rimasero in silenzio pensierosi, fissando le baraccopoli e il panorama circostante. Parker cercò di resistere alla puzza sempre più nauseante che li stava circondando. "Dev'essere girato il vento nella nostra direzione" pensò.

«Riaccendiamo la radio e torniamo indietro, - disse a un tratto Watts - potrebbe esserci bisogno di noi al distretto».

«Tu ci sei mai entrato?» chiese Parker mentre tornavano all'auto.

«Negli slum?». Parker annuì. «Sì, sette, otto volte. Ogni volta era per pescare qualcuno che aveva combinato guai grossi in città».

«E com'è andata?»

«Qualche volta bene, qualche volta male. Ma i problemi non mancano mai, quando sei lì sotto».

«Perché non l'avete mai fatta quella cosa con gli elicotteri?»

Watts rise.

«Perché il Pentagono non ci presta i Marines!»

«Dai, non sto scherzando. Se sapete che droga e armi escono dagli slum, perché non li avete mai smantellati?».

«Fosse per me, io entrerei con un lanciafiamme lì in mezzo, e quant'è vero iddio li farei bruciare tutti vivi, ma penso che le alte sfere lo definirebbero "politicamente scorretto", giusto?»

«Giusto, e quindi?»

«Parker, se entri in forze in quel labirinto è facile che finisca in un casino. C'è gente armata fino ai denti che ti aspetta nella sua baracca facendosi scudo con la famiglia, e se per sbaglio ci finisce in mezzo una donna o un bambino ti ritrovi addosso tutto lo slum, per non parlare dei giornali. E' pericoloso, molto pericoloso entrare lì dentro. In più, non possiamo arrestare tutte le ventimila persone che ci vivono... e poi distruggere gli slum otterrebbe solo lo scopo di riversare questa feccia nei quartieri della città. Conviverci e tentare di controllarli un po', ecco i nostri ordini. Forse giù alla Centrale pensano che questo sia il male minore».

«Ma ora, con la "guerra alle droghe" in tutto il mondo dichiarata dal presidente, le cose dovrebbero cambiare no?»

L'amara risata di Watts fu già una risposta.

«Sì certo, come no? Una bella cazzata demagogica alla Nixon. Faranno qualche blitz scenografico in Colombia o chissà dove, ma si guarderanno bene dall'intervenire in casa nostra».

«E perché? Non dovrebbe essere il contrario?»

«Esattamente per gli stessi motivi che ti dicevo prima. Se in Colombia ci scappa qualche innocente campesino morto, pazienza. Se succede la stessa cosa sul suolo americano succede un casino: giornali, manifestazioni, interrogazioni al Congresso... tutto chiaro ora?»

Parker annuì perplesso, mentre il collega rimise in moto l'auto, fece inversione e riprese la strada appena percorsa. Giunsero senza scambiare molte parole fino al lato opposto del Barrio, di fronte al fiume Chain, dove Watts si fermò davanti a un chiosco ambulante a prendere due sandwich per pranzo. Poi il giro ricominciò, questa volta con l'intento di mostrare a Parker i limiti giurisdizionali dell'Undicesimo Distretto, visto che il Barrio, nella sua totalità, era controllato anche da altri due distretti. Il traffico non era particolarmente intenso, e il loro giro si concluse in un'ora. Lasciata la Buick al suo posto in garage, tornarono nella sala dell'Investigativa. Parker notò alcune facce nuove tra i suoi colleghi rispetto al mattino e dalla porta aperta della stanza scorse il tenente Braxton ancora al suo posto. Watts andò a sedersi alla sua scrivania e iniziò una telefonata che aveva tutta l'aria di essere lunga.

Parker andò al suo posto, poco distante da quello di Watts. Poco dopo fu raggiunto da Jackson, in compagnia di un detective decisamente più anziano.

«Ciao Parker, come va?»

«Tutto bene, grazie».

«Lui è il mio compagno, Bob Schuster» disse Jackson, indicando con il pollice l'uomo in piedi al suo fianco. Parker si alzò in piedi e gli strinse la mano.

«Molto piacere, sono Noah Parker».

«Ciao».

«Se Grady non te l'ha ancora detto, tieni presente che Bob è il capo della squadra in assenza del tenente, quindi se ti servisse una mano o un consiglio e Braxton non ci fosse… puoi contare su di noi».

«Sì me l'aveva detto, ma grazie lo stesso».

«Sai, lui è il più anziano della squadra…» disse Jackson ridendo.

«Grazie Mike, penso che Parker se ne sia già accorto da solo vedendomi» ribatté Schuster, quasi del tutto calvo.

«Dove siete spariti tutto il giorno?» riprese Jackson.

«Grady mi ha portato a fare un giro nella giurisdizione dell'Undicesimo. Dagli slum alla Riverside, abbiamo fatto un bel giro».

«E ti ha portato a pranzo al chiosco di Frank, scommetto».

«Sì».

Alla risposta di Parker, Schuster alzò gli occhi al cielo, mentre Jackson gli tese il palmo della mano, in cui il collega mise un dollaro.

«Hai visto? Che ti avevo detto?» disse Jackson gongolante, infilandosi la banconota nella tasca dei pantaloni. Parker rise.

«Avevate scommesso sul nostro pranzo?»

«Esattamente. – disse Schuster – Purtroppo il tuo collega è così prevedibile…»

«E col sergente Easley com'è andata?» chiese Jackson ridendo.

«Avete scommesso anche su quello?»

«No, per il primo incontro con Easley non ci sono quote!»

«Nel senso che ci litigano tutti?»

«Esatto. Anche tu?»

«Già. Un pignolo saccente insopportabile».

«Beh, se può consolarti sappi che sei in buona compagnia. Qualche anno fa un agente della Buoncostume un po' manesco... come si chiamava Bob?»

«Fryar, se non sbaglio» suggerì Schuster.

«Sì, giusto, Fryar... insomma, questo Fryar scende in armeria per farsi cambiare la sua pistola d'ordinanza, sostenendo che pulendola aveva notato come il perno di rotazione del tamburo non fosse perfetto. Easley inizia a smontare e rimontare la pistola ripetendogli che lui non ci vedeva nessun difetto, che funzionava tutto perfettamente eccetra eccetra con quel suo tono da "signor so tutto", finché Fryar, esasperato, l'ha afferrato con tutte e due le mani per il collo, minacciando di fargli ingoiare la pistola difettosa!»

I tre detective scoppiarono a ridere, attirandosi addosso un lontano sguardo di riprovazione del tenente Braxton.

«Ehm... vedo che Mac ti ha rimediato tutto» continuò Jackson ricomponendosi all'istante.

«Sì, è stato gentilissimo, proprio un...» ma l'attenzione di Parker fu distratta dall'arrivo di Zampisi nella stanza. La scrivania di Parker era alle spalle di quella dell'unica donna della squadra. Zampisi e la sua placca da detective rappresentavano una rarità nell'universo ancora molto maschilista della Polizia. Donne in divisa blu ve n'erano qualche centinaio, ma erano quasi tutte confinate negli uffici con incarichi amministrativi, solo poche decine avevano ruoli operativi, Zampisi era tra queste.

Qualcosa le era evidentemente andato storto, perché senza degnare d'uno sguardo nessuno s'inginocchiò davanti alla cassettiera della sua scrivania, collocata in basso a sinistra rispetto alla seduta, e prese a frugare tra i documenti del suo archivio personale, offrendo involontariamente a Parker un posto in platea verso i suoi glutei. Malgrado indossasse i pantaloni, infatti, la perfetta rotondità del suo sedere, le sue forme sode e atletiche emergevano prepotentemente in quella posizione, e Parker rimase estasiato da quella visione.

Jackson e Schuster intuirono subito il motivo dell'interruzione del loro collega. Si guardarono, poi Schuster diede una pacca sulla spalla al compagno dicendogli: «Ah, che bellezza la gioventù! Di mia moglie ricordo solo il colore della vestaglia di flanella, ormai!».

Entrambi tornarono alle rispettive scrivanie, lasciando Parker da solo con la sua visione e i suoi pensieri erotici. Fu solo dopo un minuto abbondante, quando Zampisi si rialzò in piedi evidentemente soddisfatta per aver trovato quello che cercava, che Parker si rese conto con vergogna di essersi completamente imbambolato. Il suo primo pensiero corse all'ira di Watts, ma fortunatamente per lui il suo compagno era preso dalla consultazione di alcuni rapporti e aveva ancora in corso la telefonata di prima. Zampisi invece, percepì di essere osservata e si voltò verso di lui.

«Beh? Non hai niente di meglio da fare?» gli disse avvicinandosi alla sua scrivania.

«Di meglio direi di no» le rispose Parker sorridendo.

«Occhio che se ti becca chi dico io finisci male...» disse Zampisi ammiccando col capo nella direzione in cui Watts stava ancora sbraitando al telefono.

«Ma no, scusa, in realtà stavo parlando con Jackson e Schuster, ma sei piombata in quel modo... perché eri così arrabbiata quando sei arrivata?» le chiese Parker, abile a cambiare l'argomento del loro discorso.

«L'ufficio del procuratore che segue un mio caso mi ha chiamata sostenendo che dai documenti mancasse un mio rapporto, ma io sono certa di averlo consegnato».

«E l'hai trovato?»

«No, ma ho trovato la mia copia, fortunatamente non avevo ancora avuto il tempo di portare tutto giù in archivio. Ora esco a portargliela, prima che il procuratore chiami il tenente...» gli fece l'occhiolino e volò via.

Il resto del pomeriggio di Parker trascorse in facili incombenze d'aiuto a Watts: battere dei rapporti sotto dettatura, svariati viaggi su e giù per le scale verso l'archivio, infine l'iscrizione del suo nome accanto a quello del collega nei turni di servizio diurni di tutta la settimana. Grazie all'accoppiamento con Watts, uno dei più anziani della squadra, gli toccò il comodo riposo domenicale. Poco prima delle 16 arrivarono i colleghi del turno serale, quello dalle 16 alle 24, con cui Parker scambiò qualche breve parola di circostanza per presentarsi. Quando lo vide intento nelle pubbliche relazioni, Watts gli si affiancò un attimo, giusto il tempo per sussurrargli un minaccioso: «Da domani si fa sul serio, giovane Parker. Goditi l'ultimo giorno di vacanza». E andò via senza salutare nessun altro.

Poco dopo, quando Parker uscì dal distretto per dirigersi alla metropolitana, vide Watts e Zampisi discutere piuttosto animatamente nel parcheggio di un supermercato Walmart situato lungo la strada. Rimase colpito da quella scena ma, non volendo correre il rischio di essere notato, tirò dritto sul marciapiedi opposto fino a Byron.

Arrivato a casa, Parker si sfilò la giacca, per posarla sull'appendiabiti in ferro battuto che troneggiava nell'ingresso, accanto alla porta. Fu in quell'istante che sentì di nuovo, con incomprensibile stupore, l'ingombro della pistola. Si guardò allo specchio che era lì accanto. I tiranti della fondina ascellare intorno alle spalle e la fondina gonfiata dall'arma gli davano un aspetto improvvisamente adulto, vissuto, ma erano un po' sproporzionati rispetto al suo torace magro e quasi per nulla muscoloso. Pensò che Watts, con il fisico che si ritrovava, doveva stare molto meglio con quella roba addosso. "E anche SENZA quella roba addosso" pensò Parker, immaginandolo per un attimo abbracciato a Zampisi.

Distolse lo sguardo dallo specchio e iniziò a sfilarsi la fondina. Mentre stava appendendo anche quella, una chiave girò nella serratura della porta e subito dopo entrò sua madre, con una busta della spesa e dei fiori in mano.

«Hai incontrato uno spasimante per strada?» le disse Parker, ridendo, mentre le dava un leggero bacio su una guancia.

«Ma che dici, Noah? – rispose quella, accennando il gesto di uno schiaffo affettuoso – Lo sai che mi piace avere fiori freschi in casa».

«Sì, certo che lo so».

«Tu, piuttosto, come stai? Com'è andata?»

«Tutto bene, ma non è stata una vera e propria giornata di lavoro. Diciamo piuttosto che il mio collega mi ha portato a spasso per il Barrio». Parker omise volontariamente di nominare gli slum. Sua madre non sapeva che sarebbero ricaduti sotto la sua giurisdizione e lui voleva che rimanesse nella sua beata ignoranza. In tutta la città gli slum erano conosciuti come un posto da cui è difficile uscire con le proprie gambe, specie se si è bianchi.

«E com'è questo collega?» gli chiese la madre, spostandosi in cucina.

Parker la seguì e si sedette al tavolo che ne occupava il centro. Era su quel tavolo di legno bianco che, a sua memoria, si erano tenute tutte le discussioni importanti della loro famiglia, tutti i racconti di suo padre nei giorni più difficili. Su quel tavolo lui aveva fatto i compiti di scuola. Su quel tavolo era cresciuto, a quel tavolo aveva pianto quando sua madre gli aveva telefonato dall'ospedale dieci anni prima, dicendo che papà era morto. In qualche modo era giusto che il suo primo racconto da detective avvenisse lì.

«Un bestione alto, biondo e col codino. Si chiama Grady Watts».

«Oh cielo, e gli fanno portare il codino?»

«Mamma, te l'avevo detto che sono cambiate tante cose dai tempi di papà».

«Eh, ma addirittura il codino!»

«E non è tutto. Il mio tenente è un negro e nella mia squadra c'è anche una donna».

La madre, fin lì intenta a riporre la spesa negli stipi della cucina, stavolta si voltò a guardarlo.

«Sorpresa eh?»

«Sì, è davvero sorprendente quello che mi dici. Beh, è bello… era ora no?»

«Sì, era ora che la finissimo con quella scemenza della supremazia bianca».

«E quel Watts, a parte il codino, com'è?»

«E' un poliziotto esperto; non so da quanto abbia il distintivo ma per essere un detective di primo grado a 41 anni vuol dire che il suo mestiere lo sa fare. Il tenente Braxton mi ha messo in coppia con lui proprio perché mi faccia un po' da chioccia nei primi tempi».

«Mi piace questo tenente Braxton che si preoccupa dell'incolumità di mio figlio».

«Dovresti vederlo, è davvero un bel tipo».

«Ora sono passati tutti i dubbi che avevi stamattina?»

«No, mamma. Oggi non ho fatto davvero nulla più che stringere mani a destra e sinistra. – Parker fece un sospiro, poi decise di tornare a dare un tono allegro alla loro chiacchierata - Ah, mi hanno detto che il vestito m'invecchia».

«E quindi?»

«Quindi… continuerò a metterlo» disse Parker sorridendo. La madre lo guardò sorpresa.

«E' stata la donna a dirtelo, vero?»

«Ma no, che c'entra…»

«E' stata la donna a dirtelo! Confessa! A tua madre non la fai, signor detective!»

Parker rise di gusto e si alzò.

«Hai ragione, tu sei molto più detective di me. Vado a farmi il bagno, impicciona…».

Dopo cena Parker si chiuse in camera. Gli accadeva molto frequentemente di aver bisogno della quiete delle sue mura per riflettere, per rivedere mentalmente il film della giornata appena trascorsa. Non che ci fosse molto da rivedere, in verità, ma ripenso a tutti i volti nuovi della giornata, a tutte le mani che aveva stretto. Poi, cullato dalla radio a basso volume, si addormentò.

Martedì 15 giugno 1971

Al momento del suo arrivo nella sala della Squadra Investigativa, alle 7.45 in punto come gli aveva spiegato Watts, Parker trovò un capannello di persone riunite intorno alla scrivania di Mike Sprewell, uno dei detective del turno mattutino che il giorno prima aveva solo incrociato di sfuggita. Sprewell era seduto al suo posto, con il giornale aperto sul tavolo, e stava finendo di leggere un articolo evidentemente di grande interesse per tutti: «... nell'ottica di queste misure di rinnovato rigore finanziario, sarà presentata al Congresso già la prossima settimana anche la proposta di legge che, se approvata, comporterà il blocco degli stipendi e degli scatti d'anzianità per tutti i dipendenti pubblici. La proposta, sulla quale il Presidente Nixon ha già espresso parere favorevole, verrebbe votata dall'intera maggioranza repubblicana, e non incontrerebbe perciò alcun ostacolo verso una sua rapida attuazione». La fine della lettura di Sprewell venne accompagnata da alcuni secondi di silenzio, rotto solo dallo scricchiolio del giornale che veniva richiuso e dal ritmico cigolio dei ventilatori sul soffitto, che evidentemente nessuno si era preso la briga di spegnere durante la notte.

Parker ne approfittò per guardare i volti del pubblico improvvisato. C'erano Watts, Zampisi, il compagno di Sprewell, Bowl, e poi Jackson, Schuster e cinque facce sconosciute. Da tutti i volti trasparivano segni di scontento, quasi di avvilimento. Tutti i tagli al bilancio federale approvati negli ultimi dieci anni negli Stati Uniti avevano sempre previsto il blocco degli stipendi dei dipendenti pubblici, tra i quali naturalmente i poliziotti. che già non brillavano particolarmente per il loro livello di benessere. Mike Sprewell, quattro figli a carico da due matrimoni finiti in altrettanti divorzi, era per ovvi motivi il più attento a questo genere di notizie. Lui e Bowl erano guardati con diffidenza dal tenente Braxton, a causa del loro passato non proprio limpido (entrambi erano stati trasferiti all'Undicesimo dopo essere stati sospettati di corruzione in altri distretti della città) e della loro spiccata tendenza a farsi da parte nei casi più complessi o pericolosi. Braxton ne avrebbe fatto volentieri a meno, ma con la carenza di uomini che aveva non poteva mettersi a sottilizzare troppo. Gli venivano utili per gestire la routine, ma il loro guinzaglio era particolarmente corto, rispetto a quello di altri detective della squadra, come Schuster e Watts, ad esempio.

«Ma non si sa nulla sulla durata di questo blocco?» chiese uno degli sconosciuti.

Sprewell scosse la testa. «Si parla di tre anni, ma niente di sicuro».

«Ecco per cosa rischiamo il culo ogni giorno…» aggiunse sconsolato un altro degli sconosciuti.

«A me mancava un solo anno al prossimo scatto d'anzianità» disse Bowl.

Improvvisamente uno degli sconosciuti si accorse della presenza di Parker, che li osservava tra l'incuriosito e l'imbarazzato.

«A te frega qualcosa di questa storia?» gli chiese in tono acido. Parker impiegò qualche attimo a realizzare che si stava rivolgendo a lui.

«Beh, solo perché non ho ancora preso il mio primo stipendio non dovrebbe interessarmi?»

«Stipendio? Ah, ti pagano pure? Pensavo che le reclute lavorassero gratis» disse con finta ironia, suscitando qualche risata sommessa.

"Recluta sarà tua sorella" avrebbe voluto rispondergli Parker, nel quale però prevalse, come sempre, l'educazione e quel senso del rispetto che gli erano stati inculcati dai genitori. Si limitò a sorridere, fingendosi divertito dalla battuta.

«Dico sul serio. – proseguì quello – Mi fa incazzare il fatto che il dipartimento spenda soldi per assumere nuove pippe come te anziché pagare di più noi…»

«Senti, non sono io a essermi assegnato lo stipendio. Puoi anche aver ragione, ma devi parlarne col capo della polizia non con me…»

«Bella risposta da burocrate del cazzo! Stai imparando presto a lavartene le mani eh?»

«Ora piantala Rob, - intervenne Watts – quando sei arrivato in questa stanza avevi ancora il pannolino sul culo e non sapevi nemmeno da che parte sparava la pistola che ti avevano dato».

Ci fu qualche risata sommessa nel gruppo. Parker aveva letto quel nome sulla lavagna dei turni il giorno prima: il simpaticone era Rob Ross, il compagno di coppia di Zampisi. Ross scostò un paio di colleghi e andò a piazzarsi sotto la faccia di Watts.

«Non mi risulta che tu sapessi fare molto di più che contare le mutande nelle valigie dei turisti, quando sei arrivato qui». Watts guardò il collega dall'alto in basso con uno sguardo totalmente inespressivo. Parker, per quel poco che conosceva il compagno, pensò che tra un attimo avrebbe afferrato Ross per il collo, lanciandolo poi contro lo schedario in legno massello posto accanto alla scrivania di Sprewell. Gli occhi della sua immaginazione già vedevano Ross insanguinato a terra, tra legni spaccati e documenti sparsi sulle mattonelle del pavimento.

In quell'istante entrò nella sala il tenente Braxton, accaldato, con la giacca in mano e le maniche della camicia già arrotolate fino ai gomiti.

«Macchina di merda, macchina di merda...» mormorava a bassa voce, quando improvvisamente si accorse di tutti i detective intorno alla scrivania di Sprewell.

«Beh? Cos'è oggi? Nixon ha concesso il diritto di sciopero anche ai poliziotti?»

«No, anzi, tenente. Pare che ci blocchino gli stipendi di nuovo...» rispose timidamente Sprewell, agitando in mano il giornale.

«Tutto qui? E cosa c'è di nuovo? Se volevate fare i soldi dovevate sceglievi un altro mestiere. Mai sentito di un poliziotto onesto che sia diventato ricco. Basta con queste cazzate. Ci vediamo tra cinque minuti nella sala di sopra per la riunione settimanale». Ed entrò nella sua stanza senza aggiungere altro. I detective si guardarono l'un l'altro e la riunione si sciolse immediatamente. Watts, Schuster, Sprewell, Ross e alcune delle facce sconosciute salirono alla riunione, subito seguiti dal tenente, che teneva sotto il braccio destro delle cartelline colorate piuttosto voluminose. I loro compagni di coppia si divisero: Jackson prese dei moduli da uno dei suoi cassetti e iniziò a battere a macchina con fare indolente, Bowl andò al piccolo fornello elettrico della sala per preparare del caffè fresco. Parker si piazzò in piedi davanti alla grande cartina del Barrio che campeggiava su una delle pareti della sala per memorizzare meglio le zone e i percorsi attraversati ieri con Watts, mentre Zampisi iniziò una telefonata. Dopo qualche minuto, Parker era talmente immerso nella mappa che aveva di fronte da non accorgersi che Zampisi, finita la telefonata, gli era arrivata alle spalle.

«C'è un non so che di autistico in questo, lo sai?» disse ridendo.

Parker trasalì. Non si voltò, sperando di nascondere la sua improvvisa agitazione e il suo disagio. L'entrata della sala era alle loro spalle e lui non avrebbe avuto modo di veder arrivare Watts. Decise che quella discussione andava tagliata al più presto.

«Sto solo studiando il terreno» rispose con tono professionale.

«Nemmeno fossi Patton sulle Ardenne... non ho mai visto nessuno mettersi a studiare la cartina del Barrio».

«E allora che ce l'avete messa a fare?»

«Per coprire la macchia di umidità che c'è sul muro dietro!» e rise ancora.

L'allegria immotivata di Zampisi stava iniziando a dargli sui nervi. Sembrava che fare la spiritosa in ogni occasione con il nuovo arrivato in uno stanzone pieno di gente, tra cui il proprio fidanzato, non la infastidisse minimamente, anzi. E in fondo, pensò Parker, anche il litigare nel parcheggio di un supermercato, posto notoriamente intimo, rientrava nel personaggio. Lui, invece, era inibito dalla presenza di altre persone intorno, e la sua reazione istintiva era quella di chiudersi a riccio, pronunciando solo banalità o, peggio, divenendo scontroso al limite dell'antipatia.

«E allora vorrà dire che hai ragione, che sono proprio autistico» le rispose scocciato, mentre si voltava di scatto.

«Beh? Dove vai ora?» gli chiese lei, un po' sorpresa da questo cambio di tono.

«In bagno. Si può? O prima delle 10 lo considerate incontinenza?» e uscì.

Zampisi colse alla sua sinistra uno sguardo in tralice di Jackson da dietro la macchina da scrivere, ma decise d'ignorarlo e si sedette stizzita alla sua scrivania, in attesa che al piano di sopra finisse la riunione.

«E allora, Parker, ci vuoi fare le radici in quel chiosco?» Il grido di Watts attraverso il finestrino aperto dell'auto fu tale da far voltare tutte le persone in coda davanti al banco di hot dog . Era l'ora di pranzo e il posto, come il giorno prima, era affollato da clienti di ogni genere. Nell'estremità orientale del Barrio, piazzato strategicamente da vent'anni sulla passeggiata del lungofiume davanti al Chain, il carretto motorizzato di Frank era quasi un'istituzione nel quartiere, e Watts era ormai parte integrante di essa. Con l'arrivo della bella stagione i clienti aumentavano esponenzialmente, e non era raro trovarsi di fronte una coda così lunga da riempire tutto il marciapiede fino all'incrocio con la Quarantasettesima, ma nulla poteva spaventare il tirannosauro biondo affamato.

Parker, giunto al momento di essere servito, non rispose neppure al collega, ma seguì attentamente la composizione dei panini da parte di Frank e del suo aiutante. Pagò e tornò velocemente verso la macchina, dove Watts lo aspettava a fauci spalancate.

«Ma perché diavolo ci hai messo così tanto a farti fare due panini?» sbottò Watts addentando voracemente il suo sandwich. Parker lo guardò stupito.

«Ma non l'hai vista tutta quella coda?» gli disse, indicandola con il braccio fuori dal finestrino. L'auto era ferma al sole e Parker iniziava a sentire il peso di tenere addosso la giacca del vestito.

«Certo che l'ho vista, ma potevi sventolargli il distintivo e passare avanti no?» gli rispose Watts masticando.

Gli occhi di Parker si spalancarono, poi scosse la testa.

«Te lo scordi, io non le faccio quelle cose».

«Non c'è mica niente di male eh! Noi non abbiamo la pausa pranzo come quegl'impiegati del cazzo lì fuori! Se ci avessero chiamato per radio cinque minuti fa, saremmo rimasti senza pranzo. E ti assicuro che non è per niente facile lavorare a stomaco vuoto».

«Va bene, su questo ti do ragione, ma la fila non la scavalco lo stesso. Se la gente parla sempre male della polizia penso sia anche perché esce di casa e vede queste cose».

«La gente si lamenta di noi come di tutto il resto, né più né meno. Potremmo essere una congrega di frati casti e puri come gli angeli e la gente si lamenterebbe lo stesso perché ci direbbero che la legge ha bisogno anche di durezza per essere rispettata. 'Fanculo».

Parker decise di non proseguire la discussione. Aveva fame anche lui e il profumo del panino che teneva in mano stava iniziando a farsi davvero insistente. Diede il primo morso con piacere.

Mentre masticava, Watts posò gli occhi sul panino del collega, poi guardò il suo, poi tornò di nuovo a quello del collega.

«Perché il tuo non sporca tutta la carta come il mio?»

«Le salse» rispose telegraficamente Parker, voglioso di godersi in pace il suo pranzo.

«Che cazzo vuol dire "le salse"?»

«Non ci sono. Né ketchup, né maionese, né caesar, né bbq né nient'altro. Io non ce le voglio dentro tutte quelle porcherie che ci fai mettere tu».

«E perché? Il segreto di questi panini sta proprio nelle salse! Servono per coprire il sapore della carne schifosa che Frank usa per farli».

«Ma piantala, la carne non è pessima, lo diventa con tutti quegli intrugli sopra».

«E poi ieri li ho presi io e non mi hai detto niente e li hai mangiati con le salse. Secondo me è solo per paura di sporcarti il vestito».

«No, è che ieri non mi pareva educato chiederti di fare distinzioni tra noi, e quindi me lo sono mangiato com'era».

Davanti alla parola "educato" Watts rimase col panino a mezz'aria, cercando di ricordare quanti anni erano passati da quando l'aveva sentita dire l'ultima volta da un collega. Senza risposta, scosse la testa e aggredì il resto del sandwich.

«Pensi che io sia strano, vero?» chiese con discrezione Parker, temendo la risposta del compagno.

«Si vede che ci sai fare con le parole, Parker. "Strano" è proprio quella giusta».

«Perché non mangio le salse?»

«Ma non è per le salse in sé... è che mi sembri un po'... come dirti... delicato, ecco, delicato per fare questo lavoro. Noi detective stiamo spesso per strada, mangiamo quello che capita senza tante sottigliezze e poi siamo un po' più...»

«Rozzi?» gli suggerì Parker con lo sguardo divertito.

«Sì, rozzi, e non ci vedo niente di male in questo. Un po' meno educati di te, ecco, visto che ti piace tanto quella parola. Anche perché trattiamo con tanta di quella feccia che l'educazione, te lo garantisco, è solo fiato sprecato».

«Ma alcuni dei nostri colleghi che ho conosciuto non mi sembrano affatto rozzi. O almeno non come te».

«E allora si vede che hai pescato proprio male!»

«Ma dai, ti sei offeso? Prendilo come un complimento, no? Sei pure permaloso!»

«Permaloso io?! E' solo che» il gracchiare improvviso della radio della loro vettura interruppe ogni discorso.

«Auto UndiciSette, Auto UndiciSette rispondete».

Watts ingoiò quasi intero il boccone che aveva appena morso, si pulì alla buona la mano destra sui jeans e afferrò il microfono agganciato alla radio sotto il cruscotto.

«Qui Auto UndiciSette, sono il detective Watts, avanti».

«Due cadaveri rinvenuti al 41 di Racine Street, tra la Ventiseiesima e la Culver, una pattuglia è già sul posto. Siete i più vicini, potete intervenire?»

«Andiamo subito, chiudo». Poi, rivolto al collega: «Molla il tuo capolavoro senza salse Parker, e preparati a vedere i tuoi primi morti ammazzati».

Al 41 di Racine Street trovarono una casa di due piani piuttosto malmessa, con un piccolo giardino davanti e il garage sul lato destro della facciata. Quella era la parte del Barrio più "residenziale", se questo termine poteva adattarsi a un quartiere del genere. Niente palazzi di dieci e più piani, niente scale antincendio in acciaio, solo villette, nella maggior parte dei casi cadenti o con il verde che, senza cura, aveva via via coperto recinzioni e mura delle abitazioni. I prati perfettamente rasati di Maya Hills, dall'altra parte della città, lì erano solo un lontanissimo ricordo.

La saracinesca del garage era sollevata, s'intravedeva nel buio dell'interno un'auto viola. Davanti alla porta di casa i due agenti in divisa giunti con l'autopattuglia stavano srotolando il nastro per delimitare l'area dai curiosi, piuttosto pochi, in verità. Nel Barrio non era raro trovarsi di fronte un omicidio, e la gente tendeva a farsi i fatti propri, con indifferenza ben oltre il limite del cinismo.

Watts scese dall'auto con passo deciso, Parker lo seguì più timido.

«Salve ragazzi, chi vi ha chiamati?»

«Ciao Watts. A telefonare è stato l'inquilino della casa di fronte, disturbato dal continuo abbaiare del cane della vittima».

«Ma ora non sento nessun cane».

«Abbiamo trovato morto anche lui. Probabilmente ha abbaiato fino allo stremo vicino al corpo del padrone. Quando siamo arrivati il corpo del cane era ancora caldo, mentre l'uomo dev'essere morto già da un po'. A prima vista pare che abbiano sparato a entrambi».

«Nome?»

«Carl Weird, nato a Delaine, Illinois, il 4 marzo 1905, quindi 66 anni, bianco».

«Avete già avvisato la Centrale di mandare anche il medico legale, la Morgue e la Scientifica?»

«Sì, già fatto».

«Ok, allora entriamo a dare anche noi un'occhiata. Voi quando avete finito col nastro, fatevi il giro delle case circostanti, raccogliete le generalità e sentite in via preliminare se qualcuno ha visto o sentito qualcosa».

«Va bene, a dopo».

Infilati i guanti di lattice che tutti i detective tenevano sempre in tasca per non contaminare con le loro impronte le scene dei delitti, Parker e Watts varcarono la soglia della casa, trovandosi subito al cospetto di un rivolo di sangue che, a causa di una leggera pendenza del pavimento, stava scorrendo lentamente verso la porta.

«Attento a dove metti i piedi Parker, non fare casini». Il tono di Watts era imperativo, e Parker quasi smise di guardarsi intorno, concentrandosi moltissimo sui propri passi.

Pochi metri dopo, al centro di un salotto malmesso, ecco i due cadaveri. L'uomo, con i capelli quasi completamente canuti e decisamente obeso, riverso sul fianco sinistro sopra un tavolino basso, il cane, un barboncino marrone chiaro da appartamento, ai suoi piedi, in una posizione accucciata che lo avrebbe fatto sembrare solo dormiente, se non fosse stato per il pelo impastato di sangue e la testa abbandonata. Watts e Parker girarono con circospezione intorno ai due, attenti a non compromettere l'imminente lavoro della Scientifica con qualche sbadataggine.

Nell'appartamento, anche a causa del sole che entrava abbondantemente dalle finestre, l'aria stava iniziando a farsi pesante, l'odore del sangue misto a quello della morte e alla puzza del cane. Parker si guardò intorno, il volto pallido, controllò di aver indossato bene i guanti e sentì impellente il bisogno di poggiarsi al mobile più vicino, una cassettiera di pessima fattura in legno chiaro. Watts nel frattempo stava cautamente spostando la spalla superiore del morto, quella che gli ostruiva la visuale verso il petto.

«Guarda e impara, giovane Parker. Un colpo solo dritto al petto, e non doveva essere un calibro piccolo, visto come l'ha fatto crollare sul tavolino. Guarda la torsione anomala del corpo. L'impatto della pallottola lo ha quasi girato, e questo tizio non è certo un peso piuma da spostare. Da vicino ma non a bruciapelo, la camicia non ha segni di bruciature intorno ai lembi del foro d'entrata. Weird è stato ucciso qui ed è morto sul colpo, nessun segno di trascinamento sul pavimento e tutto il sangue è qui dentro».

Non udendo nessun commento alle sue parole, Watts cercò con lo sguardo il suo giovane collega, trovandolo poggiato con aria malferma alla cassettiera. Sospirò.

«Che c'è? Ti senti male? Se stai per vomitare o per svenire ti consiglio di uscire subito, altrimenti ti sparo io, prima che lo faccia la Scientifica per avergli vomitato su tutta la scena di un omicidio».

«No no, solo un secondo e mi metto a lavoro. Scusami Grady».

Watts proruppe in una fragorosa risata.

«Scusami Grady!» ripeté facendogli il verso.

«Comunque non vedo bossoli in giro, era un revolver» aggiunse Parker, una cosa banale tanto per provare a riprendere un contegno più professionale.

«Sì, ma aspettiamo a dirlo. I bossoli potrebbero essere rotolati sotto un mobile o potrebbe anche averli raccolti l'assassino per renderci più complicato il lavoro. 'Sti bastardi le pensano tutte, ormai. E poi se fosse stato un revolver vuol dire che ci troveremmo con pacchi di testimoni nel vicinato... sai dirmi perché, Parker?»

«Perché ai revolver non si può montare il silenziatore e quindi due spari si sarebbero sentiti a un miglio di distanza, giusto?» disse quasi in un bisbiglio Parker, ancora pallido.

«Giusto ragazzo, hai vinto un panino tutto nuovo e senza salse. Guarda e impara, giovane Parker, guarda e impara... quando si ha la fortuna di non avere la scena del delitto già inquinata, in una morte sul colpo la posizione dice tanto. E' come se la morte in persona si preoccupasse di farci avere una foto, un'istantanea dell'ultimo attimo di vita... sarebbe quasi affascinante se non si trattasse di doversi poi spremere a cercare il bastardo che ha provocato questa foto».

Passarono alcuni minuti, in cui Watts si dedicò a ispezionare carponi il salotto alla ricerca delle pallottole uscite dai corpi dell'uomo e del cane o di eventuali altri colpi esplosi.

«Comunque Weird lo conosceva». Il tono della voce di Parker ora giunse diverso alle orecchie di Watts, che nel silenzio assoluto della casa si era quasi dimenticato della sua presenza. Lo sentì finalmente più pronto, più convinto. Si rialzò dal pavimento e vide il collega osservare con attenzione la porta d'ingresso.

«Lo dici perché la porta è a posto?».

«Sì. E la serratura è buona, quindi per aprirla da fuori avrebbero dovuto spaccare una parte del legno o il vetro al centro, invece niente».

«Ok, allora fatti il giro della casa e controlla le finestre, così abbiamo almeno una certezza».

«Sì, vado subito».

Watts rimase in piedi a fissare il ragazzo che saliva di buon passo le scale per il piano superiore. "Dopo una partenza difficile, stai recuperando terreno, giovane Parker, e non hai nemmeno vomitato" disse tra sé e sé, ripensando all'effetto più comune che fa la prima vista di un cadavere insanguinato.

A distoglierlo dai suoi pensieri fu l'arrivo del medico legale e di tre uomini della Scientifica.

«Ce ne avete messo di tempo eh? Occhio a dove mettete i piedi, c'è sangue dovunque per terra».

«Se il caldo primaverile fa prudere le mani a tutti gli assassini di questa fottuta città non è mica colpa mia eh!» sbottò il dottor Caine.

«Ah sì? Parecchio movimento oggi?»

«Due morti durante una rapina andata storta ai grandi magazzini della Quinta, un brutto incidente stradale sulla Parkway... e siamo solo a metà giornata. Qui cos'abbiamo?»

«Un pachiderma morto di nome Carl Weird, 66 anni. A un primo sguardo ha ricevuto in casa il suo assassino, il quale ha ricambiato l'ospitalità con un colpo di grosso calibro nel petto e un altro, ma non immediatamente mortale, al cane. Movente sconosciuto, l'identità non l'ho ancora verificata, sicuramente avrà i documenti nella giacca ma non l'ho girato per paura di sporcarti il lavoro».

«Troppo gentile, grazie».

Molto meno loquaci del dottore, i tre della Scientifica avevano già dato il via alle loro rilevazioni.

Watts, conoscendo la loro avversione ad avere gente tra i piedi, uscì e si diresse verso il garage, dove trovò Parker, già impegnato a frugare la vettura, una Plymouth GMP viola molto curata.

«Le finestre sono tutte intatte e la casa non ha altri ingressi. Ho anche aperto la buca della posta, solo pubblicità».

«Uhm... a quanto pare il defunto signor Weird teneva parecchio alla sua macchina. Ha pochissime miglia e non un granello di polvere sopra». Watts entrò nell'abitacolo.

«Anche dentro è pulita come uno specchio, decisamente un maniaco».

«Quest'auto ha un valore. Perché l'assassino non gliel'ha rubata?»

«Ahi ahi Parker, questa è una scivolata che non mi sarei aspettato da te. Non gliel'ha rubata perché l'assassino non è un ladro. Per quanto modesta, la casa non è stata frugata; nessun cassetto o sportello aperto, non sono stati squarciati i cuscini o spostati i quadri, e la macchina rientra in questo ragionamento».

«Ok, toccato. Ma allora come si spiega la porta del garage aperta?»

«Beh, quella penso che potrebbe essere una coincidenza. Magari Weird stava per uscire e proprio in quel momento è arrivato l'amico che ha accolto in casa prima di venire ucciso. Si sono salutati in giardino, poi Weird l'ha invitato a bere qualcosa dentro, aprendo lui stesso la porta per fare strada, ed ecco spiegata anche la porta intatta».

Parker annuì con scarsa convinzione.

Uno dei due agenti dell'auto pattuglia raggiunse i due detective sulla porta del garage.

Watts diede di gomito a Parker.

«Guarda, quello lì ce l'ha scritto sulla faccia che non ha trovato nulla. I poliziotti delle pattuglie sono così poco abituati a fare domande alla gente che quando quelli non gli rispondono poi ci restano male. Ricordatelo, se ti capita di giocarci a poker».

«Non gioco a poker, mi spiace».

Gli occhi di Watts schizzano fuori dalle orbite: «Niente salse, niente poker… Signore onnipotente che ho fatto di male per meritare tutto questo?»

Nel frattempo l'agente in divisa era arrivato di fronte a loro. «Nessuno ha visto o sentito nulla di strano fino all'abbaiare insistente del cane. L'unica casa abitata è quella di fronte, quella del tizio che ci ha chiamati, nelle due ai lati non c'è nessuno, mi hanno detto che ci abitano delle coppie che tornano dal lavoro solo la sera. Quello che ha telefonato dice di essere uscito di casa solo perché l'abbaiare del cane non gli faceva sentire la tv. Prima di quel momento non ha nulla da segnalare. Ho parlato anche con quelli delle case laggiù, ma non è venuto fuori niente. Sono due coppie di anziani e poi nella visuale ci sono di mezzo tutti questi alberi… potrebbero aver attutito anche il rumore degli spari».

«Già… già…» mormorò Watts, grattandosi il mento con la barba ispida.

«Beh, forza ragazzo, torniamo dentro e vediamo se il dottore e gli altri hanno bisogno di noi, altrimenti possiamo anche tornarcene in ufficio a buttare giù il rapporto preliminare. E' inutile restare qui».

Dentro la casa, i due cadaveri, dopo essere stati abbondantemente fotografati, stavano per essere rimossi dalla polizia mortuaria, destinazione obitorio, dove sarebbe stata effettuata l'autopsia.

I documenti estratti dalla giacca del morto lo confermavano come Carl Weird, di anni 66, come dai dati che la pattuglia aveva ricevuto via radio dall'archivio del Distretto. Succedeva spesso che gli elenchi degli occupanti le abitazioni del quartiere non fossero aggiornati, fortunatamente non era stato questo il caso.

Nessun bossolo era stato trovato, neppure dopo una più attenta ricerca.

«E poi niente pallottole» concluse scuotendo lentamente la testa il sergente della Scientifica.

«Che cazzo vuol dire "niente pallottole"?» trasalì Watts, voltandosi di scatto verso di lui.

«Vuol dire quello che ho detto. Non abbiamo né bossoli né pallottole, chi ha fatto tutto questo sapeva il fatto suo, ha ripulito tutto. Se c'erano bossoli li ha raccolti, e poi si è preso perfino la briga di togliere dal pavimento dov'erano incastrate le due pallottole che ha esploso. Laggiù ci sono i buchi, vicino al divano».

Watts era senza parole. Si avvicinò ai buchi vuoti indicati dal suo collega e rimase a fissarli pensoso. Parker, un passo alle sue spalle, poteva quasi sentirne il suono dei pensieri. Quella che finora era sembrata una sciocchezza, il classico omicidio col movente da ricercarsi in un litigio in famiglia, in un debito o in una questione di corna con la moglie di un amico, ora, senza bossoli né pallottole, si stava complicando dannatamente.

«Porca puttana, ecco una cosa che non mi aspettavo proprio. – disse Watts quando si fu ripreso dai pensieri - Del cane che sapete dirmi? Ha morso il suo assassino?»

«Difficile dirlo a un primo esame. Ha la bocca insanguinata, ma potrebbe aver rigurgitato il suo stesso sangue in seguito alla ferita o semplicemente perché si è leccato il pelo insanguinato. Dal cane non credo proprio che ne caveremo nulla».

«Il collare?»

«Dozzinale, nulla di particolare. Non ha medaglietta, né una qualsiasi iscrizione identificativa».

Watts rimase qualche secondo a fissare i due teli sul pavimento.

Parker seguì lo sguardo del collega e li fissò anche lui. "Quello piccolo sembra coprire un bambino, e grazie al cielo non è così" pensò. Poi gli balenò un'idea.

«Mi scusi sergente, è in grado di dirmi l'età approssimativa del cane?»

Quello lo guardò come se gli avesse appena fatto la domanda più stupida del secolo.

«Per stabilire l'età, se non è registrato all'anagrafe canina come sembra, dovrei analizzare le ossa».

«Non sa neppure dirmi se è giovane o vecchio? E' così piccolo che non riesco a capire se è un cucciolo o già un esemplare adulto».

«Ah beh, se intendeva in modo COSI' approssimativo poteva dirlo prima, per quello basta guardare i denti…» e lasciò la frase in sospeso, passando a guardare Watts. La pausa sottintendeva la frase "è una domanda così importante quella fatta da questo giovane idiota da farmi chinare, sollevare il lenzuolo ed esplorare la bocca insanguinata di un cane morto, con questo maledetto caldo?»

Watts non aveva capito il senso di tanta insistenza sull'età del cane, ma per il gusto di non darla vinta a un subordinato della Scientifica decise di reggergli il gioco, e accennò con la testa in direzione del lenzuolo piccolo.

«E' un cane anziano, i denti sono logori, opachi e pieni di scheggiature. Siamo sicuramente sopra i dieci anni» sentenziò quello dopo qualche minuto di esplorazione.

«Perfetto, grazie» disse Parker.

«Beh, allora aspettiamo il vostro rapporto completo per avere qualche elemento in più. - tagliò corto Watts - Mi raccomando. Ah, e se non mi trovaste chiedete pure di lui, del detective Parker, è il mio nuovo collega».

Timido cenno di saluto con la testa, seguito dai sorrisi degli altri.

«Il tenente t'ha messo a far da balia alle reclute Watts? Cos'è, hai fatto qualche cazzata?».

«Sì, ho fatto la cazzata di lavorare con voi. Piantatela e vedete di fare tutto a dovere qui dentro. Quando avete finito con questa stanza ci sono anche il piano di sopra e il garage da passare al setaccio. Buon divertimento».

«Cos'hai da guardare?» Watts stava guidando ma si sentiva addosso lo sguardo del giovane collega.

«Niente, pensavo al morto. A cosa deve avere provato chi gli ha sparato da due passi e si è preso poi la briga di sparare anche al cane».

«Ancora col cane?! Oh cazzo Parker, ti sei fissato col cane? Ti ricordo che dobbiamo scoprire innanzitutto chi ha ucciso Weird».

«Sì certo, ma la chiave per arrivarci potrebbe essere il cane, che ne sai?»

«Ah, allora è per questo che hai fatto tutte quelle domande al sergente?»

«Sì, per questo. Ho pensato che un cane vecchio potrebbe essere stato male diverse volte, in tutti questi anni. E di solito il veterinario si sceglie vicino casa, o comunque nel quartiere».

«E quindi? Non capisco dove vuoi arrivare. L'identità del morto la conosciamo già senza bisogno che ce la dica il veterinario».

«Beh sì, ma magari può dirci qualcosa di più su Weird. In fondo non sappiamo nulla di lui».

«Penso che tu ti stia cacciando in un vicolo cieco che ti farà perdere un mucchio di tempo, ma d'accordo, qualche telefonata ai veterinari falla, mentre io compilerò montagne di scartoffie in triplice copia».

Per un uomo d'azione come Watts la parte più straziante del lavoro di poliziotto erano i rapporti, i verbali degli interrogatori, dei sopralluoghi: tutto veniva battuto a macchina sui moduli in carta copiativa, così che ne nascessero tre copie. Il primo foglio, quello più leggibile, andava nell'incartamento personale del detective titolare dell'indagine (che a indagine conclusa l'avrebbe consegnato al procuratore di riferimento), il secondo nella pila dei documenti in lettura per il tenente Braxton, mentre il terzo finiva nell'archivio del distretto, dal quale non sarebbe riemerso se non come atto di un processo o, peggio, per un'indagine della Divisione Affari Interni, nel caso fossero spariti gli altri due. Nella berlina senza contrassegni su cui viaggiavano i due detective cadde qualche istante di silenzio, mentre Watts cercava di farsi largo nel traffico per riguadagnare l'assordante quiete della sala della Squadra Investigativa. Le strade caotiche che stavano lentamente attraversando non avevano nulla di rassicurante per loro, gli sguardi del Barrio li seguivano, li radiografavano, vedevano perfettamente i distintivi dentro le giacche e la sirena a presa magnetica poggiata sotto il cruscotto.

«Tu hai sempre fatto servizio qui?» mormorò perplesso Parker, senza guardare il collega, lo sguardo ancora rivolto verso il finestrino.

«No, la prima nomina l'ho avuta dall'altra parte della città, nell'East End».

«Bello lì?»

«Se sei giovane, bello e sveglio sì. Con tutti quei locali notturni c'erano donne a pacchi. Bastava entrare in un locale, sventolare la placca, piantare qualche grana sulle licenze e te le trovavi intorno pronte a fare qualsiasi cosa, ordine tassativo del proprietario».

«E tu... facevi così?»

«Avrei voluto vedere te, a diciott'anni! Quello era il paradiso terrestre!»

«E quanto ci sei stato?»

«Due anni, prima di partire per la Corea. Poi ci sono tornato, un anno e mezzo dopo, ma era cambiato tutto».

«Cioè?»

«Semplice, era iniziata ad arrivare la droga. Improvvisamente le donne non erano più la principale fonte di guadagno dei locali. Con la droga iniziarono a girare soldi a fiumi, altro che la prostituzione e quattro tavoli truccati di black-jack… e con i soldi arrivarono le armi, le bande, la mafia… dopo un anno ho chiesto il trasferimento… lì ho avuto il mio battesimo del fuoco».

«Ti hanno ferito?»

«Ci hanno provato, ma è andata peggio a loro».

«Eri fresco d'Accademia come me?»

«No, sono entrato a diciott'anni come agente, ho fatto solo la scuola di Polizia».

«E dopo l'East End?»

«Ehi! Ma cos'è? Stai provando il tuo primo interrogatorio?»

«E dai, Grady, è per conoscerci meglio no?».

«Poi all'antidroga della Divisione Aeroportuale. Bel lavoro, ottimi professionisti, gente di un altro livello rispetto agli stronzi che trovi nei distretti».

«Anche nell'Undicesimo?»

«Certo, anche nell'Undicesimo. Cosa pensi? Che ti abbiano assegnato a un'unità d'elite? Sei carne da cannone, giovane Parker. Giovane carne da cannone, punto e basta. Rischi il culo solo per dare una parvenza d'ordine a questo cesso di quartiere, ma come giri gli occhi questi bastardi che vedi fuori dal vetro fanno il peggio del peggio».

«E come mai dalla "gente di un altro livello" sei finito a fare la carne da cannone al Barrio?»

«Me la sono cercata, un giorno mi sono incazzato e ho detto al tenente che mi sarebbe piaciuto stare per strada, in mezzo alla gente vera. Ero stufo di aprire bagagli sospetti o di aspettare le sniffate dei cani antidroga. Non aspettava altro, quel bastardo, c'era una lista lunga così di raccomandati che non vedevano l'ora di andare a mettere il culo al caldo dell'aeroporto. E in poche settimane eccomi accontentato con l'Undicesimo Distretto».

«Tu ci sei nato nel Barrio, vero?»

«Uhm! Da cosa l'hai capito?»

«Dici che è un cesso, ma lo dici con affetto. Queste strade fanno schifo ma al tempo stesso ti piacciono, si sente che sei legato a questo casino, a questa puzza».

«E bravo Parker, non capisci un cazzo di panini e salse ma sei un bravo ascoltatore».

«Beh, grazie». I lineamenti giovani di Parker si aprirono in un sorriso luminoso.

«Grazie un cazzo, Parker, ti sto prendendo per il culo. Sono nato a Wichita, Texas, a millecinquecento miglia da qui, coglione! Hahahaha!!».

Watts scoppiò in una fragorosa risata, mentre il sorriso di Parker diventava quello di un idiota e la loro berlina accostava al marciapiedi davanti l'Undicesimo.

«Grady vai dal tenente, ti deve parlare» disse in tono imperativo Jackson, appena uscito dalla stanza del tenente Braxton. Aveva una fretta evidente. Fece un cenno con la testa in direzione dell'uscita a Schuster, sfilò la giacca dalla spalliera della sua sedia e imboccò le scale a tutta velocità, subito seguito dal compagno. "Grane in vista, detective Jackson" pensò Parker.

Watts saltò su dalla macchina da scrivere che aveva assorbito la sua attenzione nell'ultima ora e andò dal suo superiore. Lo stesso fece Parker, che fu però prontamente stoppato da un gesto di Watts.

«Il tenente ha chiesto di me, non di tutti e due. Impara a stare al tuo posto, Parker». Ed entrò, chiudendosi la porta alle spalle.

Parker riaffondò nella sua sedia con un'aria sconsolata; aveva immaginato che due detective che facessero coppia dovessero condividere tutto, che fossero una cosa sola. Evidentemente lì dentro non era così. Già il suo umore non era dei migliori, dopo decine di telefonate inutili ai veterinari della zona; la sua idea, come ampiamente vaticinato da Watts, si era rivelata solo una gran perdita di tempo. Gli rimanevano ormai solo gli ultimi tre nomi della lista, e decise di ingannare la sua solitudine bevendo fino in fondo l'amaro calice dell'inutilità.

Compose il numero e quando, dopo alcuni squilli, qualcuno rispose, attaccò l'ormai consueta litania.

«Salve, sono il detective Parker dell'Undicesimo Distretto, lei è il dottor Mays?»

«Sì sono io… - pausa carica di ansia, sottintendente un "che diavolo vorrà da me un detective?" – posso esserle utile?»

«Lo spero. Vorrei sapere se ha, o ha avuto, tra i suoi clienti un certo Carl Weird, proprietario di un cane barboncino marr-»

«Sì, certamente – il veterinario lo interruppe prima che potesse terminare l'identikit del cane – Weird è un mio cliente da diversi anni, il cane si chiama Flash, perché me lo chiede? Gli è successo qualcosa?»

Non avesse telefonato per comunicare un duplice omicidio, Parker sarebbe scoppiato a ridere davanti a quel nome, così straordinariamente ridicolo per un vecchio cane di taglia minuscola.

«Sì, è stato ucciso».

«Flash?»

«Anche lui, ma mi riferivo innanzitutto al signor Weird».

Silenzio.

«Come?»

«Con colpi d'arma da fuoco, non posso dirle altro, è segreto d'ufficio, mi spiace».

«Cosa vuole sapere?»

«Qualcosa che ci aiuti a farci un'idea più precisa sul signor Weird. A noi risulta che non avesse né moglie, né figli, né parenti prossimi, stiamo cercando di ricostruire i suoi contatti».

«Non so dirle nulla sulla sua situazione, da me è sempre venuto da solo col cane, anzi coi cani. Prima ne aveva diversi, Flash era l'ultimo che gli era rimasto. Dall'amore che aveva per lui, penso anch'io che fosse un uomo solo, molto solo, ma non mi ha mai parlato di un'eventuale famiglia. Non può essersi suicidato?»

«No, è certamente omicidio».

«Ah, ok. Sa, è che mi sembrava plausibile che si fosse…»

«Dottor Mays, le ho detto che è stato un omicidio, ci lasci fare il nostro lavoro – la voce di Parker rivelava una certa impazienza – tornando al signor Weird, dottore, non le viene in mente nulla di strano, qualcosa di cui avete parlato una volta, qualche suo interesse in particolare?»

«Credo che fosse un ladro d'auto o che commerciasse in auto rubate».

"Bingo" pensò in un attimo Parker.

«Crede o ne è certo? Da cosa nasce questa sua idea?»

«Intendiamoci, io non l'ho mai visto né rubare né vendere auto rubate, ma una volta, un paio d'anni fa, gli dissi, chiacchierando dopo una visita a Flash, che mi avevano appena rubato l'auto e che dovevo cercarne un'altra usata alla svelta perché per il mio lavoro l'auto è fondamentale, quasi quanto i miei strumenti chirurgici».

«E lui?»

«Lui mi diede una risposta strana, dicendomi che si sarebbe attivato per farmi riavere l'auto rubata, perché non era giusto che un bravo dottore come me non potesse salvare gli animali perché era senza macchina, o una cosa del genere».

«Quindi le fece riavere l'auto?»

«Sì ma in ritardo. Io attesi qualche giorno, poi, non avendone notizie, acquistai un'auto usata, ne avevo troppo bisogno».

«E il signor Weird?»

«Tornò a farsi vivo dopo circa un mese, dicendomi che avrei potuto riavere la mia vecchia auto pagandola solo duecento dollari, ma io gli dissi che ne avevo già acquistata un'altra».

«E lui come la prese?»

In quell'istante Watts uscì dalla stanza del tenente. Aveva l'aria arrabbiata e Parker vide che stava puntando a passo di carica verso di lui.

«Parker, cazzo!» esordì Watts a tutti polmoni, facendo voltare la testa a tutti i presenti nella sala, ma il giovane collega sollevò una mano con il palmo rivolto verso di lui, in tono imperativo.

«Metti giù il telefono, dobbiamo parlare!»

Parker cercò di tirar fuori il tono di voce più cortese possibile.

«Dottor Mays, mi scusi se la interrompo, può attendermi un attimo in linea?» Schiacciò un pulsante e mise la telefonata in attesa.

«E' una telefonata importante Watts, che vuoi?» ma il suo tono ora era decisamente salito.

«Mi sono preso una lisciata coi fiocchi dal tenente per colpa tua, stronzo fottuto!»

La faccia di Parker stava contraendosi in una smorfia interrogativa quando in un attimo cambiò di colpo. In un secondo gli fu tutto chiaro.

«Sei venuto a dirmi che ho tralasciato di guardare i documenti della Plymouth nel garage vero? E che gli agenti che hanno proseguito la perquisizione hanno scoperto che non è intestata a lui, vero? E magari anche che risulta rubata, giusto?»

Watts, sbalordito, lo guardò con un misto di odio e ammirazione.

«E allora se ti dico che è una telefonata importante, vuol dire che è DAVVERO importante e che allora devi farmi la cortesia di mettere da parte quell'aria da bullo di quartiere e di aspettare!»

Nella sala della Squadra Investigativa si sentì qualche risatina sommessa, che Watts zittì all'istante con il suo sguardo più feroce. Quindi sospirò e si sedette pazientemente dall'altro lato della scrivania di Parker, mentre questi riapriva la comunicazione con il dottor Mays.

«C'è ancora, dottor Mays?» riprese Parker con voce quasi melliflua.

«Sì, sono qui».

«Perfetto, mi scusi, una chiamata urgente sull'altra linea».

«Si figuri».

«Dunque, mi stava raccontando come reagì il signor Weird al suo rifiuto di riacquistare l'auto che lui le aveva ritrovata. Si arrabbiò, immagino».

«No, affatto, la prese molto tranquillamente. Anzi, si scusò per averci messo tutto quel tempo, costringendomi così a comprarne un'altra. Si giustificò dicendo che il ladro era di fuori città e che aveva avuto bisogno di più tempo per rintracciarlo».

«Dal che lei dedusse che il signor Weird avesse contatti con la malavita di quel settore».

«Beh, a meno che non facesse il poliziotto o il detective privato, non vedo cos'altro potesse essere. Era un poliziotto o un detective privato?».

«No».

«Ecco, appunto».

«Ma il signor Weird conosceva la sua auto? Aveva avuto occasione di collegarla a lei in passato?»

«Sì, certo. Ero andato diverse volte da lui per curare in emergenza i suoi cani, tra cui Flash stesso».

«Quindi possiamo escludere che gliel'avesse rubata lui in prima persona».

«Ah beh, non avevo pensato a questo... sì, l'avrebbe riconosciuta sicuramente».

«Lei che lo conosceva da diversi anni, sa dirmi se il signor Weird era sempre stato così sovrappeso come oggi?»

«Che c'entra, scusi?»

«Io faccio le domande lei risponde, dottor Mays, questo gioco funziona così».

«Sì, mi scusi. Sì, da quando lo conosco è sempre stato così».

"Ecco un altro motivo per dedurre che non facesse il ladro, piuttosto il ricettatore. Non ce lo vedo a infilarsi di soppiatto sotto il cruscotto a collegare fili. E poi se qualcosa fosse andato storto, non sarebbe mai riuscito a scappare" pensò in un lampo Parker.

«Non le fece mai qualche nome? Anche dopo la vicenda della sua auto, intendo».

«No mai, non che io mi ricordi, almeno».

«Bene, dottore, lei ci è stato utilissimo. Devo solo chiederle un ultimo favore».

«Mi dica».

«Deve venire domattina qui a firmare la deposizione. Riscriveremo tutto quel che mi ha detto e con la sua firma sarà un atto valido anche a fini processuali. Sono certo che capirà».

«Naturalmente».

«L'aspetto qui domani tra le 8 e le 10, va bene? Sa dov'è l'Undicesimo Distretto?»

«Sì, verrò prima di aprire l'ambulatorio».

«Perfetto, può chiedere del detective Parker o del detective Watts, il mio fraterno collega» e strizzò l'occhio a Watts, che gli sedeva di fronte.

«Parker o Watts, benissimo».

«Grazie di nuovo, a domani dottore».

«A domani, Parker».

Parker riappoggiò la cornetta all'apparecchio e guardò trionfante il suo collega.

«Abbiamo una buona traccia: Carl Weird faceva il ricettatore di auto rubate».

«Hai avuto un gran culo, Parker. Guarda che quella della mancata perquisizione dell'auto nel garage è stata una cazzata vera, e il tenente se l'è presa con me perché avrei dovuto ricordarti di controllare, visto che era il tuo primo sopralluogo».

«Cazzata che non si ripeterà più, d'accordo. Ora però andiamo a dare la buona notizia al tenente».

«La traccia l'hai trovata tu, puoi andarci da solo».

«No, insieme Grady. Andiamoci insieme dal tenente».

I due si alzarono contemporaneamente dai due lati della scrivania di Parker. Watts guardava il collega con piglio sospettoso mentre si portava le mani sulla nuca e sistemava il laccio intorno al codino. Quando ebbe finito, si ritrovò la mano destra di Parker tesa verso di lui. Ebbe ancora un attimo di perplessità, poi la strinse vigorosamente. I due andarono subito dal tenente Braxton per aggiornarlo sugli ultimi sviluppi dell'indagine, poi andarono a casa.

«Com'è andata oggi, figliolo?» disse la madre di Parker appena sentì richiudersi la porta di casa.

Nella casa riecheggiava la voce della televisione, una voce femminile che con tono stridulo decantava le doti sbiancanti di un dentifricio. Durante il viaggio in metropolitana Parker aveva ripensato ossessivamente a Carl Weird, al suo cane, alla prima immagine della morte e all'ultima che gli occhi di Weird avevano potuto mettere a fuoco prima che calasse su di loro il buio eterno. Si sentiva ancora addosso la puzza di morte che aveva respirato in quel salotto; sul vagone della metropolitana aveva avuto la sensazione che tutti lo guardassero e cercassero di stare lontani da lui, come se percepissero quell'odore diverso da tutti gli altri. Non aveva fame, non aveva neppure voglia di parlare. Voleva solo purificarsi sotto il getto d'acqua bollente della sua doccia, senza indugiare, contrariamente al solito; solo qualche minuto di acqua bollente e via.

Andò in camera sua senza neppure rispondere alla madre,

poggiò diligentemente la giacca sulla spalliera di una sedia, sfilò la fondina ascellare con la pistola dentro e gettò entrambe sul letto, ricomposto dalla madre con precisione degna di un Marine. Gli angoli perfettamente chiusi, lenzuola e coperte ben tese, non un capello sulla federa del cuscino: sembrava che nessuno avesse dormito lì nell'ultimo mese. Sbottonandosi lentamente la camicia bianca, Parker fissò la sua arma e pensò che una cosa come quella, o comunque non molto diversa, aveva fatto quello che aveva visto oggi. E gli sembrò impossibile; un oggetto così squallido, sciocco, immobile, come poteva aver causato tutto quel sangue sul pavimento? Poi tornò a osservare il letto, capendo solo in quell'istante quanto quel giaciglio perfetto lo innervosisse, quanto odiasse quel senso d'impersonalità regnante nella sua stanza. Nessun poster, nessuna foto, sui libri e fumetti che lo guardavano dalle mensole non c'era il suo nome, niente nei vestiti divisi tra armadio e cassetti, niente nei dischi dietro lo sportello sotto il giradischi. Era sempre stato così ligio agli insegnamenti, così perseguitato dal suo essere sempre un bravo ragazzo che non aveva mai scritto nulla che potesse sporcare le pagine di un libro o la copertina di un disco. Un disegno, un cuore quand'era stato innamorato… nulla. Solo il tesserino che riposava nella tasca interna della giacca accanto alla placca dorata riportava il nome di Noah Parker, solo quello in tutta la stanza. Pensò che forse anche un albergo a ore doveva trasmettere più calore di quella stanza. Quando si voltò per sedersi sul letto e slacciarsi le scarpe, vide arrivare la madre.

«Noah… non mi hai nemmeno risposto… com'è andata oggi? Problemi?»

«Ho visto il mio primo morto, come vuoi che sia andata oggi?» e si chinò verso i lacci delle proprie scarpe. La madre capì e andò via in silenzio.

L'acqua bollente fece subito il suo effetto distensivo, poi Parker mise sul suo giradischi un 45 giri di diversi anni prima, comprato in un negozio di musica dove aveva lavorato come commesso per un paio di pomeriggi a settimana mentre era al liceo. Appena ebbe poggiato dolcemente la puntina sul vinile, la voce di Dionne Warwick invase la stanza, restituendole quel calore tanto assente fino a pochi secondi prima. Rimise dall'inizio "Walk on by" per quattro volte, e Weird uscì dai suoi pensieri, lasciando spazio a Zampisi, a qualche sua ex ragazza, poi di nuovo a Zampisi intenta a litigare con Watts nel parcheggio. Al termine della quarta ripetizione si alzò, infilò una vecchia tuta, spense il giradischi e andò in salone, da cui sentiva provenire la voce inconfondibile di Flip Wilson, il comico del momento, la prima star televisiva nera nella storia degli Stati Uniti. Quando entrò nel salone guardò dapprima la madre, seduta compostamente nella sua poltrona preferita. Aveva un sorriso smagliante e lo guardò subito, facendogli segno di sedersi vicino a lei. Parker prese la sedia più vicina dal tavolo da pranzo e le si mise accanto. Sullo schermo l'istrionico Wilson, in abiti femminili, stava dando vita al suo personaggio più famoso, la signorina Geraldine Jones, intenta a raccontare le ultime imprese del suo celeberrimo fidanzato, dal nome poco rassicurante di Killer. In pochi secondi, senza neppure rendersene conto, Parker si trovò a ridere accanto alla madre e tutto gli parve così distante da fargli venire il dubbio di averlo mai vissuto. Dopo una decina di minuti lo show finì e Parker si alzò, rimettendo al suo posto la sedia.

«Tu hai già mangiato, mamma?»

«Sì Noah, ti ho aspettato finché ho potuto ma poi avevo troppa fame…»

«Hai fatto bene, non preoccuparti».

«Ti ho lasciato il pollo, comunque. Devi solo scaldarlo sulla padella».

«Ok»

«Vuoi che venga a scaldartelo io?»

«No, non alzarti, faccio io».

Dopo pochi bocconi di pollo, Parker aveva già placato il suo appetito. Weird era tornato a farsi vivo nella sua testa, ma stavolta in ragionamenti più professionali. Parker stava ripercorrendo mentalmente gli elementi in suo possesso, quando entrò la madre.

«E' cattivo?»

«No, è buonissimo».

«Ti ha impressionato tanto quel morto?»

«Sì, abbastanza. Uno a cui lui ha aperto la porta gli ha sparato da pochi passi. A lui e al suo cane».

«Mio dio» sospirò la madre, sedendosi di fronte a lui.

«Sai che sei tale e quale tuo padre? Anche lui stette malissimo la prima volta che gli capitò di vedere un morto, me lo ricordo benissimo. E sai bene quanto tuo padre fosse poco impressionabile».

«Davvero?»

«Sì, stai tranquillo Noah, penso che tu debba ancora farci l'abitudine a queste cose così brutte. Anche tuo padre ebbe bisogno di tempo. Non c'è niente di strano».

«Beh, speriamo. Se anche papà ebbe di questi problemi…»

«Sì, amore mio».

Parker si alzò, mise in frigo il piatto con il pollo avanzato e le altre stoviglie nel lavandino.

«Vado a letto, sono distrutto. Buonanotte, mamma».

«Buonanotte figliolo».

Non era vero che il suo Jack si fosse fatto impressionare così alla prima vista di un cadavere, ma una bugia di madre è sempre detta a buon fine. Il figlio non somigliava poi così tanto al padre, forse somigliava più a lei, che per trovare una difesa dalle cose del mondo si era condannata a un'esistenza domestica. "Ma no – pensò poi – lui si è messo in gioco. Forse è diverso da tutti e due".

Vide il riflesso della lampada della camera del figlio spegnersi dopo pochi istanti, quindi tornò a guardare la televisione, bisbigliando una preghiera.

Mercoledì 16 giugno 1971

La mattina seguente il dottor Mays si presentò puntualissimo al distretto, ripetendo nuovamente le dichiarazioni fatte telefonicamente il giorno prima, ancora una volta al detective Parker. Nel frattempo Watts, una volta vista scorrere senza intoppi la deposizione del veterinario, si dedicò all'ex proprietario della Plymouth GMP trovata nel garage del defunto Weird. Dagli schedari, l'auto risultava acquistata nuova nel dicembre dell'anno prima in un concessionario di Maya Hills da un diciottenne, evidentemente facoltoso, di nome Simon Krample. Il furto, regolarmente denunciato, risaliva al primo giorno di giugno, due settimane prima dell'omicidio, presso l'indirizzo di residenza di Krample. La zona del furto era di competenza del Quarantesimo Distretto, cui Watts si affrettò a chiedere l'invio per telescrivente del rapporto. Gli garantirono che sarebbe arrivato in pochi minuti: "Oggi sei fortunato collega, non abbiamo granché da fare" gli dissero, e Watts non ribatté per quieto vivere. C'era un'altissima probabilità che quel rapporto non servisse a nulla, ma il lavoro di un detective era spesso basato su una noiosa serie d'infruttuosi e metodici tentativi fino al momento in cui, se si era bravi o fortunati o tutti e due, ci s'imbatteva in un tassello stonato, in un elemento che nella testa degli inquirenti non s'inseriva bene con tutti gli altri, e che indirizzava quindi le indagini nella giusta direzione. Quando il rapporto arrivò, Watts capì che quello non era il tassello stonato, ma almeno un'importante conferma. Dall'angolo delle telescriventi vide il dottor Mays accomiatarsi da Parker con una stretta di mano, quindi si diresse verso il suo collega sventolando i fogli del rapporto appena giuntogli.

«Il rapporto sul furto della Plymouth conferma l'idea che ti eri fatto; il ciccione faceva il ricettatore di auto rubate – disse Watts senza troppi complimenti - La GMP è stata rubata di notte all'interno di una villa di ricconi. Il ladro, sempre che fosse solo, ma non credo, ha forzato la serratura di un grosso cancello, poi ha scavalcato un recinto, quindi ha addormentato due cani con del cibo trattato e infine per uscire con la macchina ha aperto la porta del recinto dall'interno».

«Un po' troppo per il fisico di Weird no?»

La testa di Watts si mosse in un deciso cenno di assenso.

«Tre quarti dei nostri colleghi di questa stamberga non ci riuscirebbero, figuriamoci quel pachiderma. Escluso. Troviamo il ladro e troveremo l'assassino di Weird, sicuro».

Parker, con le mani giunte davanti al volto come in un atteggiamento di preghiera, si dondolava sulla sedia ascoltando il compagno. Annuì in un primo tempo, poi fu colto da un'idea.

«E se la macchina fosse passata da più mani prima di arrivare a Weird?»

«Che fottuto piantagrane che sei, Parker!»

«Sto solo facendo l'avvocato del diavolo».

«Ecco, allora va' all'inferno, già che ci sei».

«Non mi hai ancora risposto, Grady» ribatté Parker con tono petulante e un sorriso.

«Ecco la risposta, giovane Parker. Te ne do due di motivi per cui io credo che chi l'ha rubata abbia poi ammazzato Weird nel corso della contrattazione. Primo: è passato troppo poco tempo. Due settimane non sono tante per piazzare un'auto così bella e perfetta; non stiamo parlando di vendere caramelle all'angolo della strada, stiamo parlando di un'auto sportiva rubata, è roba di valore. Se hai rubato una bellezza del genere, vuoi essere certo di rivenderla bene e senza rischi».

«Va bene, ok. E il secondo motivo?»

«E' un'auto che da nell'occhio. Viola, pulita da far schifo, praticamente nuova, sportiva... se puoi sperare ragionevolmente di passare inosservato a Maya Hills, di sicuro non puoi farlo nel Barrio, dove per comprarti una roba del genere devi mettere insieme le tasche di cento persone. E con una macchina così non te ne vai a spasso per la città a cercare un ricettatore chiedendo informazioni ai passanti. Se la tiri fuori dal tuo nascondiglio e ci arrivi fino al Barrio è perché sai di parlare con uno serio, uno che ha agganci buoni in quel mondo, come li aveva il ciccione, a quanto dice il veterinario».

«Ok, ma ho un'altra domanda da fottuto piantagrane... sei

pronto?»

«Spara» rispose Watts, alzando gli occhi al soffitto.

«Ipotizziamo che tu abbia ragione su tutta la linea. Io sono il ladro. Dopo quindici giorni di telefonate e di voci sparse in giro mi metto d'accordo con te che sei uno ben agganciato. Vengo da te con la macchina, te la faccio vedere ma alla fine per non so quale motivo non ci mettiamo d'accordo sul prezzo, litighiamo e ci scappa il morto… la domanda è: "perché me ne sono andato senza portarmi via la macchina? E' il mio capitale, ho fatto Superman per rubarla, in più è una traccia che, presto o tardi, potrebbe condurre gli sbirri da me e la lascio lì?"»

«Domanda da piantagrane, ma da piantagrane fottutamente intelligente, perché proprio questa è una delle cose che non tornano».

«Che dopo l'omicidio si sia spaventato e sia scappato via?»

«No, uno che ha la lucidità di non farci trovare neppure le pallottole non si fa prendere dal panico».

«Giusto» convenne Parker.

«E poi c'è un'altra cosa che dovrebbe lasciare perplesso anche te».

«Cioè?»

«Weird era incensurato».

«Ah, già».

«Come diavolo è possibile? Se era così ben introdotto da ritrovare la macchina al dottore e da saper piazzare la Plymouth, com'è possibile che su un criminale di 66 anni non ci sia nulla?»

«In effetti è strano».

«Neppure una multa stradale, niente di niente. Un buon ricettatore costruisce i propri rapporti di fiducia col tempo, com'è possibile che il nome di Carl Weird non sia mai saltato fuori in un interrogatorio o in qualche altra indagine se era così ben introdotto? E poi li conosco tutti i ricettatori del Barrio, chi cazzo l'ha sentito mai questo qui?»

«Sì, mi pare che in questa storia ci siano troppi salti di comportamenti tra delinquenza comune e professionisti. Il furto è roba da professionisti, lasciare lì la macchina non lo è. Raccogliere le pallottole è una cosa da professionisti, sparare al proprio ricettatore attirando così tutta la polizia del Barrio è da dilettanti».

Dopo l'ultima parola di Parker cadde un silenzio che avvolse entrambi i lati della scrivania. Più pensieroso e rabbioso dalla parte di Watts, più sconfortato e confuso da quella di Noah Parker. Avrebbe voluto con tutte le sue forze trovare l'assassino del primo omicidio della sua carriera, non voleva iniziare con un fallimento. Circondati dal rumore degli occupanti delle altre scrivanie e sprofondati nelle rispettive riflessioni, nessuno dei due detective sentì il richiamo proveniente da un agente in divisa, fermo all'ingresso della sala, con accanto una signora, pochi metri dietro Watts.

Col passare dei secondi, i richiami dell'agente rivolti a Watts si fecero sempre più forti, finché, dalla vicina scrivania, Zampisi appallottolò un foglio di carta e lo tirò sul volto del collega.

«Ehi cervelloni, avete bisogno che vi mandino un telegramma?»

Le due teste si girarono verso di lei.

«Che c'è?»

La detective ammiccò con la testa verso l'agente all'ingresso. «Ti sta chiamando da un bel po', Grady».

Watts squadrò l'agente e la signora al suo fianco: sulla sessantina, pelle nera, un po' trascurata e vestita in modo dozzinale. Il detective scattò dalla sedia.

«Dimmi, che qui abbiamo da fare – disse bruscamente, rivolto all'agente – non c'è nessun altro libero per raccogliere la denuncia della signora?»

L'agente, per nulla intimorito, rispose a tono.

«Non so se c'è qualcun altro libero, ma è una cosa delicata e il sergente Mac giù di sotto mi ha ordinato di portarla da te. Prendilo come un complimento».

Watts si grattò una volta di più la barba incolta sul mento, fece un sospiro, poi cambiò tono.

«Va bene va bene, mi scusi signora, un attimo solo e sono tutto per lei – poi rivolto all'agente – ok, puoi andare, grazie».

Tornò velocemente sui suoi passi fino a Parker, che nel frattempo si era alzato in piedi e messo la giacca. Watts alzò una mano per fermarlo.

«No, rimettiti alla scrivania e spremiti ancora sul caso Weird. Sollecita il rapporto alla Scientifica e al medico legale, abbiamo bisogno di altri indizi per uscire dalla nebbia. E poi fatti venire qualche altra idea. Non so: senti la Stradale se per caso hanno mai fermato per un controllo quella GMP, vedi di rintracciare i vicini di Weird che non erano in casa ieri pomeriggio o che cavolo ne so. Ripercorri tutto da capo, vedi di tirare fuori qualcosa. Della signora mi occupo io, poi ti dico».

«Va bene».

«Venga signora, si accomodi alla mia scrivania».

La signora varcò la soglia della sala con aria intimidita. Reggeva la borsa davanti a lei, con entrambe le mani. I passi erano circospetti, gli occhi scrutavano ogni angolo della sala, i volti, le espressioni. Nessuno si curò di lei, ma la paura che qualcuno potesse riconoscerla era evidente. Watts la fece accomodare cavallerescamente, poi fece il giro del tavolo e si sedette anche lui. La osservò un secondo ancora, in silenzio: "questo è un tentativo di stupro, Grady" pensò.

«Mi dica» esordì quasi con dolcezza il detective.

«Mi hanno chiesto dei soldi per avere una casa comunale».

"Macché…" pensò Watts, spiazzato dalla prima frase della donna, così diretta e senza fronzoli. Sembrava avvilita e furiosa allo stesso tempo. Ma sembrava, soprattutto, sincera.

«Un attimo signora, andiamo con ordine. Mi dice il suo nome e le sue generalità?»

«Margie Deloach, nata il primo maggio del 1910 in questa città. Ecco il mio documento d'identità».

Aprì la borsa che tanto gelosamente teneva stretta al ventre, cominciò a frugarvi dentro e ne estrasse il documento, consunto e malridotto, ma ancora leggibile.

«Ok, signora Deloach, io sono il detective Watts. Chi le ha chiesto i soldi?»

«Un impiegato dell'ufficio delle case comunali di questo quartiere».

«Sa il suo nome?»

«Il cognome è De Rienzo, c'era scritto in una targhetta sulla scrivania».

«Va bene. Le va di raccontarmi tutto dall'inizio?»

Margie Deloach annuì dolorosamente, ma iniziò subito a raccontare.

«Sono vedova e ho una figlia di trent'anni, si chiama Sue... Sue è ritardata, dalla nascita. Lavoro alla lavanderia di Walt Robson sulla Lincoln. Abito da venticinque anni in una casa a pochi isolati da qui, attaccata al supermercato tra la 77esima e la Hamlin, il Carter's Food, lo conosce?»

«Sì, ho capito qual è. Quello con tutti i cartelli pubblicitari verdi e rossi sulla strada».

«Sì, esatto. Mio marito, Art Deloach, ha fatto lì il guardiano notturno per 25 anni e nella sua paga era compresa quella casa. E' una specie di prefabbricato messo accanto al supermarket, d'inverno a volte ci piove dentro e fa un freddo cane ma alla fine ci siamo sempre stati bene. E poi non avremmo mai potuto permetterci di comprare una casa, con tutti i soldi che servono per curare nostra figlia».

«Va bene, vada avanti».

«Il 21 aprile Art è morto, e quei pochi soldi che non avevamo speso per nostra figlia li abbiamo spesi in quelle settimane della sua malattia, di Art voglio dire... anche se non è servito a niente».

«Mi dispiace, signora Deloach».

Le inutili parole di circostanza di Watts non servirono a fermare le lacrime della signora Deloach. Profonde, dolorose eppure dignitosissime. Il detective attese che la signora ricominciasse spontaneamente la sua vicenda, senza incalzarla. Lei frugò ancora la borsa, estrasse un fazzoletto di cotone bianchissimo e si asciugò le lacrime, mentre Watts rimpiangeva di non averlo fatto lui, quel gesto.

«Con la morte di Art sono finiti i soldi e, una settimana dopo, è arrivata anche la richiesta di sgombrare la casa prima dell'arrivo del nuovo guardiano del supermercato. Il direttore è stato gentilissimo, ha fatto finta per settimane di non trovare il candidato giusto solo per consentirmi di trovare un lavoro e una nuova sistemazione anche per Sue».

«Sì, ho conosciuto il signor Fergan, è un galantuomo».

«Già. L'ha tirata lunga finché ha potuto, ma due settimane dopo il suo capo area deve aver mangiato la foglia e gli ha dato un termine ultimo, la fine di giugno, per trovare il nuovo custode, altrimenti sarebbe stato licenziato anche lui».

«Immagino però che in queste settimane lei non sia stata con le mani in mano. Sapeva che prima o poi quella casa avrebbe dovuto lasciarla».

«Sì, certo. Mi sono subito trovata un lavoro».

«Quello alla lavanderia Robson, giusto?»

«Sì».

«Mi scusi, ma chi rimane con sua figlia quando lei è a lavoro?»

«Alcune delle impiegate del supermercato si sono offerte a turno di stare con lei nei loro giorni di riposo».

«Sono molto gentili».

«Sì, sono delle persone eccezionali, e non da oggi. In questi anni sono diventate parte della nostra famiglia. Se Sue è ancora viva è anche merito loro».

Watts annuì. Con la coda dell'occhio vide Parker parlare in modo concitato al telefono. Avrebbe voluto accelerare la discussione con la signora Deloach, ma non ne ebbe il coraggio.

«E immagino che contemporaneamente abbia avviato anche la richiesta della casa comunale, giusto?»

«Sì. Per la richiesta mi ha aiutato il signor Fergan a compilare tutti i documenti. Pensavo di averne diritto no?»

«Beh, non sono un esperto di queste cose, signora, ma a occhio e croce direi proprio di sì. Vedova, con una figlia disabile, senza nessuna proprietà e con un lavoro normale... in ogni caso, non è questo il punto. E' qui che entra in scena il signor De Rienzo?»

«Sì, certo. L'ho conosciuto a maggio, quando sono andata per la prima volta all'ufficio case comunali, il giorno dopo aver ricevuto l'avviso di sfratto dalla direzione del supermercato. Lui mi diede solo una lunga lista di documenti che avrei dovuto presentare. Con l'aiuto del signor Fergan li ho racimolati tutti e glieli ho portati una decina di giorni dopo, richiedendo un'assegnazione urgente. E' lì che lui ha iniziato a farmi un sacco di domande».

«Di che genere?»

«Su mio marito, sui soldi che avevo da parte, su come pensavo di mantenere mia figlia... cose così».

«E lei non si è insospettita allora?»

«No, pensavo fossero per la mia richiesta».

«Ok, andiamo avanti».

«Mi ha detto di tornare dopo quindici giorni, verso la metà di giugno, per avere la risposta alla mia domanda d'assegnazione».

«Lei gli aveva detto del suo sfratto esecutivo per la fine di giugno, ovviamente...»

«Sì, certo».

"Per questo gliel'ha tirata tanto per le lunghe, per farla trovare con l'acqua alla gola nell'imminenza dello sfratto..." pensò in un attimo Watts.

«E quando vi siete rivisti?»

«Ieri. Sono andata lì ogni giorno da lunedì, ma non ha mai trovato il tempo di ricevermi fino a ieri».

«E com'è andata?»

«Ha iniziato subito a tirare fuori mille difficoltà, dicendomi che la lista di persone in attesa era molto lunga e che anche una situazione come la mia non mi avrebbe consentito di ottenere un'assegnazione d'urgenza. Io mi sono infuriata, ho sbattuto i pugni sul tavolo e gli ho detto se si rendeva conto che avevo una figlia handicappata, con che coraggio mi stava mandando sotto un ponte quando avevo tutti i diritti ad avere una casa? Ho un lavoro, ho l'assistenza sociale, ho l'assicurazione di mio marito... che altre garanzie voleva?»

«E' stato in quel momento che le ha parlato dei soldi?»

«Sì. Mi ha detto che un modo per superare tutti i problemi e avere una casa in 24 ore c'era, ma costava 1.500 dollari in contanti».

«Uhm! Di buon appetito il signor De Rienzo. Continui».

Senza che Watts se ne accorgesse, le sue mani si stavano stringendo sempre di più, fino a diventare bianche nelle nocche, in una morsa rabbiosa.

«"Ma le pare che se avevo 1.500 dollari nel cassetto venivo a chiedere una casa popolare?" gli ho urlato! Non mi vergogno a dirglielo, agente Watts: mi sono inginocchiata davanti a quel verme, l'ho implorato in lacrime, ottenere una casa per mia figlia valeva qualsiasi umiliazione. Se finiamo nei dormitori popolari i servizi sociali mi toglieranno Sue e la sbatteranno a marcire in qualche manicomio, capisce agente? Ma è stato freddo come il ghiaccio, quel bastardo, mi ha ripetuto le sue condizioni, poi ha chiamato gli uscieri gridando che la nostra discussione era conclusa e mi ha fatto sbattere fuori di peso. Allora ci ho pensato su tutta la notte. Le prime idee sono state a chi chiedere i soldi, da chi farmeli prestare per poi restituirli non so come, ma poi la rabbia ha preso il sopravvento, e oggi dopo due ore di lavoro ho chiesto un permesso al signor Robson e sono corsa qui. Deve aiutarmi, la prego, la scongiuro».

In quel quartiere e nella zona di competenza dell'Undicesimo Distretto, capitava di avere a che fare quotidianamente con la feccia della città, un nemico violento, armato, senza scrupoli, ma che solitamente si poteva individuare subito. L'occhio allenato di Watts sapeva leggere in un attimo il comportamento, il modo di vestire, di parlare, di gesticolare di quella feccia; per lui era come se andassero in giro con un semaforo legato sulla schiena. Quando Watts era a caccia di qualcuno di loro, non avevano tana in cui nascondersi, travestimento con cui mescolarsi alla gente comune. Ma qui no. De Rienzo aveva sicuramente modi gentili, un bel vestito, una famiglia che lo amava e lo rispettava perché lui era lo Stato, lui incarnava ogni giorno, per otto ore al giorno, un pezzetto di Stato, come Watts stesso. Non che lui fosse senza macchia e senza paura, questo no, l'ipocrisia non faceva parte della lunga lista dei suoi difetti. Ma il detective Watts odiava la prevaricazione dei più deboli, degli indifesi; tanti anni prima aveva giurato di servirli e proteggerli, e questo cercava ancora di fare, in modo cinico e imperfetto, se vogliamo, ma certo senza abdicare.

La signora Deloach interpretò il silenzio abbastanza lungo di Watts come una risposta negativa e, ripresosi il documento d'identità, fece per alzarsi dalla sedia.

«Stia lì, signora Deloach, sto pensando».

Lei posò uno sguardo colmo di speranza su Watts. Ora che aveva finito il suo racconto lo osservò con più attenzione e lo trovò enorme, un guerriero invincibile e ribelle come quelli dei romanzi, con quel laccio nero così strano, le spalle grandi...

«Deve riprendere contatto con De Rienzo, fingendo di voler assecondare le sue richieste».

«No, io non ci torno da quel verme! Non potete arrestarlo? Non basta quello che vi ho detto?» protestò.

«Basta per metterci in azione, signora Deloach, ma per arrestarlo servono le prove. Finora è una parola contro l'altra, e lui è un pubblico ufficiale. Di fronte alle sue accuse si metterebbe a ridere, direbbe che lei si è inventata tutto solo perché spinta dall'assoluto bisogno di una casa e finirebbe lei con l'essere accusata di calunnia».

«E se ci torno e gli dico che pago che succede?»

«Succede che lei non torna lì dentro da sola, ma con un microfono addosso e noi lì vicino. Le daremo 1.500 dollari in banconote segnate, lei glieli consegnerà, prenderà accordi per la consegna della casa e uscirà, senza fare altro. A noi serve registrare chiaramente la sua richiesta di denaro e ovviamente beccarlo con il denaro segnato nelle tasche».

«Ho capito».

«Bene, ora mi aspetti seduta qui per qualche minuto; vado a parlare del suo caso al mio superiore. Poi la chiamerò e dovrà ripetere anche a lui il suo racconto. Stavolta però ci sarà anche uno stenografo...»

«Un che?»

«Uno stenografo, signora Deloach. E' un poliziotto che trascriverà velocemente tutto quello che lei dirà, così al termine della riunione lei potrà firmare la denuncia per concussione ai danni del signor De Rienzo e noi potremo procedere come le ho detto».

«I soldi che mi ha chiesto quel verme si chiamano concussione?»

«Sì, signora, in termini legali si chiamano concussione. E' uno dei reati più frequenti tra i pubblici ufficiali».

«E se raccogliamo le prove quanto si farà in galera?»

«Il codice prevede da quattro a dodici anni, signora, ma naturalmente dipende dal giudice».

La signora Deloach sorrise per un attimo al pensiero del suo aguzzino dietro le sbarre. Watts, invece, rimase molto serio in volto mentre si alzava per andare dal tenente Braxton. Sapeva per esperienza che in questi casi era necessario raccogliere prove inoppugnabili per ottenere una condanna dal giudice.

Andando verso la stanza del tenente, si fermò un attimo davanti a Parker.

«Beh? Ci sono novità?»

«Il rapporto della Scientifica arriverà in giornata, ma mi hanno già anticipato che non c'è nessuna novità di rilievo sul corpo di Weird e sulla casa. Confermano il grosso calibro ma senza pallottole o bossoli non possono dire di più. In casa non è stato toccato niente, nascosti in vari punti c'erano contanti per circa 10 mila dollari, quindi niente furto. La macchina è stata completamente ripulita a eccezione di un'impronta sul cofano e i documenti sono ancora quelli originali, intestati a Krample. Qualcosa d'interessante viene anche da Flash; il cane ha morso il suo assassino prima di morire, c'erano tracce di tessuti umani nella sua bocca».

«Sbaglio o il defunto Flash ci sta dicendo più cose di tutti i nostri schedari messi insieme?»

«Già, roba da non credere. Sull'ora della morte nessuna sorpresa: intorno a mezzogiorno per Weird, circa un'ora dopo per il cane, e i conti tornano visto che la chiamata del vicino alla Centrale è delle 13.10».

«E dell'impronta sul cofano non si sa altro?»

«Sono quattro dita della mano sinistra, non c'è il pollice. Non appartengono a Weird, questo è certo. Il confronto con quelle dei pregiudicati della città è in corso, c'è da aspettare».

«Strana la presenza di una sola impronta su un'intera macchina eh?»

«Sì, dà più l'idea di una svista dalla pulizia».

«Oppure di un'impronta lasciata dopo la pulizia. In ogni caso, è rognoso. Sto andando dal tenente per il caso di quella signora; vieni con me, per ora il ciccione può aspettare».

La riunione dal tenente portò via un'altra ora ma Watts ottenne anche l'indispensabile supporto di Braxton al suo piano. La signora Deloach firmò la denuncia e con una copia di quella, allegata al rapporto di Watts controfirmato dal tenente stesso, Watts e Parker andarono dal procuratore di turno per farsi autorizzare, come previsto dalla legge, l'intercettazione ai danni di un pubblico ufficiale e le relative indagini patrimoniali e bancarie. Dopo averla ottenuta, si fermarono a pranzo in un locale dall'aria invitante nei pressi del tribunale.

«Qui se ci vieni nell'ora di pausa degli impiegati non riesci nemmeno a entrare, oggi ci va bene che stiamo pranzando tardi».

«Meno male, ho una fame da lupo» ribatté Parker, senza nemmeno alzare gli occhi dal menù.

«Vedi di non esagerare, che tra poco dobbiamo ripartire».

«Che dobbiamo fare? Ancora De Rienzo o torniamo sul caso Weird?»

«Tutti e due. Dobbiamo scendere all'archivio centrale per vedere cosa c'è su De Rienzo, tanto per farci un'idea del tipo, poi ci fermiamo in una cabina e sentiamo se negli ospedali del Barrio qualcuno è stato curato per il morso di un cane nelle ultime 48 ore».

«Ma se tu avessi sparato a Weird andresti a farti curare la ferita in un ospedale?»

«No, non lo farei. Ma al punto in cui siamo tanto vale provarci, tanto sono poche telefonate. Visto che questo assassino non sta seguendo la logica, proviamo a muoverci fuori dagli schemi, no?»

«Sì, giusto».

In quell'istante arrivò la cameriera a prendere le loro ordinazioni.

«Buongiorno, per me un cheeseburger con doppio formaggio e anelli di cipolla fritti» disse Watts, senza neppure aver sfogliato il menù.

«E lei?»

«Per me una bistecca al sangue e insalata».

La cameriera scrisse rapidamente, non fece commenti ma una lieve alzata di sopracciglio tradì i suoi pensieri sul differente concetto di alimentazione tra i suoi due clienti.

«Da bere?»

«Coca».

«Acqua non gassata».

Ancora un'altra piccola smorfia, poi si girò e andò via.

Parker e Watts si guardarono.

«Come mi avevi detto? "Vedi di non esagerare"?» disse Parker, e si sorrisero a vicenda.

«Dunque, dicevamo – riprese Parker - dopo le telefonate agli ospedali che facciamo?»

«Penso che potremmo provare a passare dai due vicini di Weird» suggerì Watts.

«Quelli che erano a lavoro al momento dell'omicidio?»

«Sì».

«Ma se non c'erano a che serve?»

«Vorrei farmi un quadro più completo su Weird. E poi magari i ladri che gli hanno portato la Plymouth non erano al primo affare con Weird e qualcuno può averli notati. E, se è in casa, parliamo pure con quello della casa di fronte, quello che ci ha chiamati sentendo abbaiare il cane».

«Ok. Tornando alla signora Deloach, invece, pensi di agire venerdì?»

«Sì, per due motivi: dobbiamo ancora istruire bene la signora, preparare le attrezzature e sistemare il furgoncino con la postazione d'ascolto a distanza ragionevole dall'edificio. In più, se la signora si presentasse da De Rienzo con 1.500 dollari in una busta dopo meno di 48 ore quello sentirebbe puzza di bruciato».

«Sì, potrebbe sentirla, in effetti».

«Beh, per il momento sento solo profumo di cheeseburger…»

«Tanfo di cipolla, vorrai dire!»

«Ma piantala, che ne sai tu, salutista del cazzo» e attaccò con voracità l'enorme panino che gli aveva messo davanti la cameriera. Parker lo osservò in silenzio per qualche istante, poi volse lo sguardo oltre le vetrate, verso l'esterno. Faceva molto caldo per essere ancora in primavera; andando avanti così l'estate sarebbe stata insopportabile. Lui non aveva alcun diritto alle ferie, naturalmente, e rabbrividì al pensiero di tenere a bada le strade del Barrio con quaranta gradi all'ombra, soprattutto quando Watts, lui sì, sarebbe andato in vacanza. La sua attenzione fu riportata al tavolo dall'arrivo della sua bistecca con insalata. Notò senza sorpresa, ma con un certo disgusto, che Watts aveva già finito il suo primordiale cheeseburger e stava ora dedicandosi con aria soddisfatta alla montagna di patatine fritte che aveva nel piatto. Parker iniziò a mangiare.

«Senti, non ti ho ancora chiesto del capitano Duvall» disse tra un boccone e l'altro.

«Uhm, tocchi un brutto tasto, giovane Parker».

«Perché è come se non ci fosse?»

«Perché spesso è proprio come se non ci fosse».

«Non giocare con le parole, Grady, dico sul serio. Il nostro è un distretto grosso, deve controllare una zona difficile della città... come può essere che al suo comando ci sia un buono a nulla?»

«Nessuno ha mai detto che il capitano sia un buono a nulla. Chi come me l'ha visto in azione sa che era un gran poliziotto. Ma poi le cose sono cambiate, e oggi non è più lui».

«Cosa gli è successo?»

«Una brutta storia, Parker, te l'ho detto. Beve di brutto e quasi sempre arriva al distretto uno straccio. E poi fa discorsi strani... come se qualche rotella non gli girasse più a dovere, ecco».

«E i suoi capi lo tengono al comando del distretto?»

«Non so che dirti. Forse sperano che si riprenda. Per fortuna i suoi ufficiali sono degli ottimi poliziotti, come Braxton, che è anche il suo vice. Anche Fisher, il tenente che comanda le autopattuglie, Spielman, della Scientifica, e Marino, dell'Antidroga, sono persone a posto».

«Vorrei che mi raccontassi quello che gli è successo».

«No, Parker. La risposta stavolta è no. E' pur sempre il capo e ti ho già detto molto. Accontentati di sapere quello che sai».

«Ma dai, Grady!» insistette Parker.

«Ti ho detto di piantarla qui, cazzo!» gli gridò Watts.

Parker rimase con la forchetta a mezz'aria, sorpreso dalla brusca reazione del collega. Nel ristorante semivuoto i pochi presenti si voltarono verso di loro, poi dopo qualche istante tornarono ai loro piatti.

«Finisci quella cazzo di bistecca e andiamocene, che abbiamo una montagna di cose da fare».

All'archivio centrale della Polizia, dove venivano custoditi anche tutti i dati riguardanti i pubblici ufficiali della città, impiegati comunali compresi, Parker e Watts riuscirono a risalire in pochi minuti alle complete generalità di De Rienzo, grazie al cognome poco comune e all'indicazione dell'ufficio in cui era impiegato.

«Salvatore "Sal" De Rienzo – lesse speditamente Parker, mentre Watts verificava in quali banche l'impiegato avesse conti correnti a suo nome e altri dati patrimoniali – 32 anni, figlio di due emigranti italiani, Pasquale De Rienzo e Assunta Croce, inizia a lavorare in Comune 5 anni fa, da 3 nell'ufficio case comunali. Sposato da 4 anni con Stephanie Burrell, una figlia di 7, Mary Anne, e un'altra di 3, Barbara. Qui c'è la foto, la prendiamo no?»

«Sì – gli rispose il collega senza sollevare la testa dalle carte che stava leggendo – fatti fare copia di tutto».

«Ok. Lì c'è qualcosa?»

«Ha un solo conto corrente bancario, cointestato con... Stephanie Burrell, è la moglie no?»

«Esatto».

«Conto sul quale troveremo solo cifre normalissime, scommetti?»

«Il fatto che non abbia un altro conto intestato solo a lui potrebbe dire che la signora Deloach è la prima con cui prova questo ricatto».

«No, la signora Deloach non è la prima, guarda qui – e gli porse un documento - in famiglia guidano in due ma hanno tre macchine, due berline e una station wagon, tutte acquistate nuove negli ultimi due anni e mezzo. Chiaro no?»

«Chiarissimo, preferisce tenersi i soldi sotto il materasso, allora».

«Il che vuol dire che probabilmente anche la moglie è a conoscenza delle sue malefatte. Bene, è ora di rimetterci in moto, e alla svelta. La banca dove De Rienzo ha il conto non è lontana, se ci sbrighiamo riusciamo a trovarla ancora aperta».

«Allora vado subito a farmi fare la copia del fascicolo. Aspettami fuori».

«A motore acceso, giovane Parker».

Grazie a un'impiegata particolarmente solerte, pochi minuti dopo i due detective erano già lanciati a tutta velocità e lampeggiante acceso per le strade della città, sulle tracce del denaro di Sal De Rienzo.

«Sei sorpreso dall'ipotesi che la moglie sia complice?» chiese timidamente Parker al collega, impegnato alla guida.

«Tu?»

«Io sì».

«Io per niente» sentenziò telegraficamente quello. Poi, dopo qualche secondo di silenzio, aggiunse: «Anzi, ti dirò di più. Non mi stupirei nemmeno se saltasse fuori che è la moglie a spingere il marito a fare quei ricatti».

«Addirittura!» disse uno stupito Parker.

«Tu mi sa che ne sai poco di donne, giovane Parker. Vedrai vedrai…».

Trovarono la banca ancora aperta ed entrarono senza indugi, scavalcando la fila dei clienti allo sportello tra le proteste generali. Parker, meno sfacciato, bisbigliò un timido "scusate, siamo della polizia", mentre Watts, incurante di tutto e tutti, andò dritto a piazzarsi davanti alla faccia del cassiere, sfoderando il distintivo.

«Detective Watts e Parker dell'Undicesimo Distretto, dobbiamo parlare con il tuo direttore, immediatamente».

L'impiegato, intimidito dal tono perentorio e dalla stazza di Watts, chinò la testa in un gesto piuttosto servile e andò oltre la porta che conduceva agli uffici. Durante l'attesa le proteste dei clienti arrivarono anche alle orecchie di Watts, che posò uno sguardo disgustato sulla piccola folla vociante.

«Dite sempre che la polizia non vi protegge, poi quando vi facciamo vedere che invece lavoriamo vi lamentate perché lavoriamo… ma andate al diavolo!»

La sparata di Watts ottenne naturalmente il risultato d'inferocire ancor di più i clienti della banca. Per qualche secondo Parker temette di dover sfuggire a un linciaggio in piena regola, mentre Watts tornò a voltarsi verso lo sportello come se niente fosse accaduto, dando tranquillamente le spalle alla gente. Dopo pochi secondi comparve sulla porta il direttore, seguito dal cassiere; dalle loro facce, piuttosto agitate, Watts capì che dovevano aver sentito la sua frase di prima e un ghigno sadico gli si dipinse sul volto.

«Prego detective, venite, accomodatevi nel mio ufficio» il tono del direttore non lasciava adito a dubbi; Watts avrebbe anche potuto chiedergli di aprire il caveau e quello l'avrebbe fatto senza colpo ferire pur di liberarsi di quell'animale biondo che gli stava insultando la clientela. Il cassiere fece scattare la serratura della porta che consentiva l'accesso agli uffici e i due detective passarono, seguendo il direttore fino alla sua stanza, in cui presero posto su due comode poltrone di pelle marrone.

Watts, stufo della pur breve attesa e impaziente di proseguire nei giri di quell'infinita giornata, tirò fuori dal giubbotto l'autorizzazione del giudice e disse solo due nomi.

«Salvatore De Rienzo e sua moglie Stephanie Burrell».

«Sì, sono nostri clienti» rispose prontamente il direttore, mentre prendeva il documento che gli imponeva di fornire ai due detective tutte le informazioni relative a Sal De Rienzo e al suo conto corrente, pena un'incriminazione per ostacolo alle indagini.

«Questo lo sappiamo già. Hanno un solo conto, vero? De Rienzo non ne ha altri intestati solo a lui? Oppure cassette di sicurezza…»

«Un attimo che controllo nello schedario della banca» e si alzò per andare in un'altra stanza.

«Già che c'è, tenga presente che vogliamo vedere quanto hanno sul conto quei due e tutti i versamenti degli ultimi due anni e mezzo, diciamo dal primo gennaio 1969» gli disse Watts.

Uscito il direttore i due si guardarono. Parker era affascinato dalla capacità del suo compagno di gestire la situazione, senza perdite di tempo, con l'inevitabilità di un carro armato e la personalità di un generale. Si sorprese a chiedersi se sarebbe mai riuscito a raggiungere questa capacità di presa sugli interlocutori, ma un attimo dopo, quasi che gli stesse leggendo nel pensiero, arrivò la risposta di Watts.

«Tranquillo Parker, col tempo imparerai anche tu a trattare

con la gente per ottenere rapidamente le informazioni che ti servono. E' solo questione di esperienza e personalità».

Parker annuì e gli sorrise con gratitudine. Poco dopo rientrò il direttore, con un fascicolo piuttosto corposo sotto il braccio destro. Fece il giro della scrivania e tornò a sedersi sulla sua poltrona.

«Dunque... c'è solo un conto corrente, cointestato per i coniugi De Rienzo e Burrell, è stato aperto quattro anni fa».

«Sì, coincide con il loro matrimonio» disse Parker.

«Qui ci sono tutti i movimenti dall'inizio del '69, anche quelli in entrata, e il saldo attuale» e indicò la pila di fogli che aveva appena portato.

«Bene, può indicarci una stanza dove possiamo stare tranquilli mezz'ora?» disse Watts prendendo in consegna il fascicolo e riprendendosi l'autorizzazione del giudice.

«Naturalmente, anche se... le ricordo che tra venti minuti la banca chiuderebbe...»

«Ha detto bene, direttore, "chiuderebbe"... può chiudere al pubblico, se vuole può anche mandare via i dipendenti, ma lei non esce di qui finché non abbiamo finito, com'è normale prassi».

«Naturalmente» rispose il direttore in tono rassegnato.

«Naturalmente» gli fece eco Watts con un sorriso beffardo. Il direttore fece loro strada nell'ufficio accanto, dove li fece accomodare, e uscì subito dopo, chiudendosi dietro la porta.

«Dai Parker, spulciamo velocemente i versamenti. Attenzione soprattutto a quelli in contanti in entrata. Gli assegni o i bonifici non ci interessano. Tu parti dall'inizio, io dalla fine, così controlliamo tutto due volte».

Per una ventina di minuti il silenzio della stanza venne interrotto solo dal fruscio dei fogli che venivano via via voltati dalle dita dei due detective.

«Mi pare confermata la teoria del materasso, no?» disse Parker stirandosi le braccia dopo aver letto l'ultimo foglio.

«Sì, direi proprio di sì. Versamenti in contanti praticamente non ce ne sono, gli accrediti ripetuti sono quelli degli stipendi e in uscita non c'è traccia dei pagamenti delle tre auto, che quindi sono stati fatti in contanti con i soldi provenienti dalle concussioni».

«Possiamo chiudere?»

«Sì, vai a richiamare il direttore, così sgombriamo».

La banca aveva chiuso da pochi minuti, quindi tutti i dipendenti erano ancora dentro. L'uscita di Parker e Watts fu accompagnata da un comune sospiro di sollievo.

«Chiama per radio il distretto e senti chi c'è ancora dei detective, magari possiamo risparmiare tempo e farci fare da loro le telefonate agli ospedali» disse Watts appena risaliti in macchina.

«Ok. Auto UndiciSette per Capo Undici, auto UndiciSette per Capo Undici, sono il detective Parker, rispondete».

«Qui Capo Undici, avanti Parker».

«Ho bisogno di parlare con un detective dell'Investigativa, passo».

«Qualcuno in particolare? Passo».

«No, passami un numero interno della sala, passo».

«Ok, attendi un attimo Parker, passo».

Seguirono una decina di secondi di fruscii indistinti, poi tornò la linea.

«Ciao Parker, sono Ross, che succede? Ti sei perso le gonne di Watts e non sai come tornare al distretto?» Parker, accondiscendente per natura, stava per rispondere in modo civile ma Watts, che lo era infinitamente meno, gli strappò di mano il microfono della radio.

«Rob, sono Grady, non c'è Gayle?»

«Ciao Grady. No, la tua amata non c'è, devo comprarle un mazzo di fiori da parte tua?»

«Senti Rob, non ho né tempo né voglia di litigare, mi serve un favore semplice semplice».

«Se è semplice perché non ve lo fate da soli?»

«Rob ti ho detto che non ho tempo di litigare, ma non tirare troppo la corda, altrimenti vengo lì e ti butto per le scale come un sacco di merda, chiaro?»

«Chiaro certo, sbruffone del cazzo».

«Vabbè, ho capito, le telefonate ce le facciamo da soli, vaffanculo e grazie per l'aiuto Rob, me ne ricorderò la prossima volta che devo guardarti le spalle in una retata, stronzo» e sbatté giù con violenza il microfono della radio.

«Che culo Parker, abbiamo beccato il più stronzo di tutto il distretto. Appena vediamo una cabina accostiamo e facciamo queste benedette telefonate agli ospedali del Barrio».

«Ma come fa Zampisi a lavorare tutti i giorni con uno così?»

«E' un mistero anche per me. Gliel'avrò detto mille volte di chiedere al tenente di cambiarle compagno ma è più dura di un muro quella donna».

«Ma tu e lei state insieme?» si decise a chiedere Parker dopo qualche esitazione.

«Aaaaahhhhh, ricomincia l'interrogatorio?»

«Puoi sempre avvalerti della facoltà di non rispondere».

Watts sospirò, distolse un attimo lo sguardo dalla strada e lo posò su Parker, ma non erano occhi arrabbiati, stavolta.

«E va bene, fottuto rompipalle. Sì, stiamo insieme, ma non è una cosa stabile… cioè, lo è stata ma da un po' di mesi non lo è più. Andiamo un po' avanti e indietro... sono strane le donne, giovane Parker».

«Già» annuì sospirando.

«Piuttosto, ma tu ce l'hai una fidanzata?»

«Ce l'avevo fino a un anno fa, poi mi ha lasciato».

«Voleva i panini con le salse e le piaceva giocare a poker?» disse ridendo Watts.

Rise anche Parker: «No, non per quello! L'ho trascurata parecchio durante l'Accademia e alla fine mi ha salutato e si è trovata un altro che avesse più tempo per lei».

«Mi pare giusto, cazzo, non si trascura mai una donna! E per fare il poliziotto poi!»

«Dai accosta, che lì c'è una cabina».

Accanto al telefono, attaccato alla struttura della cabina con una piccola catena di metallo, c'era il voluminoso elenco della parte ovest della città, quella contenente il Barrio e i suoi tre ospedali. Watts andò a comprarsi una frittella e poi rimase a mangiarla dentro l'auto, mentre Parker si dedicava alle telefonate. In breve appurò che nelle ultime 48 ore c'era stato un solo caso di una ferita causata dal morso di un cane, curato con sei punti di sutura al pronto soccorso del Lansing Hospital e rimandato subito a casa. Parker si fece dare nome e indirizzo del paziente e risalì in macchina.

«Ce n'è uno solo, abita a due isolati da qui, gli facciamo visita?»

«Certamente, ormai siamo qui. Potrebbe essere il nostro o è un cieco di 85 anni?» disse in torno ironico Watts mentre girava la chiave dell'auto.

«No. 25 anni, Stephen Peck, 1131 Wolff Drive».

«Andiamo a vedere».

Tre minuti dopo la berlina dei due detective si fermava all'inizio del vialetto che, attraversando un minuscolo giardino, conduceva alla porta d'ingresso della casa di Stephen Peck. Una grossa bandiera con i colori arcobaleno del movimento pacifista campeggiava sul davanzale di una finestra al piano superiore, assieme a una grande scritta rossa "Stop War", ovviamente riferita alla guerra del Vietnam in pieno svolgimento dall'altra parte del mondo.

Mentre si avvicinavano a piedi alla porta della casa, all'interno un cane iniziò ad abbaiare.

Gli sguardi dei due poliziotti s'incrociarono.

«'Fanculo, questo ha il cane. E' lui che l'ha morso, abbiamo fatto un viaggio a vuoto» sentenziò Watts, mentre Parker, avendo realizzato lo stesso pensiero, sospirava sconfortato.

Bussarono.

«Un attimo, arrivo. Chi è?» rispose una voce maschile da dentro, sovrastando l'abbaiare furioso del cane.

«Polizia. Detective Watts e Parker dell'Undicesimo Distretto».

«E che volete?» ancora la stessa voce, stavolta più vicina e più allarmata.

«E' lei il signor Stephen Peck? Vorremmo farle qualche domanda».

«Sì, sono io Stephen Peck» si sentì armeggiare e un volto con un grosso ciuffo di capelli biondi apparve in una piccola fessura aperta. I due detective mostrarono le placche.

«Salve signor Peck, sono il detective Watts e questo è il mio collega Parker, vorremmo farle qualche domanda».

«A che proposito?»

«Dobbiamo continuare a parlare attraverso la porta? Leghi il cane e ci faccia entrare, la prego».

«Avete un mandato?»

«Non dica idiozie, signor Peck, non abbiamo bisogno di nessun mandato per farle qualche domanda. Apra subito o le butto giù la porta, la arresto e le domande gliele faccio giù al distretto. Ma non le consiglio di farmi perdere tutto questo tempo».

La porta si spalancò un secondo dopo e agli occhi dei detective apparve Stephen Peck, biondo, belloccio, piuttosto aitante e con una vistosa fasciatura alla mano destra con cui faceva loro cenno di entrare.

«E il cane?» chiese Parker guardandosi intorno.

«E' già legato sul retro della casa. Non me lo porterete via, vero? E' stato un incidente, è stata colpa mia, l'ho già detto anche al dottore in ospedale».

«Ci parli di questo incidente».

«Stavamo giocando e io involontariamente ho stretto un pugno. Lui è stato picchiato da cucciolo, quando lo presi al canile comunale era in fin di vita per le botte che aveva preso e da allora se vede il gesto di un pugno reagisce. Io lo sapevo, ma è stato un attimo di distrazione e lui mi ha azzannato la mano... vi prego non portatemelo via».

La legge prevedeva che un animale domestico, al minimo segno di pericolo per un uomo, venisse segnalato dal proprietario alla Polizia Veterinaria, che si sarebbe occupata di valutarne l'effettiva pericolosità e, quando necessario, avrebbe portato via l'animale, destinandolo all'abbattimento. Questo tipo di segnalazione alla Polizia era obbligatoria per tutti i medici chiamati a curare ferite, anche superficiali, causate da un animale domestico, cosa che sicuramente era stata fatta dal Pronto Soccorso del Lansing Hospital, ma che era certamente stata inviata al reparto veterinario della polizia, visto che l'aggressione era avvenuta ai danni del proprietario stesso. La segnalazione sarebbe giunta anche alla Squadra Investigativa se il cane avesse morso un estraneo o se si fosse configurato un reato di primo livello, morte o lesioni gravi dell'aggredito, ma non era evidentemente questo il caso.

«Non siamo qui per portarle via il cane, non si preoccupi» si affrettò a tranquillizzarlo Parker.

«In caso ci penserà la Polizia Veterinaria, non è roba nostra» aggiunge con cinismo Watts, cancellando in un attimo quel barlume di gioia che la frase di Parker aveva regalato a Peck.

«Ma quindi cosa…»

«Stiamo indagando su un altro caso. Ci fa vedere il cane, per cortesia?» andò al sodo Watts.

Peck li condusse nel cortile sul retro dove, tra mille cianfrusaglie ammassate contro la staccionata, era legato a catena un grosso cane marrone, di una razza che Parker non seppe identificare, ma in ogni caso un cane dieci volte più grande del defunto Flash.

«Può scoprire la ferita che le hanno suturato, signor Peck?» chiese Watts, che era giunto alle medesime conclusioni del suo collega.

Peck, con un'espressione che lasciava trasparire la sua confusione, tolse la fasciatura protettiva, lasciando che i detective vedessero con i loro occhi il morso suturato. Le dimensioni del morso e la distanza tra gli incisivi appartenevano senz'altro a un cane di grossa taglia, non potevano certo essere stati prodotti dalla boccuccia di Flash.

«Signor Peck, un'ultima domanda: lei ha un'arma?»

A Peck scappò un sorriso.

«Ma non l'avete visto lo striscione fuori? Io sono un attivista del pacifismo, secondo voi posso avere un'arma o un porto d'armi?»

«Non si sa mai, la vita è piena di contraddizioni, a volte. Bene, grazie signor Peck, noi siamo a posto così» sentenziò Watts e fece cenno con la testa a Parker che era ora di riguadagnare la porta.

Peck, mentre si riavvolgeva la benda, chiese speranzoso: «Allora tutto ok?»

«Signor Peck – sospirò Watts – la buona notizia è che lei ha appena evitato di essere accusato di omicidio».

«O mio dio! E la cattiva?»

«Un cane capace di dare un morso simile è un pericolo per lei e per gli altri, quindi le dico di non farsi illusioni, perché i nostri colleghi della Veterinaria arriveranno e glielo porteranno via. Buonasera».

I due detective percorsero il vialetto fino a giungere alla loro auto, mentre Parker, dando le spalle a Peck, ripensava all'uscita di scena del suo collega e non sapeva se ridere o se tornare indietro e scusarsi con quel povero cristo.

Risaliti in auto, rimasero in silenzio qualche minuto. Parker vide che il collega stava guidando in direzione del Chain, il fiume che tagliava da nord a sud la città, dividendola in due metà molto disuguali: più piccola quella ovest, in cui si trovava anche il quartiere del Barrio, di cui il Chain era il naturale confine orientale, molto più grande quella est, con il Bracket, l'East End, Maya Hills e parecchi altri quartieri.

Quando lo vide prendere il Washington Bridge, si decise a parlare.

«Stiamo andando da qualche ricettatore di tua conoscenza?»

«Risposta esatta, giovane Parker. Vive tra il Bracket e Chinatown, e di solito non si muove nulla di grosso in quella parte di città senza che lui ne sappia qualcosa».

«E' un tuo informatore?»

«No, informatore classico non direi. Piuttosto è uno capace di andare d'accordo con tutti, Polizia compresa, se capisci quello che dico…»

«No».

«Cristo, devo farti i disegni?»

«Vuol dire che passa bustarelle ai poliziotti per non essere disturbato?»

«Fuochino, Parker, fuochino. Intendiamoci, non so se fa anche questo; non è nel nostro distretto, quindi non so in che rapporti è con quelli del suo distretto di appartenenza… dovrebbe essere il Quarto Distretto, se non sbaglio».

«E invece con tutti gli altri, tipo noi?»

«Una mano lava l'altra. Noi lo disturbiamo solo per cose grosse in cui non sappiamo che pesci pigliare e lui cerca di stare alla larga dalle cose troppo sopra le righe, tipo droga, vendita di armi e refurtive di omicidi... maneggia solo le classiche refurtive da appartamento, e su quelle possiamo chiudere un occhio».

«A me pare che così li chiudiamo tutti e due no?»

Watts si voltò di scatto verso il collega, giusto il tempo di fulminarlo con una sguardo durissimo, poi tornò a guardare la strada davanti a sé.

«Non metterti a fare la predica, Parker, con me non attacca proprio. Non possiamo correre dietro a tutto, bisogna scegliere. E allora decidiamo che un ladro d'appartamento o d'auto fa meno danni, fisici e sociali, di uno spacciatore, di un mercante d'armi e di un assassino».

«Ma…» provò a obiettare Parker.

«Ma un cazzo, è così che funziona punto e basta, e io sono d'accordo con questo metodo, sia chiaro. Sai quante denunce di gente a cui avevano rubato la macchina o svuotato la casa ho dovuto raccogliere in tutti questi anni? Un'infinità! Da pulirci i culi di tutto il distretto per un anno con tutta la carta di quei fottuti rapporti in triplice copia! E toccherà anche a te, prima o poi, di dover fare la faccia finta addolorata dietro la macchina da scrivere e davanti a quei poveri cristi, sapendo già che non rivedranno mai nulla di quello che hanno perso ma non puoi dirglielo, perché in fondo è per questo che la comunità ci paga lo stipendio no?»

Parker avrebbe voluto lanciare una risposta polemica per riattizzare la discussione, ma non trovò le parole. Gli sembrava profondamente ingiusto che tanti reati minori finissero direttamente nella polvere dell'archivio, senza neppure un tentativo d'indagine, ma era anche vero quello che stava dicendo Watts. E la miglior prova ne era il caso Weird, pensò Parker; nessuno si sarebbe preoccupato della macchina rubata a Krample se non fosse finita in mezzo a un omicidio.

«Ti ho convinto o sei già stanco per la giornata?» riprese Watts, ancora acido. Le parole del collega fecero osservare con maggiore attenzione il cielo a Parker. Il sole stava calando dietro i grattacieli della città, mentre le lingue rosse dei suoi ultimi raggi scivolavano sull'acqua lurida del Chain, spezzate dalle rotte dei barconi fluviali. Parker si sentì d'improvviso stanchissimo, con la testa sul punto di scoppiare e dolori ovunque nelle ossa, ma non disse nulla. Aveva ancora un amor proprio cui aggrapparsi.

«No, non sono stanco e non mi hai convinto» disse in un sospiro.

«E quindi?»

«Quindi ammiro il panorama. Era da parecchio tempo che non attraversavo il fiume. All'Accademia eravamo sempre chiusi dentro, ora a lavoro vado e torno in metropolitana…»

«Ti sei scelto un bel quartiere dove vivere, però».

«Non ho scelto niente, è la casa dei miei, sono nato e cresciuto lì».

«E i tuoi dove sono?»

«Mamma vive con me, papà è morto già da un po'».

«Ah sì, questo lo sapevo, l'avevo letto di sfuggita nella tua scheda quando sei venuto da Braxton la prima volta. Tuo padre era uno dei nostri, vero?»

«Sì, quando è morto era sergente. Ma è sempre stato alle autopattuglie, gli piaceva stare in macchina».

«Morto in servizio?»

«No, tumore».

«Ah… beh, da un certo punto di vista è un bene che non sia morto in servizio».

«Grady... parliamo della morte di mio padre e il tuo cinismo riesce a trovare il lato positivo anche in un tumore?»

«No, non hai capito un cazzo… volevo solo dire che i figli dei poliziotti morti in servizio sembra che si arruolino per vendicare il loro genitore. Ne ho conosciuti tanti, e raramente diventano buoni poliziotti. E per "buoni poliziotti" intendo gente senza lo spirito del vendicatore. Tu mi sembri diverso, ecco».

«Devo prenderlo come un complimento?»

«Prendilo come ti pare, siamo arrivati».

"Che stronzo" pensò Parker sorridendo. Si passò una mano tra i capelli, si sfregò gli occhi stanchi e scese appena la macchina fu accostata al marciapiede. Si guardò intorno. Il panorama era cambiato molto rispetto a quello per loro consueto del Barrio. Quella zona di confine tra Chinatown e il Bracket aveva molti magazzini e capannoni industriali, terreno inevitabilmente fertile per attività commerciali lecite e illecite.

«Chi è questo qui?»

«Aaron Eckstein, ufficialmente commerciante di oggetti di seconda mano, questo è il suo "negozio", chiamiamolo così».

Parker alzò gli occhi: un capannone prefabbricato come tanti in città. Pareti di plastica verde poggiate su strutture metalliche leggere, un tetto in lastre di amianto, come entrata una grossa saracinesca, davanti alla quale Eckstein esibiva in abbondanza la sua merce, variegata quantomai Parker aveva visto in vita sua. Dai mobili ai pezzi d'auto, dalle biciclette ai giocattoli, che l'oggetto fosse intero o a pezzi pareva non interessare al suo venditore. Watts entrò per primo e si diresse verso una specie di ufficio ricavato su un soppalco, Parker gli andò dietro, cercando di non farsi distrarre dal fortissimo odore di polvere e muffa che già gli aggrediva le narici. Prima che arrivassero alla scaletta d'accesso al soppalco si trovarono di fronte un uomo corpulento, sui trent'anni, che sbucando da dietro una fila di mobili sbarrò la strada a due detective.

«Ehi, dove vorreste andare voi due?»

Watts gli si fermò a dieci centimetri dalla faccia.

«Hai sbagliato tutto, cocco. Noi "vogliamo" andare da quel ciccione del tuo capo, il condizionale, se sai cos'è, è davvero fuori luogo, te l'assicuro. Ci andiamo senza "se" e senza "ma". Hai un secondo per decidere se toglierti di mezzo o vedertela con il mio collega, perché considera che io sono quello buono dei due...»

A Parker venne quasi da ridere all'affermazione di Watts, visto che il suo collega aveva una stazza quasi doppia rispetto a lui, ma non ne ebbe il tempo perché in una frazione di secondo l'uomo aveva afferrato per il collo della camicia Watts.

«Allora comincio col buttare fuori quello buono!» rispose quello che doveva essere a tutti gli effetti il guardaspalle personale di Eckstein. Ma non fece neppure due passi, visto che con una mossa fulminea Watts riuscì a staccargli la presa, ad afferrarlo a sua volta per un braccio e a farlo volare di lato, falciandogli le gambe con la sua gamba sinistra. Una mossa degna di un judoka, che fece atterrare l'uomo sul mobile più vicino, una cucina di formica e plastica, fracassandola completamente. Appena caduto sui legni, l'uomo lanciò un urlo di dolore. Parker gli si avvicinò, voltandolo e trovandolo pieno di sangue e schegge di legno sul volto e nel petto. Si girò a guardare Watts, ma lo vide intento a sistemarsi la camicia gualcita dalla brevissima zuffa. In quell'attimo la porta dell'ufficio in cima alle scale si spalancò, ne uscì una figura urlante che Parker non distinse bene ma che di riflesso gli fece portare la mano destra sotto la giacca, sul calcio della pistola.

«Ehi Eckstein, ci ricevi o dobbiamo chiuderti il negozio e portarti al distretto per farti qualche domanda?» disse in tono sfottente Watts.

«Ma siete impazziti? Chi diavolo siete? Dei fottuti poliziotti?» rispose Eckstein dal soppalco.

«Fottuti poliziotti a chi?» Watts si voltò, afferrò con due mani l'uomo sanguinante ancora a terra e lo lanciò contro il mobile più vicino, fracassando anche quello e procurando al guardaspalle altro dolore.

«Ehiiiiii, sei impazzito???» gridò Eckstein fuori di sé.

«Se non la pianti di urlare ti demolisco la baracca usando questo bestione come ariete».

«Si può sapere che cazzo volete?»

«Il mio collega te l'ha detto, solo parlarti» intervenne Parker, mentre allontanava lentamente la mano dalla pistola.

«Io non so niente, non so neppure perché siate venuti qui, ma se non ve ne andate vi mando addosso tutti i ragazzi che lavorano per me». Ragazzi che, richiamati dal frastuono e dalle urla, erano nel frattempo arrivati intorno ai due detective.

Watts scosse la testa, fece segno a Parker di venirgli dietro e fece qualche gradino della scaletta che conduceva a Eckstein.

«Calma Eckstein, forse siamo solo partiti col piede sbagliato in questo incontro, che ne dici? Adesso ragioniamo un attimo e ci mettiamo tranquilli? Noi non vogliamo radere al suolo il tuo onesto negozio, e sai che saremmo capaci di farlo, e tu richiami i tuoi cani da guardia. Che ne dici? Bada che è la mia ultima offerta, Eckstein, dopo di che ti dichiaro in arresto per intralcio alle indagini e resistenza a pubblico ufficiale, e mentre sei dentro porto qui un altro po' di "fottuti poliziotti", come li chiami tu, e ti faccio perquisire per bene tutto il locale e chissà cosa potrebbe saltare fuori…»

Aaron Eckstein sospirò, si asciugò con una manica della camicia la fronte madida di sudore e fece un rapido cenno con la mano per mandare via i suoi uomini, che a quel punto si dedicarono a soccorrere il ferito. Parker seguì Watts per le scale, fino all'ufficio di Eckstein dove, incredibilmente, il tono della conversazione cambiò di colpo.

«Cristo Grady, sei sempre il solito bisonte! C'era bisogno di sfasciarmi un uomo e due cucine per recitare tutta questa commedia?» disse Eckstein sotto voce con un sorprendente sorriso.

«Beh, abbiamo fatto le cose per bene. E poi è stato quell'idiota a prendermi per il collo, cos'avrei dovuto fare secondo te?»

«Ok, ok. E il giovanotto chi è? Un nuovo collega?»

«Esatto – s'inserì uno sbalordito Parker prima che Watts potesse rispondere per lui – detective Noah Parker».

«Piacere Parker, ti hanno messo con un osso duro da cui imparerai molto, se ne esci vivo».

Parker annuì, ma la sua sopresa era ancora evidente. Un minuto prima era sul punto di sparare a quell'uomo e ora ne riceveva i complimenti...

«Ok, basta con le smancerie, Eckstein. Abbiamo bisogno di una traccia, di un nome, di qualsiasi cosa ci porti sulla pista di chi ha rubato due settimane fa una Plymouth GMP viola in una villa di Maya Hills».

Eckstein sembrò perplesso.

«Vi svegliate due settimane dopo un furto per recuperare l'auto? A quest'ora sarà già stata smontata e venduta pezzo per pezzo!»

«A te non deve interessare quello che facciamo noi. L'auto l'abbiamo già ritrovata, ma era sulla scena di un omicidio».

«Ah, ecco».

«Quindi?» lo incalzò Watts.

«No, non ne so nulla».

«Sicuro?»

«Una macchina così me la ricorderei se me l'avessero proposta!»

«E il nome Carl Weird le dice nulla?» aggiunse di getto Parker, facendo voltare con una certa sorpresa Watts, che pensava di condurre da solo l'interrogatorio.

«Carl Weird? No... no, mai sentito. Chi dovrebbe essere?»

«Un ricettatore, oltre che la vittima. Un bianco obeso di 66 anni».

«Ricettatore? Un collega? – Eckstein si ricordò con un attimo di ritardo di essere comunque davanti a due poliziotti – Ehm, cioè, un quasi collega? No, non lo conosco e mi sembra molto strano questo. Sicuri che fosse un ricettatore?»

«Sicuri, pare che fosse specializzato nelle auto».

«No. Forse era arrivato in città da poco, magari lavorara da qualche altra parte fino a poco tempo fa. Di facce nuove se ne vedono continuamente in città».

«Sì, potrebbe essere, se non lo conosce nemmeno lei» ammise Parker.

«Le modalità del furto dell'auto sono state piuttosto acrobatiche – cambiò argomento Watts – con scavalcamento di recinzioni, cani da guardia addormentati... roba da professionisti. Chi è che sa fare cose del genere?»

«Su Maya Hills sono parecchi a lavorare in quel campo, visto che ci sono macchine che valgono un sacco di soldi, il gioco vale la candela».

«Eckstein, tagliamo corto – disse bruscamente Watts, che ebbe l'impressione che il ricettatore ci stesse girando in tondo – non ci hai ancora detto un solo nome, e non ci credo che non te n'è venuto in mente nessuno. Da chi posso bussare?»

«Sulle bande di ladri non so davvero dirti nulla, sono tante e cambiano ogni giorno. Ormai non ci sono più i professionisti come un tempo; magari un gruppo di drogati si mette insieme per rimediare un po' di roba e riesce a fare un colpo del genere».

«E allora dimmi qualche ricettatore che può aver trattato una macchina del genere».

«Beh, oggi i due più attivi nel campo delle auto sportive sono Lewis e Alvarez».

«Alvarez? Ramon Alvarez?»

«Sì, quello che vive sempre tappato in quella sua baracca sul fiume come un topo di fogna».

«Sì, lo conosco. E l'altro? Il nome non mi dice niente».

«Sam Lewis non lo conosci perché è tornato da poco nel giro, dopo essersi fatto un bel po' di annetti di galera per spaccio. Ora ha cambiato ramo, a quanto mi dicono, ha scelto merce meno rischiosa».

«Se sa qualcosa di quella Plymouth gli faccio rimpiangere il carcere finché non me lo dice. Dove lo trovo?»

«Ha un piccolo locale di spogliarelli nell'East End, si chiama... aspetta... dovrei avere qui da qualche parte il biglietto da visita... eccolo, "Black Horse"».

«Perfetto, grazie – Watts prese il bigliettino dalla mano di Eckstein e i due detective si alzarono entrambi dalle rispettive sedie – ah, e mi raccomando acqua in bocca, non azzardarti a farne parola con qualcuno di questa indagine. Se lo vengo a sapere ti faccio arrosto con tutto questo tuo cesso di negozio, chiaro?»

«Chiaro, non sono stupido, Grady».

«Lo so, ma non si sa mai. Anche a quelli svegli vengono idee malsane, a volte».

Uscirono dal capannone seguiti dagli sguardi carichi d'odio dei dipendenti di Eckstein, ma nessuno si avvicinò più a loro.

«Lewis o Alvarez? Scegli tu, giovane Parker».

«Forse a quest'ora è ancora presto per trovare Lewis al locale».

«Giusto, prima la baracca di Alvarez allora?»

«Sì, andiamo lì».

Watts non se lo lasciò ripetere due volte, fece retromarcia e poi partì di gran carriera percorrendo a ritroso parte della strada appena fatta, fino a giungere ai piedi del Washington Bridge.

«Anche questo è uno dei tuoi informatori atipici?»

«No, nessun rapporto particolare con lui. E' uno mezzo matto, vedrai, ma è nel giro da tanti anni, non sarebbe strano se la banda di ladri si fosse rivolta a lui per piazzare la Plymouth».

«A proposito, ma perché tutta quella sceneggiata di prima con Eckstein?»

«Bisogna sempre salvare le apparenze. Mai mostrarsi troppo in confidenza con un informatore, anche con quello con cui sei in migliori rapporti. Il paese è piccolo e la gente mormora».

Parker rise. «Ma il paese non mormora lo stesso visto che siamo stati chiusi un quarto d'ora nel suo ufficio?»

«Potrebbe mormorare, ma potrebbe anche pensare che ci siamo limitati a dargli una lisciata di pelo senza però che lui ci abbia detto nulla. A proposito, sei stato bravo lì dentro».

«Mi sono sentito uno scemo ad aver pensato di estrarre la pistola, quando poi ho visto che era tutta una commedia».

«Non potevi saperlo, ma hai avuto i riflessi abbastanza pronti e i nervi saldi. La domanda, piuttosto, è un'altra...».

«Quale?»

«Avresti sparato?»

«Bella domanda... sì, penso di sì, non per uccidere ma avrei sparato a Eckstein. Era sopra di noi, in posizione estremamente favorevole per lui. Se avesse avuto un'arma in mano su quella balaustra, penso che gli avrei sparato alle gambe attraverso la ringhiera. Era di plastica, l'avrei trapassata».

«Il ragionamento ti fa onore, ma ricordati che non sparare per uccidere ha il suo risvolto negativo».

«Quale?»

«Che ti lasci in giro un sacco di nemici, porca puttana!»

Watts proruppe in una risata sguaiata. Guardò Parker aspettandosi di vederlo ridere, mentre quello lo osservava stupito. Interruppe quindi la sua risata, si ricompose e disse con tono professionale: «Ehm... eccoci, siamo quasi arrivati alla baracca di Alvarez».

Mentre Watts pronunciava l'ultima frase, la loro auto varcò un grande cancello verde spalancato, la strada divenne in breve sterrata e si ritrovarono in un vastissimo sfasciacarrozze. Un enorme cimitero di auto, accatastate una sull'altra fino a sembrare palazzi di acciaio e ruggine. Per qualche secondo Parker si sentì circondato, pensò che sarebbe bastato che una sola di quelle centinaia di colonne gli piombasse addosso e di loro non sarebbe rimasto più nulla. Man mano che il vialetto da percorrere si restringeva, pensò che non sarebbero mai usciti vivi da quel labirinto, in cui Watts sembrava muoversi con sicurezza sulle direzioni da prendere. Superata infine un'ultima duna di terra battuta, sbucarono in un ampio spiazzo, con una roulotte messa su quattro mattoni sul lato sinistro e di fronte una baracca di latta, legno e plastica. A Parker sembrava impossibile che qualcuno potesse viverci, lì dentro, e invece era proprio lì che stavano cercando Ramon Alvarez. Watts bussò a una lastra verticale con le sembianze di una porta, ma a spalancarsi fu la piccola porticina della roulotte. I due detective si voltarono di scatto e videro uscirne un uomo mingherlino, sui quarant'anni, dagli evidenti tratti latini.

«Ci conosciamo, hombres?» esordì l'uomo con la massima tranquillità, venendo loro incontro.

«Io e te ci siamo già incontrati qualche volta. Sono il detective Watts dell'Undicesimo Distretto – e sfoderò la placca – e questo è il detective Parker. Ti ricordi di me, Alvarez?»

«Sì Watts el rubio, recuerdo, ora che ti vedo. Siete venuti apposta per me così lontani dal vostro Barrio? Que honor!»

Alvarez parlava con tono pacato e calmo. Era perfettamente consapevole di giocare in casa e di certo non gestiva tutto quell'enorme sfasciacarrozze da solo. Parker era certo che ci fossero occhi intorno a loro che stavano controllando ogni mossa e ogni parola, e probabilmente erano occhi armati.

«Sì, apposta per te. Dovremmo farti un paio di domande, forse puoi aiutarci su un caso di cui ci stiamo occupando».

«Ay de mi, Watts! Sai che nella vita le risposte contano più delle domande?»

Watts sorrise. «Infatti lascio la parte più importante a te…»

«Adelante, che vi serve?»

«Cerchiamo una banda che un paio di settimane fa ha rubato una Plymouth GMP viola in una villa a Maya Hills, i documenti erano intestati a Simon Krample. Sono passati anche qui da te per piazzarla?»

« Plymouth GMP? No, penso di non averne mai avute, è solo un anno che è uscita quella macchina, troppo presto. Mi spiace».

«Non dire cazzate Alvarez, una macchina così la rubano proprio quando è nuova, magari per il rampollo di qualche capetto che vuole fare il bullo con le ragazze».

«Sì, potrebbe anche essere, ma non l'ho vista lo stesso. Da quando ti occupi di furti d'auto?»

«Non è il furto che m'interessa, siamo qui per l'omicidio

che ne è seguito – sul viso di Alvarez passò un'ombra di preoccupazione - in ogni caso, dobbiamo farti vedere anche delle foto segnaletiche, possiamo andare dentro la roulotte a parlare o dobbiamo stare per forza qui in mezzo?»

Alvarez si guardò per un attimo intorno, gesto che confermò i sospetti di Parker riguardo alla presenza di altre persone ben nascoste. Ci pensò su, poi fece cenno con la testa ai due detective di seguirlo nella roulotte. Parker non sapeva di quali foto stesse parlando Watts, ma temeva di intuirlo.

Alvarez pagò l'errore della sua scelta appena la porta si richiuse alle spalle di Parker, ultimo a entrare. Watts lo afferrò per i lunghi capelli ricci con la mano sinistra, mentre con la destra gli agguantò l'inguine, sollevandolo di peso e sbattendolo di schiena sul pavimento. La mano sinistra passò sulla bocca di Alvarez, perché non urlasse o chiamasse qualcuno. Evidentemente la sensazione di Parker l'aveva avuta anche Watts, e di questo il giovane detective ne fu fiero.

Watts si mise a sedere sul petto di Alvarez.

«Adesso basta con le cazzate, portoricano di merda».

Lo sguardo di Alvarez aveva perso tutta la calma con cui li aveva accolti. Ora gli occhi erano spalancati e schizzavano da una parte all'altra della roulotte, cercando un qualcosa che lo liberasse dalla presa feroce di Watts.

«So che sono passati anche da te, devi solo dirmi quanti sono, come si chiamano e che aspetto hanno. Tutto qui, e te la cavi senza un graffio. Prova a snocciolarmi balle e tiro fuori la pistola che tieni sotto quel tavolo, te la metto in mano, ti costringo a sparare un colpo a vuoto e poi ti spariamo noi alle gambe. Ti piace come idea? Come ti ho già detto è un omicidio, e non sono disposto a sentirmi raccontare cazzate».

Parker era terrorizzato all'idea che Watts potesse applicare i suoi propositi, sperava bluffasse.

Pur premuto a terra con forza dalla mano di Watts sulla sua bocca, il volto di Alvarez si scosse violentemente in un cenno di diniego. Il detective sollevò leggermente la mano.

«Non l'ho mai vista, te lo giuro Watts! Ne ho avute due lo scorso anno, una celeste e una rossa, ma non ne vedo più una da allora! Te lo giuro su mia madre!»

«Lascia stare quella povera donna. Già ha avuto la sfortuna di avere un figlio come te, ci manca pure che giuri sulla sua testa. Un'altra cosa, ascoltami bene: il nome Carl Weird l'hai mai sentito?»

«El gordo del Barrio con los perros?»

«Sì, il ciccione del Barrio con i cani, bravo Alvarez, che mi dici di lui?»

«Non... non potresti scendermi di dosso?»

«Sto bene dove sto. Anzi, ringrazia che al mio collega non è ancora venuto in mente di sedersi sulle tue palle – Watts rise di gusto e lanciò uno sguardo a Parker – Allora? Weird?»

«Lo conosco. Ogni tanto viene a propormi delle cosette prese fuori città, cose piccole, macchine semplici da piazzare, è uno che lavora sul sicuro, è addirittura ancora incensurato. Lui che c'entra?»

«Lui è il morto ammazzato».

«Madre de dios!»

«Quindi vi conoscevate?»

«Claro que sì, abbiamo fatto una decina di affari, ma niente di nemmeno lontanamente paragonabile a una Plymouth GMP. Comunque lui lavorava fuori città, seguro».

«Perché?»

«Me le portava con i documenti già falsificati e le targhe cambiate, era uno organizzato. E uno così lo avrei conosciuto di sicuro se avesse lavorato qui».

«Sai se faceva affari anche con altri qui in città?»

«Che ne so? Non veniva certo a dirlo a me».

«Le macchine da dove venivano?» continuò a incalzarlo Watts.

«Non lo so, non me l'ha mai detto ed erano già ripulite».

«Per caso venne mai a chiederle di ritrovargli una macchina rubata?» intervenne Parker, ancora in piedi vicino all'unica finestra della roulotte, per tenere d'occhio lo spiazzo antistante e la loro macchina.

«Ritrovargli una macchina? Aspettate... mi pare di sì... sì, una volta, saranno stati due anni fa, mi venne a chiedere notizie della macchina di un dottore... del dottore dei suoi cani, sì... aveva deciso di ritrovargliela per fargli un favore, ma non mi ricordo che macchina fosse».

«Bene Alvarez, anche se su di te si sta davvero comodi, devo purtroppo dirti che dobbiamo andare» Watts si alzò e Alvarez poté finalmente tirare un sospiro di sollievo a pieni polmoni.

«Vedi che alla fine ti è andata di lusso?» Watts gli porse la mano per rialzarsi da terra.

«Un'ultima cosa. – la raccomandazione fu accompagnata dal gesto inequivocabilmente minaccioso di un indice puntato in mezzo ai suoi occhi - Che non ti venga in mente di chiamare i tuoi ninos per sbarrarci la strada verso l'uscita. La pagheresti cara. Entiendes?».

«Andatevene, sparite».

I due detective uscirono con calma dalla roulotte e dal territorio di Alvarez senza incidenti. Appena tornati sulla strada asfaltata, Watts abbassò il finestrino.

«Che dici, Parker? Si è fatta l'ora giusta per il Black Horse?» Parker guardò l'ora, le sette. Ormai era buio.

«Sì».

«Bene, allora puntiamo là».

«Grady, non dirmi che dopo il Black Horse hai anche intenzione di passare dai vicini di Weird a interrogarli...»

«Stanco eh?»

«E' dalle 6 di stamattina che sono in piedi...»

«E' una giornata dura per uno alle prime armi, te lo concedo. No, non preoccuparti, i vicini del ciccione sono rimandati a domani, dopo che avremo pianificato tutto con la signora Deloach».

«Bene, grazie. – e dopo una breve pausa - Alvarez ci è stato utile, no?»

«Sì, finalmente qualcuno che conosceva il ciccione nel suo vero lavoro. Peccato che non abbia saputo dirci chi altri c'erano nel suo giro in città».

«Sarebbe stato troppo bello».

«A questo punto, visto che Weird era un ricettatore così organizzato, la presenza della Plymouth nel suo garage con ancora le targhe e i documenti originali confermerebbe la nostra ipotesi, cioè che l'avesse appena ricevuta dai ladri».

«Sì» disse Parker annuendo. «Piuttosto, - proseguì - speriamo di cavarcela velocemente da questo Lewis».

«Dipende da lui quanto ci metteremo. Io avrei pure voglia di una discussione civile ogni tanto, senza dover mettere le mani addosso a nessuno, ma in questa città pare impossibile».

«Gli avresti sparato davvero alle gambe a quell'Alvarez?»

«Per attirarci addosso tutti i suoi uomini sparpagliati nello sfasciacarrozze? Non saremmo usciti vivi da lì. E se anche ci fossimo riusciti, poi avremmo dovuto vedercela col tenente, a cui queste cazzate non le dai a bere».

«E allora?»

«Dovevo mettergli un po' di pressione, cercare di capire meglio cosa sapeva e cosa no. Nello spiazzo ci stava menando per il naso e non doveva permettersi. I poliziotti siamo noi, cazzo».

«Sei forte, Grady» gli disse Parker sorridendo.

«Ti stai innamorando di me eh?»

«Non sei il mio tipo, ma accontentati di un complimento, vanitoso che non sei altro».

«Vanitoso?! Io?!» urlò Watts spalancando gli occhi.

«Sì, certo».

«Sei un tale calunniatore, Parker!»

«Balle. E allora quel laccio nero e il codino come vuoi chiamarli se non "vanità"?»

«Prima mi indori la pillola col complimento e poi mi pugnali alle spalle, bel socio che sei!»

«Sono il socio più sincero e onesto che tu abbia mai avuto, ammettilo».

«Troppo facile, ho lavorato quasi sempre solo…» risero entrambi.

«Piuttosto, devi farmi conoscere tua madre» riprese Watts.

«Perché?»

«Perché sono curioso, sei l'unico detective che io conosca che vive ancora con la madre. Non hai fratelli o sorelle?»

«No».

«E tua madre cucina bene?»

«Ah, ecco dove volevi arrivare! Stanco dei surgelati la sera eh?»

«Carogna… sei proprio una carogna, se non avessi le mani occupate sul volante ti avrei già sparato. Non mi hai risposto su tua madre».

«Sì, è un'ottima cuoca».

«Perfetto! Quando m'inviti a cena?»

«Una sera in cui finiamo a un'ora decente, porca vacca».

«E allora stiamo freschi!»

«Cribbio, siamo nell'East End, finito di parlare con Lewis dobbiamo riattraversare tutta la città nell'ora di punta del traffico e poi dal distretto devo riprendermi la metropolitana. Meglio che non ci penso, altrimenti preferirei che tu mi sparassi davvero».

«Forza, giovane Parker. Se il Black Horse è come me lo immagino, penso che ti tirerà parecchio su il morale! E non solo quello!»

«E dai, Grady, dopo una giornata così non ci riuscirei nemmeno con la coniglietta dell'anno... piuttosto, vediamo intanto di trovare questo Black Horse, dovrebbe essere alla prossima a destra, dopo il semaforo».

Era lì in effetti. Un'insegna luminosa e un'elegante porticina in legno nero ne segnavano l'entrata. Bussarono, da uno spioncino apparve la testa di un uomo.

«Detective Watts e Parker dell'Undicesimo Distretto, dobbiamo parlare con Sam Lewis, è il proprietario, no?»

«Un attimo».

I due detective rimasero per un minuto a fissare la piccola porta davanti a loro, e proprio quando Watts stava iniziando a spazientirsi, questa si aprì.

Sull'uscio un uomo sui cinquant'anni, vestito in modo molto elegante e ricercato, con in mano un bicchiere di whisky con ghiaccio.

«Salve detective, ho saputo che cercavate di me».

«Lei è Sam Lewis?»

«In carne e whisky».

«Dovremmo farle alcune domande a proposito di un caso su cui stiamo lavorando. Ha un posto dove possiamo accomodarci e parlare qualche minuto con calma?»

«Venite».

Lewis fece strada attraverso un dedalo di corridoi e scale, fino a scendere in un seminterrato. Passarono davanti ai camerini, dove intravidero alcune splendide ragazze intente a truccarsi.

«Le ragazze si preparano per gli spettacoli di stasera. – disse Lewis indicando con un gesto il camerino – Anzi, se dopo la nostra chiacchierata vorreste fermarvi, sarei felice di avervi come miei ospiti».

«La ringraziamo, signor Lewis, ma abbiamo altri giri da fare dopo di lei» ribatté in modo perentorio Parker, che in quel momento si trovava subito dietro Lewis. Watts lo guardò scuotendo la testa.

Entrarono in un ufficio arredato con gusto, uno stile moderno con un'alternanza di bianco e nero che piacque molto a Parker, che si era fatto tutt'altra idea dell'ex galeotto Sam Lewis.

«Gradite qualcosa da bere, signori?»

«No, grazie signor Lewis, come saprà non possiamo bere alcolici in servizio».

«Ah, già» e posò immediatamente sul tavolo il suo bicchiere, come se lo facesse sentire a disagio di fronte ai due detective, forzatamente astemi. «Il mio collaboratore mi ha detto che siete dell'Undicesimo Distretto…»

«Esatto» rispose Parker. Watts capì che il suo collega intendeva condurre la discussione e lo lasciò fare.

«E' nell'East End?»

«No, dall'altra parte della città, nella sezione sud-occidentale del Barrio».

«Uhm, siete piuttosto lontani da casa… dunque, cosa vi porta qui da me?»

«Una Plymouth GMP viola, rubata due settimane fa a Maya Hills da un certo Krample. Le dice niente?»

«Dovrebbe?»

«Diciamo che potrebbe…» ribatté prontamente Parker con tono ironico.

«Io ho una Cadillac».

«Senta, signor Lewis, non giriamoci attorno e non ci faccia perdere tempo. – disse bruscamente Parker, animato dalla voglia di porre fine prima possibile a quell'interminabile giornata - Sappiamo che dopo il carcere è tornato nel giro della ricettazione di auto rubate, auto sportive, in particolar modo».

«Ma come…» provò a rispondere Lewis, ma fu zittito da un gesto imperioso della mano di Parker.

«Ma malgrado questo, non siamo qui per indagare sulla sua attività attuale. L'auto di cui le dicevo è uno degli elementi decisivi di un omicidio avvenuto ieri nella nostra zona su cui stiamo indagando, quindi capisce bene che se siamo qui è perché vogliamo sapere tutto quello che sa su quella macchina. Possiamo parlare qui o al distretto, ma con i suoi precedenti non le consiglio di tirare troppo la corda… a lei la scelta».

«Sentite, questo locale l'ho messo su con tutto ciò che avevo ed è tutto quel che ho, con i vecchi giri ho chiuso».

«Il locale non ci interessa, non siamo della Buoncostume né dell'Ufficio d'Igiene. Ci dica quello che sa e noi togliamo il disturbo. E' l'ultimo avvertimento, ha capito?»

Lewis annuì. Non era spaventato, si vedeva che aveva una certa abitudine di frequentazione con i poliziotti, ma era ormai consapevole di stare rischiando guai grossi.

«Ha mai visto quell'auto? – riprese Parker con decisione - Ha sentito parlare in queste settimane di una banda che stava cercando di piazzarla?»

Anche se la stanza non aveva finestre, Lewis si guardò istintivamente intorno, come per controllare che non ci fosse nessun altro lì dentro fuor di loro tre. Poi riprese il bicchiere di whisky e tornò a guardare dritto negli occhi Parker.

«Io quella macchina l'ho vista» disse con un filo di voce.

Parker fu percorso da un brivido di gioia.

«Quando? In che occasione?»

«Cinque giorni fa, in un garage qui vicino dove lavora uno che… si interessa ancora a quel genere di cose».

«E lei che ci faceva là?»

«Questa persona mi aveva chiamato per aiutarlo nella valutazione, lui non è molto esperto nel ramo delle sportive».

«Quindi lei era lì solo per una, diciamo così, consulenza?»

«Sì, assolutamente».

"Sì, certo, come no" pensarono nello stesso istante i due detective, ma nessuno dei due era interessato a mettere di nuovo nei guai con la legge Lewis, tanto più che sembrava in possesso di notizie finalmente importanti per la loro indagine.

«Nel garage era presente anche la banda che aveva compiuto materialmente il furto?»

«Sì… cioè, c'erano tre ragazzi, non so se era la banda al completo o se c'era anche qualcun altro che non era presente lì».

«Come fa a sapere che erano stati loro a rubarla?»

«Beh, da subito ne avevano tutta l'aria, ho una certa esperienza in queste cose… per via del mio passato…» lasciò in sospeso Lewis, non senza un certo imbarazzo.

«Per il suo passato, certo…» non mancò di sottolineare Watts con una vena d'ironia.

«… e poi perché non ci mettevamo d'accordo sul prezzo e mentre discutevamo uno di loro ha detto "non ci siamo fatti un culo così per rubarla solo per avere quell'elemosina"».

«Ok, e questi tre com'erano?»

«Bianchi, due con i capelli castani e un biondo, il più alto dei tre».

«Età?»

«Giovani, nell'ordine dei vent'anni o poco più».

«Ha sentito i loro nomi?»

«Il biondo, che era quello che contrattava, il capo insomma, lo chiamavano Jeff. Ma ovviamente non so se fosse il suo vero nome».

«Ok, Jeff è il biondo alto. Gli altri due?»

«No, i loro nomi non li hanno mai detti».

«E la trattativa com'è finita?»

«Non ci siamo messi d'accordo sul prezzo, loro chiedevano 4 mila dollari, il mio amico è arrivato come ultima offerta a 3.500 e alla fine loro sono risaliti in macchina e se ne sono andati».

«Senza minacce? Non ha visto nessuna arma su di loro?»

«No, mi sembravano disarmati, anche perché indossavano delle magliette, quindi non so proprio dove avrebbero potuto nascondere le armi. La discussione è stata animata ma senza nessun eccesso».

«E da quel momento non ne ha avuto più notizie?»

«No».

«E non sa a chi altri sono andati a proporre la macchina?»

«No».

«Ha notato se qualcuno di loro avesse una ferita o una fasciatura su una mano o su una gamba?»

Lewis fu sorpreso da questa domanda.

«Perché, avrebbero dovuto essere feriti?»

«Non le deve interessare, signor Lewis, risponda alla mia domanda».

Lewis si prese qualche secondo per riflettere.

«Alle mani no, le gambe non lo so, avevano tutti e tre i pantaloni».

«Qualcuno dei tre zoppicava?»

«No».

«Senta signor Lewis, potrebbe essere che questa banda venga da fuori città. Lei ha qualche elemento a proposito?»

«No, non ho proprio idea da dove venissero».

Parker aveva finito le domande. Dopo l'entusiasmo iniziale ora gli sembrava di essere di nuovo ripiombato in un vicolo cieco. Watts percepì il momento di confusione del suo giovane collega e intervenne prontamente.

«Signor Lewis, è disposto a venire al nostro distretto a vedere delle foto segnaletiche?»

«Non se ne parla neppure, volete sputtanarmi? Queste cose si vengono a sapere subito in giro».

«Ma se lei ci ha appena detto di essere ormai fuori dal giro...» ribatté Watts.

«Sì... è così, ma non posso, non posso proprio, mi spiace».

«D'accordo – lo incalzò il detective dopo qualche attimo di riflessione - allora le mandiamo un disegnatore per realizzare i tre identikit».

Lewis ci pensò un po' su.

«Va bene».

«Domani a mezzogiorno?»

«Sì, va bene».

«Ok, noi abbiamo finito per il momento. La ringraziamo molto, signor Lewis, ci è stato di grande aiuto».

Lewis sorrise.

«Perché ride?»

«Beh, pensavo che è la prima volta nella mia vita in cui un poliziotto mi ringrazia senza che gli abbia dato dei soldi».

Parker e Watts lo guardarono stupiti per la battuta incredibilmente fuori luogo, ma decisero che non era il caso di approfondire. Lo salutarono ancora e si fecero riaccompagnare all'uscita.

Una volta fuori dal Black Horse, risaliti in auto, i due detective approfittarono del lungo viaggio di ritorno al distretto per fare il punto della situazione.

«Cazzo, siamo sempre a cercare un ago nel pagliaio» esordì Watts, spazientito.

«Già. Speriamo che con gli identikit vada meglio. A proposito, perché non hai insistito di più per fargli vedere le foto segnaletiche?»

«La sua risposta negativa era stata troppo categorica, insistendo avremmo solo rischiato di chiudere male la discussione e avremmo finito per non avere neppure gli identikit».

«Ah, capisco».

«E poi ho pensato che, vista l'età dei tre, saranno molto probabilmente incensurati e quindi nei nostri schedari non ci saranno neppure. E abbiamo ancora troppi pochi elementi; non potevamo fargli vedere le foto di tutti i pregiudicati dello Stato sotto i 25 anni, avremmo finito a Natale».

«Sì, hai perfettamente ragione».

«Sai cosa stavo pensando mentre uscivamo? Che domani, dopo aver parlato con i vicini di Weird, voglio cercare quel Simon Krample».

«Il proprietario dell'auto?»

«Sì, lui».

«Motivo?»

«Parlargli di tre giovani di vent'anni di cui uno alto e biondo di nome Jeff e vedere se gli viene in mente qualcosa. Magari bazzicavano la sua villa a qualche titolo e abbiamo in mano il bandolo della matassa».

«Ottima idea. In ogni caso, vale la pena tentare. Ma secondo te non è strano che tre ragazzi di vent'anni pensino di togliere le pallottole dal pavimento dopo aver ucciso un uomo e il suo cane?»

«Sì, lo è. E' una delle domande che dovremo fare a Jeff e ai suoi amici, se li troveremo».

«Hai dubbi?»

«Finché non stringo le manette attorno ai polsi della mia preda, tengo sempre in conto l'ipotesi che tutta l'indagine finisca nel nulla».

«E succede spesso, a quanto mi pare di capire…».

«Abbastanza, anche per un omicidio. Ma tornando a quel che ci ha detto Lewis, c'è anche un'altra cosa che non torna…».

«Ti riferisci alla reazione dei tre ragazzi, vero?»

«Esatto. Perché da Lewis e dal suo amico sono andati via senza nessun problema pur non avendo trovato l'accordo, mentre da Weird hanno addirittura messo mano alla pistola? Perché da Lewis erano probabilmente disarmati e da Weird invece no?»

«Anche perché, fossi stato in loro, avrei temuto molto di più l'incontro con un ex galeotto come Lewis che con un anziano obeso e solitario come Weird».

«Già, proprio così, è un casino questa storia».

«Piuttosto, come ti sei sentito a condurre l'interrogatorio?»

«Non troppo a mio agio, mi sembro ancora troppo formale, do sempre del "lei" a tutti, non riesco a essere sciolto come te, mi sembra sempre di essere poco convincente».

«Dai tempo al tempo, giovane Parker, non è neppure una settimana che fai questo lavoro».

«Già, eppure mi pare già passato molto tempo. E' un lavoro intenso questo».

«Sì, nel nostro distretto, poi, non c'è proprio il rischio di dover ammazzare il tempo…».

«Domani come siamo organizzati?»

«Ci vediamo alle 7 in ufficio…»

«Cribbio, Grady, alle 7?!»

«Sì, alle 7.30 abbiamo la riunione col tenente per pianificare l'intervento di dopodomani con De Rienzo, poi alle 9 viene la signora Deloach per istruirla sul da farsi, e appena finito con lei usciamo a piazzare il furgone con le attrezzature vicino l'ufficio di De Rienzo. Fatto quello possiamo tornare al caso Weird, per parlare con Krample e con i vicini del ciccione».

«Uhm, un'altra bella giornata di relax, mi pare di capire».

«E' meglio che ti ci abitui, Parker, perché questa è la normalità per noi. Anzi, c'è anche di molto peggio».

Parker chiuse la discussione con un sospiro, ed iniziò a contare i minuti che mancavano al loro ritorno al distretto. Appena lasciata la berlina nel garage si salutarono; Parker risalì sul piano stradale e si avviò alla vicina fermata della metropolitana, Watts risalì in ufficio per cercare Zampisi. Pochi minuti dopo, Parker stava scendendo le scale della metro quando un clacson richiamò la sua attenzione. Era di nuovo Watts, stavolta con la sua auto personale, una Buick Skylark rossa che aveva certamente conosciuto momenti migliori nella sua, peraltro lunga, esistenza.

Parker rispose con un gesto interrogativo della testa al collega, che gli rispose gridando dal finestrino.

«Serve un passaggio a casa?»

«Ma tu abiti da un'altra parte».

«Non importa dove abito, non preoccuparti».

Parker accettò di buon grado, anche se immaginava il motivo di questa inattesa gentilezza e si rassegnò ad ascoltare un lungo sfogo sentimentale del collega. Invece, niente. Watts non disse una parola per tutto il viaggio. Solo venti minuti più tardi, giunto davanti alla casa dove vivevano Parker e sua madre, disse «Grazie ragazzo». Parker provò a insistere per farlo cenare con loro, ma nulla valse. L'auto di Watts svoltò l'angolo e Parker si sentì insolitamente triste nel vederlo andar via.

A cena la madre gli chiese notizie sulle indagini per l'omicidio, ottenendo però solo risposte monosillabiche.

«Non hai voglia di parlarne?» gli disse dopo un po'.

«No».

«Ok, basta parlare di lavoro, hai ragione» e si alzò dalla sedia per bere dell'acqua. In quell'istante squillò il telefono. Madre e figlio si guardarono, poi lui si alzò per rispondere. A quell'ora non poteva che essere per lui, ma fu molto sorprendente lo stesso. Era Zampisi, con la voce ancora una volta immotivatamente squillante.

«Ciao Parker, sono Gayle, disturbo?»

Parker rimase di sasso. Nel piccolo specchio appeso sul muro davanti al mobile dov'era poggiato l'apparecchio poté vedere la sua faccia, comicamente perplessa.

«E' andato a fuoco il distretto?» rispose freddamente, causando la prevedibile risata.

«No, tranquillo. Volevo sapere com'era andata oggi, visto che non ci siamo incrociati per niente».

«Come hai avuto questo numero?»

«Ti ricordo che sono un detective della tua stessa squadra. Chiedili e il sergente Mac darà anche a te i numeri privati di tutti gli altri».

«Ah, non lo sapevo».

«Ora lo sai. Allora? Le indagini come vanno?»

«Intendi per l'omicidio?»

«Sì».

«Abbiamo qualche elemento in più, ma i sospettati non hanno ancora un nome».

«Beh, ci vuole pazienza…»

«Sì».

L'ennesima risposta telegrafica di Parker generò qualche secondo d'imbarazzato silenzio tra entrambi i capi della linea.

«Ti ho disturbato?» chiese lei più timidamente.

«No, non preoccuparti… è che mi hai un po' sopreso».

«Era proprio quello che volevo».

«Perché?».

«Perché è divertente! Non ti piacciono le sorprese?»

«Poco. Di solito preferisco saperle prima le cose».

«Dio mio, mi pare impossibile che tu abbia 25 anni!»

«In realtà i miei documenti sono falsi, ne ho 45. Va meglio così?». Lei rise.

«E adesso di che parliamo? Solo di lavoro?»

«Non sei con Grady, stasera?» azzardò lui.

«Evidentemente no».

«Cos'è? Tira aria di tempesta?»

«Diciamo che è una cosa un po' complicata. Grady ti ha raccontato qualcosa?».

«No» mentì Parker.

«Noah! Chi è? – gridò in quel momento sua madre dalla cucina – E' per te?».

«Sì, dal distretto».

«Ah, sento che invece sei tu quello in compagnia… scusami».

«No, non preoccuparti, è solo… è mia madre».

«Dicono tutti così».

«E' mia madre veramente».

«Farò finta di crederci. Vivi ancora con lei?»

«Sì».

«Questo è sorprendente. Sei l'unico detective che io conosca a vivere con i genitori».

«Me l'ha già detto anche Watts, piantatela».

«Ok, ok. Non volevo prenderti in giro, ero solo sorpresa».

«Una sorpresa a testa, allora. – sentì avvicinarsi il passo di sua madre e la sua riservatezza prese improvvisamente il sopravvento - Senti Zampisi… io sono un po' stanco. Sono tornato da poco e devo ancora finire di cenare. Se non c'è altro… direi che possiamo parlarne domattina in ufficio no?»

Zampisi capì al volo le ragioni dell'improvviso cambio di tono di Parker e con una buffa imitazione del tenente Braxton rispose: «D'accordo Parker, ci si vede domani. E, mi raccomando, a letto presto eh! Che voi giovani vi conosco!».

Parker dovette trattenersi dal ridere ma gli piacque vedersi sorridente nello specchio. "Che donna che sei, Gayle. - pensò – Sei un po' fuori di testa ma hai il potere di mettermi di buon umore".

«D'accordo Zampisi, sarà fatto. A domani, buona notte».

«Buona notte, ciao».

Parker mise giù con delicatezza il telefono e tornò in cucina a finire la cena, oramai fredda.

Giovedì 17 giugno 1971

Il peggio predetto da Watts si materializzò nella bacheca della sala della Squadra Investigativa alle 7 del mattino. Era infatti stato esposto un ordine generale urgente che annullava tutti i permessi e i turni di riposo fino al lunedì successivo, a causa di una manifestazione del movimento pacifista contro la presenza delle truppe statunitensi in Vietnam. All'inizio di quella settimana, infatti, il New York Times aveva pubblicato molti articoli su quelle che erano state subito soprannominate le "Pentagon Papers", le carte del Pentagono: pagine segretissime di uno studio volto a stabilire le cause del pessimo andamento della guerra in Vietnam. Dal punto di vista giornalistico era stato uno scoop straordinario, ma da quello politico le Pentagon Papers avevano scatenato un terremoto di enormi proporzioni, tale da spingere il Ministero della Giustizia a chiedere il blocco della loro pubblicazione. Gli articoli erano stati bloccati, almeno per il momento, in attesa del parere della Corte Suprema, ma l'incendio era oramai divampato. Tra le conseguenze più immediate di questi articoli c'era stata l'organizzazione immediata di manifestazioni pacifiste di protesta in tutto il Paese, cui ovviamente non poteva fare eccezione quella città. Alla manifestazione, che si sarebbe tenuta domenica 20 giugno, era prevista una partecipazione oceanica di gente e, pur non attraversando il Barrio, anche l'Undicesimo come tutti gli altri distretti della città, era stato allertato. A ciascun distretto sarebbe stata assegnata la sorveglianza di un settore del percorso della manifestazione o di un luogo strategico, ma le rispettive incombenze sarebbero state comunicate ai singoli distretti solo dopo una riunione ad alto livello prevista per sabato mattina negli uffici della Centrale. L'unica certezza per Parker e Watts, al momento, era che avrebbero dovuto rinunciare al loro sospirato giorno di riposo, la domenica, che avrebbero potuto recuperare in seguito o che gli sarebbe stato pagato una manciata di dollari esentasse. Nelle scale e nei corridoi del distretto non si sentiva parlare d'altro, ma i due detective furono subito convocati dal tenente Braxton, che non fece il minimo accenno alla cosa, un po' per l'innata concretezza che lo portava a preoccuparsi dei problemi più imminenti prima di quelli futuri, per quanto prossimi, e un po' perché la sua giornata era fitta e complessa quanto e più di quella dei suoi detective, e non aveva neppure un minuto da perdere se voleva essere a casa dopo "sole" dodici ore di lavoro.

Parker aveva appena poggiato la sua giacca marrone (quel giorno la madre aveva insistito per il completo marrone) allo schienale della sedia quando si sentì chiamare alle spalle da Julian Sanchez, un collega che stava smontando dal turno di notte assieme al suo compagno di coppia, Stuart Price.

«Hola niño, ho saputo che domani farai la tua prima azione!» esordì Sanchez accompagnando le sue parole con una pacca sulle spalle. Al primo sguardo, Julian Sanchez aveva l'aria di un barbone, più che di un poliziotto. Trasandato nel vestiario oltre ogni ragionevole misura, con un casco di capelli neri che non dovevano fare spesso conoscenza con lo shampoo, si mimetizzava perfettamente tra la fauna notturna del Barrio ma lì, dentro la stanza di un distretto di polizia, si era tentati di guardargli bene i polsi alla ricerca di un paio di manette ben strette.

Parker si voltò, e per un attimo pensò di dover controllare subito se la manata di Sanchez gli avesse macchiato la camicia bianca indossata solo un'ora prima. Tentò di metter su il suo sorriso più cortese, impresa non facile, a quell'ora del mattino.

«Beh, non so, Julian. Forse farò solo da supporto a Grady. Sarà il tenente ad assegnarci i ruoli».

«Sì, hai ragione Parker, forse è un po' troppo rischioso per te arrestare un impiegato comunale... Occhio che potrebbe piantarti una matita nel petto eh! Fossi in te metterei anche il giubbotto antiproiettile».

«Perché allora...» Parker fu interrotto dalla fulminea apparizione di Watts sulla scena.

«Io invece, fossi in te, metterei delle mutande d'acciaio prima di tornare a casa» gli bisbigliò Watts nell'orecchio all'improvviso. Gli era arrivato alle spalle in un attimo e ora stava spingendo la punta di ferro di un ombrello chiuso, sotto il sedere di Sanchez, che per un attimo impallidì e strinse istintivamente le gambe.

«Oh Grady, che sorpresa! – esclamò dopo essersi voltato di scatto – Stavo giusto dando qualche consiglio per domani al ragazzo, qui».

«Il ragazzo prende ordini e consigli solo DA ME. Se non hai nulla d'importante da dirci sulla nottata è meglio che te ne vai a dormire. Hai una pessima cera e noi qui abbiamo da fare». E rimise a posto l'ombrello. Sanchez ebbe il buon-gusto di non insistere nel suo scherzo, salutò tutti con un cenno del braccio e infilò le scale in discesa.

«A te com'è andata la nottata?» chiese Parker al compagno, una volta rimasti soli.

«Di merda, grazie. Oggi ho un mal di testa da scoppiare e sono già incazzato, quindi tutto nella norma».

«Ieri non ti ho nemmeno ringraziato per il passaggio che mi hai dato a casa».

«E non farlo. Basta che non ti ci abitui».

«La mamma ha detto che per sdebitarmi dovrei invitarti a cena da noi».

«Ecco, questo dimostra che hai una madre saggia! – rise un attimo, poi tornò serio – Senti ho trovato sulla mia scrivania un appunto del tenente Spielman, quello della Scientifica; dice che il raffronto delle impronte sul cofano della Ply-mouth con quelle dei pregiudicati ha dato esito negativo. Il nostro assassino è incensurato, maledizione a lui. Toh, leg-gitelo mentre io vado a fare un po' d'acqua» e gli passò il foglio di Spielman, mentre con l'altra mano iniziava già a ti-rare giù la cerniera dei pantaloni dirigendosi verso il bagno maschile. Parker non fece in tempo a sconvolgersi a suffi-cienza per il gesto del suo collega che arrivarono Zampisi e Ross; come da copione, solo Gayle fece un cenno di saluto con la mano, mentre Ross tirò dritto verso la macchina del caffè senza dire una parola. Parker incrociò il suo sguardo con quello di Zampisi, che ricambiò con una fulminea striz-zata d'occhio. Come quella donna potesse essere così sor-ridente e attiva già alle 7 del mattino era per Parker un mistero. Indossava una lunga gonna di cotone, piena di co-lori e un po' zingaresca, che accendeva la sua figura e le si stringeva perfettamente sulla vita. Una camicetta bianca e dei vistosi e coloratissimi orecchini completavano il suo vestiario, integrandosi perfettamente con la gonna. Parker la trovò, ancora una volta, straordinariamente sexy.

Appena Watts fu tornato dal bagno, Parker bussò alla porta del tenente e poi, facendo capolino dalla porta socchiusa, gli disse: «Tenente, penso che ci siamo tutti per la riunione». «Ah benissimo, allora venite subito» gli rispose Braxton, già perfettamente lucido ed efficiente.

Parker si voltò per chiamare gli altri e in pochi secondi i quattro detective furono tutti riuniti davanti alla scrivania di Braxton.

«Buongiorno a tutti, come sapete siamo qui per coordinarci sull'operazione di pedinamento della signora Deloach, che dovrà fornirci gli elementi decisivi per procedere all'arresto di Salvatore De Rienzo, impiegato comunale accusato di concussione dalla Deloach. Il caso è di Watts e Parker, che hanno ricevuto la denuncia della signora e che hanno ottenuto dal giudice tutte le autorizzazioni necesssarie per procedere contro un pubblico ufficiale, ma per l'operazione di domani voglio che siate in quattro per poter garantire meglio il funzionamento di tutto il meccanismo. Zampisi, la più esperta tra voi nella gestione degli strumenti elettronici di ascolto, rimarrà sul furgone assieme a Ross, pronto a intervenire nell'edificio in caso di necessità , mentre Watts e Parker entreranno per effettuare l'arresto appena la signora Deloach lascerà l'ufficio di De Rienzo. Ovviamente l'arresto in flagranza dovrà avvenire solo, e ripeto SOLO, in presenza di affermazioni chiaramente compromettenti da parte di De Rienzo, ascoltate attraverso il microfono che piazzeremo sulla signora Deloach, e SOLO nel caso in cui la signora riesca a consegnare a De Rienzo la busta con i 1.500 dollari in banconote segnate che abbiamo preparato. Vi ripeto nuovamente che la presenza di queste due condizioni è fondamentale ai fini dell'arresto; nel caso mancasse una di esse, o peggio entrambe, tornerete al distretto senza effettuare l'arresto e decideremo insieme il da farsi, sulla base degli elementi raccolti. In caso d'arresto, il soggetto non dovrebbe essere armato né pericoloso, ma, colto sul fatto, potrebbe sorprenderci con qualche reazione improvvisa, quindi è me-

glio che interveniate in due. Oltretutto, l'operazione si svolgerà in un posto affollato, un edificio che contiene centinaia di persone, quindi fate di tutto per evitare spari, panico e via dicendo. E' tutto chiaro fin qui? Ci sono domande?»
Parker fu stupito dalla chiarezza, concisione e determinazione del tenente. Poche istruzioni ma chiare, senza possibilità di fraintendimento alcuno.
«L'ok per l'arresto lo darà comunque Watts, tenente?» chiese per chiarezza Zampisi.
«Puoi giurarci, bellezza» rispose sottovoce il diretto interessato, beccandosi un'occhiataccia da Ross.
«Sì, la direzione dell'operazione è sua, - rispose il tenente, facendo finta di non aver sentito - essendo il più alto in grado della coppia titolare dell'indagine e anche di tutto il gruppo operativo. Attenderete tutti insieme dentro il furgone gli sviluppi dell'incontro tra la Deloach e De Rienzo, quando capirete chiaramente che la donna ha consegnato i soldi e che sta per abbandonare l'ufficio di De Rienzo salirete immediatamente. Ricordatevi che l'ufficio di De Rienzo è al diciottesimo piano dell'edificio, quindi dovrete essere molto rapidi a salire, per evitare che il sospettato possa spostare il denaro o uscire dal palazzo per andarlo a nascondere chissà dove. Sapete bene che il procuratore non ci concederebbe facilmente il permesso per una perquisizione di un palazzo di uffici comunali, quindi fate in modo che quel denaro non esca dalla stanza di De Rienzo. Se non ci sono altre domande, passiamo alle cose da fare oggi».
La frase di Braxton ottenne in risposta solo cenni di assenso dalle teste dei quattro detective.
«Bene – riprese il tenente – dunque Watts e Ross attenderanno qui con me la signora Deloach, che dovrebbe venire alle 9, per istruirla su cosa dire domani, come comportarsi e come posizionare il microfono per ottenere le migliori condizioni d'ascolto…»
Parker, non sentendo elencare il suo nome insieme a quello di Zampisi, saltò quasi sulla sedia dalla curiosità.
«… mentre Parker e Zampisi prenderanno una macchina senza contrassegni e faranno un sopralluogo nell'edificio dell'operazione, senza incontrare De Rienzo, naturalmente.

Dovrete solo fingervi una coppia che deve prendere i moduli per il matrimonio civile».

«Mi scusi tenente, ma non sarebbe meglio che…» provò a intervenire Ross, ma Braxton lo zittì riprendendo subito a parlare, come se quello non avesse detto nulla.

«Parker, vatti a cambiare e mettiti qualcosa di più sportivo di quel completo, sei troppo differente da com'è vestita Zampisi. Lasciate qui le pistole, se non ricordo male all'ingresso di quell'edificio ci sono i metal detector e sareste costretti a rivelare la vostra identità per poter passare armati. Tanto non vi serviranno. Controllate quanti accessi e uscite ci sono, confermateci la posizione dell'ufficio di De Rienzo, gli ascensori… tutto. Domani, se e quando tu e Watts entrerete in quel palazzo, dovrete essere dei fulmini ad arrivare in quell'ufficio, e tutto sarà basato sull'accuratezza del sopralluogo di oggi, chiaro?»

«Sì tenente, chiarissimo» rispose Zampisi, mentre Parker si limitò ad annuire con la testa.

«Bene, andate a prepararvi».

«Signorsì – Parker schizzò in piedi dalla sedia, subito seguito da Zampisi – buona giornata a tutti – poi rivolto al compagno, in tono insolitamente imperativo – Grady, noi ci rivediamo qui per fare poi insieme quei giri per il caso Weird, a mezzogiorno dobbiamo andare al Black Horse per gli identikit». Watts annuì e guardandolo uscire si sentì come un padre che vede il proprio figlio andare al primo giorno di scuola. Watts non aveva figli, ma immaginò che un padre si dovesse sentire così.

«Come sta andando il ragazzo?» gli chiese a bruciapelo il tenente appena Parker e Zampisi ebbero lasciato il suo ufficio.

Watts spalancò le braccia prima di parlare.

«E' un po' troppo timido ed educato per fare questo lavoro… intendiamoci, sembra onesto e ha buonsenso… ma non ce lo vedo alle prese con la merda di questo quartiere».

«E' proprio quello che gli devi insegnare tu. – disse Braxton, chiudendo l'argomento - Tornando all'operazione di domani, in attesa della signora Deloach, direi di preparare i materiali. Watts, scendi giù al deposito e prendi i 1.500 dollari segnati, ho già fatto la richiesta io ieri al sergente Mosley. Ross, tu intanto va in garage a prendere il furgone con le attrezzature d'ascolto. Controlla bene il funzionamento di tutto quello che vi serve e se qualcosa non funziona fattelo sostituire dai tecnici, non rischiamo di mandare tutto a puttane per un filo rotto».

«Ma i soldi e il microfono li diamo domani alla signora Deloach, no?» chiese Watts, tanto per puntualizzare, pur conoscendo già la probabile risposta.

«Certamente, ma voglio farle fare una prova con me, come se io fossi De Rienzo, con addosso i soldi e il microfono. Domattina di buon'ora Zampisi passerà da casa sua, per metterle addosso tutto come si deve e darle i soldi».

«Zampisi dovrà anche accompagnarla fino agli uffici comunali?» chiese Ross.

«Assolutamente no. Non possiamo rischiare che De Rienzo passi in quel momento o magari sia alla finestra o la incontri sulla metropolitana, che ne so, e la veda entrare in compagnia di una sconosciuta, per di più bianca. Una volta finito di prepararla a casa sua, Zampisi l'accompagnerà con l'auto alla metro e poi andrà subito al furgone».

«Perfetto».

«Ora andate a fare quello che vi ho detto, vi farò chiamare io quando arriverà la signora Deloach. Ah, Ross, quando finisce la riunione e tornano quei due, tu e Zampisi andrete a piazzare il furgone in buona posizione nell'isolato dell'edificio, così sarà già pronto per domattina».

«Va bene. Possiamo andare allora?»

«Tu sì, Watts invece resta».

«Ok, a dopo tenente» disse velocemente Ross, accompagnandolo con un accenno di saluto con la testa e due dita della mano destra alla tempia.

«Grady – il tenente tendeva ad usare i nomi dei suoi detective solo negli incontri a due o in particolari momenti di tensione – volevo sapere le novità riguardo l'omicidio Weird».

«Beh, abbiamo saputo…»

«Ho già letto i rapporti che avete fatto – lo interruppe subito il tenente, per chiarire subito a Watts che li teneva d'occhio, "guinzaglio lento ma pur sempre guinzaglio" diceva Watts – ma prima ho sentito Parker parlare di identikit e non mi pare di aver letto nulla in proposito…»

«No infatti, è una novità di ieri sera, non ho avuto ancora il tempo materiale di buttare giù il rapporto. Abbiamo un testimone, un ricettatore, che pochi giorni fa ha incontrato tre ragazzi che gli hanno proposto una Plymouth GMP viola, identica a quella trovata nel garage di Weird».

«Nessun nome?»

«No, solo uno dei tre, alto e biondo, è stato chiamato Jeff dagli altri due, ma ovviamente non sappiamo se sia il suo vero nome. Nulla sugli altri due».

«Il testimone chi è?» incalzò Braxton.

«Un certo Sam Lewis, un ex galeotto uscito da meno di un anno dopo una condanna per detenzione e spaccio di stupefacenti. Pare che ora si sia messo a trafficare con oggetti meno pericolosi della droga…».

«Le auto rubate».

«Appunto, auto sportive, per la precisione. L'imbeccata l'abbiamo avuta da Ramon Alvarez».

Il tenente annuì, Alvarez era una vecchia conoscenza per tutti i detective passabilmente anziani della città.

«Ora questo Lewis gestisce come facciata un locale di spogliarelli, il Black Horse. Ieri non ha voluto sentire ragioni alla nostra richiesta di venire a vedere un po' di foto segnaletiche, ma per timore di perderlo del tutto ho preferito accontentarlo e strappargli la promessa degli identikit, anziché passare al gioco duro».

«Sì, hai fatto bene. Sui tre ladri nient'altro?»

«Hanno circa vent'anni, il che li fa essere molto adatti ai furti acrobatici, un po' meno ad avere la lucidità di togliere le pallottole dalla scena del delitto… non so se mi spiego».

«Perfettamente. Ora come pensate di muovervi?»

«Vediamo gli identikit, poi andiamo a mostrarli all'ex proprietario della Plymouth e ai vicini del morto, sperando che a qualcuno di loro dicano qualcosa».

«Vi siete fatti un'idea di ricostruzione? Ci sono dei punti di contatto certi tra Weird e i tre ladri?»

«Diciamo che questi tre sono effettivamente i ladri che cerchiamo. Scavalcano, addormentano eccetra eccetra a casa di Krample, gli soffiano la macchina e poi si mettono in caccia di un ricettatore fidato in grado di piazzare un'auto così, sportiva e di valore. Né Eckstein né Alvarez conoscono una banda del genere, quindi ipotizziamo che vengano da fuori città. Fanno il colpo e se ne tornano fuori, dove hanno un posto sicuro dove tenere la refurtiva. Vanno da Lewis e da chissà chi altro ma non si mettono d'accordo sul prezzo, chiedono 4 mila ma non glieli dà nessuno, si riprendono la macchina e vanno via. Infine arrivano da Weird, lui sicuramente di fuori città…»

«Perché?»

«Alvarez ci aveva fatto qualche affare in passato e dice che le auto, peraltro tutte vetture comuni, nulla di simile alla GMP, gli arrivavano già ripulite, sia nella targa che nei documenti, e se avesse avuto una rete del genere in città lui lo avrebbe saputo».

«Ok, vai avanti».

«Dunque, arrivano da Weird, parcheggiano l'auto nel garage, entrano in casa a parlare ma non si mettono d'accordo sul prezzo nemmeno con lui, fin qui tutto già visto… ma ecco che iniziano le note stonate. Innanzitutto uccidono il ricettatore. Con Lewis pare fossero addirittura disarmati, e in ogni caso cosa è successo con Weird da scatenare addirittura un omicidio? Il cane, Flash, morde uno di loro e quelli sparano anche a lui, senza ucciderlo sul colpo ma lasciandolo lì a guaire disperato fino alla morte. Fatto questo, tre ventenni, anziché fuggire in preda al panico, pensano a raccogliere eventuali bossoli dal pavimento e addirittura a scavare via le due pallottole per non farcele trovare…»

«Seconda nota stonata».

«Toccano l'auto dopo averla completamente ripulita…»

«Dei veri idioti…»

«E infine vanno via lasciandola lì!»

«Una sinfonia di note stonate».

«Già. Come vede, tenente, passi avanti ne abbiamo fatti, ma c'è ancora da lavorarci su. Tra l'altro, stamattina Spielman mi ha fatto sapere che l'impronta sul cofano non ha dato riscontri».

«E ti pareva, mai un po' di fortuna. Bene, mi pare comunque che vi stiate muovendo al meglio. Scrivimi i rapporti su queste ultime novità e tienimi aggiornato sugli sviluppi. Puoi andare, Grady, grazie».

L'ultima frase venne detta dal tenente in tono così categorico da non lasciare spazio ad altri argomenti. Watts avrebbe voluto chiedergli qualcosa a proposito del servizio d'ordine per la manifestazione pacifista, ma se ne guardò bene, limitandosi a un cenno di saluto prima di uscire dalla stanza.

Per puro orgoglio maschile Parker decise di mettersi alla guida, mentre tutto il personale del garage lo guardava sghignazzando a causa dell'orrenda felpa rosa-confetto che indossava ora al posto della giacca. Era l'unica cosa della sua taglia che aveva trovato nello spogliatoio dei detective, e a giudicare dallo stile doveva essere stata dimenticata da Sanchez. Il suo primo pensiero era stato per la madre; se l'avesse visto in quel momento sarebbe morta sul colpo, senza dubbio. Nell'istante in cui l'aveva visto, sulle scale, Zampisi era stata sul punto di dirgli qualcosa ma aveva scelto di ridere in silenzio dopo aver colto l'occhiataccia di Parker.

Gli uffici comunali erano molto vicini al distretto, ma col traffico mattutino i due detective impiegarono comunque venti minuti per arrivare e parcheggiare l'auto come comuni cittadini, non potendo mostrare sulla macchina il contrassegno della polizia che li avrebbe autorizzati a parcheggiare dovunque. Durante questo tempo trascorso in macchina, fu quasi sempre Parker a parlare, a raccontare di sé, e fu lui stesso a sorpendersi di questo comportamento. Ma gli venne naturale, come raramente gli era accaduto prima. Il sorriso di Zampisi, quel suo modo d'essere così brillante, lo fece sentire libero di aprirsi, anche con una persona conosciuta solo tre giorni prima. Parlò brevemente di alcuni ricordi di suo padre, poi delle motivazioni che lo avevano spinto a entrare in Accademia, poi del rapporto con la madre. Zampisi non lo interruppe quasi mai, si limitò solo a qualche indicazione sulla strada da fare, ma lo ascoltò con interesse, con gli occhi carichi di uno scintillìo di cui Parker, preso dal suo fiume in piena, neppure si accorse. Il palazzo con gli uffici comunali arrivò troppo presto per Parker e i due detective, parcheggiata l'auto, entrarono a fare il loro dovere. Ne uscirono dopo quasi un'ora e, appena risaliti in auto, Parker iniziò ad appuntare ogni dettaglio di quanto avevano visto su un blocchetto, così da fissare con precisione tutto per i colleghi e il tenente. Il viaggio di ritorno al distretto, complice l'ora più tarda, fu molto più veloce dell'andata e non richiese che pochi minuti, durante i quali Parker e Zampisi si scambiarono solo le rispettive opinioni sulla tempistica dell'arresto di De Rienzo.

La riunione tenutasi nel frattempo al distretto con la signora Deloach fu molto positiva; la donna dimostrò di essere determinata quanto e più del giorno prima e nella prova con Braxton/De Rienzo giocò bene le sue carte, mostrando infine la sua resa pur di avere la casa ma in modo naturale, senza eccessi che avrebbero potuto insospettire il vero De Rienzo. Pilotò la discussione per far pronunciare al tenente nel modo più chiaro possibile le frasi più importanti, come le avevano spiegato in precedenza i detective e il tenente stesso. Dopo alcune prove, i soldi furono arrotolati e divisi in due buste gialle anonime, che la signora avrebbe tenute nel reggipetto e sotto la gonna, cosa che tutti trovarono molto realistica in una donna di modesta estrazione, venuta in metropolitana con addosso quella cifra in contanti. Inoltre, Watts pretese che gli venissero cambiati i 1.500 dollari, fornitigli originariamente in banconote di taglio troppo grosso, "se vogliamo che De Rienzo pensi che la signora se li è procurati da uno strozzino" disse il detective a capo dell'operazione. Il cambio comportò naturalmente un aumento di volume del denaro, cui si ovviò con la presenza di due buste al posto di una sola. Il microfono fu posizionato nell'unico posto possibile, vista la sua dimensione piuttosto grande: dentro la borsa. Con la signora venne concordato che, subito all'inizio della discussione con De Rienzo, lei avrebbe dovuto avere un accenno di pianto, causato dalla sua situazione disperata e dall'imminente sfratto, il che le avrebbe consentito di aprire naturalmente la borsa per prendere il fazzoletto e asciugarsi le lacrime. A quel punto la signora Deloach avrebbe dovuto solo avere l'accortezza di poggiare la borsa sul pavimento senza richiuderla, per consentire un perfetto campo d'ascolto al microfono. Alla signora fu raccomandato di non insistere con De Rienzo nel caso in cui questi non avesse detto nulla di compromettente o avesse rifiutato di prendere i soldi. Qualunque insistenza eccessiva avrebbe potuto generare sospetti nell'interlocutore e bruciare irrrimediabilmente l'operazione. Se De Rienzo avesse capito di essere tenuto d'occhio dalla polizia, avrebbe preso a rigare dritto per un bel po' e l'indagine si sarebbe prolungata oltre ogni ragionevole limite. Al termine dell'incontro con De Rienzo, senza attendere l'intervento o meno dei detective, la signora Deloach avrebbe dovuto tornare all'Undicesimo Distretto, dove avrebbe atteso gli sviluppi della vicenda. Braxton concluse la riunione dicendole che il detective Zampisi sarebbe passata a casa sua l'indomani alle 7.30 per prepararla all'incontro con De Rienzo. Al momento di accomiatarsi, la signora Deloach li salutò tutti con grande trasporto, alzandosi perfino sulle punte per abbracciare Watts, che contraccambiò con un certo imbarazzo.

La signora aveva appena lasciato il distretto quando Parker e Zampisi tornarono dal sopralluogo. I quattro detective si riunirono quindi nuovamente nella stanza del tenente. Qui Parker, con ancora addosso la felpa rosa che tanta ilarità aveva suscitato tra i meccanici del distretto, tirò fuori il suo taccuino degli appunti e iniziò a parlare nell'attenzione generale.

«Il piano di De Rienzo è il diciottesimo, stanza 57. E' molto vicina agli ascensori, per fortuna. Si esce, si prende un corridoio a sinistra con una porta a vetri e subito dopo la porta c'è la nostra stanza. Tra l'altro, la porta ha i vetri opachi e questo impedisce che De Rienzo, magari uscito sul corridoio, possa vederci fino al nostro ingresso».

«Ottimo. Hai avuto occasione di vederlo?» chiese Watts.

«No, la porta della sua stanza era chiusa e abbiamo tirato dritto fingendo di cercare il bagno».

«Perfetto. Avete visto se la porta di De Rienzo ha qualche

particolarità?»

«No, legno con maniglia di ottone - rispose prontamente Parker - nessuna serratura particolare con cui possa barricarsi dentro. Se anche si chiudesse a chiave, quella con una spallata tua va giù».

Watts e Braxton incrociarono due sguardi soddisfatti, il ragazzo sapeva il fatto suo.

«Gli ascensori sono tre, si prendono tutti dall'atrio del piano terra – proseguì Parker – non dovremmo avere problemi a trovarne uno in breve per salire. Le uscite però sono due, quella principale da cui entreremo noi e il garage sotterraneo, in cui si scende direttamente con gli ascensori. Ma non credo che De Rienzo sia così folle da portare il denaro in macchina prima di andar via, in un garage non sorvegliato e dove passa un sacco di gente».

«Sì, sono d'accordo» concordò Watts.

«Piuttosto, potreste avere rogne dal metal detector. – s'inserì Zampisi - E' sorvegliato da tre guardie giurate che non so come reagiranno, non so se avranno la prontezza di riflessi per farvi passare quando vi qualificherete o se vi bloccheranno».

«Di questo non devi preoccuparti, non stiamo mettendo su tutto questo circo per farcelo mandare all'aria da tre guardiani. Sapremo essere convincenti...» disse Watts, e aggiunse un sorriso che provocò lo scuotimento della testa di un Ross sempre più insofferente alle sbruffonate del collega.

«Hai notato se ci sono buoni posti davanti al palazzo per parcheggiare il furgone?» chiese Braxton a Zampisi.

«Sì, ce ne sono un paio ottimi, riservati al direttore generale e al suo vice proprio davanti all'ingresso. Ora erano occupati, ma penso che se andate lì stasera li troverete liberi».

«Ok, allora il posizionamento del furgone è posticipato a stasera» sentenziò il tenente, indicando Zampisi e Ross, che annuirono.

«Piuttosto, non è che domattina qualche poliziotto troppo zelante addetto al traffico ci creerà rogne per un furgone in divieto di sosta? Non abbiamo contrassegni, il rischio c'è» intervenne Watts con un filo di preoccupazione.

«A questo penso io, siamo nel territorio del nostro distretto – disse subito il tenente, in tono risolutivo – parlerò con chi di dovere per fare in modo che non ci siano altri poliziotti all'infuori di voi quattro nel raggio di tre isolati per tutta la mattinata di domani».

«Perfetto, allora siamo a posto. Io non ho altre questioni in sospeso».

«Figuratevi io» aggiunse Ross con una punta della sua consueta insolenza.

«Bene. Ora tornate ai vostri casi, se non ci sono novità ci risentiamo domattina. Io oggi pomeriggio non ci sarò, devo andare alla Centrale assieme al capitano Duvall per la pianificazione degli interventi sulla manifestazione pacifista di domenica, quindi se avete qualche problema cercate Schuster».

La riunione si sciolse rapidamente e le due coppie tornarono ai rispettivi impegni.

«Abbiamo un quarto d'ora per arrivare al Black Horse con il disegnatore» disse Watts a Parker.

«Sì, dobbiamo sbrigarci, scendo a chiamarlo».

«Ma prima cambiati quella felpa, fai rivoltare lo stomaco...»

Questa volta i due detective dovettero usare la sirena della loro berlina di servizio per arrivare puntuali al secondo appuntamento con Lewis. Tanta premura non fu però inutile, visto che trovarono il loro testimone ad aspettarli nel medesimo ufficio della sera prima. L'uomo alla porta era stato evidentemente istruito a dovere, visto che aprì non appena li vide, senza neppure attendere di vedere i distintivi.

Sam Lewis non aveva però la stessa cera brillante del loro primo incontro. Evidentemente la nottata del Black Horse si era conclusa tardi e l'appuntamento con i detective gli aveva concesso solo pochissime ore di sonno. I convenevoli furono ridotti al minimo indispensabile e i detective lasciarono subito campo libero al lavoro dell'agente incaricato di disegnare i tre identikit sulla base delle indicazioni di Lewis. Parker, che assisteva per la prima volta nella sua vita a quella operazione, osservò eccitatissimo tutto il suo sviluppo, che portò via oltre un'ora e mezza, tra correzioni e cambiamenti vari. Watts, invece, si sarebbe addormentato dalla noia se il suo ruolo non gli avesse imposto di mantenere un minimo di decoro in presenza di un testimone e dei colleghi. Osservò con qualche interesse i primi due identikit solo quando vennero ultimati, ma quelle facce senza nome non gli dicevano niente, avrebbero anche potuto essere dei marziani, per quel che ne sapeva. Finito il terzo e ultimo disegno, il disegnatore si alzò piuttosto provato dalla sedia, sentenziando un "ci siamo" che pareva richiamare i due colleghi anche all'obbligo morale di offrirgli il pranzo, visto l'impegno profuso. Cosa che puntualmente avvenne, dopo aver salutato Lewis con tanti ringraziamenti e la raccomandazione di stare alla larga dalle "consulenze" sulle auto rubate. Non fu un pranzo luculliano, ma un apprezzabile "fish and chips" che li lasciò tutti e tre più che soddisfatti. Tornarono in ufficio dove, dopo aver salutato il loro collega disegnatore, fecero delle copie dei tre identikit, mandandole a tutti i distretti della città ed esponendole anche nella bacheca della loro Sala Investigativa, nella remota speranza che quei volti dicessero qualcosa a qualcuno dei loro colleghi. Tennero gli originali per loro e, risaliti in macchina, fecero rotta verso la parte settentrionale della città, verso il favoloso mondo di Maya Hills, alla ricerca di Simon Krample, questa volta con Parker alla guida. Stanco di farsi scarrozzare sempre dal collega, infatti, Parker si era impossessato per primo delle chiavi dell'auto, prendendole dal quadro in cui venivano appese nel garage del distretto. Watts, sorpreso, lo aveva guardato un po' di traverso, ma aveva finito per sedersi rasssegnato al posto del passeggero. Man mano che attraversavano il Chain e ne risalivano il corso, il paesaggio andava sempre più cambiando. Si diradavano fino a scomparire gli altissimi palazzi di edilizia popolare d'inizio secolo, per fare posto a villette di due o tre piani con un piccolo giardino davanti, la nuova frontiera dell'esistenza residenziale americana. E una volta entrati dentro Maya Hills, ecco i giardini farsi sempre più grandi, le ville sempre più fastose, fino a non essere più visibili dalla strada, trincerate dietro enormi cancelli di ferro. Le strade erano ombreggiate dalle palme presenti ai lati, simbolo universale di quel quartiere.

«Mi sta venendo il vomito a vedere Maya Hills» disse Watts

dopo lunghi minuti di silenzio.

«Vomito da invidia?»

«Cosa cazzo faranno mai, questi qui, per potersi permettere questa roba? Voglio dire, noi facciamo un lavoro difficile, pericoloso, ci assumiamo quotidianamente delle responsabilità e non ci basterebbero gli stipendi di una vita intera per comprarci una casa qui… non è pazzesco?»

«No, pazzesco no, ingiusto direi. Però guarda il lato positivo…»

«Non dirmi la solita frase che "i soldi danno pensieri" eh! Io i pensieri ce li ho lo stesso eppure non mi caveresti un soldo di dosso neppure a rivoltarmi per i piedi!»

«Non intendevo quello. Il lato positivo è che, se tutti i detective potessero permettersi di vivere qui, potresti trovarti Rob Ross come vicino» disse Parker ridendo.

«Cristo, non ci avevo pensato! Hai ragione, giovane Parker, hai mille volte ragione. Meglio le nostre topaie fetenti».

«Topaia fetente sarà casa tua! – protestò Parker – Casa mia è uno specchio».

«Perché ci pensa tua madre. Tu scommetto che non fai un cazzo a casa».

«Beh, insomma… ora non più, in effetti. Però prima…»

«Sì vabbè, quando avevi i calzoni corti andavi a comprare il latte… dai, ci siamo passati tutti per quell'età lì. Piuttosto, ma quando ti decidi ad andare a vivere da solo? Gayle avrà tante di quelle amiche da presentarti…»

«Mah, devo ancora pensarci, sinceramente. A me piace fare le cose per gradi. Per il momento vediamo se riesco a fare il detective, poi viene il resto».

«Ahi ahi, giovane Parker. Trascuri le donne e la tua vita privata per fare il poliziotto… non avrai mica intenzione di fare carriera e diventarmi un pezzo grosso, vero? – Parker rideva – Guarda che la divisa coi galloni non me la metto da dieci anni e il saluto d'onore non te lo faccio nemmeno morto, chiaro?»

«Ma sei ubriaco, che dici?»

«Magari lo fossi, invece dichiaro qui ufficialmente, e da sobrio, che se un giorno tu dovessi superarmi di grado io non ti farò mai e poi mai il saluto che ti spetterebbe, chiaro?»

«Chiarissimo. E io comunque non te lo chiederei, il saluto».

«Oh, meno male. Guarda che mi sa che è qui eh!»

«Ah già, sì, è questo cancello verde».

Suonarono e poco dopo di materializzò un uomo anziano, vestito da maggiordomo, con al guinzaglio un grosso alano.

«Desiderate?» disse attraverso le grate del cancello, mentre il cane li osservava perplesso.

Parker e Watts mostrarono i distintivi.

«Detective Parker e Watts dell'Undicesimo Distretto, stiamo cercando Simon Krample. E' in casa?»

«Sì, il signorino Krample è in casa».

Alla parola "signorino" il sangue di Watts iniziò a ribollire, Parker invece non fece una piega.

«Cosa desiderate da lui?» disse il maggiordomo con voce affettata e snob. Il cane li osservava senza distogliere lo sguardo, in silenzio. Incrociò lo sguardo inferocito di Watts e pensò che, nel caso avesse ricevuto l'ordine di attaccare, avrebbe iniziato da quello giovane. C'era meno da mordere ma gli sembrava infinitamente meno pericoloso di quel biondo lì.

«Dobbiamo parlargli a proposito della Plymouth GMP che gli è stata rubata due settimane fa. L'abbiamo ritrovata».

L'espressione del maggiordomo cambiò radicalmente, aprendosi in un sorriso.

«Oh, mio dio, che magnifica notizia! Venite, venite! – e così dicendo aprì il cancello – Dovete dare subito la notizia al signorino, era così afflitto dal giorno del furto, ne ha sofferto così tanto!»

«Eh, immagino, sono cose dolorose…» aggiunse Watts.

«La macchina la lasciamo qui?» chiese Parker, fingendo di non averlo sentito.

«Sì, è meglio, vi prego. Il prato si rovinerebbe».

"'Fanculo, ci tocca pure camminare sotto il sole per non rovinargli il fottuto prato!" pensò Watts mentre scoccava un'occhiataccia al suo collega per la domanda controproducente.

Parker accostò la macchina al cancello ed entrambi seguirono il maggiordomo attraverso un sontuoso giardino, curatissimo e ricco di colori e profumi. Dopo pochi passi, la città maleodorante che li circondava sembrò lontana anni luce, il Barrio e i suoi marciapiedi luridi e malfamati solo uno sfumato ricordo. Percorsero un'ultima curva e alla loro vista apparve una magnifica villa in stile coloniale. Tre piani di pura eleganza e ricchezza.

Il maggiordomo li fece accomodare su uno splendido divano bianco della veranda.

«Gradite qualcosa?»

«Per me un caffè, grazie» rispose Watts.

«Nulla per me, grazie» aggiunse Parker.

Il maggiordomo annuì coscienziosamente ed entrò in casa, lasciando i due detective intenti a guardarsi intorno, sbigottiti da tanta magnifica opulenza. Nessuno dei due aveva ancora detto una parola, quando la vetrata d'ingresso della casa si aprì e lasciò uscire Simon Krample, il signorino. Vestito con un completo blu da tennis, calzoncini, polo e golf di cotone a manica lunga, alto e splendido nei suoi diciannove anni, Krample sembrava proprio il tipo cui la vita avesse concesso tutto. Perfino l'unica cosa che aveva perso, l'auto, gli veniva ora restituita, per di più integra, caso rarissimo in quella città.

«Agenti! Che gioia vedervi, il mio fido Jason mi ha appena riferito il motivo della vostra visita! E' magnifico che abbiate ritrovato la mia Plymouth!» e strinse la mano vigorosamente a entrambi.

Dopo le presentazioni, tornarono a sedersi sul divano.

«Ma l'auto in che condizioni è?»

«Può dirsi fortunato, signor Krample, è in perfetto stato» lo rassicurò Parker.

«Magnifico! L'avete portata qui con voi?»

"Sicuro, tanto siamo solo due dei tuoi fottuti guardamacchine no?" pensò Watts.

«No signore, la macchina è ancora custodita in uno dei nostri depositi giudiziari, le verrà restituita a giorni, al massimo tra una settimana» fu la risposta professionale di Parker.

«Benissimo, non fa niente, ci mancherebbe. Posso sapere dov'è stata ritrovata?»

«Sulla scenda di un omicidio, è il motivo per cui siamo qui».

«O mio dio! – Krample si portò le mani davanti alla bocca –

Un omicidio! Che cosa orribile! E la mia macchina che c'entra? Non penserete mica che io…»

«No signor Krample, assolutamente, sappiamo bene che lei non ha nulla a che fare con l'omicidio. Ha regolarmente denunciato il furto e va bene così. Ma il ladro della sua auto e l'assassino potrebbero essere la stessa persona, quindi vorremmo mostrarle alcuni identikit».

«Ma chi è stato ucciso?»

«Un ricettatore che stava trattando la sua auto, un certo Carl Weird, bianco, 66 anni, obeso. E' stato ucciso mercoledì nel Barrio, intorno a mezzogiorno. Lo conosceva?»

«No, assolutamente. Il nome non mi dice nulla».

«Allora, se permette, le mostriamo i tre identikit».

«Prego».

In quell'istante tornò il maggiordomo, con due caffè sul vassoio. Li porse al padrone di casa e a Watts e andò via con discrezione.

Parker tirò fuori da una busta i tre disegni, mostrandoli uno per uno a Krample. Nessuna reazione alla vista dei primi due, poi al terzo Parker aggiunse: «questo potrebbe chiamarsi Jeff, è alto e…» ma fu interrotto da un'esclamazione a voce alta di Krample.

«Ma questo è Jeff Bryant, il figlio di Jim!»

Watts posò bruscamente la tazza di caffè che stava sollevando, versandone un po' sul piattino.

«Chi è Jim Bryant?» domandò subito Parker.

«Il nostro giardiniere! Lavora qui da anni!» disse, ancora a voce alta, Krample, visibilmente colpito.

«Come conosce suo figlio Jeff?»

«Viene a dare una mano al padre per i lavori più pesanti, tipo le potature… anzi, ora che ci penso, quando avevo ancora la macchina, sorpresi un paio di volte Jeff a girarci intorno con aria curiosa e vedendomi mi fece qualche domanda sul motore, la velocità massima… queste cose qui. Ora si spiegano tante cose!»

«Lei non parlò di queste domande di Jeff al detective che raccolse la sua denuncia di furto?»

«No, avevo proprio rimosso la cosa, e poi quel giorno ero così sconvolto!»

«Ha detto che "ora si spiegano tante cose". Cosa?» intervenne Watts, cui non interessava un piffero dello sconvolgimento di Krample.

«Beh… intendevo il tipo di furto, così organizzato e preciso…»

«Sì, abbiamo letto il verbale del nostro collega. Hanno scavalcato il muro, addormentato i cani e aperto una recinzione per uscire con l'auto…»

«Sì, esatto, sono riusciti a farlo perché conoscevano perfettamente il giardino!»

«E questi stessi ragionamenti non le vennero in mente al momento della denuncia? Avrebbe potuto subito indirizzare le indagini verso il personale interno alla sua casa» "Grandissimo idiota" aggiunse Parker, ma solo col pensiero.

«No, maledizione a me, no! Non ci ho pensato proprio, ero così sconvolto! Nessuna aveva mai rubato niente qui, e quella mattina ero fuori di me».

«Quindi lei è sicuro di riconoscere Jeff Bryant in questo identikit?» riprese Parker, rimettendogli i disegni sotto gli occhi.

«Sì, sicuro».

«Mentre le altre due facce non le dicono nulla?»

«No».

«Ci descriva la corporatura di Jeff Bryant» disse Watts.

«Alto, biondo, molto atletico».

«Età?»

«Mah, di preciso non saprei, ma ha grosso modo la mia stessa età. Io ne ho diciannove…»

«Mi scusi, signor Krample, una curiosità: ma lei vive qui da solo?»

«Con la servitù. Mio padre fa l'ambasciatore, in questo momento è in Europa, in Inghilterra».

«E sua madre?»

«I miei genitori hanno divorziato parecchi anni fa»

«Capisco. Il padre di Jeff è qui nella villa in questo momento?»

«No, è venuto ieri, lui viene sempre il mercoledì mattina».

«Sa se padre e figlio vivono insieme?»

«Sì, vivono a Sounders Court, nella periferia nord».

«E' un sobborgo poco distante da qui. Conosce il loro indirizzo preciso? Ci farebbe risparmiare tempo…»

«A memoria no, ma dovrei averlo scritto da qualche parte in casa – si alzò per entrare, ma si fermò all'improvviso – ma ora che gli farete?»

Anche Watts e Parker si alzarono in piedi.

«Signor Krample, non siamo la Gestapo, siamo la Polizia. Li arresteremo, li interrogheremo e, se vorranno risponderci, gli faremo dire i nomi dei due complici. Dopo di che la parola passerà al procuratore ed eventualmente al giudice, non siamo noi a stabilire la pena. Ora ci prenda quell'indirizzo, signor Krample» puntualizzò un po' stizzito Watts.

Krample scosse la testa ed entrò in casa continuando a mormorare "mio dio, mio dio".

Parker guardò Watts con aria interrogativa.

«Dobbiamo fargli firmare un verbale per avere via libera dal procuratore per procedere all'arresto dei Bryant» suggerì Parker.

«Lo so, che ti credi?» gli rispose Watts, stizzito.

«Ma se torniamo fino al nostro ufficio e poi dobbiamo passare anche dal procuratore perdiamo almeno tre ore con il traffico…»

«Proprio a questo stavo pensando. Penso che potremmo chiedere al Quarantesimo di prestarci una scrivania per mezz'ora… visto che è qui dietro».

«E con il procuratore?»

«Una volta avuto il verbale, quella la risolviamo con qualche collega mentre noi andiamo a Sounders Court. Mentre io aspetto quest'indirizzo tu torna alla macchina, fatti passare il Quarantesimo e digli che stiamo arrivando con un testimone da verbalizzare».

Parker partì di gran carriera verso l'auto rimasta all'ingresso.

Krample tornò sulla veranda dopo un paio di minuti con un biglietto in mano, che consegnò a Watts.

«E il suo collega?» chiese incuriosito.

«Ha dovuto precederci alla macchina, per fare una chiamata al Distretto».

Krample riflettè un attimo su quanto appena detto da Watts, poi ribatté un po' infastidito.

«Precederci? Devo venire anch'io?»

«Sì signor Krample, dobbiamo mettere nero su bianco la sua testimonianza e lei ce la deve firmare, così potremo procedere verso i Bryant. Ma non si preoccupi, non andremo nei nostri uffici; chiederemo ospitalità al Quarantesimo Distretto, a pochi isolati da qui, così perderemo meno tempo tutti quanti. Ha un'auto con cui poterci seguire?».

Krample capì di non potersi rifiutare e annuì.

«Vado a mettermi un paio di pantaloni lunghi e arrivo».

La sede del Quarantesimo Distretto, situata nel cuore di Maya Hills, sembrava più lo showroom di una casa di moda che una stazione di polizia. Il palazzo, moderno e in perfetto stato, conteneva corridoi pieni di piante ben curate e stanze luminose e moderne, con vetrate attraverso cui lo sguardo spaziava nel verde dei parchi circostanti. Un altro mondo rispetto al pungente odore di polvere e sudore che regnava ormai incontrastato nell'Undicesimo. Watts e Parker furono accolti con la massima disponibilità dal tenente Scott, capo dell'Investigativa del Quarantesimo, ma non poterono evitare di sentirsi a disagio in quell'ambiente così diverso dal loro.

Stesero il verbale il più velocemente possibile e infine lo fecero firmare a Krample.

«La ringraziamo molto signor Krample, ci è stato utilissimo. Le faremo sapere gli sviluppi della vicenda» disse Parker, accompagnando la frase con un gesto di saluto dall'altro lato della scrivania.

«La strada per l'uscita la conosce meglio di noi, no?» chiosò Watts, con la consueta punta di cattiveria.

Esaurite le ultime formalità e i ringraziamenti ai colleghi, i due detective tornarono all'auto quasi correndo. Parker si mise alla guida, accese la sirena e partì. Nel frattempo Watts impugnò la radio, chiedendo alla Centrale di essere messo in contatto con il detective Schuster dell'Undicesimo. Non era in ufficio, quindi lo collegarono con l'auto sua e di Jackson.

«Dimmi Grady, che succede? Passo» rispose Bob Schuster con la consueta voce da tenore.

«Scusa il disturbo Bob, ma so che il tenente oggi pomeriggio era convocato alla Centrale...»

«Sì esatto, dimmi. Passo».

«Io e Parker stiamo andando a Sounders Court a effettuare degli arresti per un caso di omicidio che stiamo seguendo da un paio di giorni. Passo».

«Quello del ricettatore? Passo»

«Sì, quello, te l'ha accennato il tenente? Passo».

«Sì, ieri sera. Quanti arresti? Passo».

«Ancora non lo sappiamo. Sicuramente uno, con accusa di furto d'auto e omicidio; il sospettato è stato riconosciuto dall'ex proprietario dell'auto rubata tramite identikit. Ma potremmo arrivare anche a quattro, per cui ci servono rinforzi. Passo».

«Chi sarebbero gli altri tre? Passo».

«Due sono i complici del primo, di cui abbiamo l'identikit ma non le generalità. Se riusciamo a farle saltar fuori subito, li andiamo a pescare immediatamente. Passo».

«Certo. E il quarto? Passo».

«Il padre del primo, Jim Bryant, i due vivono insieme e il padre fa il giardiniere nella villa di Maya Hills dov'è stata rubata l'auto... passo».

«Quindi l'imbeccata al figlio potrebbe averla data lui. Lo ritenete coinvolto solo nel furto o anche nell'omicidio? Passo».

«Allo stato attuale delle cose direi solo nel furto, ma non mi sbilancerei su questo. Puoi aiutarci per il mandato? Noi stiamo correndo lì, non abbiamo il tempo di passare dall'ufficio del procuratore, passo».

«Sì, ci penso io, siamo praticamente dietro il tribunale. Chi segue il caso? Passo».

«Richardson, passo».

«Benissimo, ci vado io. Dammi quello dei hai dei due che conosci finora. Passo».

«Jim e Jeff Bryant, padre e figlio, 478 West Orange Street, Sounders Court, gli altri dati fatteli dare dalla Centrale per radio. Passo».

«I capi d'imputazione sono complicità in furto d'auto per Jim e furto d'auto e omicidio per Jeff, giusto? Passo».

«Esatto, e ricordati gli altri due in bianco, per furto d'auto e omicidio, passo».

«Uhm, lo sai che Richardson è uno che storce il naso davanti ai mandati in bianco, passo».

«Lo so, ma fagli notare che qui ormai la flagranza è impossibile da riscontrare e che abbiamo comunque degli identikit, non stiamo sparando nel mucchio. E digli che riguardo al riconoscimento del primo, abbiamo la testimonianza scritta dell'ex proprietario dell'auto. Se proprio insiste, fatteli fare con validità solo di due ore, magari si rabbonisce. Altrimenti fammi chiamare per radio, passo».

«No, penso che la tua idea possa passare. Ti chiamo appena finito in tribunale, va bene? Passo».

«Puoi mandarmi qualcuno di rinforzo? Passo».

«Veniamo noi due appena finito con Richardson, quindi aspetta un quarto d'ora prima d'iniziare con padre e figlio. Passo».

«Perfetto, grazie. Passo e chiudo».

La strada per Sounders Court, pur essendo breve da Maya Hills, richiese venti minuti anche a sirene spiegate, a causa dei normali ingorghi che tutti i pomeriggi bloccavano la circolazione dal centro città verso i quartieri-dormitorio più periferici. Appena entrati nel piccolo centro abitato, Watts spense la sirena e tolse il lampeggiante dal tetto dell'auto, per evitare di mettere inutilmente in guardia le loro prede. Chiesero informazioni a un venditore ambulante di frutta e verdura, che li indirizzò verso un gruppo di palazzi grigi e piuttosto malridotti che si scorgevano in lontananza. Trovarono il 478 di West Orange Street, era proprio l'ingresso di uno di quegli edifici ma, per non destare curiosità in qualcuno eventualmente affacciato alla finestra, non si fermarono davanti al portone. Tirarono dritto, girarono su una strada laterale e lì, all'ombra, si accinsero a far passare il quarto d'ora richiesto da Schuster.

«Sei nervoso?» chiese Watts al giovane collega.

«Un po'. Non so cosa aspettarmi lì dentro».

«Non aspettarti nulla. Entra con i sensi all'erta e gli occhi aperti, punto e basta. Sii pronto a reagire ma non mettere mano alla pistola se non sei ASSOLUTAMENTE certo che qualcuno abbia già impugnato un'arma verso di noi. Tieni la pistola solo come intervento estremo; quando iniziano a volare le pallottole qualcuno finisce sempre per farsi male e noi finiamo, nel migliore dei casi, in un mucchio di casini con la Disciplinare».

«Va bene, ho capito».

«Perfetto. In ogni caso, cosa prevede ora il protocollo che ti avranno certamente insegnato all'Accademia?» gli chiese Watts con il tono di un istruttore pedante.

«Ehm… di togliere la sicura alla pistola?»

«Esatto, fallo. – Watts attese il gesto del compagno e lo imitò subito dopo - Ora prendi la busta con gli identikit, mi sono rotto di aspettare, ma non scendiamo insieme. Vai prima tu, con quel vestito marrone e la busta sembri un venditore di enciclopedie. Trova il citofono che ci interessa. Suona a un altro e fatti aprire con una scusa, entra e lasciami il portone aperto. Poi entriamo insieme».

«Ma perché questa manfrina? Abbiamo tutto il diritto di entrare, il mandato è in arrivo».

Watts sospirò.

«Se ti qualifichi quando sei già dietro la porta di casa, è difficile che la preda ti scappi. Se gli citofoni, tanto vale avvertirlo prima per telefono. Ora vai e non chiedermi più di queste cazzate».

Parker seguì alla lettera le indicazioni del collega. Trovò il cognome Bryant sul citofono, quarto piano appartamento 14. Suonò un paio di piani più sopra, facendosi aprire senza difficoltà come venditore di enciclopedie. Dopo essere entrato lasciando il portone aperto, si guardò il vestito, nell'attesa del collega. A lui sembrava un gran bel vestito, altro che venditore di enciclopedie… avrebbe dovuto parlarne con sua madre.

Arrivò Watts, che richiuse accuratamente il portone alle sue spalle.

«Quarto piano, numero 14» disse sottovoce Parker.

«Ok, blocca la porta dell'ascensore con quel vaso e andiamo su per le scale».

«Ma…»

«Fallo e basta, cazzo! Gli togliamo una via di fuga no?»

«Sì, scusami» disse sommessamente Parker, e spostò il vaso

sull'uscio dell'ascensore.

I due detective salirono i quattro piani di scale senza dire una parola, nel più assoluto silenzio. Giunti alla porta numero 14, Watts fece cenno al collega di disporsi ai due lati, senza rimanere davanti alla porta, attraverso la quale avrebbero potuto facilmente spargli dall'interno.

Watts bussò con veemenza, sporgendo solo il braccio.

«Chi è?» rispose una voce maschile adulta.

«Polizia, detective Watts e Parker dell'Undicesimo Distretto, abbiamo un mandato d'arresto per Jim e Jeff Bryant, aprite immediatamente!» gridò Watts, per essere certo di venire udito distintamente.

Seguirono alcuni attimi di pesantissimo silenzio. Parker guardò fisso Watts, chiedendogli con gli occhi "e ora che facciamo se non aprono?", ma la porta invece si aprì, e sulla soglia apparve un uomo di circa 45 anni, bianco, ben piantato.

«Jim Bryant sono io, ma cosa ho fatto?»

I due detective lo bloccarono senza troppa rudezza ed entrarono in casa, chiudendo la porta.

«Lei è il padre di Jeff?» lo incalzò immediatamente Watts.

«Sì, esatto».

«Lei fa il giardiniere presso la villa del signor Krample, a Maya Hills?»

"Del signorino Krample" pensò Parker, senza fiatare, mentre girava velocemente il piccolo appartamento, per assicurarsi che non ci fossero altre persone in casa. Tornò subito nell'ingresso, scuotendo la testa a beneficio di Watts.

«Sì, sì, sono io. Mi dite che succcede?»

«Lei è accusato di complicità con suo figlio e altre due persone nel furto dell'auto del signor Simon Krample e nel successivo omicidio di Carl Weird».

Gli occhi di Jim Bryant si spalancarono ancora di più.

«Ha il diritto di rimanere in silenzio, - Watts iniziò a recitare a memoria il cosiddetto "Miranda", l'avvertimento reso ormai obbligatorio in ogni arresto da una sentenza della Corte Suprema di cinque anni prima – ma se rinuncerà a tale diritti qualsiasi cosa dirà sarà usata contro di lei in tribunale. Ha diritto alla presenza di un avvocato durante l'interrogatorio. Se non potrà permettersi un avvocato, gliene verrà assegnato uno d'ufficio».

«Furto d'auto? Omicidio? Ma siete impazziti?! Ma di cosa state parlando? Quale auto? Io non conosco nessun Carl Weird!» continuò a protestare Bryant.

«Ha capito i suoi diritti signor Bryant?»

Bryant rimase in silenzio un secondo, poi fece un cenno d'assenso con la testa.

«Sì, li ho capiti, ma non so ancora di cosa state parlando! Non mi serve un avvocato, mi serve solo che mi diciate di cosa cazzo state parlando!».

«L'auto è la Plymouth GMP che è stata sottratta al suo datore di lavoro, non mi dica che non ne sa nulla!» gli urlò in faccia Watts, spingendolo contro il muro.

«Ah, QUELL'auto?! Certo che so della Plymouth che è stata rubata al signor Krample! E' stata una tragedia in quella casa, ma io non c'entro niente. Io faccio il giardiniere lì dentro, e in dodici anni non è mai mancato neppure un paio di guanti! E mio figlio che c'entra? E questi altri due complici chi sono?».

Parker, guardandosi intorno, vide in una cornice una foto piuttosto ravvicinata di due uomini. Uno era certamente Jim, l'altro certamente Jeff. L'identikit del figlio era venuto davvero bene.

Mentre Watts proseguiva il suo rude interrogatorio e Bryant continuava a professarsi innocente, a Parker venne in mente di riaffacciarsi nella camera di Jeff, a cui aveva dato solo uno sguardo veloce poco prima, tanto per assicurarsi che non ci fosse nessuno nascosto al suo interno. Ci tornò con maggior attenzione. Dentro c'era un caos indescrivibile di vestiti, giornali, fumetti, scarpe, tutto ammassato alla rinfusa tra sedie, letto e pavimento. La mancanza di una donna era evidente, in quella casa. Sulle pareti c'erano parecchie foto e in una di queste, recente a giudicare dai soggetti raffigurati, Jeff abbracciava due altri ragazzi, molto somiglianti ai volti dei loro due ulteriori identikit. Staccò la foto dal muro, la tolse dalla cornice aprendo i fermi sul retro e tornò da Watts, che nel frattempo aveva fatto sedere sul logoro divano di casa un Jim Bryant in lacrime.

«Le giuro che io non so niente di quella macchina, e anche il mio Jeff non c'entra niente, glielo giuro! State prendendo un abbaglio!»

«Dov'era martedì scorso tra le 11 e le 13?»

«A lavorare, come tutte le mattine dal lunedì al sabato. Tutti i lunedì e martedì sono alla villa della famiglia Belfour, può chiederglielo, ero lì, lo giuro!»

«Dov'è ora suo figlio?»

«E' uscito dopo pranzo. Mi ha chiesto se avevamo del lavoro da fare insieme, io gli ho detto di no e allora è uscito».

«Per andare dove?».

«Non so di preciso, ma di solito si vede con i fratelli Novak, sono amici per la pelle».

Parker arrivò con tempismo perfetto di fronte a Bryant, e mettendogli la foto sotto il naso gli disse: «Sono questi i fratelli Novak?»

Il giardiniere rimase sorpreso, ma dopo un attimo annuì. Allora Parker aprì la busta degli identikit e gli mostrò i due disegni ancora senza nome.

«E magari sono anche questi?» lo incalzò Parker, non senza un certo senso di colpa per la risposta che sapeva sarebbe arrivata.

«Sì, sono loro. Questo è Kurt, quest'altro è Mike».

«Età?»

«Ventuno, sono gemelli. Hanno un anno in meno di mio figlio, ma sono cresciuti insieme fin da piccoli. Mi volete dire che c'entrano loro due con mio figlio? E questi disegni cosa sono?»

I due detective si scambiarono uno sguardo eloquente. "Mio dio, questo poveraccio non ne sapeva niente" pensò Parker, e fu un pensiero doloroso per lui.

In quel momento bussarono energicamente e un attimo dopo si sentì la voce di Schuster tuonare nell'edificio: «Aprite, polizia! Detective Schuster e Jackson dell'Undicesimo Distretto, aprite immediatamente o…»

«… o butti giù la porta a urli» gli disse Watts aprendo ai due colleghi. Ma sul suo volto non c'era nessuna traccia di buonumore.

Parker portò un bicchiere d'acqua a Bryant e si unì agli altri tre detective nella piccola riunione improvvisata sul pianerottolo.

«… dobbiamo portarlo comunque al distretto per prendergli le impronte e verificare che realmente non sappia nulla, non possiamo lasciarlo libero sulla parola» stava dicendo Schuster.

«Questo povero cristo non sa nulla dei traffici del figlio, nulla di nulla, Bob» ribatté Watts.

«Io ti credo Grady, so che hai fiuto per queste cose, ma un fermo non ha mai ucciso nessuno. Lo fermiamo solo per l'imputazione di complicità nel furto, teniamo fuori l'omicidio e così abbiamo 48 ore per chiarire completamente la sua posizione».

«Bob ha ragione, – intervenne Jackson a sostegno del collega – se ti sbagliassi e ci sparisse sotto il naso sarebbe un grosso casino, meglio non rischiare».

Watts guardò anche Parker, che gli fece un cenno di assenso e disse: «Non possiamo giurare che le quattro dita sul cofano della Plymouth non siano sue. E' molto improbabile, ma non possiamo giurarlo».

«Va bene, va bene, avete vinto voi. – convenne Watts - Allora chiamiamo un'autopattuglia per portare via Bryant e noi andiamo a caccia di quei tre bastardi, ok?»

«Sì, va bene. Sappiamo dove trovare questi gemelli Novak?» chiese Schuster a nessuno in particolare.

«No, ma a questo si rimedia subito». Watts fece cenno con la testa a Parker di rientrare in casa e chiederlo al giardiniere, cosa che Parker fece immediatamente.

«Mike – disse Schuster rivolto a Jackson – chiama una pattuglia e spiegagli la situazione. Digli di muoversi, perché finché non arrivano tu resti qui e perquisisci con attenzione l'appartamento. Io vado con loro due, poi ci raggiungi all'indirizzo dei Novak. Ah, e mi raccomando, dì alla pattuglia di non usare le manette… cerchiamo di andarci morbidi con questo qui».

«Va bene, ci penso io». Jackson entrò, si fece indicare il telefono di casa da Bryant e chiamò subito il distretto. Parker fece una copia dell'indirizzo dei Novak su un altro foglietto, che infilò in una tasca della giacca di Jackson, mentre questi era ancora impegnato al telefono.

Watts, Parker e Schuster salutarono Jim Bryant prima di uscire. Lo rassicurarono riguardo alla sua posizione, gli dissero che sarebbe stato portato al distretto solo per delle verifiche, ma nulla parve tranquillizzarlo. Seduto sul divano, alzò gli occhi carichi di tristezza verso i detective e ripeté: «Mio figlio non c'entra niente».

«Lo speriamo davvero, signor Bryant, – rispose Schuster – lo speriamo davvero». E uscirono, ridiscendendo le scale e sbloccando l'ascensore.

I fratelli Novak vivevano da soli in una piccola e malandata villetta a pochi isolati di distanza. Il prato prospiciente la casa era solo un lontano ricordo, e il cortile era ora coperto di rottami e ferraglie varie, con appena lo spazio sufficiente per un pick up parcheggiato al suo interno. Compiendo un giro di perlustrazione in auto, i detective notarono un garage piuttosto discreto sul retro.

«Ecco dove tenevano la macchina al riparo da occhi indiscreti» disse Parker, seduto sui sedili posteriori.

«Sì, ed ecco anche spiegato come il padre potesse non saperne nulla. La Plymouth non è mai passata da West Orange Street» aggiunse Watts.

Parcheggiarono sul retro della casa, accanto a un piccolo parco giochi per bambini, e si divisero i compiti. Parker sarebbe rimasto lì, a sorvegliare la piccola porta posteriore della villetta, mentre Watts e Schuster avrebbero fatto il giro dalle due vie laterali, per entrare nel giardino scavalcando la piccola recinzione da due direzioni diverse. Un attimo prima che i due detective scendessero dall'auto, la radio gracchiò: «UndiciSette, UndiciSette, qui auto UndiciCinque, mi sentite? Passo».

Watts afferrò il microfono. Era Jackson.

«Sì Mike, che succede? Passo».

«Volevo avvertirvi che la nostra pattuglia è arrivata e sta portando via Bryant, senza manette. Ho perquisito la casa: sarebbe che l'unico ritrovamento di rilievo è una busta con 1.300 dollari in contanti, busta di cui il padre dice di non sapere nulla. Tanto per cambiare, aggiungo io. Comunque la busta era nella camera del figlio, quindi potrebbe anche essere. Se non c'è altro da fare qui vi raggiungo, passo».

«No, nient'altro, sbrigati, stiamo per entrare. Passo e chiudo».

Watts riappese il microfono alla radio e guardando Schuster disse: «Un figlio pieno di sorprese, questo Jeff, sono proprio curioso di conoscerlo».

«Sì, anch'io. Diamo altri cinque minuti a Jackson e poi entriamo» disse Schuster.

Cinque minuti dopo, gli sguardi di Watts e Schuster s'incrociarono ai lati dell'ingresso principale della villetta. A un segno di Watts entrambi scavalcarono agilmente la staccionata di legno, o ciò che ne rimaneva, e si accostarono ai lati della porta. Dall'interno giungeva l'audio di una televisione accesa e qualche risata. C'era sicuramente qualcuno.

Schuster ammiccò verso il collega titolare dell'inchiesta, per concedergli il diritto di bussare. E Watts lo fece, a modo suo. Il tempo delle domande cortesi era terminato, lì dentro c'erano due, forse tre sospetti assassini, probabilmente armati con almeno una pistola di grosso calibro, e non era il caso di andare molto per il sottile. Prese alcuni passi di rincorsa sulla veranda e assestò un violenta spallata alla porta il cui legno, probabilmente marcio fino al midollo, volò all'interno in mille pezzi.

Watts cadde in terra sullo slancio, ma dietro di lui Schuster lo seguì senza indugio, entrando con la pistola in una mano e il distintivo nell'altra e urlando: «Polizia! Polizia! Siete in arresto! Mani bene in vista!»

Watts si rialzò un attimo dopo con un balzo felino; avvertiva una fitta a una mano, probabilmente una scheggia di legno della porta gli si era conficcata nella caduta, ma cercò di eliminare subito il pensiero del dolore. Alzandosi fece in tempo a sentire un altro rumore di porta che cedeva, proveniente dal retro: doveva essere Parker. Era entrato anche lui a seguire del loro rumoroso ingresso, come d'accordo.

Watts estrasse la sua pistola e in una frazione di secondo si guardò intorno; due ragazzi nel salotto. "Solo due, cazzo!" pensò in un flash. Uno, seduto sul divano di destra, li osservava a bocca aperta e con lo sguardo inebetito, mentre una sigaretta, di marijuana a giudicare dall'odore, gli pendeva dalla mano sinistra, a mezz'aria. La mente di Watts lo catalogò come inoffensivo. L'altro, seduto di fronte alla tv e con le spalle ai detective, si era girato di scatto dopo lo schianto della porta; dallo sguardo sembrava più in sé dell'altro, e infatti Watts notò un rapido movimento con cui stava infilando la mano destra tra il bracciolo e il cuscino del divano. Ma anche l'occhio esperto di Schuster, oltretutto più vicino al ragazzo, aveva notato il movimento. Il detective gli si avventò contro, tenendogli la pistola puntata tra gli occhi e gridandogli: «Le mani bene in vista! Le mani bene in vista! Se non vedo le mani in alto tra un secondo ti sparo!». La mano del ragazzo si bloccò, tutto il suo corpo rimase pietrificato vedendo la bocca di una pistola a un palmo dal proprio volto. Lentamente la ritrasse da sotto il divano, la riportò alla vista dei detective e, insieme all'altra, la alzò sopra la propria testa. Schuster iniziò ad ammanettarlo, Watts fece lo stesso con l'altro, che non oppose resistenza ma, una frazione di secondo dopo, l'attenzione dei due detective fu attratta da un rumore di passi veloci nel corridoio, fuori dalla loro visuale, nella direzione verso cui avrebbe dovuto trovarsi Parker.

«Polizia! Fermo o sparo!»

Era la voce di Parker. Watts strinse le manette attorno ai polsi di quello che poteva già riconoscere come uno dei fratelli Novak e si precipitò verso il corridoio, attraversando tutto il salone e cercando di non pensare al dolore alla mano via via sempre più insistente. Prima che potesse arrivare, sentì un rumore di scontro fisico, come un placcaggio di football, un "Ah" di dolore esclamato da Parker e uno sparo. Entrato nel corridoio vide il collega a terra dolorante con la pistola in mano e la porta del retro che si richiudeva sbattendo. Guardò Parker con sguardo interrogativo.

«E' sbucato dalla cucina e mi ha caricato come un toro, quando mi ha urtato mi è partito un colpo verso il soffitto… era Jeff Bryant».

«Cazzo! Bob! – urlò Watts verso Schuster – Quando hai finito lì vieni qua, c'è Parker a terra! Io inseguo il terzo!» e superò con un salto la goffa sagoma di Parker a terra, spalancando con una spallata la porta posteriore della casa. Il suo sguardo fu subito attratto da una berlina che stava accelerando proprio davanti a lui. Per un attimo Watts temette che Jeff Bryant si fosse impossessato di un'auto e stesse fuggendo a tutta velocità, ma subito dopo riconobbe Mike Jackson alla guida.

Watts corse in strada seguendo la macchina del collega, ma capì subito che il suo intervento era ormai superfluo. Jackson percorse un breve tratto in auto poi, appena superato Jeff Bryant che correva a perdifiato sul marciapiede, gli tagliò la strada, costringendo il fuggitivo a saltare sopra il cofano. Sceso in un attimo dal suo posto di guida, Jackson lo agguantò alle spalle come un felino, sbattendolo faccia in giù sull'asfalto caldo della strada. Quando Watts li raggiunse, Jackson stava stringendogli le manette ai polsi e dalla sua bocca stavano già uscendo i diritti del Miranda «… hai il diritto di rimanere in silenzio ma se rinuncerai a questo diritto qualunque cosa dirai potrà essere usata contro di te…».

Quando Jackson ebbe terminata la litania, i due detective buttarono Jeff Bryant sul sedile posteriore della berlina e tornarono alla casa, dove Schuster, assolti anche lui i doveri stabiliti dal Miranda con i due fratelli Novak e caricatili in manette in macchina, si stava prendendo cura di Parker.

«Sei ferito Parker?» chiese Watts, spingendo Jeff Bryant davanti a sé fino a farlo crollare sul divano.

«Solo nell'orgoglio» rispose Parker.

«In realtà penso ci sia dell'altro, – intervenne Schuster – credo che nella caduta si sia lussato una spalla o qualcosa del genere. Non riesce a sollevare il braccio».

«Beh, l'importante è che non sia nulla di grave» concluse Watts.

«Guarda cosa cercava questo sotto il divano…» proseguì Schuster, sventolando un revolver Smith & Wesson calibro 22, già dentro una di quelle buste di plastica normalmente usate per raccogliere i reperti, e ci rimase male quando vide l'espressione delusa di Watts e Parker.

«Beh? Che avete?» chiese sorpreso.

«Non può essere quella l'arma dell'omicidio, troppo piccolo il calibro» gli rispose Parker, mentre si rimetteva a fatica la giacca.

«Omicidio?! Ehi, di che omicidio state parlando?» saltò su Jeff Bryant dal divano.

«Toh, ha ritrovato la lingua questo qui» gli disse Watts, mollandogli al contempo uno schiaffo sulla nuca.

«Forza, carichiamo nell'altra auto anche questo, mettiamo i sigilli a questo cesso di casa e torniamo al distretto. Poi chiamiamo la Scientifica per una perquisizione accurata».

Chiusi i tre nuovi ospiti in altrettante celle, Watts e Parker passarono a controllare anche Jim Bryant, ospite di una quarta cella. Lo trovarono sdraiato sulla brandina, gli occhi fissi al soffitto di cemento grigio. Non si alzò neppure quando li vide arrivare.

«Che ne è di mio figlio?»

«Abbiamo arrestato anche lui, signor Bryant, è in un'altra cella del distretto, un'altra come la sua. – gli rispose con cortesia Parker - Ma la situazione di suo figlio è più complicata. In casa dei fratelli Novak, dove l'abbiamo trovato, c'era un'arma non registrata, c'è anche della marijuana e poi Jeff ha fatto resistenza all'arresto, ha ferito me e ha tentato di fuggire... ora lo interrogheremo, poi si vedrà».

«Di quei soldi che ha trovato in casa mia il suo collega nero, io non ne so niente. Niente! Capito?»

Parker annuì dolorosamente.

«E a me? A me che mi succede ora? Mi hanno preso le impronte e poi basta, sono qui da ore!»

«Abbia pazienza, signor Bryant, dobbiamo avere il tempo di fare altri controlli. La legge ci concede 48 ore di tempo dal momento del suo arresto per formalizzare un'accusa o per liberarla. E' nel suo interesse lasciarci lavorare».

«Va bene, va bene».

«Le serve qualcosa?»

«Solo di sapere che ha combinato mio figlio».

I due detective si allontanarono senza aggiungere altro e risalirono con le scale ai piani superiori del distretto.

«Devi passare in ospedale per quella spalla» disse Watts in tono per nulla premuroso.

«No, ora no. Casomai ci passo stasera, quando vado via da

qua. Piuttosto, la tua mano? Ti sta ancora sanguinando, dovresti fartela vedere».

«Sì, intanto la disinfetto, poi stasera passo anch'io in ospedale».

«Sei arrabbiato con me per come mi sono fatto stendere?» Watts smise di salire le scale e si fermò a guardarlo dritto negli occhi.

«Sì, lo sono. Se lui fosse stato armato ci avresti lasciato la pelle, in quel corridoio. Dovevi sparargli cazzo! A lui, alle sue gambe, non al soffitto!»

«Ho visto per un attimo che non aveva armi tra le mani e non me la sono sentita di sparargli addosso. Pensavo che avrei retto l'urto e invece era più grosso e pesante di me e mi è passato sopra come un treno, e nell'urto mi è scappato quel colpo al soffitto».

«Spiegazione patetica, giovane Parker, patetica. Jackson ci ha salvati, altrimenti ci sarebbe scappato e Schuster e il tenente ci avrebbero fatto il culo a strisce».

«Perché "ci avrebbero fatto"? Tu che c'entri? Era scappato a me».

«Io sono la tua balia, lo capisci, cazzo? Quando hai dimenticato di controllare i documenti della Plymouth mi sono preso IO la cazziata che sarebbe spettata a te! E ora come pensi che sarebbe finita? Nello stesso modo! Con il MIO culo appeso nella stanza del tenente per un TUO errore!»

«Mi dispiace Grady, probabilmente non sono granché come uomo d'azione» disse Parker con la testa china, mortificato.

«Per cortesia Parker, risparmiami le scene patetiche eh!»
Parker rialzò la testa per fissare il compagno.

«Cosa guardi a quel modo? – ricominciò Watts - Mi odi? Mi stai odiando? Buon segno, allora vuol dire che si muove qualcosa dentro quel vestito da sfigato, tutto lavato e stirato dalla mamma!»

«Il mio vestito e mia madre non c'entrano proprio niente. Ho sbagliato, ti ho chiesto scusa, ma non è colpa mia se il tenente ha messo te a farmi da balia. Non ti ho scelto io. Che altro vuoi da me?»

«Allora non hai capito un cazzo! Che c'entra il tenente? Anch'io, fossi stato in lui, avrei fatto la stessa cosa, poliziotto giovane con poliziotto vecchio. Io voglio solo sapere DA TE se ti va di fare questo lavoro, Parker! Ti lamenti per gli orari, ti lamenti per quel che si mangia in giro, ti preoccupi tanto dell'educazione, ti fai stendere da un bullo da due soldi... senti, io non mi sto lamentando del fatto che ti stia facendo da balia asciutta, ma non voglio rimetterci il distintivo per uno che forse non ha proprio la stoffa per fare il poliziotto».

«Ma sì, hai ragione, forse non sono proprio tagliato...»

«Ecco bravo, arrenditi, molla tutto! Io ho un problema in meno e tu non rischi di farti ammazzare, ecco la soluzione! Bell'idea, complimenti!» e condì il tutto con un applauso ironico.

«A mancarti è la sicurezza in te stesso. - riprese Watts in tono serio – La convinzione in quello che fai, la sfrontatezza per dimostrare agli altri che SEI TU quello col distintivo! Ma queste cose non posso insegnartele tutte io, giovane Parker. Non posso mettere IO la determinazione che manca a TE. Allora vedi di trovarla in fretta oppure restituisci il distintivo, prima che per la tua mollezza ci scappi il morto, perché allora sarà troppo tardi per tornare indietro come se niente fosse».

Richiamata dal volume della voce di Watts, ulteriormente amplificato dalla tromba delle scale, arrivò Zampisi, cui bastò uno sguardo ai volti dei due colleghi per capire la situazione.

«Qualche problema?»

«Nulla che ti riguardi, fuori dalle palle Gayle» rispose brusco Watts.

«Che pezzo di merda che sei» gli rispose, e andò via.

«Ecco, sei contento?» disse Watts a Parker quando furono di nuovo soli.

«Oh Grady, vaffanculo! Ora è colpa mia anche questo? E la fame nel mondo? E la guerra che stiamo perdendo in Vietnam? Tutto colpa mia? Ma tu un esame di coscienza te lo fai mai?»

«Non tirarmi dentro alle tue stronzate psicologiche, Parker, non provarci. D'accordo, con Zampisi sono cazzi miei, me la sono cercata, ma non è questa la questione: sto ancora aspettando di sapere se posso fidarmi di te o no».

«E piantala! – e lo spostò con uno spintone che colse Watts di sorpresa. Sarebbe caduto se non ci fosse stata la parete a sorreggerlo. – Se pensi che io non sia all'altezza di stare con il grande detective Watts va' dal tenente e chiedi di lavorare con qualcun altro, sempre che tu sia capace di stare con qualcun altro che non sia te stesso!».

Parker gli passò davanti come una furia, ridiscese le scale fino agli spogliatoi maschili, dove spalancò la porta con un calcio che fece sobbalzare i due agenti che, dentro, erano intenti a cambiarsi.

Andò nel lungo corridoio adiacente in cui una decina di lavandini ben allineati erano a disposizione degli agenti del distretto. Davanti a ciascuno di essi c'era uno specchio. Parker aprì al massimo il rubinetto dell'acqua fredda, attese che lo diventasse davvero e se ne riempì le mani, sciacquandosi il volto più e più volte. Quando smise, si trovò con le maniche della giacca e della camicia completamente bagnate e, nello specchio, il suo volto gocciolante che lo fissava.

La tentazione di mollare tutto era passata. Anzi, Parker capì compiutamente in quell'istante, per la prima volta nella sua vita, di non avere scelta, anzi forse di non averla mai realmente avuta. L'ombra da cui aveva sempre cercato di fuggire era lì con lui; quella di aver scelto da sé la propria strada, il proprio mestiere, era stata solo una puerile illusione. C'era suo padre intorno a lui, era in quel vestito bagnato e fuori moda, era nella vecchia pistola che portava sotto l'ascella, nella voglia bruciante di fare di quella città un posto migliore. Ora c'era un'altra figura paterna che la vita gli aveva messo accanto, c'era qualcuno che, per farlo crescere, avrebbe rischiato la sua vita e la sua carriera. Per la prima volta, sentì davvero il peso della placca dorata che gli batteva sul cuore attraverso il taschino della giacca.

Dopo dieci minuti rientrò nella sala dell'Investigativa, accompagnato dagli sguardi di tutti i colleghi presenti. Evidentemente Zampisi non era stata l'unica a sentire i loro discorsi dalle scale.

Trovò Watts seduto alla sua scrivania, intento a ritagliare le foto segnaletiche dei tre sospettati per allegarle ai rapporti. Quando lo sentì arrivare, lo guardò con aria interrogativa.

«Andiamo a interrogare quei tre» sentenziò Parker.

Watts scattò su dalla sedia.

«Ti stavo aspettando».

Watts prese Jeff Bryant e lo portò in una delle sale per gli interrogatori del secondo piano, mentre Parker si occupò di Kurt Novak, il gemello che aveva provato a estrarre la pistola dal divano; trovò occupate tutte le altre sale, quindi decise di interrogarlo alla sua scrivania, ammanettato alla sedia.

«E' meglio che ti togli subito dalla faccia quel sorriso strafottente, perché con le imputazioni che hai a carico rischi almeno trent'anni di galera. Omicidio di primo grado, furto d'auto, detenzione illegale di arma da fuoco, detenzione di stupefacenti e resistenza all'arresto... bastano e avanzano per buttare via la chiave della tua cella a Prescott». Parker si rese conto solo dopo aver parlato di aver dato del tu a un sospettato. Si sentì per un attimo in errore, guardando il registratore acceso sulla sua scrivania, poi decise che sarebbe stato il suo primo passo verso la definitiva rottura degli indugi.

Kurt Novak diventò serio, ma non lasciò trasparire la sua paura, se ne aveva, di fronte alla macabra prospettiva illustratagli da Parker.

«Senta, l'ho già detto in macchina al suo collega, quello nero: io non so neppure di che omicidio stiate parlando. E pure il furto d'auto... siete impazziti? Mai rubata un'auto in vita mia. Avevamo in casa quella pistola e la marijuana, d'accordo, ma non tentate d'incastrarci con altre cose di cui non riuscite a trovare i colpevoli».

«La macchina è una Plymouth GMP viola che avete rubato nella villa di Simon Krample due settimane fa».

«Mai vista».

«Balle, siete stati voi tre a fare il giro dei ricettatori per rivenderla, e quando non vi mettevate d'accordo sul prezzo vi lamentavate perché un furto così difficile non valeva 3.500 dollari. Abbiamo i testimoni, quindi puoi smetterla di recitare la parte dell'onesto ».

Kurt Novak rimase basito.

«Ora hai finito di sorridere eh?»

«E va bene, quella macchina l'abbiamo rubata noi, ma l'omicidio? Di che omicidio stiamo parlando?»

«Quello di Carl Weird e del suo cane, uno dei ricettatori con cui non vi siete messi d'accordo sul prezzo».

Se non fosse stato bloccato dalle manette allo schienale, Kurt avrebbe fatto un salto sulla sedia.

«COSA?! Weird ammazzato?!?!»

Parker rimase impassibile dietro la sua scrivania.

«Ti ho detto di piantarla con la sceneggiata, sappiamo già che lo avete ammazzato voi e sicuramente a quest'ora i tuoi compari lo avranno già confessato ai miei colleghi» provò a bluffare il detective.

«Non è vero! Non è vero! L'altro ieri abbiamo lasciato Weird e il suo fottuto cane vivi e vegeti quando siamo usciti da quella casa! E poi la vendita l'avevamo conclusa eccome col ciccione! 4.500 dollari ci ha dato, più di tutti quelli da cui eravamo stati prima. Ce li siamo divisi, 1.500 a testa, e in questi due giorni ce la siamo spassata con un po' di fumo prima di decidere cosa fare con quei soldi».

"I conti tornano, porca puttana. – pensò Parker – Tolti 200 euro per i bagordi di questi giorni, la busta che ha trovato Jackson è la parte di Jeff Bryant. Ed ecco spiegato anche il misterioso abbandono della macchina. Non c'è stato nessun abbandono perché la macchina Weird l'aveva comprata! E quindi… chi cazzo ha sparato al ciccione?" Quest'ultima domanda fece gelare il sangue a Parker; al pensiero di aver sbagliato tutto e di aver probabilmente lasciato fuggire il vero assassino si sentì quasi male.

Ruppe il silenzio dei suoi ragionamenti con un sospiro, poi disse la cosa che gli sembrava più logica: «Ok, andiamo con ordine e riepiloghiamo tutto dall'inizio. Il furto della GMP: come siete arrivati a quell'auto? Avete avuto una dritta dal padre di Jeff?»

«No. Jeff l'aveva vista nella villa dove ogni tanto va a dare una mano al padre e ci ha proposto di fare il colpo. Lui conosce perfettamente il giardino ed è stato semplice semplice. Jeff ha sempre voluto tenere fuori il suo vecchio da tutto».

«Meglio per lui. Quindi avete forzato il cancello, scavalcato il recinto dove tiene le auto e...» Parker fece cenno con la mano a Kurt Novak di proseguire nel racconto.

«Prima abbiamo lanciato un po' di bocconi al sonnifero per i cani e...»

«Perché non un veleno per ucciderli? Non sarebbe stato più veloce e sicuro?»

«Non ce la siamo sentita di uccidere quelle belle bestie».

"E quindi figuriamoci di sparare a Flash" pensò Parker.

«Ok, vai avanti».

«Appena li abbiamo sentiti guaire abbiamo scavalcato, erano già stesi. Abbiamo trovato subito la macchina, era dove diceva Jeff, abbiamo forzato un paio di serrature, aperto il recinto dell'auto e siamo usciti, fine».

«Dove l'avete tenuta nascosta?»

«Nel box dietro casa nostra. Noi viviamo da soli, i nostri genitori si sono trasferiti a Los Angeles per lavoro l'anno scorso e abbiamo deciso di rimanere qui».

«Era la prima volta che rubavate un'auto?»

«Jeff sì, io e Mike avevamo già... qualche esperienza, diciamo così».

«Qui in città? Sempre a Maya Hills?»

«No, sempre nei dintorni di Sounders Court, cosette semplici, giusto per tirare su qualcosa. E' così che avevamo conosciuto Weird. Aveva vissuto per parecchi anni a Sounders Court e ci tornava spesso anche ora che viveva in città e alcune conoscenze ce ne avevano parlato come di uno affidabile e onesto, per le macchine commerciali».

"Onesto è davvero l'aggettivo migliore che tu potessi trovare per un ricettatore, Kurt" pensò Parker, ma preferì proseguire nelle domande.

«E come mai stavolta siete andati da lui con una vettura sportiva? Non era il suo genere, da quello che mi hai detto».

«Infatti non siamo andati subito da Weird. Prima abbiamo chiesto a qualcuno in giro per sapere se c'era qualcuno serio specializzato nelle auto sportive».

«E...? Forza non farti tirare le parole con le pinze, Kurt!»

«Ne abbiamo girati tre, ma senza mai metterci d'accordo, ci trattavano come dei trogloditi paesani offrendoci sempre delle elemosine vergognose. E quindi alla fine abbiamo provato con Weird, che invece se l'è presa pagandoci più di tutti gli altri».

«Perché se l'è presa, visto che non era il suo settore?»

«Boh! Ha sorpreso anche noi, ma forse aveva deciso di fare un salto di qualità, forse aveva bisogno di soldi. O semplicemente voleva fare un favore a due suoi vecchi clienti».

«Quando siete andati da lui?»

«L'altro ieri mattina, alle 10.30».

«E quando ve ne siete andati?»

«Un'ora dopo».

«Dov'eravate intorno alle 12?»

«Per strada, sulla via del ritorno a Sounders Court, ce n'è di strada dal Barrio a casa nostra!»

«Con quale auto?»

«Il nostro pick up».

«Quello che tenete parcheggiato nel cortile di casa?»

«Sì, quello. Mike ci aveva seguito con quello fino da Weird, facevamo sempre così quando andavamo a fare vedere la macchina ai ricettatori, sia per poter tornare indietro se l'avessimo venduta sia per fuggire in caso di problemi con la polizia».

«Raccontami l'incontro con Weird».

«Tranquillo, Weird era un amico, pace all'anima sua. Prima abbiamo parlato un po' dei vecchi tempi, ci ha chiesto che succede di nuovo a Sounders Court, poi siamo andati nel suo garage a fargli vedere da vicino la macchina. Lui l'ha esaminata per bene e poi ci ha fatto l'offerta. La prima era 4 mila, che a noi andavano pure bene, ma abbiamo provato a sparare 5 mila e alla fine abbiamo chiuso a 4.500. Saluti, baci e abbracci e ce ne siamo andati».

«Aspetta, non correre. Hai detto che Weird ha esaminato l'auto in lungo e in largo, giusto?»

«Certo».

«Allora perché non abbiamo trovato neppure una sua impronta?»

«Beh, dopo aver chiuso l'affare gliel'abbiamo ripulita per

bene. Dentro e fuori, perfino la parte superiore del motore che lui aveva toccato. Non ci troverete sopra un'impronta neppure a cercarla col lanternino!» disse Kurt Novak con un certo orgoglio professionale.

«Sbagliato, perché un'impronta l'abbiamo trovata, vi sono sfuggite quattro dita stampate sul cofano. Non sono di Weird, scommettiamo che sono vostre?»

Kurt si sentì offeso nell'onore.

«Puoi scommetterci quello che vuoi agente…»

«Non sono un agente, sono un detective. E dammi del lei, non sono tuo fratello, grazie al cielo».

«Fa' lo stesso, detective. Può scommetterci quello che vuole che quelle impronte non sono nostre. Nessuno ha toccato niente a pulizia ultimata».

«Ok, vedremo, tanto la verifica è già in corso, visto che le vostre impronte sono già state prelevate».

Kurt continuava a scuotere la testa, il suo viso aveva ripreso quel tono di strafottenza che aveva all'inizio dell'interrogatorio, come se tutta la questione fosse legata solo alla vincita di quella scommessa sulle impronte.

Parker lo fissò in silenzio qualche secondo, facendo ruotare molto velocemente una biro tra le dita della mano destra, un giochino che faceva fin dai tempi della scuola.

«Perché oggi, dopo la nostra irruzione, hai cercato di prendere la 22 che tenevate nel divano?»

«E' stato un riflesso condizionato. Cazzo! Quando il suo collega ha buttato giù la porta sembrava che stesse crollando la casa!»

«E quando crolla la casa tu prendi la pistola?»

Kurt Novak sorrise.

«Beh, no… diciamo che è stato un riflesso condizionato dal rumore… ma tanto non so nemmeno se avrebbe sparato, quel catenaccio. Non l'abbiamo mai usata».

«Ah beh… se mi dici che non avrebbe sparato… allora è tutto a posto» disse Parker con tono di presa in giro. «Un'ultima cosa, Kurt. – riprese il detective tornando serio - Ora ti toglierò le manette dai polsi, ti alzerai in piedi e ti toglierai la felpa e la maglia che hai addosso, scoprendo tutto il torace e le braccia».

«Ehi! – Kurt Novak iniziò a ridere come un idiota senza averne motivo – Ma io mi vergogno!»

«Tranquillo! Non vomitiamo facilmente!» gli gridò a distanza Jackson, che stava seguendo l'interrogatorio.

Parker rimase impassibile e si alzò dalla sedia con le chiavi delle manette in mano.

«Ti ricordo che sei in una stanza con altri cinque detective oltre me, tutti armati. Se provi a fare un solo passo in là ti ritrovi sforacchiato come un colabrodo, quindi bada a te, sei stato avvisato».

Kurt non smise di ridere ma, una volta con i polsi liberi, assecondò le richieste del detective. Si tolse la felpa e la maglia, scoprendo tutta la parte superiore del suo corpo.

Parker gli girò intorno, guardandolo con attenzione.

«Bene, ora rivestiti sopra e poi abbassati i pantaloni lasciandoli cadere fino alle scarpe».

«Ehi questa è violenza!»

«Ma quale violenza, piantala. Forza, fai quello che ti ho detto e poi abbiamo finito».

«Al massimo sono atti osceni in luogo pubblico, visto il fisico di merda che hai» suggerì Jackson.

Kurt eseguì; i pantaloni di tela gli scivolarono morbidamente fin sotto le scarpe. Dopo qualche secondo di attenta osservazione, Parker lo fece rivestire, gli rimise le manette e lo riportò alla sua cella seminterrata.

Risalendo incrociò Watts, che riconduceva in cella Jeff Bryant al termine del suo interrogatorio. I due detective si scambiarono uno sguardo, un solo sguardo, ma nel quale ognuno lesse nell'altro lo stesso suo scoramento. Lì, senza dirsi una parola, i due detective capirono che non era ancora finita.

Pochi minuti dopo s'incontrarono ancora nella Sala Investigativa. Parker attendeva il suo collega e superiore per sapere come procedere con Mike Novak, e nel frattempo stava iniziando a battere a macchina il rapporto sul suo interrogatorio al fratello Kurt, che sarebbe stato allegato alla trascrizione e alla registrazione del colloquio. Quando Watts gli passò davanti, annuì soddisfatto nel vedere che Parker si era già messo in moto nel modo giusto senza attendere le sue indicazioni.

«Io vado a prendere l'altro fratello per interrogarlo».

«Vengo anch'io?»

«No, non serve perdere tempo in due su una cosa che non penso possa riservarci sorprese. Finisci il rapporto e poi, se ti avanza tempo, inizia a buttare giù anche quello mio con Jeff Bryant, eccoti la bobina» e gliela buttò sulla scrivania con un certo disgusto.

«Senti, poco fa ha telefonato Spielman, la perquisizione della Scientifica nella casa dei Novak ha prodotto 2.800 dollari in contanti e 3 libbre di marijuana nascoste nel pick up».

«I conti tornano anche con i Novak, quindi. La macchina gli era stata veramente pagata».

«Già. C'è altro: la pistola che gli abbiamo sequestrato non spara da anni, secondo Spielman le camere di scoppio del tamburo hanno addirittura tracce di ruggine. Dice anche che se avesse provato a spararci, con quella, gli sarebbe con ogni probabilità esplosa in faccia. Anche i proiettili erano vecchi».

«Quindi il reato diventa "antiquariato senza autorizzazione"...»

Parker abbozzò un sorriso: «Sì, ce ne sarebbero gli estremi...»

«Vabbè, io allora...»

«Aspetta, un'ultima cosa: l'impronta sul cofano della Plymouth non corrisponde con quelle dei tre arrestati».

«Cazzo, ci avrei scommesso».

«Non sono stati loro ad ammazzare Weird...» disse Parker in tono sconsolato.

«Manca il movente: la macchina gli era stata riccamente pagata. Manca l'arma: non è certo quel ferro vecchio che ha ucciso Weird e il cane. Non abbiamo uno straccio d'impronta dei tre sul luogo del delitto; nessuno dei due che abbiamo interrogato ha segni del morso del cane e in più i tre nel rubare l'auto si sono fatti scrupoli di uccidere i cani di Krample, quindi figuriamoci se avrebbero sparato a bruciapelo a quello di Weird!»

«L'ha detto anche a te, quindi?»

«Sì. Anche a te?»

«Sì».

«Se ci presentiamo con queste prove dal procuratore chiedendo l'arresto per omicidio di primo grado spara lui a noi. Finisco con Mike Novak, tanto per rispettare la forma, poi stendiamo i rapporti e chiediamo l'incriminazione per furto d'auto, detenzione illegale d'arma da fuoco, detenzione di stupefacenti e resistenza all'arresto per due su tre, Mike era talmente fumato che deve averci scambiati per Babbo Natale».

Parker rise ancora.

«Dai, sbrighiamoci a finire così passiamo in ospedale a farci vedere le ferite di guerra».

L'interrogatorio di Mike Novak andò esattamente come Watts aveva previsto. Oltretutto, era evidentemente il meno intraprendente del terzetto, colpevole solo di aver seguito il suo gemello e l'amico d'infanzia in un mare di guai, per cui Watts si limitò a fargli qualche domanda sulla cronologia della vicenda e su qualche particolare, senza farsi raccontare di nuovo tutto dall'inizio. Dopo l'ultima risposta spense il registratore con un gesto rabbioso, chiamò un agente e lo fece riportare in cella. Non aveva voglia di fare nuovamente due piani di scale, la mano gli faceva un male del diavolo e in più aveva ancora un mucchio di cose da fare prima di poter andare in ospedale.

Tornò alla sua scrivania con la bobina dell'ultimo interrogatorio e si lasciò cadere stancamente sulla sedia, che scricchiolò piuttosto sinistramente sotto il suo peso. Guardò Parker, impegnato a pestare con energia i tasti della sua macchina da scrivere. Aveva le cuffie alle orecchie, stava probabilmente ascoltando la registrazione dell'interrogatorio a Jeff Bryant, e non si era accorto del suo ritorno.

Se ne accorse in quell'istante, spense il registratore e si tolse le cuffie, poggiandole intorno al collo.

«Tutto vecchio con Mike Novak?» gli chiese.

«Tutto vecchio. Tu a che punto sei?»

«Il mio l'ho finito e sono a buon punto col tuo di Jeff Bryant».

«Bravo. Io faccio svelto con il rapporto su Mike Novak, poi

ci dividiamo tutti gli arretrati».

«Sì, così poi ce ne andiamo in ospedale, la spalla mi sta facendo vedere le stelle».

«Non prima di aver fatto almeno un'altra cosa…»

«Liberare Jim Bryant?»

Watts annuì dolorosamente. «Sì, con tante scuse da parte del distretto».

«La cosa amara di questa storia è che quei tre scemi pagheranno per dei reati che noi non saremmo mai venuti a sapere senza un altro reato che non hanno commesso loro».

«Non solo che non saremmo mai venuti a sapere, ma dei reati sui quali non ci saremmo mai neppure sognati d'indagare» rincarò la dose Watts.

«Già, proprio così».

«Vabbè, torniamo a lavoro, prima si comincia prima si finisce».

«Lo diceva sempre anche mio padre» mormorò Parker, rimettendosi le cuffie e riavviando il registratore.

Quando tutti i rapporti degli interrogatori, dell'irruzione (firmato anche da Schuster e Jackson), del fermo di Jim Bryant e quelli arrestati sugli incontri del giorno precedente furono terminati, i due detective si avviarono verso le scale per andare a liberare Jim Bryant. Giunti al primo pianerottolo, si trovarono davanti il tenente Braxton.

«Salve tenente – esordì Watts – di ritorno dalla riunione per tenere a bada le teste calde pacifiste?»

«Sì» rispose telegraficamente il loro superiore.

«Il capitano?»

«E' già andato a casa. E voi? Lo stesso?»

«Non precisamente, stavamo scendendo a liberare un fermato innocente e poi dobbiamo passare in ospedale per farci vedere un paio di graffi» e Watts finì la frase sventolando la mano disinfettatagli e fasciatagli alla meno peggio da Schuster, non proprio un medico di chiara fama.

«Tutto questo ha a che fare con l'omicidio Weird?»

«Sì. Abbiamo anche tre arresti formalizzati, ma non sono gli assassini, solo pesci piccoli finiti per caso nella nostra rete».

«Avete voglia di parlarne dieci minuti su da me?»

Nessuno dei due detective ne aveva voglia, in verità, non

con i dolori che si portavano dietro da ore, ma Watts, conoscendo il suo tenente, sapeva quanto quella domanda fosse retorica e non prevedesse altra risposta che un rapido «Sì, certo».

Watts e Parker, alla presenza anche di Schuster e Jackson, riepilogarono a Braxton tutto il loro intenso pomeriggio, gli sottoposero i loro ragionamenti, gli fecero ascoltare a titolo d'esempio la registrazione dell'interrogatorio di Parker a Kurt Novak, giungendo infine tutti alle medesime conclusioni.

«Ok, scendete a liberare Jim Bryant e fatelo riaccompagnare a casa da una pattuglia, mi sembra il minimo visto quel che gli è successo. Quanto al caso... che pensate di fare? Archiviazione?»

«Archiviazione?! Con rispetto parlando... col cazzo che lo archiviamo, Joe, - sbottò Watts – così finiranno per aver pagato solo quei tre fessi!»

«Lo so Grady, lo so - rispose il tenente con calma, rivolgendosi a tutti i presenti - ma sapete benissimo che non posso tenere due detective per giorni e giorni sulla morte di un ricettatore e del suo cane. Siamo tutti sotto pressione: voi per primi state facendo orari pazzeschi, non avete avuto neppure il tempo di andare in ospedale, domani c'è l'operazione De Rienzo e da dopodomani iniziano tre giorni d'inferno per questa cazzo di manifestazione».

«Tre giorni?! - esclamò Jackson, fin lì silenzioso – Sarebbe che gli dobbiamo pulire anche il culo ai pacifisti?» Gli altri detective risero a questa frase, non Braxton.

«Al nostro distretto, insieme al Ventesimo e all'Ottantunesimo, è stata assegnato il controllo della Central Station, quindi siamo impegnati lì da sabato a lunedì, dal giorno prima al giorno dopo la manifestazione, per sorvegliare arrivi e partenze».

«Cazzo... le nostre strade saranno quindi Far West per tre giorni» disse Watts, riferendosi all'ovvio spostamento di ingenti forze dal distretto alla Central Station, spostamento che avrebbe abbassato molto il controllo del proprio territorio da parte dell'Undicesimo.

«Sì, ma che non si sappia in giro. Al servizio ordinario saranno assegnate solo due coppie di detective con turni di 12 ore solo per le emergenze, più alcune pattuglie di pronto intervento e qualche uomo di supporto. Tutti gli altri ruoteranno sulla Central Station».

«Noi compresi, naturalmente» disse Schuster, facendo un cerchio con l'indice della mano destra ad indicare i presenti.

«Voi compresi, naturalmente. Tornando a Weird, Watts, ecco perché pensavo all'archiviazione del caso. E' inutile tenere aperto un omicidio che si sta raffreddando, su cui siamo al binario morto e su cui, oltretutto, non potremo neppure lavorare per tre giorni».

Watts annuì, difficile dare torto al suo tenente, ma proprio quando stava per comunicare la sua resa, intervenne Parker.

«Domani sera, tenente» disse seccamente.

Tutti i presenti lo guardarono.

«Domani sera cosa?»

«Ci dia tempo fino a domani sera, tenente. Con De Rienzo dovremmo concludere in mattinata; se nel pomeriggio non avremo novità, la sera archivieremo il caso, va bene?»

Jackson guardò Watts con una smorfia in viso che voleva dirgli "Hai capito, il tuo ragazzo?".

Braxton fissò Parker dritto negli occhi, poi passò a guardare Watts.

«A te sta bene, Watts?»

«Sì tenente, ci faccia fare un tentativo».

«Ok, allora d'accordo così. Ma se non avete nulla di concreto per domani sera, l'omicidio Weird è chiuso».

«Va bene, grazie tenente».

Braxton non rispose, ma gli fece segno di uscire e lasciarlo finalmente solo.

Watts e Parker raccolsero tutti i documenti, rapporti e bobine sparsi sulla scrivania del tenente e fecero per infilare la porta, ma furono bloccati ancora una volta dalla voce di Braxton.

«Ah, dimenticavo: domani pomeriggio, mentre cercate qualcosa sul caso Weird, ripassate anche da quel Krample e riportategli la macchina, ormai è dissequestrata».

«Ma che fretta c'è? Non possiamo telefonargli e dirgli di venirsela a prendere lui quando vuole?» ribatté Watts.

«No, domani arrivano dalla Centrale diverse auto e furgoni in più che ci serviranno per i tre giorni alla Central Station, quindi al garage serve tutto lo spazio possibile. Toglietemi dalle palle quella Plymouth senza discutere, cazzo!»

Watts e Parker si chiusero la porta alle spalle senza aggiungere altro.

Scesero fino al seminterrato, facendosi aprire la cella di Jim Bryant, che li guardò dalla brandina.

«Alzati Bryant, sei libero, puoi andare».

Li guardò senza alcuna espressione di gioia.

«Da solo?» chiese, con un filo di speranza.

«Da solo, ci spiace, Jeff rimane nostro ospite e temo che presto dovrai andarlo a trovare a Prescott o a Hampton Court». Erano le due prigioni della città. Prescott, quella di più recente costruzione, si trovava nel lato ovest della più estrema periferia, ben oltre il Barrio. Hampton Court, invece, era stata per oltre un secolo l'unica prigione di quella città e si trovava ai confini dell'East End.

Bryant annuì dolorosamente e si sollevò dalla brandina.

«Però con l'omicidio non c'entra – provò a sollevarlo Parker – né Jeff né i fratelli Novak. Sono solo reati minori quelli di suo figlio, signor Bryant, in più era incensurato... sono certo che il giudice sarà clemente».

«Posso vederlo?»

Parker ebbe un attimo d'esitazione; fosse stato per lui glie-l'avrebbe concesso, ma Watts intervenne prontamente.

«Ci spiace, non è possibile».

Bryant annuì, svuotato di ogni energia per accennare una protesta.

«Quando mia moglie se ne andò con un altro, - disse – decisi di portarlo via dalla città perché non volevo che finisse in qualche guaio. In un piccolo sobborgo, dove si conoscono tutti, l'ideale per un figlio a cui non puoi dedicare tutto il tempo, tutto il controllo che vorresti. E invece...»

Watts e Parker non trovarono altre parole per consolarlo. Lo accompagnarono a firmare tutti i documenti necessari e poi fino all'uscita del distretto, dove gli trovarono una pattuglia che lo riportasse a casa. Jim Bryant salì sui sedili posteriori ripiegato su se stesso, senza neppure sollevare il volto. Parker maledisse suo figlio, maledisse i fratelli Novak e soprattutto maledisse chi, uccidendo Weird, li aveva messi sulla loro strada. I due detective lo videro sparire nella sera, poi salirono in silenzio sull'auto di Watts per andare al pronto soccorso del più vicino ospedale.

«Che t'è saltato in mente di chiedere quella proroga al tenente?» disse Watts appena chiuso lo sportello.

«Non avrei dovuto?» rispose sorpreso Parker.

«In linea di principio hai fatto bene, per carità. Ma non abbiamo più frecce al nostro arco e le motivazioni del tenente per l'archiviazione erano inattaccabili. Per fortuna che non ci ha chiesto come intendevamo procedere domani pomeriggio, perché altrimenti ci sarebbe stato da ridere parecchio».

«Beh, pensavo che qualcosa avremmo potuto comunque tentare…»

«Stronzate. La verità è che ti rode archiviare il tuo primo omicidio» sentenziò Watts.

«E se anche fosse? E' il nostro lavoro» replicò polemicamente Parker.

«Qui non c'entra il nostro lavoro, questo caso è diventato un tuo fatto personale».

«Cambia qualcosa? Se otteniamo il risultato sarà comunque un delitto impunito in meno».

«Sì, se la metti su questo piano è così, ma rimane comunque un fatto personale, e non va bene».

«Mi stai dicendo di prenderlo solo come un lavoro? Qualche ora fa mi parlavi di voglia, di passione e ora mi dici di staccarmi dai casi che tratto? Mi pare che tu ti stai contraddicendo, Grady».

«Senti, è stata una giornata lunga e non è ancora finita, non ho voglia di discutere ancora con te. Ti sto solo consigliando di non affezionarti ai casi che tratti, alle persone che incontri, perché in questo lavoro c'è la giustizia e l'ingiustizia, c'è la vita e la morte, e quando le cose non andranno per il verso giusto, e prima o poi non ci andranno, soffrirai come un cane e ti verrà voglia di mollare tutto».

«Non devo affezionarmi nemmeno ai colleghi?» chiese provocatoriamente Parker.

Watts lo guardò fisso, negli occhi un lampo di sorpresa. Poi tornò a guardare la strada.

«No, neppure ai colleghi. I colleghi prima o poi si fanno ammazzare, o se campano c'è sempre e comunque un superiore che li trasferisce da un'altra parte. Lasciali perdere, i colleghi».

Parker lo guardò incredulo, ma decise di chiudere la discussione; erano ormai in vista dell'ospedale.

Rientrò a casa a notte fonda, prendendo un taxi dall'ospedale. La sua visita e quella di Watts avevano richiesto parecchio tempo, malgrado la solerzia dei medici nel curare due poliziotti. Gli avevano fatto dapprima una radiografia alla spalla dolorante, per la quale era stato necessario attendere un'ora per lo sviluppo della lastra, che aveva mostrato una slogatura dell'arto, rimesso dolorosamente a posto dal medico con un colpo netto, che aveva fatto rientrare la spalla nella sua sede naturale. A Watts, come lui stesso sospettava, era stata trovata una piccola scheggia di legno rimasta dentro la sua mano sinistra. Nessuna lesione ma una dolorosa estrazione e un paio di punti di sutura su un lato del palmo. Alla domanda del medico se desideravano un certificato medico che attestasse la loro impossibilità a lavorare almeno per la prossima settimana, entrambi risposero in modo scostante, pregando il dottore di rimetterli in piedi al meglio, perché di assentarsi dal lavoro in quel momento non se ne parlava proprio.

«Tesoro, sei tu?» lo chiamò la madre, con la voce impastata dal sonno.

«No, sono l'unico ladro rumoroso della città, stia tranquilla signora, buonanotte» rispose Parker sorridendo. Malgrado l'ora, la fame e la stanchezza, si sentiva insolitamente allegro. La madre, però, non era nelle condizioni di condividere il suo spirito.

«Se vuoi cenare ci sono carne e formaggio in frigo» disse, prima di riaddormentarsi.

Parker si spogliò e si immerse nella vasca del secondo bagno, godendo nel silenzio assoluto della casa del tepore avvolgente dell'acqua calda. Quando percepì di essere sul punto di addormentarsi uscì, si asciugò e andò a ispezionare il frigo. C'erano dei wurstel, ma non ne aveva voglia. Scaldò delle fette di pane tostato e le mangiò insieme a qualche fetta di formaggio. Due mele conclusero la sua frugale cena. Uscito dalla cucina si affacciò silenziosamente nella camera da letto della madre. Ne sentì il respiro regolare, sereno; le sfiorò il capo con una carezza sui capelli e uscì, lasciando la porta socchiusa. In camera sua, seduto sul letto, si guardò intorno; quelle quattro mura avevano lo stesso senso d'impersonalità dei giorni precedenti. Sospirò insoddisfatto mentre s'infilava nelle lenzuola, ma a un tratto si fermò e tornò ad alzarsi. Aprì uno dei cassetti del mobile di fronte a lui, ben sapendo cos'avrebbe trovato. Tra i maglioni ben ripiegati in attesa dell'inverno, c'era una foto in bianco e nero di suo padre in divisa, in posa davanti al cofano della sua autopattuglia, incorniciata in un rettangolo di legno nero. La foto doveva avere una ventina d'anni, visto che sulle braccia di Edward Parker c'erano solo le due strisce di agente di primo grado, non ancora le tre da sergente.

Non guardava quella foto da qualche anno, ma aveva sempre saputo della sua presenza dentro quel cassetto. Ora non aveva timore a guardarla, né ad esserne guardato. Era ora di farla rivivere, di mettere un segno della sua storia in quelle mura. La mise bene in vista sopra il mobile, pulendole il vetro con una manica del pigiama, quindi andò finalmente a dormire.

Venerdì 18 giugno 1971

Si trovarono, come d'accordo, alle 7.30 sul furgone piazzato la sera prima da Zampisi e Ross proprio in uno dei due parcheggi riservati ai dirigenti di fronte all'ingresso dell'edificio. Parker aveva passato una notte d'inferno; la spalla, dopo un paio d'ore di tregua dovute all'iniezione di antidolorifico che gli avevano fatto in ospedale, aveva ripreso a farsi sentire e rimanere nel letto era stata una tortura.

Watts lo guardò in viso, notò le occhiaie e ne immaginò la causa, ma non disse nulla. Fece un cenno di saluto a Ross, che ricambiò senza dire, anche lui, una parola. Parker notò la pessima atmosfera che regnava in quel furgone a causa della presenza di Ross, ma si sedette e bevve il caffè che aveva portato Watts, in attesa che arrivasse anche Zampisi, proveniente dalla casa della signora Deloach.

Ross, terminato il suo caffè, accese tutte le attrezzature d'ascolto e i registratori, posizionati sulla paratia destra del furgone. Parker lo osservò con attenzione, ripromettendosi di fare il corso di specializzazione appena ne sarebbe stato indetto uno. Watts non ne capiva molto di quelle attrezzature, e si limitò a controllare a distanza Ross, evitando di fare domande che avrebbero scatenato l'atteggiamento professorale dell'odiato collega.

Alle 8.15 bussarono allo sportello posteriore del furgone. Watts andò ad aprire, facendo entrare Zampisi, che non degnò di uno sguardo Watts, salutando invece gli altri due colleghi.

«Tutto a posto con la signora Deloach?» chiese Watts, come se nulla fosse.

«Sì, tutto bene. Le ho portato i soldi e l'ho aiutata a mettersi addosso le buste, le ho montato il radiomicrofono nella borsa e l'ho accompagnata alla metro».

«Bene. Sentite ragazzi, vi devo comunicare una piccola variazione al piano di base concordato ieri col tenente» disse Watts.

«Cioè?» disse Ross, subito sospettoso.

«Nulla d'importante, solo che ho deciso che a entrare con me nell'edificio sarà Ross, mentre Parker, che ieri è stato ferito a una spalla in un'irruzione, rimarrà qui con Gayle».

«Cosa?!» esclamò Parker.

«Ma il tenente lo sa?» lo sostenne Ross, cui l'idea di fare qualcosa, qualsiasi cosa fosse, insieme a Watts non sorrideva affatto.

Watts aprì le braccia, con un gesto che voleva placare gli animi.

«Non c'è bisogno di disturbare il tenente per un semplice cambio di persona, e poi sono certo che sarebbe d'accordo con me. Parker, la mia decisione non è mancanza di fiducia verso di te, ma sei ridotto uno straccio, ti vedo, e con quella spalla saresti menomato se si rendesse necessario fare qualcosa di più che stringere le manette a De Rienzo».

«Ma anche tu sei ferito, Grady. Hai la mano fasciata, ti hanno messo dei punti, perché non rinunci anche tu e lasci entrare Ross e Zampisi?» ribatté Parker.

«Anche perché se tutti e due siete feriti dovreste stare a casa...» aggiunse velenosamente Ross.

«La mano non mi crea alcun problema. Non è quella con cui sparo e sarei perfettamente in grado d'inseguire quello stronzo lassù anche per tutta la città, se fosse necessario, quindi non provateci nemmeno a mettere le due cose sullo stesso piano! – gridò Watts, ormai sul punto di perdere la pazienza – E poi sono il responsabile di questa operazione, nonché il più alto in grado tra i presenti!»

«Ah, quindi è un ordine il tuo?» chiese indispettito Parker.

«Sì, è un ordine, cazzo! Imparate a obbedire prima che a comandare, anziché alzare subito la cresta per una stronzata del genere! Credete che daranno una medaglia a chi entra là dentro? No, ci saranno solo calci nel culo se qualcosa andrà storto, altrimenti avremo solo fatto il nostro dovere, punto. Quindi non rompete il cazzo e mettete da parte tu il tuo orgoglio ferito – e indicò Parker – e tu la tua aria da saputello rompipalle, è un ordine anche questo, se non l'avete capito!»

Nel furgone scese il silenzio. Zampisi, che si era messa comoda sulla sedia girevole riservata all'operatore, li osservò con un sorriso ironico sul volto. Fu lei a rompere il gelo.

«Se avete finito di scannarvi come i tre galli scemi del pollaio direi che è ora di metterci a lavoro, quella spia verde segnala che il radiomicrofono della signora Deloach è entrato nel raggio operativo, quindi vuol dire che la signora è uscita dalla metro qui dietro».

Parker prese posto accanto a lei, sedendosi rabbiosamente. Watts e Ross si posizionarono in piedi alle loro spalle, senza neppure guardarsi.

«Esco a fumarmi una sigaretta e a farmi vedere dalla signora Deloach. Risalirò appena la signora entrerà nell'edificio» disse seccamente Watts, e scese dal furgone. Durante la sua assenza nessuno dei tre detective parlò, ognuno immerso nei propri pensieri.

Appena accesa la sigaretta, Watts vide arrivare in lontananza la signora Deloach; aveva un passo dinamico, molto rapido, forse era troppo nervosa. Il detective decise così di salire sul marciapiede e andarle incontro di qualche passo, fingendo di avvicinarsi al cestino dell'immondizia per gettarvi la cicca. Quando i due furono a pochi passi di distanza, la signora Deloach riconobbe Watts e per un attimo temette che gli stesse venendo incontro per dirle che era saltato tutto. Invece, quando fu certo di essere visto, Watts le strizzò un occhio e le sussurrò «Stia tranquilla, siamo tutti qui con lei» mentre s'incrociavano. Il poliziotto proseguì ancora un paio di passi fino al cestino. Gettò via la sigaretta ancora a metà e si voltò, vedendo entrare la donna nell'edificio. Quindi si diresse a passi rapidi verso il furgone.

«A posto, è entrata» disse appena rientrato.

«Sì, dal microfono dentro la borsa sento un fischio di disturbo, penso stia attraversando il metal detector» confermò Zampisi, passando una seconda cuffia a Parker, che le sedeva accanto.

Dopo un minuto di silenzio, Zampisi annunciò: «E' passata, il fischio è finito. – poi dopo un'altra silenziosa attesa, rivolta a Parker – Senti questo gracchiare disturbato?» Parker annuì. «Vuol dire che è nell'ascensore. Dentro le colonne degli ascensori questi microfoni non prendono mai bene, ma è un rumore diverso dall'interferenza elettronica del metal detector».

«Sì, è vero, è completamente diverso».

L'attesa sarebbe stata lunga. Uscita dall'ascensore al diciot-tesimo piano, la signora Deloach raggiunse la stanza di De Rienzo, ma le fu detto di sedersi e attendere, perché c'era già una persona dentro e un'altra prima di lei. La signora fu lucidissima, e si ricordò di aggiornare i detective come le era stato insegnato nella riunione del giorno prima. Andò in bagno e lì, assicuratasi che non ci fosse nessuno, aprì la borsa e comunicò la situazione ai suoi angeli custodi. I de-tective non potevano comunicare con lei, troppo rischioso dotarla di un vistoso auricolare, ma poterla sentire era me-glio che niente.

Quando nel furgone arrivò la notizia dell'attesa, la tensione calò notevolmente. Tutti, tranne il più esperto Watts, erano convinti di dover entrare in azione in pochi minuti, dimen-ticando invece quanto il loro lavoro fosse fatto di pazienti e interminabili attese. Watts invitò Ross a seguirlo sui sedili della cabina anteriore per rilassarsi un po', raccomandando ai due colleghi in ascolto di avvertirli per qualsiasi novità.

Parker e Zampisi passarono alcuni minuti in assoluto silen-zio, inutilmente concentrati sui rumori confusi provenienti dalle loro cuffie. A un tratto Zampisi, rassicurata da quel che sentiva e dalla precedente comunicazione della signora Deloach, si tolse le cuffie e le poggiò sul banco di controllo. Parker la guardò in modo interrogativo, senza sapere se anche lui poteva permettersi quella libertà oppure no.

«Vai tranquillo Parker, togliti quei cosi dalle orecchie, fanno sentire un caldo tremendo. Tanto per ora non succede niente e poi se il livello dei suoni cambiasse lo vedremmo da quell'indicatore lì» e indicò un ago che, in una scala da 0 a 6, era al momento posizionato intorno al 2.

Finalmente libero dai fili delle cuffie e senza superiori alle spalle, Parker guardò con maggior attenzione la strumenta-zione che aveva davanti agli occhi, chiese alcune spiegazioni generiche, poi nel furgone tornò il silenzio. In quell'am-biente claustrofobico, Parker ebbe la sensazione che la sua collega stesse giocando con lui come un gatto con il topo, ed era una sensazione che gli procurava nervosismo.

«Che mi dici? E' passata la burrasca con Grady?» chiese lei.

«Ah, la discussione sulle scale... io pensavo fosse finita lì, invece a giudicare dalla sua decisione di stamattina di sostituirmi pare che non sia così».

«Ma è vero che ti sei fatto male, no?»

«Certo che è vero, com'è vero che si è fatto male anche lui. Gli hanno messo dei punti alla mano e il doc voleva che nessuno dei due venisse a lavorare nei prossimi giorni. Abbiamo rifiutato entrambi, ma evidentemente ci sono due pesi e due misure».

«I gradi sono i gradi, in fin dei conti la responsabilità dell'operazione è sua e quindi l'ultima parola su tutto dev'essere la sua. La Polizia non è un buon esempio di democrazia, ricordatelo».

«Lo so».

«Il tuo omicidio come procede?»

«Siamo a un punto morto, probabilmente stasera dovremo archiviarlo. Abbiamo i ladri dell'auto, questo sì ma...»

«Beh, allora avete anche gli assassini, no?»

«No Gayle, non è così, non sono stati loro».

«Ma com'è possibile?

«Oh, senti, non ho voglia di ripetere tutto quanto da capo eh! – sbottò Parker spazientito – E' un caso complicato, puoi fidarti se ti dico che non sono stati loro ad ammazzare Weird e il suo cane».

«Perché fai così?»

«Perché mi stai facendo troppe domande».

«Basta dirlo, non c'è bisogno di fare lo stronzo».

Parker si alzò in piedi e fece qualche passo, per quel che gli consentiva il furgone.

«Scusami. E' un caso complicato, davvero, e non mi va di parlarne, visto che sarà il primo di una lunga lista di fallimenti nella mia carriera da detective».

«Sei sempre così pessimista?»

«Solo nelle battaglie perse».

«Pensi che la tua indagine sia già una battaglia persa?» disse Zampisi con un altro sorriso ironico.

«Penso che il nostro lavoro sia una battaglia persa».

«Sei fuori strada, il nostro è solo difficile. Ma ricordati che non sei da solo a farlo».

«Ok, me ne ricorderò, ma chiudiamola qui».

«E allora di cos'altro vuoi parlare? O vuoi rimanere zitto finché non succede qualcosa là fuori?»

Parker la guardò con irritazione. Rimasero in silenzio, Parker a misurare la lunghezza del furgone con quattro passi delle sue lunghe gambe, Zampisi ad osservarlo, seduta e silenziosa.

In quella situazione così claustrofobica e senza uscita, Parker sentì il proprio desiderio di baciarla farsi sempre più forte. Il suo senso del giusto, l'anima del bravo ragazzo, gli gridavano di non farlo, di non lasciarsi travolgere in un gesto sbagliato che avrebbe dato il via a una montagna di sensi di colpa e di problemi, ma c'era Gayle, lì davanti a lui, che sembrava leggergli dentro. Parker non aveva mai desiderato così prepotentemente una donna dal primo attimo in cui l'aveva vista e davanti a questo, al suo profumo meraviglioso e alle sue forme, davanti al suo sorriso luminoso, tutto il resto scorreva via. In un attimo Parker realizzò di non amarla, forse di non amarla ancora, di conoscerla poco e perfino di detestare alcuni dei pochi suoi aspetti che conosceva già, ma tutto questo veniva dopo.

«Visto che stai a pensarci su, ti dico una cosa di me... - disse a bassa voce Zampisi alzandosi - Non so se hai capito che le cose che voglio mi piace prendermele...» bisbigliò Zampisi, un attimo prima di baciarlo furiosamente.

Fu l'ultima, decisiva spallata all'ormai esile muro difensivo di Parker, che si abbandonò con tutto il trasporto di cui era capace a quelle labbra tanto desiderate.

Parker e Zampisi si avvinghiarono in un bacio straordinario, rimanendo sospesi per un tempo indefinito sopra il mondo che li circondava. Parker non pensò più a dove si trovavano, ai due colleghi che sarebbero potuti piombare lì in ogni istante, all'operazione imminente; solo la spalla, mandandogli dei messaggi lancinanti, lo teneva ancorato alla realtà, ma senza riuscire comunque a staccarlo dal quel bacio e dall'avvolgimento erotico e totalizzante di quella donna incredibile.

A staccarli fu un colpo violento alla lamiera della parte frontale del furgone, subito seguito dalla voce di Watts.

«Allora? Come va là dietro? Ci sono novità?»

Zampisi fu la più pronta a rispondere.

«No, nessuna novità! La signora è ancora in attesa!»
Sentirono un'imprecazione soffocata di Watts, che non aggiunse altro.
Parker e Zampisi si guardarono ridendo in silenzio; gli ci volle qualche secondo per riprendersi dallo spavento. Ci fu un lungo silenzio complice, senza alcun imbarazzo tra i due. Ormai il ghiaccio era rotto, e Parker avrebbe finito per strapparle i jeans di dosso se non fossero stati nel bel mezzo di una delle vie più trafficate del Barrio, in attesa di un'irruzione e con due colleghi a pochi centimetri da loro, uno dei quali era perfino il compagno di lei. A Parker passò per la mente l'immagine del furgone dondolante in mezzo alla strada con loro dentro a far l'amore e scosse la testa sorridendo.
«Che c'è?»
«Niente, un pensiero buffo».
«Su di me?»
«Su di noi. Pensavo al furgone che saltella sulla strada mentre noi…»
Rise anche Zampisi.
«Eh già, mi sa che dobbiamo trovarci un posto più tranquillo» disse lei.
«Casa mia è fuori discussione…».
«Già, la mammina! Non preoccuparti, per fortuna hai trovato una donna più emancipata di te».
"Che cazzo stai facendo, Noah? - si disse Parker - Ora ti organizzi pure per andarci a letto a casa sua?" ma i suoi pensieri furono rotti dall'irrompere del presente. In quell'istante, infatti, come concordato nella riunione, la signora Deloach aprì la borsa e fece un colpo di tosse a favore del microfono, che fecero balzare per un attimo gli indicatori a livello 5. Era il segnale che indicava l'imminente ingresso nella stanza di De Rienzo.
Zampisi fece un cenno rapido con la testa a Parker, che scattò dalla sedia verso la parte avanzata del furgone, bussando alla paratia in modo deciso come segnale a Watts e Ross, che arrivarono subito e indossarono altre due cuffie.
«E' entrata?» chiese subito Watts.
«Sì, ha fatto il colpo di tosse come le avevamo detto».
Passarono pochi secondi e s'iniziarono a sentire in modo

abbastanza distinto le voci della signora e di De Rienzo.

«Buongiorno, signora Deloach» esordì la voce maschile.

«Buongiorno signor De Rienzo» rispose freddamente la donna.

«Mi dica…»

«Sono venuta per darle una risposta riguardo la situazione della mia casa, prima della scadenza dello sfratto che mi ha dato il supermercato».

«La ringrazio comunque di essere venuta, signora, ma lei non mi doveva nessuna risposta».

«Ma veramente…» la voce della signora trasmetteva chiaramente la sua sorpresa.

«Ma che cazzo…» bisbigliò Watts nel furgone, incrociando gli sguardi stupiti dei colleghi.

«Come le avevo detto – riprese De Rienzo – i suoi documenti sono a posto, ha presentato tutto ciò che le avevo chiesto, ora deve solo aspettare che arrivi il suo turno nella graduatoria, cosa che non avverrà a breve, purtroppo».

La signora Deloach rimase senza parole, e con lei i detective nel furgone in strada.

«E' successo qualcosa. Deve aver mangiato la foglia il bastardo!» esclamò Zampisi.

«In ogni caso, visto che è venuta fin qui – continuò De Rienzo – le farò la gentilezza di ricontrollare esattamente la situazione delle graduatorie e il suo punteggio, così da poterle dare un'idea più precisa dei tempi per l'assegnazione. Perkins, cortesemente, può andare a prendermi l'ultima graduatoria delle assegnazioni del quadrante 13A?»

«C'è un collega nella stanza! – esclamò Watts, mentre il furgone fu scosso da un collettivo sospiro di sollievo – Ecco perché non abboccava all'amo!»

Seguirono alcuni secondi di silenzio, in cui probabilmente sia la signora che il suo interlocutore attesero che il fantomatico Perkins li lasciasse soli.

«Bene, signora Deloach… - il tono di De Rienzo era completamente diverso, molto più basso di prima - …ora possiamo parlare a carte scoperte… ha portato quello che le ho chiesto?»

«Se continua a bisbigliare così lo perdiamo, porca puttana»

disse Zampisi, cercando di regolare al meglio le attrezzature di registrazione. Parker si accorse di stare sudando dalla tensione.

La straordinaria presenza di spirito della signora Deloach venne in soccorso dei detective.

«Mio dio! O mio dio! – esclamò iniziando a singhiozzare – E io che pensavo che avesse cambiato idea! – ancora un singhiozzo – Sì, sì! Ho portato tutto! Mio dio che spavento mi ha fatto prendere, già vedevo me e mia figlia sotto i ponti!»

La signora Deloach proruppe in un pianto liberatorio che avrebbe ingannato anche i detective se non avessero saputo che facesse parte di una recita concordata. Zampisi guardò Watts e Ross alle sue spalle e annuì sorridendo.

«Prego, signora, prenda il mio» disse De Rienzo, riferendosi certamente al proprio fazzoletto che le stava porgendo.

«No, la ringrazio è che...»

«Mi permetto d'insistere, prenda».

«Cazzo, proprio l'unico farabutto cavaliere di tutto il Barrio doveva capitarci?! Dai, apri quella borsa!» disse Watts nel furgone.

«Beh, grazie, grazie davvero... anche per questo» disse la signora Deloach, tra lo sgomento dei detective, che giù in strada si guardarono spazientiti.

«Signora, il mio collega tornerà a minuti... mi fa vedere cosa mi ha portato?» disse De Rienzo in poco più di un bisbiglio, che alle orecchie dei suoi ascoltatori giunse come un fruscio.

«Sì, un attimo» e qui la signora Deloach sfoderò il suo magistrale colpo di teatro. Fingendo un'improvvisa confusione mentale, cominciò a cercare i soldi, dapprima guardando nella tasca esterna della sua borsa, poi spalancando la bocca principale della borsa stessa, frugandola a vuoto per qualche secondo e poi lasciandola a terra, ovviamente aperta.

«No, maledizione... un attimo, mi scusi, sono così agitata...» ora la sua voce giungeva nitidissima alle cuffie e ai registratori del furgone. Zampisi alzò un pollice trionfante a beneficio di tutti i presenti.

«Forza signora!» sbottò impaziente De Rienzo, che iniziava a stancarsi di quella sceneggiata.

«Ecco... li avevo divisi i 1.500 dollari... aspetti... può voltarsi un attimo?»

Si sentì un sospiro di De Rienzo. Negli attimi di silenzio che seguirono la signora tirò fuori le due buste che si era piazzata addosso quella mattina con l'aiuto di Zampisi.

«Può voltarsi ora, signor De Rienzo». Si sentì il cigolare di una sedia che ruotava.

«Eccoli, li avevo divisi per maggior sicurezza sa… ho preso la metropolitana per venire qui da lei… con tutti questi ladri che ci sono in giro…». La frase suscitò un sorriso ironico nei detective in ascolto.

«Andiamo?» chiese Ross a Watts con tono annoiato.

«No, aspetta. Non è ancora il momento».

«Questi sono i 1.500 dollari che mi aveva chiesto per sistemare la graduatoria – proseguì la signora Deloach – se glieli do mi garantisce allora che entro 48 ore avrò la casa?»

«Sì, certo signora, per chi mi ha preso?» rispose De Rienzo, quasi offeso.

«Per un ladro bastardo» gli rispose dal furgone Watts.

«Signor De Rienzo, io mi sono indebitata fino all'osso per avere questi soldi, io ho BISOGNO di sapere che io e mia figlia saremo in cima a quella graduatoria!»

«Stia tranquilla signora. Appena il mio collega tornerà con la graduatoria, io farò finta di controllarla e di trovare un errore nella documentazione. Le inserirò quindi alcune correzioni falsando dei dati che le faranno guadagnare i punti necessari per entrare al primo posto, che le garantisce l'assegnazione d'urgenza. Va bene così?»

Silenzio. Parker s'immaginò la signora Deloach annuire.

«Ora mi dia i soldi, prima che torni il mio collega, lui deve rimanerne fuori».

«Eccoli, sono 1.500 in contanti, ci sono tutti».

«Mi fido, non si preoccupi».

Alla consegna del denaro, Parker si voltò a guardare Watts, cui spettava l'ultima parola sull'irruzione.

Watts colse lo sguardo e il suo significato e rispose con un gesto della mano che invitava tutti alla pazienza.

«Calma, la signora non è ancora uscita da lì. Appena ci lascia campo libero entriamo noi, gli elementi ormai li abbiamo tutti».

«Ecco! – disse Zampisi – E' rientrato Perkins!»

La scena procedette esattamente come De Rienzo aveva illustrato alla signora Deloach. De Rienzo passò alcuni minuti a controllare le graduatorie e poi scoppiò in un teatrale «Ma qui c'è un errore!», che diede il via alla falsificazione dei documenti della donna.

Ci vollero altri venti minuti perché De Rienzo completasse la sua opera, finché sentenziò fieramente: «Ecco, signora Deloach, ora la verità è ristabilita. Ha fatto bene a insistere, come vede, perché senza quegli errori le spetta evidentemente la prima posizione nella graduatoria» disse De Rienzo a voce alta, perché anche il suo ignaro collega potesse sentire.

Seguì un profluvio di scuse stucchevoli da parte dell'impiegato per aver commesso un tale errore in precedenza, seguito a sua volta da una valanga di ringraziamenti altrettanto teatrali della signora Deloach verso il suo presunto benefattore.

Watts guardò Ross: «Andiamo, intanto facciamoci riconoscere dalle guardie giurate all'ingresso, tanto la signora uscirà a minuti. Gayle, quando esce fate due colpi di clacson».

«Perfetto, in bocca al lupo».

«Crepi, andiamo Rob» e i due detective scesero con un balzo dal portellone, richiudendoselo alle spalle.

Watts e Ross entrarono nell'atrio dell'edificio con passo deciso, dirigendosi immediatamente verso il metal detector. Quando furono di fronte alle guardie giurate, tre come aveva detto Parker, tirarono fuori i loro distintivi.

«Buongiorno ragazzi, siamo i detective Watts e Ross, dell'Undicesimo Distretto. Questa è un'operazione di polizia, dobbiamo eseguire un arresto in flagranza di reato ai piani superiori, quindi vi preghiamo di disinserire il metal detector per evitare che suoni al nostro passaggio e di non crearci intoppi di nessun tipo» disse Watts con calma glaciale.

«Il mio collega vi sta dicendo che se ci rompete le palle vi giocate il posto e finite anche a Preston per intralcio all'arresto... se non si era capito» aggiunse Ross, a scanso di equivoci.

Il più vicino dei tre agenti fece solo due passi verso i detective per osservare meglio i loro distintivi e i tesserini, cosa che Watts e Ross gli consentirono senza fiatare. In quell'istante si udirono i due colpi di clacson provenienti dal furgone e scattarono come molle. Rimisero in tasca i distintivi.

«L'avete staccato?» disse Watts agli agenti, indicando il metal detector.

«Un attimo… ecco fatto» disse la guardia giurata seduta alla consolle di controllo.

Watts e Ross lo attraversarono di corsa, senza che nulla suonasse. Giunsero davanti agli ascensori; le porte scorrevoli di quello centrale si stavano chiudendo, con quattro persone dentro pronte a salire, ma Watts fu lesto a infilare un braccio in mezzo, facendole riaprire.

«Fuori di qui – disse con decisione, mostrando il distintivo – prendete il prossimo».

Le quattro persone uscirono spaventate per far posto ai due detective. Ross premette il bottone numero diciotto.

«Quando usciamo a sinistra, porta a vetri, poi è la prima porta in legno, stanza 57, e questa è la faccia di De Rienzo» ripassò ad alta voce Watts, mostrando la foto anche a beneficio del collega, che annuì annoiato.

Il campanello di arrivo al piano trillò, le porte dell'ascensore si aprirono e i due detective uscirono di gran carriera, quasi gettando a terra un uomo che attendeva di salire sul loro stesso ascensore. Superarono la porta a vetri indicata da Parker; la porta di De Rienzo era aperta, il loro obiettivo era sull'uscio rivolto verso l'interno, una mano sulla maniglia; della signora Deloach nessuna traccia.

«Perkins, io esco per un permesso di due ore, devo andare a prendere la bambina a scuola» stava dicendo De Rienzo al collega, quando si sentì bloccare la mano sulla maniglia da una presa d'acciaio.

"Bambina un cazzo – pensò in un lampo Watts – tu stai andando a mettere al sicuro i soldi, stronzo".

«Lei non va da nessuna parte signor De Rienzo, deve venire con noi» disse Watts, duro come una sentenza.

De Rienzo si voltò di scatto, improvvisamente pallido, tentando inutilmente di strappare la sua mano dalla presa ferrea di Watts.

«Siamo i detective Watts e Ross dell'Undicesimo Distretto, lei è in arresto con l'accusa di concussione aggravata dallo stato di bisogno della vittima. Abbiamo il mandato, ovviamente» proseguì senza pietà Watts, e gli infilò una mano sotto la giacca grigia, sentendo subito il gonfiore della busta con i soldi in una tasca interna, che si riprese. Lo fece voltare torcendogli il braccio dietro la schiena e gli strinse le manette ai polsi.

Ross, anch'egli con il distintivo bene in vista, si preoccupò di tranquillizzare le persone presenti nel corridoio.

«State tranquilli, è un'operazione di polizia, continuate a fare il vostro lavoro, non è nulla che vi riguardi».

Watts spinse De Rienzo in malo modo fino all'ascensore, seguito da Ross. Stavolta arrivò già vuoto. De Rienzo, a capo chino e piangente, non provò neppure a professare la propria innocenza e ascoltò in silenzio tutto il Miranda, recitato a memoria da Watts. Quando furono quasi al piano terra, si decise ad alzare lo sguardo, posandolo sui due detective.

«Pensate di aver risolto qualcosa?»

I due detective lo ignorarono.

«Rispondetemi! Pensate di aver risolto qualcosa? Pensate che ora non ci sia più corruzione in questi uffici?» urlò con disperazione.

«Abbassi la voce» disse piano Watts.

«Pensate che ora le case verranno assegnate regolarmente?» continuò a urlare De Rienzo.

Watts gli afferrò in un lampo la cravatta, stringendola fino a soffocarlo. L'impiegato smise di urlare e il suo viso divenne ancor più paonazzo.

«Sarai tu a dirci i nomi di tutti quelli come te qui dentro, se vuoi risparmiarti qualche annetto a Preston. Ma ora fai SILENZIO o ti trascinerò per la cravatta fino a farti scoppiare la giugulare».

Quando nell'ascensore risuonò il campanello del piano terra disse solo: «Lasciate fuori la mia famiglia, vi prego».

«Ma vaffanculo stronzo, della famiglia della signora Deloach non te ne fregava un cazzo invece eh?!» fu la risposta feroce che ottenne da Watts. Lo portarono fino al furgone attraversando l'atrio tra gli sguardi di stupore di tutti passanti e di molti colleghi di De Rienzo. Passando davanti alle tre guardie giurate, Watts si portò due dita alla tempia, in un saluto militare che voleva essere un segno di ringraziamento per la collaborazione.

Zampisi e Parker li stavano aspettando poggiati sul lato lungo del furgone. Quando li vide uscire, Parker si sentì trionfante, pervaso da un'incredibile entusiasmo che scemò non appena vide l'espressione distrutta di De Rienzo e si pentì di tanta euforia di fronte alla vita di un uomo fatta oramai a pezzi.

Zampisi gli diede di gomito.

«Ce l'abbiamo fatta eh?» gli disse sorridendo.

«Pare proprio di sì» le rispose Parker.

De Rienzo fu caricato sulla berlina con cui era arrivata Zampisi e portato da Watts al distretto insieme a Parker, mentre Ross e Zampisi riportarono alla base il furgone, con la signora Deloach commossa fino alle lacrime, questa volta sincere, a bordo.

Il tenente Braxton li stava aspettando alla finestra della sua stanza. Non pensava che sarebbe andata tanto per le lunghe e il ritardo dei suoi detective lo stava innervosendo. Poi, quando dall'alto riconobbe il furgone che imboccava la rampa per il garage preceduto da una berlina, capì che era andato tutto bene.

Attese i suoi detective sulla soglia della sala dell'Investigativa, poco oltre il cancelletto basso di legno che ne delimitava l'ingresso.

Arrivarono tutti e quattro alla spicciolata: Zampisi e Ross con la signora Deloach, Watts e Parker con De Rienzo, ancora ammanettato, che poco dopo venne depositato senza tanti complimenti in una delle celle di sicurezza sotterranee. Zampisi consegnò al tenente il pacco con la bobina della registrazione, accompagnando il gesto con un cenno di assenso della testa.

Tutto il gruppo si riunì intorno alla scrivania del tenente, che nel frattempo aveva iniziato ad ascoltare la registrazione. Alla signora Deloach, che attendeva seduta in sala davanti alla scrivania di Watts, un agente portò una tazza di caffè appena fatto.

Zampisi manovrò il registratore del tenente per saltare tutte le parti d'attesa e arrivare ai punti salienti della questione, quelli che avevano giustificato l'arresto. Nel frattempo il tenente si rivolse a Watts e Parker.

«Ha fatto resistenza?»

«Lo chieda a Ross, signore, io non sono entrato… per decisione di Watts» rispose polemicamente Parker, che non aveva ancora digerito la sostituzione.

«Perché questo cambiamento?» chiese il tenente a Watts.

«Nell'irruzione di ieri a casa dei fratelli Novak il mio collega ha riportato la lussazione di una spalla, come descritto nel mio rapporto ed evidenziato dal referto medico di ieri sera, e stamattina ho ritenuto opportuno entrare con un collega perfettamente integro, nel caso in cui De Rienzo avesse tentato una qualche resistenza all'arresto, cosa che non si è verificata, peraltro» gli rispose molto professionalmente Watts. Dopo un secondo di riflessione, il tenente sentenziò un «Hai fatto bene» che chiuse ogni discussione sull'argomento.

«Tutto liscio, quindi?» riprese Braxton.

«Sì – confermò Watts – all'inizio la cosa è andata un po' per le lunghe per la presenza nella stanza di un altro impiegato, un certo Perkins, che non era presente nei precedenti incontri tra De Rienzo e la signora Deloach».

«Un complice?»

«No, pare di no. De Rienzo ha girato un po' in tondo finché non ha trovato una scusa per far uscire il collega dalla stanza, poi ha tirato giù la maschera».

«Ecco tenente, ascolti» disse Zampisi, che aveva posizionato correttamente il nastro.

Ascoltarono in silenzio tutta la registrazione; la qualità risultò appena sufficiente nelle fasi preliminari poi, una volta che la signora Deloach ebbe aperto la borsa con la scusa di cercare i soldi, l'audio fu chiarissimo. Dopo i saluti finali tra la donna e l'impiegato, Zampisi spense il registratore e Watts ricominciò il suo racconto.

«Lì siamo entrati nell'edificio. Nessun problema all'ingresso con le guardie giurate, tutto esattamente come descritto da

Parker e Zampisi nel loro sopralluogo. Siamo arrivati appena in tempo: De Rienzo era sulla porta e stava dicendo al collega che prendeva un paio d'ore di permesso per andare a prendere la bambina a scuola. L'abbiamo bloccato, perquisito e aveva tutti i nostri dollari segnati dentro la giacca, eccoli qua» e poggiò la busta sul tavolo di Braxton. «Li stava andando a depositare a casa» aggiunse Ross, come se stesse parlando a un gruppo di bambini, e il tenente annuì con infinita sopportazione.

«Bene, mi pare che abbiate fatto tutti un ottimo lavoro, complimenti».

I detective lo ringraziarono con un cenno della testa e un sorriso. Sapevano tutti, però, che ora arrivava la parte più noiosa dell'indagine De Rienzo.

«Ora chiudiamo il caso con tutti gli annessi e connessi. – arrivò puntuale il richiamo del tenente – Watts, tu vai dal procuratore e fatti dare un mandato di perquisizione urgente per la casa e l'ufficio di De Rienzo, poi prenditi una squadra della Scientifica e vedi quello che trovi».

«Ok».

«Zampisi, tu fai la trascrizione del nastro e tutte le copie necessarie, poi falle firmare alla signora Deloach e allega tutto al fascicolo del caso».

«Sì tenente».

«Ross e Parker, a voi l'interrogatorio di De Rienzo. Sentite quello che ha da dire, se ha l'avvocato o se dovete cercargliene uno d'ufficio, fatevi dare i nomi delle sue precedenti vittime, di eventuali altri complici poi trascrivete la registrazione dell'interrogatorio e allegatelo anche voi al fascicolo».

«In ascensore, mentre lo portavamo via, ha già fatto cenno ad altri colleghi che operano nello stesso modo» disse Ross.

«Bene. Fatevi dire tutto, ditegli che in cambio il procuratore non calcherà la mano con lui».

«Sarà fatto, a dopo tenente» rispose Parker alzandosi dalla sedia, pensando che gli altri lo seguissero. Lo fecero solo Ross e Zampisi.

«Ehm… tenente, scusi… ci sarebbe un'ultima cosa su questo caso…» disse Watts.

Il tenente gli rispose guardandolo con aria interrogativa.

«La signora Deloach… anche se tutto fila liscio, passeranno comunque delle settimane prima che il procuratore parli con un dirigente comunale per farle assegnare una casa… e il supermercato la sfratta alla fine di questa settimana…»

«Cazzo Grady, cosa pretendi che faccia?»

«Abbiamo le tre case sicure dove teniamo i testimoni in attesa di deporre; al momento sono tutte vuote, che io sappia, no?»

«Scordatelo, possono servire da un momento all'altro e poi non sono una foresteria».

«Ma sono vuote o no?»

«Sì, sono vuote» rispose Braxton sospirando.

«Joe, lo so che per il regolamento non si potrebbe ma… è una donna anziana, ha una figlia handicappata, ci ha fatto arrestare quel bastardo seduto là… penso che uno strappo alla regola potremmo farlo per lei».

Braxton, in piedi fino a quel momento, si gettò stancamente sulla sua poltrona, girandola verso la finestra. Nel riflesso del vetro vedeva Watts in primo piano e più indietro, quasi sulla porta, gli altri tre detective, tutti appesi alla sua risposta.

«Va bene Grady, fammici pensare» disse.

«Benissimo! Grazie!» gli rispose il detective sorridendo.

«Non ho detto sì, cazzo! Ho detto che ci devo pensare!» puntualizzò Braxton.

«Grazie lo stesso di pensarci» ripeté Watts ridendo, mentre usciva dalla stanza insieme agli altri.

I quattro detective si misero a lavoro secondo gli ordini del tenente, concludendo ogni aspetto del caso De Rienzo, il cui faldone destinato al procuratore assunse dimensioni sempre più corpose con il passare delle ore. Parker stava battendo a macchina l'ultima parte del verbale dell'interrogatorio di De Rienzo quando fu chiamato a gran voce dal tenente, fermo sulla porta della sua stanza.

Parker si guardò intorno e si indicò con una mano sul petto, come dire "proprio io?".

«Tu, certo, Parker! Quanti altri detective conosci in questo distretto con il tuo stesso nome?»

Parker scattò dalla sedia. Guardò Ross e gli disse piano: «Finisci tu, per favore».

Ross borbottò qualcosa d'incomprensibile e si sedette davanti alla macchina da scrivere come un condannato a morte sulla sedia elettrica.

Parker entrò pochi attimi dopo nella stanza del tenente.

«Chiudi la porta» gli disse Braxton.

Parker eseguì e rimase in piedi davanti al suo superiore.

«Ho deciso di concedere una delle case sicure a disposizione del nostro distretto come residenza momentanea della signora Deloach. Chiamerò personalmente il procuratore e chiunque altro sia necessario per accelerare al massimo l'assegnazione di una casa comunale alla signora e a sua figlia ma per il momento… per dio, abbiamo giurato di "servire e proteggere" i nostri concittadini no?» disse il tenente quasi gridando, riferendosi allo storico motto della polizia.

Parker annuì, sorridendo orgoglioso per la scelta del suo tenente.

«E allora se non serviamo e proteggiamo due donne indifese come quelle, cosa cazzo ci stiamo a fare qui?» gridò il tenente, stavolta rivolto verso la finestra.

«Quella che ti sto dicendo è una delle cose più delicate che un detective possa sapere: è l'indirizzo di questa casa. – si voltò a guardarlo dritto negli occhi - Questo indirizzo dovrà rimanere tra te e Watts, per nessun motivo dovrai scriverlo, dirlo al telefono o a qualcun altro al di fuori di noi tre, né ora né mai. Se anche ti chiamasse il procuratore o il capo della polizia in persona, tu chiederai l'autorizzazione A ME prima di dirgli anche solo il quartiere in cui si trova la casa… sono stato CHIARO, Parker?»

«Chiarissimo, tenente. Né scritto, né detto al telefono, né detto a nessun altro all'infuori di lei e Grady».

«Bene. In questa casa, dopo la signora Deloach, torneranno ad alloggiare dei nostri testimoni e la tua discrezione farà la differenza tra la loro vita e la loro morte».

«Capisco benissimo, tenente».

«Dunque, la casa è al 615 di Walcott Avenue. E' un viale di fronte all'ingresso del Monumental Park, davanti al fiume. E' l'appartamento 4C, secondo piano, queste sono due copie delle chiavi».

«Una posso darla a lei, quindi?»

«Sì, ma devi dirle in modo imperativo che non deve dire a nessuno dove abita e non deve ricevere ospiti. Inventi quello che vuole, se qualcuno a lavoro le chiede qualcosa, ma non deve dire a nessuno dov'è la sua casa. Se veniamo a scoprire che ha contravvenuto a queste regole la buttiamo fuori immediatamente, sii chiaro con lei».

«Ma quando lei andrà a lavorare chi rimarrà con la figlia? Non è in grado di stare a casa da sola».

«Su questo non posso farci nulla. Gli unici a poter mettere piede in quella casa siete tu e Watts».

«Senta tenente, ho un'idea... potrei provare a sentire mia madre per accudire la figlia durante le ore di lavoro della signora Deloach... cosa ne dice? Potremmo fare un'eccezione per mia madre? Vive solo con me, è una persona molto discreta, è stata moglie di un poliziotto per trent'anni...»

Il tenente ci pensò su un po', poi lanciò sul suo tavolo la matita che teneva tra le dita.

«Mi pare una buona idea, va bene, se sta bene a tua madre e alla signora Deloach è ok».

Parker avrebbe voluto fare il giro della scrivania e abbracciarlo.

«Ora vai a parlare con la signora e chiariscile tutto. Poi, quando torna Watts, digli tutto e accompagnate la signora a casa sua. Aiutatela a prendere la figlia e il minimo indispensabile di quello che le serve e le portate alla nostra casa».

«Ma noi oggi pomeriggio avremmo dovuto riprendere il caso Weird...» provò a ricordargli timidamente Parker, ma il tenente stavolta non si piegò.

«Mi spiace, Parker, non si può avere tutto dalla vita. Sistemare la Deloach mi sembra più importante di un ricettatore morto. A proposito di Weird, comunque, volevo anche dirti che ti ho tolto dal servizio alla Central Station per la manifestazione, per via di quella spalla malconcia».

Era il secondo smacco della giornata e stavolta Parker si sentì davvero sconfortato. Guardò in silenzio il suo tenente, implorandolo con lo sguardo di tornare sui suoi passi.

Braxton lesse perfettamente quello sguardo, fu comprensivo ma irremovibile.

«Lavorerai con Julian Sanchez e sarete una delle coppie assegnate a coprire la normale attività investigativa del distretto. Se non ci saranno novità particolari, e spero non ce ne siano, potrai proseguire domani a dare la caccia all'assassino di Weird».

«Anche senza Grady?»

«Anche senza Grady. Non prenderla come una bocciatura, ragazzo, ma alla stazione potrebbe anche esserci bisogno di menare le mani, e tu non ne sei in grado, con quella fasciatura là».

Parker annuì per senso del dovere, ma neppure il sorriso di Zampisi, incrociata per caso sulle scale, riuscì a togliergli l'amaro in bocca di quella nuova esclusione.

Parker ebbe il tempo di pranzare solo alle tre, quando Schuster e Jackson insistettero affinché andasse con loro. I due colleghi, ben più ferrati di lui sulle offerte culinarie della zona del distretto, lo portarono in una rosticceria cinese a due isolati di distanza. Parker fece del suo meglio per assecondare il buonumore di Jackson, ma una parte della sua testa era rimasta impigliata nel profumo di Zampisi, nel desiderio della sua pelle, e si rese conto ben presto di non essere granché di compagnia. Fortunatamente per lui, il pranzo fu molto veloce; gli addetti del ristorante conoscevano bene la maggior parte dei poliziotti dell'Undicesimo e servirono subito i tre detective.

Tornato in ufficio, trovò Watts intento a battere furiosamente a macchina.

«Bravi, bravi… voi a godervi la vita e io a lavorare» disse sorridendo.

«E si vede che in una vita precedente abbiamo lavorato molto più di te» gli rispose a tono Schuster.

«Altro che goderci la vita… questi due mi hanno fatto venire il mal di stomaco» disse Parker.

«Fammi indovinare… - Watts gli odorò la giacca – rosticceria cinese?»

«Sì…»

«Siamo al tentato omicidio allora… preparo il rapporto?» disse Watts sorridendo.

«E hanno pure il coraggio di parlar male dei panini di Frank!».

«Ma cosa vuoi che ne capiscano? Non li vedi? Un negro e un vecchio pelato, una coppia buona per lo show del sabato sera!» disse volontariamente ad alta voce Watts, ricevendo in risposta due medi alzati da entrambi i destinatari della battuta.

«Piuttosto, trovato qualcosa da De Rienzo?» chiese Parker tornando serio.

«In ufficio nulla, teneva tutto a casa. Un'agendina con i nomi e le cifre estorte ai suoi clienti più disperati e un bel po' di soldi nascosti nel doppio fondo di un armadio».

«Quanto?»

«Diciotto mila e spicci, che il giudice penso farà tornare nelle tasche delle sue vittime. Voi tutto ok?»

«Sì, l'interrogatorio non è stato difficile. Piena confessione, non ha voluto neppure l'avvocato. Pare che sia stata la moglie a lamentarsi che il suo stipendio da impiegato non bastava a farle fare lo stile di vita che desiderava».

«Ci credo, la moglie era certamente al corrente dei movimenti del marito. Quando siamo entrati ha provato a blaterare un po', ma quando abbiamo trovato i soldi è diventata di marmo. L'ho già segnalata al procuratore per i domiciliari, sicuramente sentirà anche lei, ma ormai non ci riguarda più. Zampisi e Ross sono andati a verificare un paio di nomi che ha fatto De Rienzo ma sarà una cosa lunga. Intanto domattina arriverà la convalida dell'arresto di De Rienzo, se lo porteranno a Prescott e buonanotte».

«A proposito di convalida, se li sono portati via i Novak e Jeff Bryant?»

«Sì, nelle celle giù di sotto non ci sono più. O sono evasi o il procuratore li ha spediti in carcere».

«Sai che un po' mi dispiace per quei tre?»

«A me no. – rispose Watts seccamente – Sono stati sfortunati, lo ammetto, ma se la sono cercata».

«Senti Grady, il tenente ha dato l'ok per trasferire le due Deloach in una nostra casa, quella di Walcott Avenue».

Watts lo guardò, sorpreso che il tenente si fosse fidato a dare l'indirizzo all'ultimo arrivato del distretto.

«Ho già parlato con la signora – proseguì Parker – quando hai finito la portiamo a casa a prendere la figlia e quattro cose e le portiamo là».

«Va bene».

«C'è un'altra cosa: mia madre baderà a sua figlia quando lei sarà a lavorare nella lavanderia».

«Tua madre?!» trasalì Watts.

«Sì, mia madre».

«Ma il tenente lo sa?»

«Sì, certo, ho già il suo ok e quello della signora Deloach».

«E quello di tua madre?»

«Non ancora, ma su quello non ci sono dubbi».

«Ok, ora lasciami scrivere il rapporto sull'armadio del tesoro».

«Un'ultima cosa…»

«Che altro cazzo c'è?» rispose Watts, che stava iniziando a spazientirsi.

«Il tenente mi ha fatto fuori dal servizio alla Central Station» disse Parker con una voce carica di amarezza.

Watts lo guardò per qualche secondo in silenzio, poi capì il senso delle parole del collega.

«Pensi che gliel'abbia suggerito io, vero?» disse Watts polemicamente.

«Vuoi dirmi che non è così?»

«Esatto, non ne sapevo nulla fino a dieci secondi fa. Braxton non viene certo a chiedere il mio parere quando deve prendere una decisione».

«Quindi tu non ne sapevi niente?»

«Te l'ho appena detto, sei sordo? Senti, mi dispiace, ma non so che farci. Io ho preso la mia decisione stamattina, quella del tenente è tutta sua, quindi non darmi anche il peso di scelte che non sono mie».

«Anche se non ne sapevi niente, un po' della scelta del tenente è comunque tua! Pensi che la tua decisione di sostituirmi stamattina non l'abbia influenzato?»

Watts si alzò in piedi dietro la sua scrivania, era stanco di parlare al collega dal basso verso l'altro.

«Senti Parker, te l'ho già detto e te lo ripeto: impara a obbedire prima che a comandare. Sei tu che ti sei fatto stendere come un tappeto da Jeff Bryant, quindi vedi di piantarla con questa storia! – e dopo una breve pausa aggiunse – Storia di cui, tra l'altro, non me ne frega un cazzo» e tornò a sedersi, considerando chiusa la discussione.

Parker lo capì e si voltò senza rispondere altro. Andò alla sua scrivania e telefonò a sua madre.

«Pronto mamma? Sono Noah»

«Tesoro mio, che bella sorpresa! Che succede? Tutto bene?»

«Sì, tutto bene… - un'impercettibile pausa accompagnata da un sospiro - … senti, devo chiederti una cosa: ti andrebbe di aiutare per qualche settimana la figlia handicappata di una signora della tua età?»

«Oh, beh… mi prendi un po' di sorpresa Noah…»

«Dai mamma, sai che è una cosa importante per noi, altrimenti non te lo direi. E' solo una cosa temporanea, te lo assicuro. E poi questa signora ti piacerà, è una donna eccezionale».

«Ma che devo fare? Io… non so… non sono mica un'infermiera!» provò a schernirsi la madre, più per timidezza che per reale paura di non essere all'altezza.

«Mamma… - tornò all'attacco Parker - …devi solo farle compagnia quando la madre va a lavorare. Al massimo dovrai cucinarle qualcosa, nessun servizio infermieristico, non ne ha bisogno. Ti piacerà mamma, ne sono certo».

All'altro capo della linea ci fu qualche attimo di silenzio, rotto infine da un leggero sospiro.

«Va bene, Noah, va bene. Però devi dirmi dove e quando».

«Non preoccuparti, quello te lo spiego stasera a casa, non posso dirtelo per telefono. Intanto volevo sapere se potevo contare su di te».

«C'è stata forse qualche volta in cui non hai potuto contare su di me?» disse ironicamente la madre.

Parker sorrise all'altro capo del filo.

«Sì, hai ragione, è proprio così, mamma. Ora scappo, ci vediamo stasera. Grazie ancora».

«Ciao Noah, stai bene».

«Anche tu, ciao mamma» e riattaccò, con il cuore leggero e lo spirito nuovamente in pace.

"Miracoli della voce di una madre" pensò, mentre infilava nella macchina da scrivere un modulo in triplice copia.

La chiusura dell'incartamento completo sul caso De Rienzo da inviare al procuratore portò via ai detective un'altra ora, al termine della quale raggiunsero la signora Deloach e sua figlia Sue a casa loro, per aiutarle a spostarsi nel nuovo appartamento.

Quando entrarono, le trovarono mestamente sedute, in attesa. La signora Deloach era su una pila formata dalle tre grosse valigie in cui avevano racchiuso tutti i loro averi e i loro abiti. Sue, legata da una cinta alla sua sedia a rotelle, li osservò ridendo. Aveva due occhi splendidi, notò Parker, e pensò a quanto sarebbero stati belli senza quel velo di buio che li attanagliava.

La loro berlina non era sufficiente a portare tutto e tutti in un unico viaggio, per cui Watts portò dapprima la madre e le valigie alla casa di Walcott Avenue, mentre Parker e Sue attesero il secondo giro. Sue continuò a ridere per tutto il tempo della loro attesa, con il detective che non trovò niente di meglio da fare che restituirle sorrisi e carezze. Non capiva il significato di tutto quel ridere, ma pensò che Sue avesse capito, dopo tante angosce, che la loro storia stava concludendosi per il meglio.

Terminata la sistemazione delle due donne, Watts e Parker si concessero un gelato in un chiosco all'angolo di Walcott Avenue. Entrambi visibilmente stanchi, si guardarono perplessi sul da farsi.

«Non voglio finire la giornata guardando la faccia da stronzo del signorino Krample» disse categorico Watts, tra una leccata e l'altra al suo pistacchio.

«Stai dicendo che dovrò riportargliela io domattina la sua macchina?»

«Esatto, giovane Parker, hai proprio capito bene. Domattina come prima cosa, così il tenente non s'incazza ancora con te».

«Grazie tante».

«Prego, figurati» e Watts sorrise. «Ce l'hai ancora con me per la storia di domani oppure t'è passata?»

«Non ce l'ho più con te, però chiudiamola quì, ok?»

«Ok».

«Allora andiamo dai vicini di Weird a sentire se hanno visto qualcosa?» propose Parker.

«Se proprio insisti…»

«Sì, insisto».

Watts guardò perplesso il suo gelato. Era quasi alla fine ma non lo aveva soddisfatto per niente; doveva ricordarsi di non passarci più, in quello schifo di chiosco. Gettò ciò che ne rimaneva in un cestino e salì in macchina.

«Cominciamo da quello che ci ha chiamati, dai».

Il viaggio verso Racine Street fu breve, per fortuna di Parker. Dopo essere stati sopiti per tutta la giornata, schiacciati dalla contingenza delle urgenze, ora, nell'abitacolo dell'auto, solo insieme a Watts, i sensi di colpa iniziarono a farsi largo prepotentemente nei suoi pensieri. Il primo istinto di Parker sarebbe stato quello di dirgli tutto, secco e brutale, prima che le cose peggiorassero, ma subito dopo pensò che probabilmente il primo istinto di Watts sarebbe stato invece quello di sparargli. "Lavoriamo insieme da meno di una settimana e ho già baciato la tua ragazza… niente male come inizio no?" pensò. Il secondo istinto, però, fu quello di non dire nulla e chiudere tutto, prima che le cose peggiorassero. Più facile a dirsi che a farsi. "Magari loro due si lasceranno definitivamente e io e Gayle saremo liberi di fare come vogliamo… no, penso che Grady se la prenderebbe con me comunque... Dio, che verme che sono. Quest'uomo mi sta insegnando a salvarmi la vita e io ecco come lo ricambio". Questo genere di pensieri proseguì senza sosta, e senza soluzione, finché Watts non ebbe raggiunto la loro destinazione. Parcheggiò davanti alla casa di Weird, ancora circondata dal nastro giallo della polizia che vietava l'ingresso ai non autorizzati. I due detective si piazzarono sulla porta di casa del defunto, per avere la migliore percezione di cosa avrebbero potuto vedere i vicini e l'uomo che abitava di fronte, quello che li aveva chiamati sentendo guaire il cane.

«Con tutti questi alberi intorno, solo da quella casa di fronte possono aver visto qualcosa. Come si chiama?» chiese Watts.

Parker sfogliò i rapporti contenuti nella cartellina che si era portato dietro dall'ufficio: Paul Hembry sarebbe stato il primo.

Attraversarono la strada con passo spedito e bussarono alla porta di legno lucido, con al centro un vetro rettangolare oscurato da una tendina bianca.

«Signor Hembry, siamo due detective della polizia, dovremmo farle qualche domanda» disse Parker con voce tranquilla.

Dopo qualche secondo, nel silenzio assoluto della strada in quel momento, udirono distintamente il rumore del cane di un revolver che veniva armato. Watts e Parker si guardarono negli occhi e balzarono ai lati della porta, portando contemporaneamente le loro mani destre alle fondine ascellari.

«Signor Hembry! Siamo i detective Watts e Parker dell'Undicesimo Distretto, dobbiamo farle qualche domanda a proposito dell'omicidio di martedì scorso alla casa qui di fronte!» urlò Watts.

Silenzio.

«Signor Hembry! – riprese Parker mentre guardava il collega per avere eventuali indicazioni sul da farsi – Signor Hembry mi sente? Dobbiamo solo farle qualche domanda, siamo poliziotti… ecco, le sto mostrando il mio distintivo dal vetro della porta, se scosta la tenda lo vede!».

Ancora silenzio, poi un angolo della tenda si spostò.

«Il suo collega ne ha un altro uguale?» chiese dall'interno la voce di un uomo anziano.

I due detective si scambiarono due sguardi spazientiti.

«No, il distretto è in ristrettezze e ce ne danno solo uno per coppia, di distintivo… - gli rispose Watts con tono ironico, un attimo prima di perdere le staffe – certo che ne ho uno uguale, porca puttana! Signor Hembry, apra immediatamente la porta o la buttiamo giù e la portiamo in manette al distretto! Non ci faccia perdere altro tempo!»

A Parker venne da ridere nel vedere il volto del collega diventare paonazzo; per l'integrità fisica del fantomatico signor Hembry sperò che costui aprisse subito, altrimenti non avrebbe garantito per lui.

Sentirono girare numerose serrature poi, finalmente, la porta si aprì. Come la vide scorrere, Watts la spalancò con un calcio che fece quasi cadere l'uomo che vi era dietro, che per rimanere in piedi indietreggiò di alcuni passi.

Watts, rimanendo dietro lo stipite della porta, gli puntò la sua arma contro.

«Metta giù quell'arma signor Hembry, non glielo ripeterò più! Giù la pistola e mani in alto!» urlò Watts.

L'uomo, sorpreso dal colpo preso dalla porta, rimase fermo in piedi, la pistola ancora stretta in mano e rivolta verso il pavimento.

«Ho... ho il permesso» balbettò.

«Non m'interessa! La metta immediatamente giù o faccio fuoco!»

Finalmente l'uomo eseguì l'ordine di Watts e alzò le mani in alto. Un attimo dopo che la pistola ebbe toccato il pavimento Parker scattò dentro, stando attento a non mettersi sulla linea di tiro di Watts come gli avevano insegnato in Accademia, e la raccolse. Una Colt Python con canna da 4 pollici, sorella minore di quella d'ordinanza usata dal suo collega (Watts aveva quella da 6 pollici, più precisa sulla media distanza), ma che usava le stesse munizioni calibro 357 Magnum. Un'arma letale a distanza ravvicinata e, soprattutto, compatibile con quella che aveva ucciso Weird e il suo cane.

Parker si voltò verso il collega mostrandogli la pistola con uno sguardo eloquente. Watts entrò nella casa continuando a tenere la sua arma puntata verso il petto dell'uomo. Pelle bianca, capelli bianchi cortissimi, indossava sopra il petto nudo una tuta blu da operaio, i piedi erano scalzi, su un braccio tatuato il simbolo della squadra da baseball dei Boston Red Sox.

«Lei è Paul Hembry?» chiese Parker, mentre Watts avanzava minaccioso.

«Sì, sono io».

«Questa pistola è sua?»

«Sì, sì! E' registrata eh! Ho il porto d'armi e tutti i documenti di là, in cucina».

Il volto di Hembry stava riprendendo colore.

«Perché ci ha accolto in quel modo, signor Hembry? – lo incalzò Parker – Ci siamo qualificati subito come detective di polizia, le abbiamo mostrato anche il distintivo, perché quella pistola?»

«Io… io avevo paura, ecco».

«Paura di cosa?» chiese Parker mentre Watts rinfoderava la sua pistola.

«Della gente che gira qui intorno».

«Ha avuto problemi? Le hanno rubato qualcosa?» chiese pazientemente Parker, che cominciava a intuire come Hembry non fosse del tutto normale. Watts intanto stava aprendo tutti i cassetti della cucina adiacente, alla ricerca dei documenti.

«Sì, sempre. Mi hanno rubato le rose, poi la bici di mio figlio, poi mi hanno rubato il cane…»

«Il cane?!»

«Sì, e poi anche due gatti e una bandiera che tenevo appesa qui fuori. Ah, com'è bella la nostra bandiera…» disse Hembry, sorridendo a Parker.

Watts tornò dalla cucina con un pezzo di pane in bocca e i documenti dell'uomo.

«Ora le hanno rubato anche un pezzo di toast dalla cucina, signor Hembry…» disse masticando, mentre sfogliava il documento di registrazione dell'arma.

«Ha visto agente? Rubano tutto! Rubano tutto in questo fottuto quartiere!»

Parker si passò una mano sul volto; si sentiva improvvisamente stanchissimo e la spalla aveva ripreso a fargli male. "Forse l'idea del tenente di togliermi dalla Central Station non è stata poi così male" pensò. Guardò sconsolato Watts, che continuava a esplorare la casa mangiando pane tostato e sbriciolando sul pavimento.

«Quella è la foto di suo figlio?» gli disse indicando una grossa cornice poggiata sul televisore.

«Sì».

«E' morto in Vietnam, vero?»

«Morto?! No no! E' solo che non si fa sentire da un pezzo

ma tornerà presto, è che da laggiù è un casino telefonare».

«Già… proprio così».

Parker si accorse all'improvviso che Hembry aveva ancora le mani alzate. Si avvicinò e gliele riportò lungo i fianchi con dolcezza, poi lo accompagnò al divano e lo fece sedere.

«Senta signor Hembry, si ricorda quando ci ha chiamati martedì scorso?»

«Martedì scorso?»

«Sì»

«Che partita c'era martedì scorso?»

«Partita? Partita di che?»

«Di baseball. Con chi giocavano i Red Sox?»

«Oh signore mio! – sbottò Parker – Cosa ne posso sapere di chi giocava contro i Red Sox, signor Hembry? Stiamo parlando di tre giorni fa! Non si ricorda di aver chiamato la polizia tre giorni fa?»

«Ah, martedì scorso era tre giorni fa? – disse Hembry con innocenza – Allora martedì giocavano contro i Cubs! Sì sì! Il cane di quel ciccione lì di fronte non la smetteva più di abbaiare e io stavo guardando il baseball, c'erano i miei Red Sox in tv contro i Cubs!».

«Ok, Red Sox contro Cubs, alla buon'ora! E cos'ha fatto allora?»

«Vi ho chiamati».

«Sì, questo l'abbiamo già detto. Non le è venuta per caso voglia di prendere la sua pistola e andare lì a far smettere il cane?»

«Eccome se m'è venuta! Ma ho pensato che mi sarei perso almeno un paio d'inning della partita per litigare col ciccione e il suo cane».

«Quindi è rimasto davanti alla tv?»

«Sì».

«Lei conosceva il signor Weird?»

«Certo! Lo incrociavo ogni tanto, lui e i suoi fottuti cani. Anch'io avevo un cane sa? Me l'hanno rubato!»

Parker annuì stancamente, poi proseguì.

«Quando ci ha chiamati era con qualcuno in casa?»

«Che vuol dire?»

«Era da solo qui dentro?»

«Sì, certo. Finché mio figlio non si decide a tornare da laggiù con chi altri devo stare?»

Parker guardò Watts, il quale gli porse una busta di plastica per la raccolta dei reperti. Parker ci infilò la pistola, poi prese per un braccio Paul Hembry e lo aiutò ad alzarsi dal divano.

«Dove andiamo?» chiese Hembry mentre si dirigevano verso la porta.

«Andiamo al distretto a controllare alcune cose dei suoi documenti, dormirà da noi stanotte e poi domani tornerà qui».

Hembry si liberò da Parker con uno strattone violento che provocò al detective un'acuta fitta di dolore alla spalla.

«No! No! Mi ruberanno tutto! Non posso dormire da voi!» protestò con veemenza Hembry.

Watts, ancora con il pane in una mano, gli afferrò con l'altra il braccio sinistro e lo spinse con decisione verso l'uscita.

«Stia tranquillo signor Hembry, noi siamo la polizia e resteremo qui tutta la notte a fare la guardia alla sua casa, nessuno toccherà nulla» disse Parker, massaggiandosi la spalla. Lo caricarono sui sedili posteriori della berlina senza mettergli le manette e lo portarono al distretto, dove fu sistemato in una delle celle del seminterrato. Parker compilò il rapporto mentre Watts portò l'arma alla Scientifica per una perizia urgente e avvertì i Servizi Sociali di mandare qualcuno l'indomani mattina per valutare lo stato psichico di Paul Hembry. Gli fecero notare senza tanti complimenti che l'indomani sarebbe stato sabato e che quindi non sarebbe venuto nessuno fino a lunedì mattina. Watts accettò la risposta in silenzio, troppo stanco per fare ancora polemica. Conclusa quella telefonata, riprese in mano la cornetta e compose il numero di casa del tenente Braxton.

«Ciao Patty, sono Grady - disse alla voce di donna che gli rispose – è lì Joe? Stavate cenando?»

«Non ancora, non preoccuparti Grady, te lo chiamo subito». Si sentiva un lontano vociare della televisione, poi si avvicinò un passo stanco di pantofole.

«Che succede?» disse subito Braxton, con la voce preoccupata.

«Niente di grave Joe, ma visto che domattina andrò direttamente alla Central Station, volevo avvisarti che abbiamo pescato il probabile assassino di Weird. Troverai tutto l'incartamento sul tuo tavolo domattina».

«Uhm, una buona notizia finalmente. Chi è?»

«Il vicino che ci telefonò per avvisarci dell'abbaiare del cane. Un certo Paul Hembry; non ha tutti i venerdì in testa e aveva una Python da 4 pollici in casa, che è già alla Scientifica. Attendiamo l'analisi della pistola e il confronto delle impronte con quelle trovate sul cofano, ma con questo qui abbiamo sia l'arma che il movente, penso che ci siamo».

«E il movente qual è?»

«E' fuori di testa, ti dico. Secondo me il cane di Weird aveva abbaiato tanto ai tre ragazzi sconosciuti venuti poco prima per piazzare la Plymouth e lui, esasperato, ha preso la pistola, ha attraversato la strada e ha sparato a tutti e due dopo che i ragazzi erano andati via».

«Mah… detta così mi pare un po' fumosa Grady…»

«No Joe, secondo me regge, e in ogni caso sarà Spielman a dirci se Hembry è stato in quella casa e se ha toccato la macchina».

«Ok, staremo a vedere i riscontri scientifici. Grazie di avermi avvertito, buonanotte».

«Ciao Joe, buonanotte e scusami ancora per il disturbo» e riattaccò.

Parker lo guardava storto.

«Beh? Che c'è ora?» chiese Watts.

«Potevi anche avvertirmi prima di chiamare il tenente con tutte le tue certezze».

Watts sospirò.

«Perché, Hembry non convince neanche te come assassino?»

«Per niente. Anche il tenente era perplesso?»

«Sì».

«Allora siamo già due contro uno».

«Senza nemmeno aspettare i risultati dei rilievi sull'arma e le impronte?»

«Esatto. Al buio, come dite VOI giocatori di poker».

«Sembri una zitella acida quando fai così, Parker».

«E tu invece sembri un poliziotto che ha solo voglia di andarsene a casa prima possibile».

«Ah ecco, zitti tutti che ora il signor fenomeno ci spiega come si fa questo lavoro eh!» disse Watts ad alta voce, rivolto a una sala in quel momento deserta.

«Abbiamo l'arma e abbiamo il movente, – riprese Watts, serio stavolta – in più quel matto non ha uno straccio di alibi, che altro vuoi?»

«Non è ancora detto che l'arma sia quella e poi ci sono due cose che non tornano».

«Il morso del cane?»

«Quella è una, esatto. Hembry non ha nulla di simile sul corpo».

«Il cane potrebbe aver mangiato poco prima, non abbiamo trovato ciotole di cibo in casa, ed ecco spiegata la carne tra i denti. E la seconda nota stonata?»

«Le pallottole mancanti. Ma tu ce lo vedi uno svalvolato come Hembry che si mette a togliere le pallottole dalla scena del delitto?»

«Tutto può essere».

«Ma dai! Che risposta è? Questa è proprio una risposta da "andiamocene a casa"! Allora ipotizziamo anche che siano stati i marziani no? Tanto se "tutto può essere"!» disse Parker, allargando le braccia spazientito.

«Ok, allora visto che mister sapientone non è convinto, vedi tu se domani riesci a trovare qualcosa di meglio! Ma sia chiaro: se Spielman ci dice che quella pistola ha sparato di recente allora è lui l'assassino».

Parker incrociò le dita delle mani dietro la nuca, con l'intenzione di allungare un po' i muscoli, ma dovette fermarsi per il dolore alla spalla.

Watts lo guardò con aria compassionevole mentre chiudeva a chiave la cassettiera della sua scrivania.

«Vieni, ti porto a casa» gli disse.

«Non è necessario Grady, sei stanco morto anche tu».

«Ti porto a casa, ma a un patto».

«Quale?»

«Che lungo la strada ti fermi a bere una birra con me».

"No! Non lo fare Noah! Ti parlerà dei suoi problemi con Gayle e finirai per sentirti uno straccio peggiore di quello che già sei!" gli urlò subito il suo instinto. Ma Parker, un po' per un qualche tipo di riconoscenza verso il suo compagno e un po' per pura e semplice curiosità, accettò.

«Uau! E' la prima volta che m'inviti a uscire insieme!» gli disse con voce effemminata.

«Già. La solitudine fa brutti scherzi eh?» e si avviarono verso il garage.

Si fermarono in un bar dall'aria dimessa, le pareti ricoperte di legno scuro, liso e scadente, con il padrone che li accolse sbuffando perché servirli voleva dire ritardare la chiusura. Watts colse il suo atteggiamento e lo tranquillizzò.

«Non c'è problema, non vogliamo tirare mattina qui dentro. Dacci due birre e togliamo subito il disturbo». Arrivate le birre, i due detective pagarono e uscirono, poggiandosi al cofano della macchina di Watts per berle. La serata aveva già un sapore estivo e le strade regalavano una dolce frescura che ritemprava dal caldo piuttosto intenso del giorno.

«Stanco?»

«Non c'è male» rispose Parker. «E stavolta non dirmi che sono un lavativo, perché sei stanco morto anche tu».

«Ho forse detto qualcosa?»

Il cuore di Parker stava battendo all'impazzata. Sapeva dove sarebbe andato a parare Watts, e non era certo di saper controllare le proprie reazioni. In più, avrebbe voluto che le parti fossero rovesciate, che fosse stato lui a prendere da parte il collega e a confessargli quello che gli appesantiva l'anima fin dal mattino, ma ormai era troppo tardi.

«Com'è andata stamattina con Gayle sul furgone?» disse Watts dopo una lunga sorsata di birra gelata.

«Che intendi dire?» rispose Parker, fingendosi sorpreso.

«Voglio dire… avete parlato di me, vero?»

«Perché dovremmo aver parlato di te?»

«Perché eravate tutti e due incazzati con me, anche se a diverso titolo».

«Ah, e questo quindi ti eleggerebbe ad argomento principe di ogni discussione?»

«Piantala, SO che avete parlato di me».

«Sì, abbiamo parlato di te, visto che ci tieni a saperlo. Io ero incazzato con te e…».

«Non me ne frega un cazzo di quello che hai detto tu, quello lo so, o almeno posso immaginarlo».

"Oh no, sapientone, non puoi nemmeno immaginarlo…" pensò Parker.

«Piuttosto, voglio sapere se sei riuscito a capire che diavolo frulla per la testa a quella pazza».

«Pazza?! Non mi pare proprio che Zampisi sia pazza. Dici così solo perché non cade ai piedi del macho irresistibile del Barrio?»

Watts sorrise.

«Ha conquistato anche te eh?» gli disse, e a quella domanda per un attimo Parker sentì crollare tutto intorno a lui.

«Non è di me che stiamo parlando, credo» disse Parker, cercando di riportare la discussione sul collega.

«Già, sì. Beh, dicevo pazza anche nel senso buono. Comunque sia, è incazzata con me da un paio di mesi. Non mi rivolge più la parola, ogni sera ha sempre da fare, quando la chiamo a casa sbatte giù il telefono appena sente la mia voce».

«Ti rode perché sta rovinando la vostra storia?»

«No, mi rode perché io non sono uno che si fa trattare così».

«Ma perché ce l'ha con te?»

«Ah, gelosia! Sempre la sua solita gelosia! Non ci si può girare a guardare un paio di belle gambe che pianta dei casini impossibili!».

«Grady… non giriamoci intorno… tutta questa gelosia è inventata o c'è qualcosa di vero?».

«A parte Mary Hart, è tutto inventato».

«E chi sarebbe Mary Hart?».

«Un'agente… ha lavorato per quasi un anno nella postazione radio del nostro distretto».

«E?»

«E… sì, ci sono andato a letto, se vuoi saperlo! Aveva il più bel culo che si fosse mai visto all'Undicesimo, uno spettacolo, credimi!».

«E Zampisi com'è venuto a saperlo?»

«Mary è sposata… il marito l'ha scoperto non so come e ne ha parlato con Gayle… non ti dico che casino è successo».

«Ma quanto tempo ha questa storia?»

«Il casino è successo due mesi fa».

«E da quanto andavate avanti tu e Mary Hart?»

«Un mese, più o meno...».

«Lei dov'è ora?».

«Trasferita al Trentanovesimo, nel Bracket, dall'altra parte della città. Il marito l'ha preteso, altrimenti avrebbe chiesto il divorzio».

«E da allora è tutto finito?».

«Tutto finito. Ora, ti pare che questo giustifichi un comportamento da stronza come quello di Zampisi per due mesi?»

«Sì».

Watts rimase sorpreso. Era convinto di trovare nel collega della solidarietà maschile, evidentemente si era sbagliato.

«Ehi bello, guarda che se pensi che io sia disposto a farmi trattare come una merda in eterno ti stai sbagliando di grosso. Io ne trovo mille al giorno come lei».

«E allora prego, accomodati. Anche se è tardi, direi che tre o quattrocento dovresti rimediarle prima di stanotte».

«Che stronzo».

«No, Grady, qui lo stronzo sei tu. Prima perché l'hai tradita con un bel culo, poi perché fai di tutto per negare a te stesso la sua importanza».

«Quale importanza?»

«Zampisi è importante per te, è inutile che fai la sceneggiata. Se realmente fosse stata solo uno dei tanti culi che ti sei portato a letto, non avresti tollerato neppure un giorno del suo atteggiamento, altro che due mesi! Invece sei innamorato di lei, ammettilo!».

«Ma vaffanculo, non siamo mica in un interrogatorio eh! Devo chiamare il mio avvocato?»

«No, devi solo tirar fuori la tua coscienza e ammettere che sei innamorato di lei!».

«E va bene, mi piace quella stronza! Mi piace! Forse la amo!»

Parker sorrise.

«E ora che cosa è cambiato?» lo incalzò Watts.

«Per il momento niente, ma penso sarebbe bene se corressi a dirglielo».

«Cosa?»

«Che la ami e che da questo momento giuri di esserle fedele e di tenere chiusa la cerniera dei calzoni quando sei fuori di casa».

«Mai».

«Perché?»

«Perché io non striscio davanti a nessuno, capito? A NESSUNO!»

Parker lo guardò scuotendo la testa, si alzò dal cofano e andò al cestino più vicino a buttare la sua bottiglia, ancora piena a metà. Ora i suoi sensi di colpa stavano lasciando il posto a una cinica felicità per quanto accaduto quella mattina nel furgone e ad un'insofferenza totale verso la mentalità e l'atteggiamento del collega. Tutto questo, sommato alla stanchezza dell'interminabile giornata, gli fece decidere che era ora di chiuderla lì.

«Sei senza speranza, Grady, senza speranza. Ma ora basta, portami a casa, sono stanco» disse, con un tono che non ammetteva repliche.

Watts, per fargli un dispetto puerile, finì con calma le ultime sorsate di birra; quindi lanciò la bottiglia vuota sul sedile posteriore della sua auto e solo allora riaccompagnò a casa il collega, senza dire più una parola in tutto il tragitto. Quando furono a destinazione, Parker disse un "in bocca al lupo" senza troppa convinzione al collega che dal giorno successivo sarebbe stato distaccato alla Central Station e scese dall'auto senza attendere la risposta. Avrebbe voluto trovare ancora un'ora di pace per parlare con sua madre, per raccontarle della signora Deloach e di sua figlia Sue, per darle l'indirizzo della casa sicura, ma sapeva che a mezzanotte le possibilità di trovarla ancora sveglia erano molto poche. E così fu, infatti. Entrò nella sua stanza trovandola placidamente immersa nel sonno dei giusti, poi si diresse rassegnato in cucina. Lì trovò ad attenderlo sul tavolo un biglietto della madre, scritto con la grafia scolastica e un po' incerta tipica di chi abbia frequentato solo la scuola primaria. Guardò il biglietto con tenerezza. "La cena è in forno, ciao" diceva laconicamente. Voltò il biglietto e sul retro scrisse "Inizio il turno a mezzogiorno, non svegliarmi". Parker sapeva come fosse abitudine della madre passare l'aspirapolvere in casa il sabato mattina e preferì cautelarsi da risvegli traumatici. Nel forno trovò uno sformato di patate, che mangiò con gusto, per quanto fosse ormai freddo. Non c'erano pranzi cinesi o panini di Frank che potessero reggere il confronto con la cucina di sua madre. Pensò di lasciarsene da parte un pezzo per il pranzo dell'indomani; avrebbe preso servizio a mezzogiorno insieme a Julian Sanchez, per il primo dei tre giorni a ranghi ridotti con turni di dodici ore, e ritenne giustamente che fare almeno un pasto di qualità avrebbe reso meno pesante la sua giornata. Arrivato in camera sua, afferrò dagli scaffali un albo a fumetti di Iron Man prima d'infilarsi nel letto, ma crollò senza neppure dare il tempo a Tony Stark d'indossare l'armatura.

Sabato 19 giugno 1971

Malgrado sua madre avesse rispettato le direttive del biglietto, Parker si alzò ben prima della sveglia. I pensieri sulla giornata che lo attendeva, con un turno interminabile di dodici ore, sulla poco probabile colpevolezza di Hembry e, ultimo ma non ultimo, sulla questione Zampisi-Watts, contribuirono a far terminare il suo sonno prima del dovuto. Appena uscito dalla sua stanza, vide la madre che si apprestava a uscire, in perfetto ordine. In realtà, in vita sua non aveva mai visto sua madre uscire di casa se non in perfetto ordine. Mai in pantofole, mai in vestaglia, neppure per buttare la spazzatura all'angolo del palazzo o per ritirare la posta o il latte. Mai.

«Buongiorno!» gli disse con dolcezza materna.

«Ciao mamma. Stai uscendo?»

«Sì, faccio un po' di spesa e poi passo dal signor Pelham per dirgli di venire a vedere la radio».

«Si è rotta di nuovo?!»

«Sì, ma non attaccare la solita tiritera che dovrei buttarla e prenderne una di quelle nuove con quei cosi dentro...».

«Si chiamano transistor, mamma».

«Ecco, quei cosi lì».

«Perché no? Mi spieghi che ti hanno fatto di male?»

«Nulla, ma io sono vecchia e voglio usare le cose vecchie!»

«Tu non sei vecchia, ma va bene lo stesso, se preferisci così. Ciao allora, stanotte tornerò tardi, ci rivediamo domani».

La madre, però, rimase a fissarlo.

«Beh? Che c'è?»

«Allora mi dici dove devo andare domani?» gli chiese.

Parker la guardò con aria interrogativa, finché, battendosi la mano sulla fronte, esclamò: «La signora Deloach! Mi sono completamente dimenticato mamma, scusami. Allora, la casa è al 615 di Walcott Avenue, appartamento 4C, al secondo piano».

La madre fece per prendere un blocco per appunti, ma Parker la fermò.

«No mamma, devi tenerlo a mente, non devi scrivere questo indirizzo da nessuna parte, non devi nemmeno dirlo a nessuno al di fuori di me, A NESSUN ALTRO capito?»

«Sì».

«Questa è una casa dove normalmente il distretto nasconde…»

«Una casa sicura» disse la madre con la massima naturalezza.

Parker la guardò sorpreso.

«Quelle dove si nascondono i testimoni. Dimentichi che sono stata sposata con un poliziotto? So perfettamente cos'è una casa sicura, non preoccuparti. A che ora devo stare lì?»

«Domani la signora Deloach non lavora, è giusto per conoscervi e per spiegarti quel che devi fare… penso che alle 10 possa andarle bene».

«Perfetto. Buona giornata amore mio».

«Buona giornata, mamma».

La vide sistemarsi il cappello e uscire di buon passo. Alta, snella, con un portamento fiero, una donna tutta d'un pezzo. Tra i capelli s'intravedeva con difficoltà sempre maggiore il suo biondo originale, ma gli occhi erano sempre di un celeste abbagliante. Parker non aveva mai avuto dubbi su come avesse potuto suo padre perdere la testa per una donna così.

Parker arrivò al distretto in anticipo, verso le 11.30. Quello che sarebbe stato il suo collega fino a martedì, Julian Sanchez, non c'era ancora. Sulla sua scrivania non trovò nessuna comunicazione della Scientifica riguardo i controlli sull'arma e le impronte di Hembry. Chiamò il laboratorio per avere notizie, ma gli risposero che ci stavano lavorando e che gli avrebbero fatto avere qualcosa verso l'ora di pranzo. Si guardò intorno, la sala della Squadra Investigativa aveva qualcosa di strano, si percepiva il vuoto lasciato da tutti gli uomini impegnati nella sorveglianza della Central Station. Per un attimo Parker sentì pesare solo su di lui la responsabilità di mantenere l'ordine in quella parte del Barrio e gli tremarono i polsi. A risvegliare la sua attenzione arrivò lo squillo del telefono; il lampeggiamento di una luce bianca sull'apparecchio indicava una chiamata interna.

«Detective Parker».

«Ciao Parker, sono Johnson dal garage. Ho qui un ordine del tuo tenente che dice che dovresti riconsegnare un'auto dissequestrata al suo proprietario...»

«Una Plymouth GMP vero?»

«Esatto. Quando la vieni a prendere? Qui siamo strapieni, ce la devi togliere dalle palle, per favore».

«Sto aspettando il mio collega per andarla a riconsegnare, appena arriva siamo da te».

«Ok, ci conto, ciao».

«Ciao».

Nell'attesa di Sanchez, Parker decise di scendere nelle celle, a controllare Paul Hembry. Sal De Rienzo non c'era già più, trasferito assieme alle prove delle sue colpe in una delle prigioni della città. Trovò Hembry seduto in un angolo della cella, rannicchiato su se stesso.

«Signor Hembry, buongiorno, come sta?»

«Oh, salve, tutto bene grazie» rispose quello in un tono allegro davvero fuori luogo in una persona che aveva appena passato la sua prima notte in cella.

«Ha avuto qualcosa per colazione?»

«Sì, sì grazie».

«Volevo dirle che sto venendo da casa sua ed è tutto a posto, nessuno ha toccato niente. – la bocca di Hembry si aprì in un sorriso spontaneo – Siamo stati a farle la guardia tutta la notte, e ora è tutto a posto».

«Grazie! Grazie! Ma non abbassate la guardia eh!»

«No, stia tranquillo, tra poco torno là».

«Ma io quando ci torno a casa?»

«Tra poco, signor Hembry. Stiamo finendo gli ultimi controlli e poi la riaccompagniamo a casa».

«Ma stavolta mettete la sirena sulla macchina?»

«Come?!»

«Voglio arrivare a casa con la sirena della polizia, così tutti i ladri capiranno che sono vostro amico e non mi ruberanno più niente».

Parker gli sorrise come si sorride a un bambino.

«Va bene, accenderemo anche la sirena».

Hembry annuì rassicurato, si alzò in piedi e cominciò a saltellare su un piede solo per la cella.

Risalendo le scale, Parker incrociò Sanchez, appena arrivato al distretto.

«Hola niño, come va?» gli disse Parker tanto per rompere il ghiaccio, squadrandone nel frattempo l'abbigliamento. Sanchez indossava dei jeans al ginocchio sfrangiati, scarpe di tela senza calze e una vistosa camicia hawaiana con le maniche corte a fiori gialli su fondo blu. Il personaggio era completato da una fascia di stoffa elasticizzata che gli raccoglieva i folti capelli sopra la testa e da un paio di grossi occhiali da sole a specchio con la montatura bianca. Parker, con il suo completo grigio un po' triste, sembrava un venditore d'auto, ma Sanchez aveva tutta l'aria di uno spacciatore in carriera. Sul pianerottolo della sala dell'Investigativa incontrarono il sergente MacGovern, che dall'alto della sua divisa blu perfettamente pulita e stirata li guardò e rise di gusto.

«Ma è già carnevale? Cazzo, devo girare i fogli del calendario!» disse, e andò via senza attendere risposta.

«Sentimi bene... – disse Sanchez sbadigliando - tanto per essere chiari, niño, tieni presente che io ho fatto il turno di notte anche ieri, una notte d'inferno con un omicidio e una rapina, quindi ho smontato alle 8 di stamattina e ora sono di nuovo qua, con tre ore di sonno e un gran mal di testa. Allora chiariamo subito che non voglio rogne e rotture di palle. Sono tutti presi dalla loro manifestazione pacifista? Està bien, lasciamo tutti tranquilli e facciamo i pacifisti pure noi, per una volta, ok?» e alzò l'indice e il medio della mano sinistra, il simbolo dei pacifisti.

«Love and peace, fratello» gli rispose Parker.

«Bravo niño, così mi piaci. Love and peace».

«Per il momento dobbiamo solo andare a riconsegnare al legittimo proprietario una macchina dissequestrata; il tenente mi ha dato ordine di toglierla dal garage e stamattina hanno già telefonato da giù per sollecitarci. Pensi che una cosa del genere possa andarti bene?» disse Parker sorridendo al collega, ma non riuscì a capire se Sanchez avesse colto l'ironia della sua domanda, perché quello gli rispose con un grugnito ed entrò dritto nei bagni maschili, da cui uscì un minuto dopo chiudendosi la cerniera dei jeans e imboccando le scale in discesa, verso il garage del distretto, situato due piani sotto terra.

Parker si mise alla guida della Plymouth di Krample, mentre Sanchez lo seguì con una berlina senza contrassegni per tornare poi indietro insieme da Maya Hills. Il fatto di riportare la macchina a Krample fin sul giardino di casa lo metteva di cattivo umore. Dalla morte di Weird Krample aveva avuto ogni beneficio: aveva ritrovato la macchina, per di più intatta, e aveva visti puniti i tre ladri. Un caso più unico che raro in quella città. Ma ora la consegna a domicilio dell'auto gli sembrava davvero troppo.

Giunto davanti al cancello della villa di Krample, Parker suonò e si fece riconoscere dal maggiordomo che aveva già incontrato nella sua precedente visita, sempre accompagnato dall'alano.

«Anche l'auto dietro è con me, è il mio collega con la nostra vettura di servizio» disse con decisione al maggiordomo attraverso il finestrino, non contemplando neppure l'ipotesi di lasciare fuori la macchina anche stavolta. Calpestarono così con ben due auto il sacro prato, arrivando a parcheggiare proprio davanti alla veranda; Simon Krample li stava attendendo in piedi sull'ultimo dei tre gradini che portavano alla casa, con le mani davanti alla bocca dall'emozione del rivedere la sua macchina ormai data per persa. Quando vide Sanchez e il suo look alternativo scendere dall'auto, il suo viso ebbe un attimo di sconvolgimento, ma si ricompose subito e si limitò a chiedere a Parker con la massima educazione: «Il signore… quello lì… è il suo nuovo collega?»

Parker annuì e allargò leggermente le mani, come a scusarsi di essersi trascinato dietro un tipo del genere.

«Lieto di rivederla» disse Parker stringendo vigorosamente la mano a Krample, cui sfuggì un breve gemito di dolore.

Il detective lo osservo sorpreso.

«Mi scusi, il gomito del tennista» si giustificò.

«No, mi scusi lei se le ho fatto male».

«Una cosa da nulla».

«Lui è il detective Sanchez, del mio stesso distretto» proseguì Parker, indicando il collega, rimasto accanto alla berlina. Krample fece un cenno di saluto, cui Sanchez rispose pigramente.

«Bene, questa credo che le appartenga no?» disse Parker sorridendo e indicando la GMP.

«Oh mio dio, sì!» gli rispose Krample con la felicità di un bambino.

«Bene. Queste sono le chiavi, – e gliele porse –le devo chiedere solo altri cinque minuti per il disbrigo di alcune formalità e qualche firma».

Krample sembrò sorpreso, poi disse: «Sì, certo, ci mancherebbe, venite in casa» e fece strada verso la porta a vetri.

«Sanchez, puoi portarmi la cartellina con i documenti?» chiese Parker al collega e quello, con passo ciondolante, eseguì.

Entrarono in casa e si sedettero su uno splendido divano di pelle bianca.

«Ecco – riprese Parker sottoponendo i fogli a Krample – questo è il documento di dissequestro che deve conservare, poi mi deve firmare il ritiro della denuncia… qui sotto».

Krample si appoggiò al bracciolo del divano per scrivere ma Parker lo interruppe.

«Aspetti signor Krample, penso che dovrebbe mettersi sul tavolo per firmare… sa quella è carta copiativa e con la base morbida del divano rischiamo che non venga nulla. Si poggi lì e stenda bene il foglio con la sinistra».

Krample lo guardò un po' annoiato da tanta pignoleria burocratica, ma eseguì senza dire nulla.

«Perfetto… e infine il verbale di riconsegna dell'auto, sempre da firmare lì in basso».

Una volta terminate le firme, Parker separò le copie.

«Ecco, il primo e il terzo foglio per noi, il secondo per lei. Le consiglio di portarseli dietro per qualche mese, quando gira con quell'auto. Se la fermassero per un controllo la Centrale potrebbe non avere i dati aggiornati, quindi l'auto risulterebbe ancora rubata e lei perderebbe un mucchio di tempo prima di chiarire le cose».

«Ok, ho capito».

«Bene, non c'è altro».

«Senta… un'ultima cosa… poi che ne è stato di Jim Bryant e di suo figlio?»

«Beh… abbiamo arrestato e incriminato tre persone, tra cui

Jeff Bryant, per il furto della sua auto e per altri reati minori, ma Jim Bryant era all'oscuro di tutto quello che combinava il figlio, è una brava persona».

«Reati minori?! E l'omicidio per cui li cercavate?»

«Solo reati minori, con l'omicidio non c'entrano niente quei tre».

«Quindi l'assassino è ancora libero?»

«Abbiamo arrestato un altro sospettato, ma ci convince poco, sinceramente. Comunque lo prenderemo, è solo questione di tempo».

«Lo spero davvero».

«Ora dobbiamo andare signor Krample. Piacere di averla rivista».

«Scusi signor Krample – disse all'improvviso Sanchez, fin lì praticamente assente, intento a osservare con gli occhiali sollevati le numerose foto incorniciate poggiate sui mobili – ma questo è proprio Ghandi?»

«Sì, è lui insieme a mio padre quando lavorava in India» rispose Krample annoiato.

«Maravilloso! Questo però è lei... è stato nei Marines?»

«Sì, ho fatto il servizio militare due anni fa nei Marines, perché?»

«Quella nella foto è la base di Quantico in Virginia, vero?»

«Sì, è proprio quella. C'è stato anche lei?»

«Sì, ma qualche anno prima di lei; feci lì un corso di specializzazione. Ho riconosciuto la statua del piazzale».

«Io invece ero nella Polizia Militare, quella che controlla la prigione della base».

«Sì, me la ricordo».

«Beh, si è fatto davvero tardi – intervenne bruscamente Parker – la dobbiamo lasciare, signor Krample». Parker rimise le sue copie dei documenti nella cartellina con una cura e un'attenzione che non sfuggirono a Sanchez.

Terminati i saluti e risaliti sulla berlina, i due detective varcarono il cancello e si immisero nuovamente nel traffico cittadino.

Parker guidava immerso nei suoi pensieri, quando la voce di Sanchez lo riportò alla realtà.

«Perché quella stronzata di farlo poggiare sul tavolo, niño?

E perché hai rimesso i fogli dentro la cartellina in quel modo?»

«Perché ho un'idea in testa, ma non te la dico finché non arriviamo al distretto».

«E allora dovrai tenertela per un bel po', perché laggiù vedo una bella coda, coño».

«Aspetterai. Devo ancora ragionarci su».

Sanchez lo guardò, poi tornò a volgere lo sguardo oltre il vetro.

«Beh, allora io schiaccio un pisolino – disse – svegliami quando arriviamo al distretto».

«Sì señor, ai suoi ordini».

«E non fare lo spiritoso, riposo solo un po' gli occhi».

Due minuti dopo russava.

Tornato in ufficio, trovò sulla scrivania quello che aspettava. Era il rapporto della Scientifica su Paul Hembry: le sue impronte digitali non corrispondevano a quelle presenti sul cofano della Plymouth, ma la sua Colt Python aveva senza dubbio sparato di recente. Nel tamburo erano inoltre presenti solo tre cartucce cariche, mentre le altre tre camere di scoppio erano occupate da altrettanti bossoli vuoti.

Parker rimase un minuto a fissare i fogli con aria perplessa, mentre la sua mano destra prese a giocherellare con la biro. Quindi rimise il rapporto nella sua busta gialla e lo inserì nell'incartamento del caso. Richiusa la cartellina, ormai voluminosa, del caso Weird, Parker prese tutti i primi fogli firmati da Krample e li infilò nelle buste di plastica delle prove, stando bene attento a toccarne solo le estremità laterali. Chiuse le buste e infilò le scale in discesa, quasi scontrandosi con Sanchez, che risaliva con un vassoio contenente il loro pranzo, due panini a testa.

«Ehi non mangi?»

«No, mi sono portato qualcosa da casa. Aspettami su».

«Dove stai andando?»

«A parlare con Hembry, è arrivato il rapporto della Scientifica sulla sua pistola».

Parker proseguì la sua discesa fin nel primo seminterrato, davanti alla cella di Hembry.

«Ehi amico mio!» gli disse quello, ancora allegro come quando l'aveva lasciato.

«Come stai?»

«Tutto ok».

«Senti Paul, ti ricordi quando hai sparato l'ultima volta con la tua pistola? Ti stavano rubando qualcosa?»

«Puoi scommetterci, ma li ho fatti cacare sotto dalla paura e sono scappati, quei bastardi!»

«Quando?»

«Sabato sera!»

«Sei sicuro?»

«Certo, c'erano in tv i Red Sox contro i Dodgers!»

«E da dove cercavano di entrare i ladri? Dove hai sparato?»

«Dalla porta del retro! Ho sentito i rumori, ho visto delle ombre, mi sono affacciato e ho sparato».

«In aria?»

«Nient'affatto! Avrei voluto ammazzarli! Ma il giorno dopo non ho trovato niente, nemmeno una goccia di sangue».

"Grazie al cielo, ci mancava solo che ammazzasse un passante" pensò Parker.

«Paul, ti ricordi quante volte gli hai sparato?»

«Boh... due o tre colpi per stare tranquillo»

Parker lo guardò quasi con tenerezza; in fondo era contento che non fosse stato lui.

«Beh, ora ti saluto, grazie».

«Torni a fare la guardia a casa mia?»

«No, vado direttamente a prendere i ladri».

Parker fece rapidamente quattro piani di scale fino al laboratorio del tenente Spielman. Entrò di corsa, tenendo ben strette le sue buste di plastica con i fogli dentro. Il tenente era al suo posto e lo fissò con aria perplessa.

«Ho bisogno di un confronto per queste impronte, subito» disse al tenente appena gli fu davanti.

Spielman, forte della saggezza che gli derivava dai gradi, dal camice e dall'avere tutti i capelli bianchi, alzò la mano destra in segno di calma.

«Innanzitutto non si corre mai dentro un laboratorio, ragazzo. MAI».

«Sì ma...»

«Seconda cosa: ti abbiamo appena mandato i risultati di altre analisi. Cos'è? Tu e quell'animale di Watts avete in mente di schedare tutta la città?»

«No tenente ma…»

«Terza cosa: molti altri casi aspettano le nostre analisi. Pensi forse che noi siamo qui tutti a lavorare di sabato solo per te?»

Stavolta fu Parker a fermarlo alzando a sua volta una mano.

«Alt tenente, mi arrendo prima che mi dica la quarta, la quinta e chissà quante altre cose. Le chiedo questa cortesia perché il mio sospettato ha la possibilità di fuggire e poi perché… è il mio primo caso e vorrei proprio risolverlo».

Spielman lo guardò dritto negli occhi attraverso i suoi spessi occhiali.

«E' l'ultimo che ti faccio oggi, sei sicuro che ne valga la pena?»

«Sì, è il mio uomo».

Gli tolse le buste dalle mani e cominciò a studiarne il contenuto.

«Questi sono moduli nostri» disse Spielman, sorpreso.

«Sì, li ha firmati alla riconsegna di un'auto dissequestrata».

«La Plymouth del caso Weird?»

«Dieci e lode, tenente».

«Non è che i neuroni sono una caratteristica solo degli agenti investigativi, ragazzo...» e sorrise.

«Queste sono di un certo Simon Krample, mi serve un confronto con quelle che ha trovato sul cofano di quell'auto».

«L'avevo già capito. Ora togliti dai piedi, torna tra un'ora».

«Grazie tenente, la ringrazio tantissimo»

«Sparisci».

Quando tornò alla sua scrivania, la trovò occupata da Sanchez, con i piedi sopra.

«Beh? Perché i piedi non li metti sulla tua?»

«Perché tu mi devi ancora una spiegazione, ricordi? Mi hai detto "quando torneremo al distretto"… beh, eccoci qui. Io sono un uomo paziente, ma tu devi essere un uomo di parola, Parker. Ora prenderai un panino e mentre mangi mi spiegherai perché sospetti di quello stronzo di Krample. Sai, non mi piace lavorare al buio».

Parker sorrise; dopo i piccoli attriti di qualche giorno prima, ora doveva ammettere che stava rivalutando Julian Sanchez. «Non avevo mai sospettato di lui finché non gli ho stretto la mano».

«Ti ha detto che ha il gomito del tennista».

«Balle. Quello è il morso che gli ha dato il cane di Weird, ed ecco perché le due volte che l'ho visto indossava sempre abiti a maniche lunghe, con questo caldo. E' pieno di soldi, quindi si sarà fatto curare dal medico personale, uno come quello non va certo in ospedale».

«L'altra volta che l'hai visto non aveva avuto la stessa reazione?»

«Non gli abbiamo stretto la mano. Era vestito da tennis ma non era sudato, quindi non stava giocando. Ha i punti sul braccio destro e deve tenerlo a riposo».

«E tutta quella sceneggiata con i fogli era perché ti servivano le sue impronte, giusto?»

«Esatto, della mano sinistra, soprattutto. E' figlio di un ambasciatore, non potevo convocarlo al distretto solo per prendergli le impronte, senza uno straccio di prova a suo carico. Braxton mi avrebbe tolto la pelle di dosso».

«Ma le prove continui a non averle. Ammettiamo per assurdo che Spielman ti dica che le impronte dei fogli e quelle del cofano coincidono, cos'hai provato? Anche uno studente di legge al primo anno ti direbbe che è normale che quelle impronte siano sul cofano, visto che la macchina era sua».

«Sì, ma i ragazzi hanno dichiarato di averla ripulita completamente dopo aver concluso l'affare con Weird».

«Mi oppongo vostro onore, le impronte del mio cliente saranno semplicemente sfuggite alla pulizia fatta dai ladri».

Parker capì che Sanchez lo stava chiudendo in un angolo, come un pugile a corto di fiato.

«E il movente per uccidere Weird?» lo incalzò Sanchez.

«Ancora non c'è» ammise Parker.

«E l'arma?»

«Non c'è».

«Cazzo Parker! Questa non è un'indagine, è un colabrodo!» disse Sanchez ridendo.

«Sì, ma Hembry non è stato di sicuro»

«Hembry è quel mezzo matto che sta giù di sotto?»

«Sì. Ora, quando siamo tornati, ho trovato il rapporto di Spielman su di lui: le impronte sul cofano non sono del "mezzo matto" e la pistola ha sparato di recente...»

«E allora che...»

«Fammi finire. La pistola ha sparato di recente ma nel tamburo ci sono tre cartucce e tre bossoli. Un assassino prima toglie le pallottole dalla scena del delitto e poi dimentica i bossoli dentro l'arma?! Non è strano secondo te?»

«Più che strano direi stupido».

«Dopo aver letto il rapporto sono sceso da lui, quando io e te ci siamo quasi scontrati sulle scale, e mi ha detto di aver sparato due o tre colpi sabato notte nel giardino sul retro, per colpire i suoi soliti fantomatici ladri».

«Bisognerebbe mandare qualcuno a cercare quelle pallottole, così possiamo scarcerare quel poveraccio».

«Sì, ma per mandarlo via bisognerà comunque aspettare lunedì, quando verrà lo psicologo dei Servizi Sociali».

«Ok, allora diciamo che molto probabilmente Hembry non è stato. Ma con Krample rischi grosso, se lo incrimini con così pochi elementi Braxton ti butta il distintivo nel cesso».

«Lo so, e per il momento non ho nessuna intenzione di incriminarlo. Dobbiamo fare ancora delle ricerche, c'è quella cosa dei Marines che hai tirato fuori tu».

«Ma dai! Non puoi vedere un sospetto omicida in ogni ex recluta dei Marines solo perché lo hanno fatto sparare dieci volte al poligono!»

«No, sei fuori strada. Nella sua esperienza nella Polizia Militare io ci vedo uno che sa che togliendo le pallottole dalla scena del delitto il nostro lavoro diventa molto più lungo e complesso. E se si prende la briga di farlo, è anche perché sa che l'arma usata può facilmente condurci a lui».

«Ok, anche questo posso concedertelo. Ora come ci muoviamo?»

«In attesa della risposta di Spielman direi di cercare se risulta un porto d'armi intestato a lui o al padre».

«Il padre che c'entra?»

«Manca da mesi, se in quella casa c'è una pistola il figlio ne può disporre a piacimento».

«Ok, chiami tu il Quarantesimo Distretto?»

«No, fallo tu, io devo fare un'altra ricerca».

«Quale?»

«Devo cercare il nome del figlio di Hembry e sentire dai Marines che ne è stato... penso che glielo dobbiamo a quel poveraccio no?»

«Aaaahhhhh - sospirò Sanchez scuotendo la testa - tu sei troppo buono, niño! Si vede che bazzichi da troppo poco tempo Grady Watts!»

«Lo prendo come un complimento, allora» disse Parker, e alzò il telefono per chiamare l'ufficio dell'Anagrafe che forniva informazioni alla Polizia su tutti i cittadini di quello Stato.

Un'ora dopo arrivarono quasi contemporaneamente sul tavolo di Parker due fogli: il primo era stato strappato da Sanchez dal rotolo di una delle telescriventi, proveniente dal Quarantesimo, il distretto responsabile della zona di Maya Hills in cui viveva Krample. Il secondo arrivava più semplicemente dal piano di sopra, quello della Scientifica, in una busta gialla consegnata a mano da un agente in divisa. I due detective se li scambiarono per leggerli attentamente entrambi, poi Sanchez, il primo a finire, rimise il foglio davanti al collega e gli si sedette di fronte.

«L'hai voluta e l'hai avuta, come dice la pubblicità» gli disse Sanchez con la faccia seria mentre Parker ripiegava diligentemente il rapporto sintetico firmato dal tenente Spielman. Alzò gli occhi verso il collega e non trovò di meglio da offrirgli che un breve sorriso carico di nervosismo.

«Spielman dice che le impronte sul cofano della Plymouth sono le sue – proseguì Sanchez - e al Quarantesimo risulta un porto d'armi intestato all'ambasciatore Peter Krample e una pistola Smith & Wesson 28 regolarmente acquistata e registrata».

«La 28 spara cartucce 357 Magnum, giusto?»

«Compatibili con l'omicidio Weird, giusto».

«Ed è un revolver, quindi niente bossoli».

«Giusto».

«A nome del figlio non risulta nulla, ma visti i trascorsi nei Marines è fuori di dubbio che sappia adoperarla, anche perché per la distanza ravvicinata da cui hanno sparato a Weird non serve certo un tiratore».

«Terza risposta esatta, hai vinto un hot dog».

Parker sorrise di nuovo, ma Sanchez lo smorzò subito.

«Siamo ancora nel campo delle ipotesi, comunque. Ci serve ben altro».

«Lo so. – ribatté subito Parker, tornato serio - Dobbiamo forzare la mano al procuratore. A questo punto ci serve un mandato di perquisizione per far analizzare la pistola e controllare se Krample ha veramente addosso il morso del cane».

«Ci manca sempre il movente, Parker. Un giovane ricco rischia l'ergastolo per vendicarsi di chi gli ha rubato una macchina che può ricomprarsi il giorno dopo? Non sta in piedi nemmeno un po'».

«Peggio ancora, il giovane ricco non spara ai ladri ma al ricettatore! Non dimenticare che i ladri se la stavano spassando con la mariujana tranquilli sul divano, quando li abbiamo trovati».

«Appunto. Quindi?»

«Senti, è tutto il giorno che mi arrovello sul movente di Krample e un'idea me la sono fatta. Lascia perdere se abbiamo le prove o no... vuoi sapere perché penso che sia stato lui?»

«Spara».

«Dunque, ricominciamo da capo... - Parker si sfregò le mani sul viso, come per raccogliere ancora una volta i pensieri – Jeff Bryant vede la GMP nella villa di Krample quando va ad aiutare il padre, gli piace, sa che vale un bel po' di quattrini, ne parla a quei due delinquenti di mezza tacca dei fratelli Novak...»

«... che lo convincono a entrare in società con loro per rubarla».

«Perfetto. Sfruttando la perfetta conoscenza del posto di Jeff, mettono a segno il colpo senza problemi e nascondono l'auto nel garage dei Novak».

«E iniziano a cercare un ricettatore che gliela paghi bene»

aggiunse nuovamente Sanchez.

«Aspetta un attimo, perché secondo me è proprio qui che entra in scena Simon Krample. – disse Parker, generando una smorfia di stupore sul viso del collega – Al detective del Quarantesimo che raccoglie la sua denuncia di furto, lui dice di non avere sospetti, ma non è così. Non è stupido e non ci mette molto a collegare l'interesse di Jeff per l'auto con un furto così pulito, che denota una perfetta conoscenza della sua villa. Lui tiene moltissimo alla sua macchina, ce l'ha detto lui stesso, e pure il maggiordomo e Jim Bryant ci hanno detto che in casa quel furto era stato vissuto come una tragedia».

«Quindi?»

«Quindi Krample non parla dei suoi sospetti alla polizia ma si mette in caccia da solo. Sa dove abita il suo sospettato, lo segue in uno dei suoi frequenti incontri con i fratelli Novak e trova la sua macchina».

«E perché in quel momento non chiama la polizia?»

«Perché sarebbe stato accusato di reticenza, visto che nella denuncia non ha indicato un sospetto che con tutta evidenza lui aveva già in mente, e poi perché la sua vendetta, con la sola accusa di furto, sarebbe stata troppo leggera».

«Ok, questa te la do buona. Allora perché non si fa giustizia da solo con la pistola del paparino nel momento in cui ritrova la sua macchina?»

«Secondo me la sua idea iniziale era quella, poi ha cambiato sul momento, quando ha scoperto che avrebbe dovuto uccidere non uno ma tre uomini, piuttosto complicato. Ma qui Krample dimostra di avere sale in zucca e improvvisa bene: capisce che se tocca i ladri lui diventa il primo sospettato e quindi trova una strada più complessa ma davvero intelligente. Sa che i tre ladri prima o poi dovranno piazzare quella macchina da un ricettatore, e inizia a seguirli a ragionevole distanza nei loro giri. Le prime contrattazioni, come sappiamo, vanno male ma alla fine chiudono con Weird. Krample li lascia andare via poi entra da Krample, lo uccide e, per reazione, visto che lo ha morso, uccide anche il suo cane».

«E toglie le pallottole?»

«Sì, è stato nella polizia militare. Sa come renderci impossibile la vita. E poi, se ce le avesse lasciate, saremmo arrivati da lui dieci minuti dopo grazie alle segnature delle pallottole, visto che ha usato una pistola a noi perfettamente nota. Invece no; toglie le pallottole con un coltello e se ne va. Lascia che siamo noi, richiamati dall'importanza di un reato come l'omicidio, a fare il lavoro per lui. Diamo la caccia ai ladri convinti che siano stati loro a uccidere Weird, li arrestiamo e in più gli restituiamo la macchina!»

«Stai dicendo che avrebbe usato noi come strumenti della sua vendetta?!»

«Sì, è così. I ladri in galera con accuse di omicidio e furto sulle spalle e lui libero di godersi la sua adorata macchina».

«Cazzo Parker, sei un genio» disse Sanchez mimando un applauso.

«Grazie» rispose il giovane detective accennando un inchino da seduto.

«E le impronte sul cofano?» disse una terza voce, poggiata a una delle colonne della sala, a qualche metro dai due detective. Parker e Sanchez si girarono di scatto in quella direzione e videro il tenente Braxton, con la giacca in mano e le maniche della camicia bianca arrotolate sopra i gomiti.

«Tenente! – disse Parker, a cui mancò improvvisamente il fiato – A che punto è arrivato?»

«Ho sentito tutto, taglia corto - disse bruscamente – e dammi una spiegazione per le impronte sul cofano».

Parker respirò profondamente, capiva che da quella risposta sarebbe dipesa la convinzione del suo superiore.

«Penso sia stato un eccesso di sentimentalismo». Parker guardò le facce dei due colleghi per coglierne una qualche reazione positiva, ma capì che non doveva essersi spiegato molto bene.

«Ci sono solo le ultime quattro dita su quel cofano – riprese – quindi Krample non ci si è poggiato sopra… come si fa a poggiarsi senza il pollice? E' anomalo, no?» e mimò il gesto con la mano sinistra sulla scrivania.

«Quindi?» disse Braxton a bruciapelo.

«Secondo me ha accarezzato la sua auto. Se prima o dopo aver commesso l'omicidio non lo so, ma secondo me l'ha accarezzata».

«Quindi secondo te l'impronta non risale a prima del furto...» disse Sanchez.

«No. Quando li abbiamo interrogati, i tre ragazzi avrebbero accettato scommesse sulla loro bravura nel ripulire l'auto; magari avrebbero potuto perdersi un'impronta del vecchio proprietario in un angolo difficile da raggiungere, non in bella vista sul cofano».

Silenzio, solo il rumore ritmico di un ventilatore cigolante quasi sopra le loro teste e il lontano squillare di un telefono, di cui nessuno si curò.

«Tu che ne pensi?» chiese Braxton a Sanchez.

Sanchez sospirò e iniziò a pulirsi le lenti degli occhiali da sole con lembo della camicia a fiori.

«C'è tanta teoria, tenente, per cui magari il procuratore non ci darà il mandato, ma potrebbe anche essere andata come dice Parker».

Braxton annuì.

«Ah, tenente - disse Parker, riprendendo a giocare con la penna tra le dita come suo solito - ho bisogno che domattina presto qualcuno della Scientifica vada a casa di Hembry e controlli bene il pezzetto di giardino che ha sul retro, alla ricerca di tre pallottole sparate verso il nulla sabato notte da quella testa matta. Così chiudiamo la sua posizione e, dopo il parere dei Servizi Sociali, lo tiriamo fuori da lì sotto».

«Fai subito la segnalazione a Spielman, prima che vada via. Se anche loro confermano che Hembry non c'entra nulla rimandatelo a casa».

«Senza aspettare il parere dei Servizi Sociali lunedì?»

«No, gli segnaleremo di andarlo a visitare a casa sua. Non ha senso tenerlo là sotto. Basta che gli ritiriate pistola e porto d'armi in via cautelare. Poi sarà il procuratore a decidere definitivamente».

«Ok. E con Krample che facciamo?» chiese Sanchez, un po' petulante.

Il tenente Braxton alzò un attimo lo sguardo al soffitto, quindi lanciò la giacca sulla scrivania a lui più vicina, quella di Sprewell, e sollevò il telefono.

«Sono il tenente Braxton dell'Undicesimo Distretto, devo

parlare subito con il procuratore di turno, ho bisogno di un mandato urgente per una perquisizione e un'ispezione personale».

Malgrado l'urgenza, il procuratore disse a Braxton che il mandato non sarebbe stato pronto prima di un paio d'ore; aveva altri documenti urgenti da stilare e poi non c'era nessun ragionevole rischio di fuga dell'indiziato. Parker ne approfittò per inviare la richiesta d'ispezione per la casa di Hembry alla Scientifica e per chiamare l'ufficio dei Marines deputato ai rapporti con la Polizia, per avere notizie sul figlio di Hembry.

Mentre attendeva la risposta dall'altra parte del filo, Parker notò sulla sua scrivania il pacchetto contenente lo sformato di sua madre. Si ricordò improvvisamente di non aver mangiato e cominciò ad aprire l'incarto con crescente golosità. Appena diede il primo morso, risposero alla sua chiamata.

«US Marines, caporale Pujols».

Parker inghiottì il boccone quasi intero per riuscire a parlare dignitosamente.

«Salve caporale, sono il detective Parker dell'Undicesimo Distretto. Avrei bisogno di un'informazione riguardo un suo commilitone, probabilmente deceduto in Vietnam».

La voce del militare si rabbuiò impercettibilmente.

«Le serve per un'indagine?»

«Suo padre ha a che fare con un'indagine che sto seguendo personalmente».

«Allora mi dica, detective».

«Caporale Dave, David, Hembry, è tutto quello che so».

«Niente luogo o data di nascita?»

«No».

«Reparto di appartenenza?»

«No caporale, le ho detto che è tutto quello che ho. Ma non penso abbiate molti caporali David Hembry in Vietnam, no?»

«Mi attenda in linea».

Parker allungò nuovamente la mano verso lo sformato, ma la ritirò senza prendere nulla. Gli sembrava fuori luogo pensare al cibo mentre stava per ricevere con ogni probabilità la notizia della morte di un soldato. Sentì il rumore della cornetta che veniva risollevata dalla scrivania.

«Eccomi. Penso di aver trovato quello che cerca... un caporale David Hembry, nato nella sua città, risulta disperso in combattimento dall'11 dicembre dello scorso anno dopo un'incursione nell'area di Da Nang».

«Il nome del padre è Paul, se può aiutarla».

«Sì, esatto, allora è proprio lui».

«Non è ancora stato dichiarato deceduto?»

«No, solo disperso».

«Dopo tanti mesi? Come mai?»

«Probabilmente nel suo plotone nessuno ha potuto dichiarare con certezza di averlo visto cadere, oppure tutto l'intero plotone è disperso».

«Ah, capisco. Quindi potrebbe anche essere prigioniero dei Vietcong».

«Potrebbe» gli rispose Garcia con scarsa convinzione.

«Ok, grazie caporale, mi è stato molto utile».

«Dovere, detective Parker».

Appena mise a posto la cornetta, Parker si accorse di avere su di sé lo sguardo interrogativo di Sanchez.

«Dave Hembry, caporale dei Marines, risulta disperso in combattimento da più di sei mesi dopo un'incursione nei pressi di Da Nang».

«C'è qualche possibilità che sia stato fatto prigioniero?»

«Non hanno saputo darmi altri particolari, ma a questo punto non saprei nemmeno cosa augurarmi. Essere prigioniero dei vietcong dev'essere un'esperienza terribile».

«Ma se è morto, almeno la pazzia del padre può essere una difesa».

«Già, diciamo così» disse sospirando Parker.

«Ti servo per qualcosa? Altrimenti torno a lavorare sui miei casi di stanotte».

«No, siamo in attesa del mandato. Fino ad allora siamo bloccati. Anzi, raccontami un po' di quello che t'è successo stanotte».

«Bah, sull'omicidio ti risparmio i particolari. Un portoricano di 16 anni ritrovato un pezzo per volta sulla strada per gli slums. Regolamento di conti tra bande. Questo era incensurato... non che voglia dire nulla».

«Un pezzo per volta… ho capito bene?»

«Sì, hai capito bene. Prima un braccio, poi l'altro, poi un piede, poi le budella, la testa e tutto il resto lungo cento metri di strada… sarebbe stato un buon esame per uno studente di anatomia».

«E' questo che ti fa pensare al regolamento di conti?»

«Sì, un omicidio con questa modalità è tipico di chi vuol mandare un segnale a qualcun altro. Per la banda a cui apparteneva il morto è come se ci fosse la firma».

«Potrebbe essere l'inizio di una guerra tra bande?»

«No, non credo. Quelle di solito iniziano con l'uccisione di qualche pezzo grosso, o almeno di un qualche valore. Questo ragazzo doveva essere bassa manovalanza… un corriere o qualcosa di simile. Penso sia un segnale. Magari la banda di questo qui aveva sconfinato con lo spaccio, o aveva abbassato troppo i prezzi. Problemi d'affari, insomma».

«Come pensi di muoverti per le indagini?»

«Indagini? – Sanchez ebbe un moto involontario di riso – Quel rapporto è come se fosse già archiviato niño, speranze pari a zero! Non abbiamo testimoni, non abbiamo l'arma, non abbiamo impronte, la scena del delitto praticamente non esiste, questione chiusa. Sì, potremmo fare una retata negli slum, ma non ce li vedo trecento uomini mobilitati per uno spacciatore morto, che dici?»

Parker sospirò. «Dico che hai ragione».

«Oh, ecco! Sono felice che la pensi come me, io e te andiamo proprio d'accordo!» e si alzò gli occhiali da sole per fargli l'occhiolino.

«Anche la rapina è destinata a rimanere insoluta?»

«Penso proprio di sì. Una rapina ridicola. Un ferramenta viene scassinato durante la notte, l'allarme suona ma prima che arrivi una nostra pattuglia i ladri fanno in tempo a sparire».

«Non sono riusciti a portare via nulla?»

«Solo i pochi soldi rimasti in cassa per i primi resti del giorno dopo. Il grosso dell'incasso era stato portato via ieri sera, ovviamente».

«E basta?»

«A prima vista nel negozio non mancava altro, gli scaffali

non erano stati toccati. Ma attendo la conferma dal proprietario appena fatto l'inventario».

«E' assicurato?»

«Sì. Non si strapperà certo i capelli per quei pochi dollari e la saracinesca spaccata».

«E un ladro avrebbe corso quel rischio per pochi spiccioli?»

«Magari era solo un tossico a caccia di qualche dollaro per comprarsi una dose. Oppure aveva avuto una soffiata rivelatasi sbagliata o altrimenti voleva rubare qualche attrezzatura ma è stato disturbato dall'allarme. Il proprietario mi ha detto di averlo installato da una settimana, quindi il ladro poteva non saperlo. Ora, se non hai altre domande, dovrei finire un po' di rapporti».

«Fai pure, io finisco il mio pranzo e, se ci riesco, schiaccio un pisolino sulla sedia».

«Bravo, una dormitina ci sta sempre bene, niño».

Pur con i suoi tempi, il procuratore fu di parola, e così Parker e Sanchez poterono ripresentarsi davanti al cancello di Krample con il mandato. Vista l'ora, era quasi sera ormai, questa volta a rispondere al citofono fu il giovane padrone di casa in persona, niente più maggiordomi con alani al seguito.

«Sì?»

«Salve, cerchiamo il signor Krample, Simon Krample» rispose con tono professionale Parker.

«Sono io…»

«Salve signor Krample, siamo i detective Parker e Sanchez dell'Undicesimo Distretto…»

«Ah sì…» la voce iniziò a riempirsi di sorpresa.

«… dobbiamo chiederle di farci entrare signor Krample, abbiamo un mandato che ci autorizza a perquisire la sua casa e a ispezionare la sua persona nell'ambito delle indagini per…»

«Ma è inaudito!» urlò Krample fuori di sé, senza attendere che il detective finisse di parlare.

«Signor Krample, le consiglio di aprire immediatamente questo cancello se non vuole passare guai peggiori».

«No! Non potete entrare! Chiamo subito il mio avvocato!»

«Signor Krample, è nel suo diritto chiamare il suo avvocato com'è nel nostro entrare in forza del mandato rilasciatoci dal procuratore. E' l'ultimo avviso che le do, signor Krample; se non apre immediatamente questo cancello, lo buttiamo giù e dovrà rispondere anche di ostacolo alle indagini».

Si sentì il rumore del citofono che veniva sbattuto giù, e pochi secondi dopo il cancello iniziò ad aprirsi. I due detective risalirono in macchina, percorrendo nuovamente il prato fino all'ingresso della casa. Furono accolti dalle urla di un Simon Krample furioso, che Parker zittì sbattendogli sul petto il mandato.

«Se lo legga, se ne ha voglia, noi iniziamo la perquisizione. Venga dentro con noi».

«Il mio avvocato sarà qui tra pochi minuti».

«Solo lui? E donne nada? Peccato, speravamo in una bella fiesta!» gli rispose sarcastico Sanchez trascinandolo dentro per un braccio.

«Signor Krample, ci risulta che suo padre detenga una Smith & Wesson 28».

«Sì, certo, è regolarmente registrata, ha il porto d'armi».

«Sappiamo anche questo. Dov'è custodita la pistola?»

«Nella cassaforte della casa».

«Bene. Il detective Sanchez l'accompagnerà a prenderla e a controllare l'intero contenuto della cassaforte».

Krample posò sui due detective uno sguardo carico d'odio. «Pagherete questo sopruso!»

«Non c'è nessun sopruso, signor Krample, solo normali indagini per un caso di omicidio».

«Come potete pensare che sia stato io?! Non lo conoscevo nemmeno quel Weird!»

«La pianti signor Krample e guidi il mio collega alla cassaforte».

Tornarono pochi minuti dopo. Sanchez aveva già infilato nella busta delle prove il revolver e in un'altra una scatola di cartucce 357 Magnum aperta, custodita anch'essa nella cassaforte.

«Cos'altro c'era?» chiese Parker al collega.

«Contanti e gioielli, nient'altro» rispose Sanchez.

«Bene, metti quelle buste nella borsa dei reperti e perquisisci la casa. Appena ho finito con lui vengo a darti una mano». Sanchez partì di gran carriera verso le scale, per iniziare la perquisizione dalla cima della casa.

«Si tolga la camicia e si abbassi i pantaloni signor Krample».

«Sarebbe questa, l'ispezione?»

«Sì. Forza, si muova».

Krample, visibilmente agitato, sbottonò la sua camicia con esasperante lentezza. Parker avrebbe voluto strappargliela di dosso, ma si trattenne per non compromettere la regolarità della sua operazione.

Il sospettato aprì tutta la fila di bottoni frontali della camicia, lasciando allacciati i polsi. Così, mise in vista tutto il suo torace, ma le braccia rimasero coperte.

«Va bene così?» chiese con aria strafottente a Parker.

«Mi ha preso per un idiota, signor Krample? Lei pensa che visto che non abito a Maya Hills io sia un idiota?»

«Beh...» mormorò Krample con un sorriso, che gli venne subito tolto dalla brusca reazione di Parker, che gli si avvicinò a un palmo dal volto.

«Si tolga tutta la camicia! Capisce la mia lingua o devo chiamarle un interprete? Via tutto! Immediatamente!»

Krample, a malincuore, eseguì e, spogliato il braccio destro, apparvero i segni inequivocabili di un morso e della conseguente sutura.

Parker li guardò da vicino, senza fare alcun commento. Prese la macchina fotografica che teneva nella borsa di pelle che lui e Sanchez si erano portati dietro per l'occasione e fece un paio di foto ravvicinate al braccio.

«Si rimetta la camicia e lasci cadere i pantaloni fino ai piedi» disse freddamente.

«Non vuole sapere come mi sono ferito?»

«Al momento no, non le ho ancora letto il Miranda quindi quello che mi dice non ha alcun valore. Avremo tempo e modo di parlarne, non si preoccupi».

Squillò il citofono.

«Non sono io a dovermi preoccupare, ora... è arrivato il mio avvocato» e Krample fece per andare a rispondere, ma Parker lo bloccò per il collo della camicia, riabbottonata nel frattempo.

«Lei non va da nessuna parte finché non vedo le sue gambe».

Krample sospirò ancora e fece scivolare giù i suoi pantaloni. Parker le guardò con attenzione; aveva già trovato quello che cercava ma non voleva lasciarsi sfuggire il minimo particolare.

Nulla, le gambe non presentavano alcun tipo di ferita.

«Si tiri su i pantaloni e vada ad aprire il cancello, prego».

Appena Krample si allontanò, Parker iniziò la sua perquisizione del piano terra. C'erano molte stanze, ma lui reputò inutile passarle tutte al pettine fitto. Non c'erano documenti o soldi nascosti da cercare; la pallottole tolte dalla scena del delitto erano state certamente gettate via, quindi da quella casa non sarebbero saltate fuori altre prove neppure demolendola fino alle fondamenta.

Parker aprì qualche cassetto, finché non fu interrotto dalla voce melliflua del nuovo arrivato.

«Buonasera, sono l'avvocato Young, è lei che guida questa inaccettabile prevaricazione?»

Parker si voltò. Quelle poche parole gli avevano già fatto venire voglia di sparargli, ma si trattenne.

«Sono il detective Parker dell'Undicesimo Distretto, e di sopra c'è il mio collega Sanchez, buonasera avvocato, è un piacere conoscerla».

«Quindi?»

«Senta avvocato, avrà modo di denunciare questa "inaccettabile prevaricazione" a chi vuole, ma ora mi lasci lavorare, non ho tempo per lei, mi spiace. Ho già consegnato al signor Krample la sua copia del mandato, si sieda a leggerla, i divani sono comodi sa?»

«Posso almeno sapere di cosa è accusato?»

«Per il momento non è accusato di nulla, ma è sospettato di aver ucciso il signor Carl Weird, nella sua abitazione martedì scorso, 15 giugno. Ora esca da questa stanza».

La perquisizione di una casa così grande, per quanto svolta in modo non troppo approfondito, portò via ai due detective quasi due ore, durante le quali Krample e il suo avvocato rimasero a confabulare sul divano del salone al piano terra. Finito il giro della casa e dopo aver esaminato, armati di torce elettriche, anche il recinto delle auto (in cui aveva ritrovato posto la Plymouth GMP), i due detective decisero il da farsi prima di rientrare in casa.

«Lo fermiamo per interrogarlo no?» chiese Parker al collega cercando conferma.

«Abbiamo trovato il morso e la pistola, quello che ci aveva chiesto il tenente. Direi proprio di sì, ne abbiamo di domande da fargli» rispose Sanchez.

«Bene. Niente manette?»

«No, niente manette. Non tiriamo troppo la corda prima del tempo, non ne abbiamo motivo».

«Ok, andiamo».

Tra le proteste dell'avvocato e del diretto interessato, i due detective lessero il Miranda a Krample e poi lo caricarono sulla loro berlina, mentre Young li seguì fino al distretto con la sua auto.

Il tenente Braxton non era andato a casa, anzi. Dopo aver fatto un salto veloce alla Central Station per controllare che tutto filasse liscio era tornato di gran carriera al distretto, per aspettare l'evento più importante della serata. Li attendeva nella Sala dell'Investigativa e, quando li vide entrare, li chiamò con un cenno nella sua stanza.

«Tutto bene?» chiese con un filo d'ansia nella voce.

«Abbiamo trovato quello che cercavamo, tenente» rispose Parker, senza toni trionfalistici.

«Pistola e morso?»

«Sì, pistola e morso. La pistola è già sul tavolo di Spielman, spero la guardi come prima cosa domattina».

«E del morso che mi dici?»

«E' inequivocabile. Ci sono i punti, ma i buchi degli incisivi del cane sono nettissimi, non si sono ancora ben richiusi, troppi pochi giorni. Li ho anche fotografati per farli vedere al dottor Caine».

Braxton annuì.

«Avete avuto noie?»

«Mentre stavamo facendo la perquisizione è arrivato il suo avvocato, un certo Young...»

«Lo conosco, un rompicoglioni».

«Esatto».

«Ora dove sono?»

«Krample è già chiuso di sotto, Young è seduto giù all'ingresso dal sergente di guardia, voleva salire per parlare con lei ma Sanchez l'ha bloccato».

«Avete fatto bene. Scrivete il rapporto della perquisizione. Controllatelo bene, poi fatelo firmare a Krample e date la sua copia all'avvocato. Lo interrogherete domattina appena arrivate, ormai si è fatto tardi. Domani chiamerò subito il procuratore che segue il vostro caso per aggiornarlo sugli sviluppi e sentire se vuole assistere anche lui all'interrogatorio».

I due detective stesero il rapporto nel modo più dettagliato possibile, lo fecero leggere e firmare a un furibondo Krample e ne diedero una copia all'avvocato Young, cui diedero appuntamento per il giorno dopo alle 12 per l'interrogatorio del suo cliente. Era passata da quaranta minuti la mezzanotte quando i due detective si salutarono davanti al portone del distretto. Sanchez andò per la sua strada, a piedi, girando subito l'angolo e scomparendo nella notte. "Forse abita qui vicino" pensò Parker, a cui in questo momento avrebbe fatto comodo perfino la Skylark fatiscente di Watts. Il detective si guardò intorno, perplesso; avrebbe dovuto iniziare subito a correre per arrivare a prendere l'ultima corsa della metropolitana a Byron, ma non ne aveva né la forza né la voglia. Si alzò il colletto della giacca per provare a proteggersi dall'umidità della notte e scese dal marciapiedi, sporgendosi in strada per vedere l'eventuale arrivo di un taxi, cosa piuttosto rara, a quell'ora, nel Barrio.

Dopo una decina di minuti d'inutile attesa iniziò a incamminarsi, finché un clacson iniziò a suonare alle sue spalle. Parker si voltò di scatto: dal finestrino di una Buick celeste vide sbucare il volto sorridente di Zampisi.

«Gayle! Mi hai fatto venire un colpo!»

«Te l'ho detto che mi piacciono le sorprese, no?»

«Già».

«Allora sali o preferisci la metro?»

Parker riflettè un attimo, ancora una volta combattuto tra il primo istinto da bravo ragazzo e il secondo da uomo affascinato da quella donna. Ripensò alla discussione che aveva avuto la sera prima con Watts e decise di salire.

«Sei passata apposta per riportarmi a casa?» le chiese appena richiuso lo sportello.

«Mi ricordavo che staccavi a mezzanotte e ho pensato che difficilmente avresti fatto in tempo a prendere l'ultimo treno».

«Ah, che donna geniale!»

«Lo so» disse lei ridendo.

L'auto ripartì, ma dopo qualche svolta apparve chiaro a Parker come la direzione non fosse quella giusta.

«Sai che abito a North Banks?»

«Sì!»

«E allora dove stai andando? Di qua arriviamo al Chain».

«Non ho detto di essere venuta per riportati nella TUA casa».

Parker la guardò sorpreso.

«No senti, Gayle, non facciamo cazzate per favore...»

«Non stiamo facendo nessuna cazzata. Stiamo facendo quello che abbiamo voglia di fare. Ma se non ti va basta che tu me lo dica e cambio strada».

«Gayle, sono stanco morto... ma come ti vengono certe idee?»

«A te piace tirartela un po' eh?»

«Tirarmela?»

«Sì, fare il difficile. Sei stanco, è tardi, magari ora mi dici che tua madre si preoccupa se non ti vede arrivare... tutte cazzate. Devi solo dirmi se ti va o no di venire da me».

Parker prese un attimo di respiro.

«Sì, mi va. E' solo che non ero mai stato rimorchiato prima. Insomma, ero abituato a fare io il primo passo. Sei davvero un mondo tutto nuovo».

Con le strade pressoché deserte impiegarono pochi minuti ad arrivare a casa di Zampisi, situata nella metà est della città, poco dopo aver superato il fiume Chain.

Non ci fu bisogno di molte parole. Entrambi avevano voglia dell'altro e appena richiusa la porta alle loro spalle iniziarono a fare l'amore con passione e ardore.

Con Zampisi in quelle due ore fu tutto diverso da quello che Parker aveva fin lì provato con le altre donne; tutto diverso, perfino il profumo della pelle di quella donna gli sembrò unico al mondo. Il sapore dolce che aveva percepito fin dal loro primo incontro nella stanza del tenente Braxton, quel profumo che arrivava dritto alla sorgente dei suoi sensi, si era via via trasformato mentre facevano l'amore in un odore molto più forte, perfino feroce, un misto di sudore e passione.

Fu solo alle 2,30 che Parker guardò per la prima volta con attenzione l'orologio sul muro. Il suo pensiero corse inevitabilmente alla madre, così si alzò, affacciandosi in bagno, dove Zampisi stava facendo la doccia.

«Gayle… scusa, posso?»

«Sì certo, che succede?» gli rispose da dentro il box.

«Nulla, è solo che ho visto l'ora… sono le due e mezza passate e penso sarebbe meglio se io telefonassi a mia madre. Volevo solo avvertirti».

«A tua madre?!»

«Sì, prima che telefoni al distretto e a tutti gli ospedali della città».

«Ma che cazzo! Non puoi mancare qualche ora da casa che subito devi renderle conto dei tuoi spostamenti? Hai 25 anni!» disse con ben altro tono di voce, spalancando la porta scorrevole della doccia.

Parker s'indispettì a sentirla parlare così del suo rapporto con la madre.

«Guarda che le cose con lei non stanno così, Gayle. Io posso andare e tornare quando e come voglio, posso dormire fuori quanto voglio e con chi voglio e non devo renderle conto di nulla. Mi pare solo normale avvertirla visto che lei non sa nulla di noi e sapeva solo che io avrei staccato dal lavoro a mezzanotte. Magari non si sarà ancora preoccupata non vedendomi arrivare, sa bene come il nostro lavoro non abbia orari fissi, ma non posso sparirle una notte intera senza neppure dirle che sto bene».

«Allora risolviamo il problema proprio alla radice, non chiamarla neppure, prenditi un taxi e tornatene a dormire a casa».

Parker rimase basito nel sentire questa frase, ma istintivamente non rispose neppure.

Uscì dal bagno in silenzio, mentre Zampisi infilava con gesti bruschi l'accappatoio. Raccolse i suoi vestiti sparsi tra letto e pavimento, se li rimise addosso e uscì dall'appartamento senza dire una parola.

Appena giunto in strada si guardò intorno alla ricerca di un taxi. La strada era deserta, nessuna speranza d'incrociarne uno libero in breve tempo. Il suo sguardo incontrò una cabina all'angolo; infilò una moneta da 10 centesimi e chiamò casa sua.

«Mamma, sono io» disse subito.

«Noah! Tutto bene? Stavo iniziando a preoccuparmi, sono quasi le tre di notte!» La voce non era affatto assonnata, segno che si era resa conto già da tempo della sua assenza.

«Tutto bene, stai tranquilla, ho finito ora di lavorare. Siamo sotto organico per via della manifestazione pacifista di domani e non si finiva mai con i rapporti e le telefonate».

«Ok, l'importante è che tu stia bene».

«Sì, sto bene, stai tranquilla. - vide avvicinarsi un taxi libero - Sto per prendere un taxi e arrivo. Anzi, ti devo salutare, altrimenti lo perdo. A tra poco, ciao».

«Ciao».

Parker riappese velocemente la cornetta e corse in strada per farsi vedere dal tassista, prima che questi tirasse dritto. Appena il tempo di accomodarsi sul sedile posteriore e dire il proprio indirizzo e Parker si addormentò.

Fu svegliato dal tassista venti minuti dopo, davanti al portone di casa sua. Pagò e scendendo si riassettò un minimo i vestiti. Il suo completo, stremato dalla giornata quanto il proprietario, sembrava uscito dall'incontro ravvicinato con uno schiacciasassi.

Entrato in casa, baciò sulla guancia la madre, seduta in poltrona ad attendere il suo ritorno con un fotoromanzo tra le mani.

«Mi aspettavi alzata?»

«Sì, ora torno a dormire. Tutto a posto, quindi?»

«Sì mamma, solo tanto da fare».

«Domani?»

«Stesso turno, da mezzogiorno a mezzanotte, e così anche lunedì».

«Niente riposo, quindi?»

«Già. Domattina vai dalla signora Deloach?»

«Sì, alle 10, prendo un taxi».

«Va bene, ora torna a letto, dai».

Parker fece una doccia veloce e andò in cucina, a prepararsi due uova in padella. Mentre mangiava ripensò a Zampisi. Capì di non riuscire ancora a inquadrare la situazione con chiarezza, ma era ancora in collera con lei. Ebbe il timore di essere stato usato, caricato in macchina come una prostituta e usato per le sue voglie che, solo casualmente, erano coincise in quel momento con le sue. Ma la sua capacità di ragionamento non riuscì ad andare oltre, in quel momento. Mise i piatti sporchi nel lavandino e andò a letto senza degnare neppure d'uno sguardo l'albo di Iron Man che lo guardava malinconicamente dal comodino.

Domenica 20 giugno 1971

Quando si svegliò sentì la pioggia battere sulle persiane. Non sapeva da quanto stesse piovendo, ma il pensiero andò subito a sua madre, uscita per andare a far compagnia a Sue Deloach. Decise che sarebbe passato a salutarle, nella casa di Walcott Avenue, prima di andare al distretto. Parker provò ad ammansire il feroce mal di testa con un'abbondante dose di caffè, si fece la barba, mise il completo blu, un impermeabile grigio e stavolta prese l'auto, una Plymouth Belvedere celeste del '63, anche se appena si fu immesso nel traffico si diede dell'idiota. Si era completamente dimenticato della manifestazione pacifista, che avrebbe sconvolto il traffico di tutta la città per la giornata intera, ma decise ugualmente di non tornare indietro. Si era mosso con sufficiente anticipo, sarebbe arrivato puntuale all'interrogatorio di Krample.

Giunse davanti al 615 di Walcott Avenue, parcheggiò rapidamente e, trovato il portone aperto, salì al secondo piano. Una volta davanti alla porta sentì distintamente la voce di sua madre e la risata di Sue, e decise di non bussare. Rimase lì, appoggiato al muro del pianerottolo accanto alla porta, a ridere silenziosamente anche lui.

«Vedi Sue? Qui Noah è al suo primo giorno di scuola, non sai i pianti! Guarda che faccia buffa aveva! E che guance magnifiche!» e ancora la risata cristallina di Sue.

"Si è portata dietro le mie foto da bambino" disse tra sé Parker. Attese ancora qualche minuto, poi si staccò dal muro, mise le mani nelle tasche del suo impermeabile grigio e tornò all'auto.

Stavolta Sanchez l'aveva preceduto. Lo trovò alla sua scrivania, sempre regolarmente con i piedi poggiati sopra.

«E dai, Julian! Pure con le scarpe bagnate!» sbottò Parker appena lo vide.

Quello alzò una mano facendo il segno dei pacifisti e tornò a immergersi in quello che aveva tutta l'aria di essere un rapporto della Scientifica. Indossava degli stivali di pelle marrone con le frange scure e la punta di metallo dorato, jeans e una camicia a quadrettoni straordinariamente brutta. Dopo averlo squadrato con sguardo perplesso, Parker appese il suo impermeabile bagnato e si tolse anche la giacca; il caldo non era diminuito nella sala della Squadra Investigativa.

«Che abbiamo?»

«Primero, Hembry… due ragazzi della Scientifica hanno fatto il sopralluogo che avevi chiesto e hanno trovato le tre pallottole mancanti dal tamburo della pistola».

«Dov'erano?» chiese Parker con grande curiosità.

«Dos nel tronco dell'albero che c'è sul retro della casa e una nella staccionata. I conti tornano, il procuratore di turno ha già disposto il rilascio, con la revoca del porto d'armi e il sequestro dell'arma che gli avete trovato tu e Watts».

«Ottimo, allora con Hembry abbiamo chiuso».

«Non proprio, niño… el loco ha rifiutato di andarsene».

«Come?!»

«… il matto ha detto che non se ne va se non lo riporti tu a casa con la sirena… ha detto proprio così».

«Oh Gesù…»

«Gliel'hai data tu questa splendida idea, niño?»

«Beh sì… ma era tanto per dire, per rassicurarlo… pensavo che se ne dimenticasse!»

«Non se n'è dimenticato, seguro. Ha fatto una scenata che sembrava che lo stessimo scuoiando vivo, quindi il tenente Braxton, per quieto vivere, ha detto che entro oggi ti devi grattare questa rogna».

«Ok, me la sono cercata. Su Krample invece?»

«Buena noticia para nosotros… Spielman dice che la pistola che gli abbiamo preso è stata usata di recente; è stata pulita dentro, ma non perfettamente, ci sono piccoli residui della polvere d'innesco delle 357 Magnum nel tamburo, nel fondo della canna e nel percussore. Il problema è che invece è stata pulita molto bene fuori, non c'è una sola impronta…»

«Krample ha usato i guanti per pulirla e, a questo punto, probabilmente anche per sparare».

«Exactamente, per cui potrebbe essere inutile anche fargli la prova del guanto di paraffina».

Il cosiddetto "guanto di paraffina" consisteva in realtà nel prendere il calco della mano dell'indiziato tramite della paraffina calda che, una volta raffreddatasi, somigliava appunto a un guanto. Nel calco solidificato si versava quindi della difenilammina sciolta in acido solforico che si sarebbe colorata di blu a contatto con eventuali residui di polvere da sparo presenti sulla mano dell'indiziato. Tutto ciò a patto che l'assassino non avesse usato dei guanti di pelle, ovviamente.

«Non potrebbe averci sparato il padre?»

«No niño, ho già sentito il Dipartimento di Stato e - Sanchez aprì un taccuino di appunti - dicono che l'embajador Peter Krample non torna negli Stati Uniti dalle scorse feste di Natale, e la pistola ha sparato certamente dopo».

«Ottimo. E la ferita? Il dottor Caine ha già visto le foto?»

«Sì, dice che sono perfettamente compatibili con la misura della bocca del perro morto…»

«Flash, il cane si chiamava Flash»

«Ok, del perro Flash muerto» puntualizzò Sanchez un po' esasperato dalla notazione di Parker.

«Al tenente hai già detto tutto?»

«A lui e al procuratore Richardson, che è in stanza con lui».

«C'è anche il procuratore?!»

«Sì, vuole vederci chiaro dopo il mandato urgente che abbiamo chiesto al suo sostituto ieri».

Parker guardò l'orologio sulla parete: dieci minuti dopo mezzogiorno.

«Julian, ma è sempre così animata la domenica qui? Tutti ai loro posti, la Scientifica e il medico legale che mandano subito i rapporti, il tenente e il procuratore in riunione…»

«Non ti ci abituare, niño, non sono qui per noi, è perché tra poco inizia la manifestazione giù in centro».

«Lo sospettavo che non fossero tutti qui per noi. Beh, a questo punto, se è arrivato l'avvocato, possiamo iniziare l'interrogatorio» disse Parker rimettendosi la giacca.

«Vado a vedere se è sotto e porto su Krample, tu avverti gli alti papaveri» gli rispose Sanchez, ammiccando con la testa verso la stanza del tenente.

Braxton e Richardson rimasero fuori, preferendo assistere attraverso il finto specchio della sala interrogatori numero 4, la più spaziosa.

Dentro, Parker e Sanchez accesero il registratore e iniziarono con le prime frasi di rito sulle generalità e sulla chiara comprensione del Miranda, poi Parker prese in mano l'interrogatorio.

«Avvocato, il suo cliente è disposto a rispondere alle nostre domande?»

«Il mio cliente non ha nulla da nascondere, quindi risponderà senza problemi alle vostre domande, ma contestiamo fin d'ora i metodi brutali con cui sono state eseguite ieri la perquisizione e l'ispezione corporale, una vera barbarie!».

«Eravamo in possesso di un regolare mandato che prevedeva entrambe le azioni, avvocato, e nel loro svolgimento non c'è stata alcuna brutalità».

«Questo si vedrà!» gridò Young.

«Appunto, si vedrà. - rispose imperturbabile Parker - Veniamo a lei signor Krample; tanto per cominciare potrebbe dirci dov'era martedì 15 giugno tra le 11 e le 13?»

«Ero a casa. La sera prima avevo fatto tardi e mi sono alzato poco prima delle 13 quel giorno».

«C'era qualcuno in casa con lei che potrebbe confermarlo?»

«Sì, il mio maggiordomo, Jason White, ovviamente».

«Bene, può dirci dove possiamo trovare il signor White? Dobbiamo verificare la sua affermazione».

"E figuriamoci se non confermerà quello che avete concordato, visto che ti è fedele come un cagnolino" pensò Parker.

«A quest'ora lo trovate a casa mia. Ha le chiavi e arriva sempre di buon'ora. Ieri sera, prima che mi portaste via, gli ho lasciato un biglietto dettagliato su cosa mi stavate facendo».

Gli sguardi dei due detective s'incrociarono e un attimo dopo Sanchez uscì dalla stanza.

«Spero si sia soffermato adeguatamente sulla brutalità, nel suo biglietto» disse Parker, ma la sua ironia non venne colta dai due interlocutori.

«Cominciamo dall'inizio, signor Krample. Quando le hanno rubato la Plymouth GMP, ha giustamente chiamato il distretto di polizia a lei più vicino per denunciare il furto ed è venuto a casa sua il detective Harris, a cui lei, a precisa domanda, è indicato nel rapporto, disse di non avere la benché minima idea di chi potesse essere stato. E' giusto?»

«Sì».

«Invece quando io e il detective Watts siamo venuti da lei a farle vedere tre identikit, lei ha riconosciuto immediatamente Jeff Bryant, il figlio del giardiniere, ma soprattutto si è ricordato in un attimo di tutte le domande che quello le aveva fatto sulla GMP. Vuole dirmi che nelle due settimane intercorse tra il furto e il nostro incontro non aveva mai ripensato a quelle domande?»

«No, non ci avevo mai pensato».

«Mai? Incredibile! Quando ci rubano qualcosa, qualsiasi cosa, pensiamo istintivamente a tutte le persone collegate a quella cosa, no? Se mi rubano il televisore com'è possibile che io non mi ricordi che l'idraulico, una settimana prima, mi aveva fatto un sacco di domande su quell'oggetto? Anzi, di più: lei ci ha detto che l'aveva proprio sorpreso a gironzolarci intorno!»

«Che le devo dire? Io non ci ho pensato. Forse lei è più intelligente di me, Parker».

«In ogni caso non vedo cosa c'entri questa dimenticanza con l'omicidio del signor Weird» s'inserì Young.

«C'entra, c'entra, avvocato. Perché la reticenza volontaria del suo cliente, non dimenticanza ma reticenza badi bene, maschera il movente dell'assassinio: la vendetta per il furto subìto».

Young scoppiò in una risata artefatta, mentre Krample spalancò gli occhi.

In quell'istante rientrò Sanchez.

«Il maggiordomo conferma che il signor Krample è rimasto in casa tutto il giorno, martedì 15».

«Vede Parker? Lei sta montando il caso su un mucchio di sciocchezze! - disse l'avvocato, spalancando le braccia - E il suo movente è ridicolo! Ri-di-co-lo! Secondo lei il mio cliente avrebbe ucciso un uomo solo per recuperare un'auto che, vista la sua agiatezza, può tranquillamente ricomprarsi come e quando vuole? Ma stiamo scherzando?!» e concluse la sua frase scattando in piedi.

«Resti seduto, avvocato. Vede, il valore delle cose non si misura solo col denaro, c'è anche l'aspetto affettivo, e in più in questo caso c'è l'orgoglio di un figlio di papà, ferito dall'essersi fatto soffiare quell'oggetto da sotto il naso da un buono a nulla figlio di giardiniere».

«Queste sono tutte illazioni, lei non ha uno straccio di prova!» ribatté Young, tornando a sedersi.

«Parliamo della pistola, la Smith & Wesson 28 di suo padre» riprese Parker, rivolgendosi a Krample.

«Cosa c'è da dire? L'ha visto anche il suo collega, era chiusa in cassaforte. Io non tocco un'arma da quando ho finito il servizio militare».

«Dalle nostre analisi risulta che abbia sparato di recente, malgrado qualcuno abbia cercato di pulirla. Lei non ne sa niente?»

«Io non l'ho mai toccata, l'avrà usata mio padre l'ultima volta che è venuto».

«Che sarebbe quando?»

«Mah... un paio di mesi».

«Balle, signor Krample; al Dipartimento di Stato dicono che suo padre non torna dallo scorso Natale, quindi i mesi sono sei, il che vuol dire che la pistola è stata usata da qualcun'altro. Chi?»

«Non lo so, IO no!»

«Chi altri ha accesso a quella cassaforte?»

Krample ebbe un attimo di esitazione, conscio dell'importanza della sua risposta.

«Solo io e papà ne conosciamo la combinazione» disse a bassa voce.

«Certo che la sua memoria fa davvero schifo, Krample, se lo lasci dire. Dimentica tutte le domande che Jeff Bryant le aveva fatto sulla macchina; ora dimentica perfino l'ultima volta che è tornato suo padre...»

«La sua accusa si basa solo sui vuoti di memoria del mio cliente?» disse Young, ma Parker lo ignorò.

«Non abbiamo trovato gli attrezzi per la pulizia – proseguì - che normalmente tiene in casa chi ha una pistola: scovolini, spazzolini, grasso, solventi specifici... nulla di tutto questo. Come mai?»

«Si vede che mio padre non l'ha mai pulita».

«Al contrario. A noi risulta che qualcuno l'abbia pulita, sia dentro che fuori, visto che non abbiamo trovato neppure un'impronta sulla pistola».

«Non so, forse mio padre ha usato i guanti per pulirla».

«O forse li ha usati lei, i guanti, e non solo per pulirla…»

«Parker perché non la pianta con questi giochini?» disse Young, ignorato ancora una volta dal detective.

«Krample, tutto quello che dice non sta in piedi, finora non ci ha dato una sola risposta che stia in piedi, se ne rende conto? Allora, inizia a darci qualche risposta sincera o no?» disse Sanchez, avvicinandosi a Krample.

«Le sto dicendo tutto quello che so».

Sanchez sospirò e alzò il braccio destro a indicare il finto specchio.

«Dietro quel vetro c'è il procuratore che si occupa dell'omicidio Weird; vede e sente tutto quello che accade in questa stanza. Sarà lui a decidere del suo futuro, Krample. E cosa crede che stia pensando di lei? Io non credo che stia pensando "poverino, dice tutta la verità e non c'entra niente"… non credo proprio. La incriminerà per omicidio di primo grado e senza nessuna attenuante per la collaborazione, se ne rende conto?»

Krample scosse la testa, ripetendo ottusamente: «Vi sto dicendo tutto quello che so».

«Parliamo della ferita che ha sul braccio, allora. – riprese Parker - Lì si ricorda come e quando se l'è fatta?»

«E'… è stato Sam».

«E chi diavolo sarebbe Sam?»

«Il mio alano, l'ha visto anche lei quando è venuto a casa mia».

«Un alano?! – Parker non poté fare a meno di ridere – Secondo lei questi buchi – e buttò sul tavolo le foto che aveva fatto alla ferita di Krample la sera prima – sono stati fatti da un alano? Così vicini?! Li guardi meglio, signor Krample, - gli spinse la foto sotto il naso - li guardi meglio e inventi una risposta migliore, anziché buttare la croce sul povero Sam».

«Parker! Ora sta esagerando!» gli disse Young, afferrandolo

per una manica della giacca, ma intervenne alle sue spalle Sanchez, staccandogli senza complimenti la presa. Young lo guardò con occhi stupiti.

«Nessuno sta toccando lei o il suo cliente, consejo, - gli disse Sanchez guardandolo dritto negli occhi - quindi faccia il bravo e si comporti bene, se ci riprova le spezzo il polso». Young deglutì piuttosto spaventato e ritirò subito la mano.

«Glielo ripeto, è stato Sam».

«Insiste ancora, Krample?! Questi sono i buchi degli incisivi di un cane di piccola taglia! Guarda caso come quello che abbiamo trovato ucciso insieme a Weird! Ci ha confermato la compatibilità anche il nostro medico legale» disse Parker, ormai spazientito, non rendendosi conto di stare gridando.

«E poi se fosse stato aggredito dal suo animale avrebbe dovuto denunciarlo alla Polizia Veterinaria, – lo incalzò ulteriormente Sanchez – porque non l'ha fatto?»

«Temevo che lo avrebbero abbattuto».

«E con tutte le ragioni, se davvero le avesse dato quel morso» concluse Sanchez.

«E quando l'avrebbe morsa Sam?» insistette Parker.

«Martedì pomeriggio».

«Ma guarda che coincidenza! Proprio il giorno in cui un altro cane di dimensioni compatibili con la sua ferita morde l'assassino del suo padrone!»

«E' la verità, non sto raccontando balle, come dice lei».

«A proposito di balle… e il suo gomito del tennista che fine ha fatto?»

Krample lo guardò con odio.

«Ce l'ho davvero, il gomito del tennista. Quando mi ha stretto la mano ieri mattina ho sentito male al gomito, non ho pensato alla ferita».

«Un'altra dimenticanza, la terza signor Krample… una persona che non ha nulla da nascondere avrebbe risposto "la prego, faccia attenzione, mi ha morso il cane e ho dei punti sul braccio", non avrebbe tirato fuori il gomito del tennista. Invece si è inventato quell'idiozia perché sapeva che se avesse parlato di un morso di cane avremmo subito sospettato di lei, cosa che abbiamo fatto in ogni caso, visto che siamo più intelligenti di lei… – Parker sorrise, guardò per un attimo Sanchez e poi di nuovo il suo sospettato – La avviso, Krample, il mio collega è stanco delle sue sciocchezze».

«Ora passiamo alle minacce?» disse Young, venendo ignorato.

«Ah, Krample, chi le ha messo quei punti di sutura?» chiese Parker fingendo noncuranza.

«Il nostro medico di fiducia».

«Un medico privato?»

«Certo».

«Nome e cognome?»

«Stuart Masterson».

«Mi scriva su questo foglio l'indirizzo del suo studio e il suo telefono, se almeno quelli se li ricorda».

Krample scrisse e Parker passò il foglio a Sanchez, che uscì nuovamente dalla sala.

«Io però continuo a non capire cosa c'entri la mia ferita con le vostre accuse...» disse Krample.

«Lei invece ha capito benissimo, aveva capito tutto fin dall'inizio; è per questo che volontariamente non ha detto nulla dei suoi sospetti al detective Harris al momento della denuncia del furto. Lei ha capito subito che c'era di mezzo Jeff Bryant e ha perseguito la sua vendetta in modo agghiacciante, con lo scopo di rovinare la vita a quel pezzente irriconoscente che aveva osato rubarle la macchina solo per riaffermare la sua proprietà assoluta, lo status d'impunità che lei pensa debbano avere tutti quelli come lei. E' questo che fa di lei un vero bastardo, oltre che un assassino».

«Non le pare di esagerare, Parker?» scattò l'avvocato.

«Niente affatto, avvocato. Le parole ci sono, usiamole».

«Lurido pezzente...» mormorò Krample

«Come, signor Krample? Cos'ha detto?» lo incalzò Parker, avvicinandosi.

Quello posò su di lui uno sguardo carico d'odio, con gli occhi arrossati che sembrava stessero per schizzare fuori dalle orbite.

«Lurido pezzente vestito a festa, solo perché hai un distintivo vieni a frugare nella mia vita, nella mia casa, nella mia cassaforte... chi cazzo ti credi di essere?»

«E lei? Lei chi crede di essere? Lei non pensa di essere al di sopra di tutto e tutti? Lei crede semplicemente di aver riaffermato la sua sacra superiorità sociale, vero? Non pensa di aver commesso un omicidio come un qualsiasi teppistello da strada? Crede di aver pensato a ogni cosa, ha fatto ricorso a tutto quello che ha imparato nella Polizia Militare, ma non le basterà, Krample, le sue risposte fanno acqua da tutte le parti».

Parker si allontanò, fece qualche passo nella stanza silenziosa e in quell'istante, sopra la porta della stanza, si accese con un sibilo una luce rossa; era il segnale che i suoi superiori volevano parlargli. Spense il registratore sul tavolo e uscì senza dire una parola, facendo segno all'agente in divisa sull'uscio di entrare e sorvegliarli; incrociò subito dopo gli sguardi preoccupati di Braxton e del procuratore, già avviati di buon passo verso la stanza del tenente.

Attraversando la sala dell'Investigativa, Parker si trovò davanti Sanchez, sorpreso di trovarlo fuori dalla stanza degli interrogatori.

«L'hai fatto cantare, niño?»

«Macché, quei due sanno di avere tutto sommato buone carte in mano. Tu hai parlato col medico di Krample?»

«Sì, ha confermato che martedì scorso, nel pomeriggio, Krample lo ha chiamato per chiedergli un intervento urgente a domicilio, dicendogli di essere stato morso dal suo cane. Ma il dottor Masterson aveva un intervento già programmato e ci è andato l'indomani mattina, di buon'ora. Gli ha suturato la ferita e prescritto degli antibiotici».

«Perché non ha denunciato l'aggressione di un animale domestico alla Polizia come gli impone la legge?»

«Dice che Krample l'ha scongiurato di non farlo, temendo che il cane gli venisse portato via e poi soppresso. E lui, in virtù della vecchia amicizia col padre, ha acconsentito».

«Pur sapendo di commettere un reato…»

«Pur sapendo di commettere un reato».

Parker sospirò, mise un braccio intorno alle spalle di Sanchez e insieme si diressero verso la stanza dove il tenente e Richardson li stavano aspettando.

«Sono comodi quegli stivali?» gli chiese.

«Ci si sta da dio, niño. – gli rispose Sanchez, per nulla sorpreso dalla domanda – Sono perfetti con la pioggia e strepitosi per prendere qualcuno a calci en el culo». Risero entrambi di gusto.

«Ah, niño, la sai una cosa curiosa? – gli disse Sanchez un attimo prima che entrassero – Il dottor Masterson mi ha detto che stamattina è passato da lui Jim Bryant, il giardiniere».

«E quindi?»

«Dice che si è fatto curare un dolore alla spalla e poi hanno parlato un po' di Krample».

«Beh, mi pare normale no?»

«Sì infatti, era solo una coincidenza che mi aveva incuriosito» disse Sanchez entrando e chiudendo la porta alle spalle di Parker.

«Noi non ci conosciamo, sono il procuratore Richardson» e porse la mano a Parker, che gliela strinse. Notò che era debole, melliflua, quasi femminile, e non gli piacque.

«Accomodatevi» disse Braxton, indicando le due sedie davanti alla sua scrivania.

«C'è qualche problema? Ho condotto male l'interrogatorio?» chiese Parker.

«No, assolutamente – rispose Richardson – anzi, devo farle i complimenti. Il suo tenente mi ha detto che lei ha preso servizio solo una settimana fa e devo dire che sono rimasto piacevolmente sorpreso dalla sua personalità e autocontrollo. Il Dipartimento vorrebbe rendere la Polizia un corpo di rispettabili tutori dell'ordine, non di picchiatori fuori dalle regole, come accade troppo spesso, e lei mi sembra che ben rappresenti questo nuovo corso».

«La ringrazio. Ho la fortuna di avere ottimi maestri».

«Continui così. Veniamo a questo caso: lei sembra molto convinto della colpevolezza di Simon Krample».

«Lei no?»

«Dipende da cosa abbiamo in mano. Immagino che lei si sia fatto un'idea di come sono andate le cose, no?»

«Certo».

«La ascolto» disse Richardson.

«E' presto detto, procuratore. Krample, una volta accortosi del furto ripensa subito alle domande fattegli dal figlio del giardiniere e ci mette poco a fare due più due. Ci si toglie dai piedi con quella inconcludente denuncia contro ignoti fatta al detective Harris, ben consapevole che denunce di quel tipo finiscono direttamente in archivio, e inizia a progettare la sua vendetta. Va a casa di Bryant, inizia a seguirne il figlio e così scopre la casa dei Novak, dove ritrova la sua macchina. Segue i ragazzi nei loro giri dai ricettatori e...»

«Un attimo, Parker. Perché non li uccide lì e si riprende la macchina?»

«Da solo contro tre non ce la può fare e poi, se anche li avesse uccisi, saremmo subito arrivati a lui».

«Vada avanti».

«Dopo ogni ricettatore li vede tornare via delusi con la macchina, ma Weird e i Novak si conoscevano, quindi con lui concludono a buon prezzo. Stavolta Krample li vede andar via senza la sua GMP, capisce che l'hanno venduta, e allora si fa aprire da Weird con una scusa e gli spara. Il cane, vedendo il padrone colpito a morte, reagisce, lo morde e allora Krample è costretto a sparare anche a lui. Poi, forte dell'addestramento ricevuto, toglie le pallottole esplose per renderci impossibile l'identificazione dell'arma del padre, visto che è regolarmente registrata».

«Le impronte?»

«Non ce ne sono per lo stesso motivo per cui ha tolto le pallottole dalla scena del delitto. Per mettersi al riparo dall'eventuale prova del guanto di paraffina Krample indossava dei guanti, che ora ha gettato via, probabilmente insieme agli attrezzi con cui ha tentato di pulire l'arma».

«Quindi Krample avrebbe usato il ricettatore come specchietto per le allodole...»

«Solo che le allodole siamo noi... sapeva che dopo l'omicidio saremmo arrivati ai ladri, e ha sistemato le cose perché caricassimo sul loro groppone anche quello. Ci ha usati per ottenere la sua vendetta e riavere indietro la sua macchina in modo perfettamente legale. Un piano geniale, non c'è che dire».

Nella stanza cadde un silenzio pesante, accompagnato solo da qualche sospiro del procuratore Richardson.

«Lo incriminiamo?» chiese infine Parker, ansioso.

«Non sono convinto che faremo la cosa giusta» rispose

Richardson.

«Non concorda con la mia idea dei fatti, procuratore?»

«Dal punto di vista personale potrei anche essere d'accordo con lei, ma non è quello che conta. Dal punto di vista legale mi sembra difficile perseguire il figlio di uno dei nostri più stimati ed esperti ambasciatori solo sulla base di quel che abbiamo in mano al momento. E abbiamo poco, detective Parker, nessuna giuria lo condannerebbe con così poche prove».

«Lì dentro ci ha raccontato frottole per tutto il tempo, un controsenso dietro l'altro, e a lei sembra poco? Un uomo con la coscienza pulita ci avrebbe fornito tutti i chiarimenti, non una montagna di balle!»

«Stai calmo Parker» gli disse Braxton.

«Sì, scusi tenente».

«Analizziamo le prove: – riprese Richardson – il movente è un po' debole, l'alibi è di ferro…»

«Di ferro un corno, - lo interruppe bruscamente Sanchez – il testimone a suo favore è un suo dipendente da anni, è ovvio che direbbe qualsiasi cosa pur di difendere il suo posto di lavoro».

«… non abbiamo la certezza che sia stata la sua arma a sparare…» proseguì Richardson, come se nulla fosse.

«Ma è compatibile» lo interruppe ancora il detective portoricano.

«Sì, ma compatibilità non vuol dire certezza. Anche la ferita che ha sul braccio è compatibile con quella del cane di Weird, ma non possiamo essere certi che sia stato proprio quello, e non un altro cane, a procurargliela».

«Ma cazzo, Richardson! - sbottò all'improvviso il tenente Braxton - Qui stiamo ipotizzando che martedì tutti i cani della città abbiano dato la caccia al fottuto braccio di Krample?!»

I due detective guardarono il loro superiore con ammirazione, pensando che la sua parola avrebbe definitivamente fugato i dubbi del procuratore, ma Richardson non fece una piega.

«La vostra ricostruzione è ottima, signori, dico davvero, ma a mancarci sono le prove. Nessuno ha visto Krample entrare o uscire dalla casa di Weird, nessuno lo ha visto pedinare i tre ladri, sul luogo del delitto non c'è nessuna traccia della sua presenza, niente che lo colleghi minimamente a Weird».

«Facciamogli almeno il guanto di paraffina» provò a rilanciare Parker.

«Sarebbe perfettamente inutile, visto che non possiamo collegare con assoluta certezza l'arma di suo padre all'omicidio. Se anche l'esame risultasse positivo si ricorderebbe all'improvviso di aver sparato all'ombra di un ladro qualche giorno fa e fine di ogni discussione».

«E quindi che si fa?» sospirò uno scoraggiato Parker.

«Le uniche cose che possiamo ragionevolmente fare: liberarlo immediatamente e archiviare il caso».

Parker e Sanchez si guardarono perplessi, mentre Braxton scuoteva lievemente la testa.

«Stiamo rimettendo in strada un assassino, lo sa?» disse Sanchez.

«Potrebbe anche essere così, ma non possiamo perseguirlo solo sulla base di supposizioni».

«Gli restituiamo anche la pistola?»

«Certamente, è intestata al padre e non ha abbiamo alcuna certezza che sia l'arma del delitto».

«Tenente, anche lei la pensa così?»

Braxton lo guardò dritto negli occhi.

«Penso che abbiate fatto un ottimo lavoro, ragazzi, ma il procuratore deve fare il suo e se lui valuta che non ci sono gli estremi per processarlo è lui che se ne assume la responsabilità. In tal caso, il nostro lavoro finisce qui».

«E dopo tutti gli arresti inutili fatti finora, lasciamo libero proprio il probabile assassino?» disse Parker, con la voce piena di delusione.

«Succede Parker. Te ne farai una ragione, con il passare del tempo» gli disse Braxton.

Parker si alzò, subito imitato da Sanchez.

«Preparate i documenti per il rilascio e fatemeli firmare».

«Va bene, tenente. I due di là?» chiese Sanchez.

«Lasciateli dove sono a cuocere un po', tanto sono sorvegliati a vista».

Tornati nella sala dell'Investigativa, i due detective andarono alla scrivania di Parker, che infilò rabbiosamente nella macchina da scrivere un modulo in triplice copia per il rilascio dei fermati. Il più esperto Sanchez, seduto di traverso sul tavolo, iniziò a dettargli il testo, finché non venne fermato dallo squillare del telefono sulla sua scrivania.

«Scusami, vado a rispondere. Vai avanti tu, poi ricontrolliamo» disse a Parker allontanandosi.

«Undicesimo Distretto, sono Sanchez» disse appena afferrata la cornetta in plastica nera.

«Salve detective, sono LaRue, il proprietario del ferramenta dove c'è stata la rapina... ci siamo conosciuti ieri notte, ricorda? Ho chiamato il numero sul bigliettino che mi ha lasciato».

«Ah, signor LaRue! Certo, che mi ricordo. Mi dica».

«Abbiamo finito l'inventario del negozio e mancano alcune cose un po' strane».

«Tipo?»

«Diversi tubolari di ferro e tutte le chiavi a quadro».

«Mi scusi, signor LaRue, dovrebbe aiutarmi a capire meglio. Fino ai tubolari ci arrivo, sono quelli che si usano per le impalcature, giusto?».

«Esattamente».

«E le chiavi?»

«Le chiavi a quadro sono delle grosse chiavi inglesi, di solito si manovrano in due».

«A che servono?»

«A serrare i dadi quadrati più grossi».

«Sì signor LaRue, questo l'avevo capito. Intendo dire PRATICAMENTE a cosa servono, dove si usano questi dadi così grossi?»

«Spesso per bloccare gli incroci dei tubolari nelle impalcature».

Sanchez rimase perplesso. Si guardò la punta brillante degli stivali, si grattò la fronte e maledisse tutti i ferramenta del mondo.

«Mi scusi, signora LaRue, se ho capito bene mi sta dicendo che stanotte le hanno rubato tutto il necessario per mettere su un'impalcatura?»

«Esatto».

«I tubolari mancanti quanti sono?»

«Solo dieci».

«E che impalcatura si può fare con dieci tubolari?»

«Beh, tra orizzontali, verticali e trasversali… un'impalcatura molto bassa, praticamente inutile. Tanto varrebbe prendere una scala».

«Bene, ho capito. La ringrazio signor LaRue, passerò più tardi con un collega per farle firmare la deposizione e dare un'occhiata a questi tubolari. La trovo in negozio?»

«Fino a stasera alle otto».

«Benissimo, allora a più tardi».

«A più tardi».

Sanchez prese il blocco che aveva sul tavolo e buttò giù qualche appunto sul contenuto della telefonata appena conclusa. Quando ebbe finito strappò via il foglio e tornò da Parker rileggendo con aria perplessa le dichiarazioni del signor LaRue.

«Problemi?» gli chiese Parker.

«No, nessun problema. Quando abbiamo finito con Krample dobbiamo passare dal ferramenta rapinato la notte scorsa a far firmare una deposizione».

«Ok».

«A che punto sei?»

«Quasi finito, ma vieni a rileggere, non vorrei aver sbagliato qualcosa».

«Ok, mentre finisci io me ne vado al cesso».

Parker sorrise al collega e tornò a tuffarsi nel rapporto, ma la sua concentrazione fu interrotta pochi secondi dopo dallo squillare del telefono. Guardò sorpreso l'apparecchio, ma dopo qualche squillo si sentì in dovere di rispondere.

«Detective Parker».

«Ciao, sono Gayle».

Silenzio.

«Ehi, ci sei?»

«Sì, ci sono. Dove sei?»

«Alla Central Station».

«Tutto bene lì?»

«Più calmo di un cimitero. La manifestazione è in pieno

svolgimento, quindi qui ci siamo solo noi».

«C'è anche Grady?»

«No, ma penso che stia arrivando, dovrebbe prendere servizio tra poco, ha la notte. Io invece me ne vado alle sette».

«Oggi sono con la mia macchina, puoi risparmiarti la fatica di venire a caricarmi».

«Che stronzo che sei».

«NO, SENTI! – Parker si accorse subito di aver urlato, alzò subito gli occhi ma fortunatamente la sala era deserta e il tenente e Richardson erano ancora chiusi nella loro stanza – ...ascoltami, ora non è né il momento né il luogo per parlarne, ma sappi che stanotte la stronza sei stata tu. Mi hai cacciato come un cane pulcioso, mandando in frantumi tutto quel che di bello c'era stato fino a quel momento, e ora telefoni allegra come se niente fosse. Cos'è? Volevi sapere se ero libero anche stanotte?»

«Ok, sono stata una stronza stanotte, scusami. Va meglio così?»

«Forse».

«E allora?»

«Allora cosa?»

«Passi da me stasera, quando finisci?»

«Non lo so, ti telefono». Parker sentì avvicinarsi i passi di Sanchez di ritorno dal bagno e mise giù il telefono, pregando in cuor suo che Zampisi non richiamasse.

«Beh? Che succede, niño?» gli chiese Sanchez.

«Perché?»

«Hai una faccia strana».

«No, niente... pensavo e ripensavo a questa storia di Krample. Non riesco a farmene una ragione».

Sanchez sfilò con un sospiro i fogli dal rullo della macchina da scrivere di Parker e iniziò a leggerli con attenzione.

«Ok. Riempi gli spazi per le firme con nome, grado e matricola nostri e del tenente e poi portaglieli dentro a firmare».

Parker completò i moduli secondo le indicazioni del collega, poi andò nella stanza del tenente Braxton.

«Tenente, ecco la documentazione per la liberazione di Krample».

«Bene, dammela. Ti richiamiamo quando è pronta, se non ci sono correzioni da fare».

Parker uscì con discrezione e tornò al suo posto. Guardò il telefono e pensò a sua madre. Compose il numero di casa sua.

«Pronto».

«Ciao mamma».

«Oh, ciao Noah! Che bella sorpresa!»

«Tutto bene? Com'è andata dalla signora Deloach?»

«Ah, benissimo! Sono due persone splendide. Sono stata davvero bene con loro».

«Quindi continuerai ad andarci?»

«Certamente. Già domani ci tornerò, visto che Margie deve tornare alla lavanderia».

«Bene, sono davvero felice. E' una bella cosa quella che stai facendo».

«Grazie a te».

Parker vide il tenente spalancare la porta della sua stanza e fargli cenno di avvicinarsi.

«Mamma mi chiamano, devo lasciarti».

«Sì, vai, non preoccuparti, ciao».

«Ciao».

Appena messa giù la cornetta Parker scattò verso il suo superiore, che gli ridiede i moduli per il rilascio di Krample.

«Vanno bene. Firmateli anche tu e Sanchez e poi lasciateli andare».

«Ok tenente. Ah, ero al telefono con mia madre… stamattina è andata per la prima volta alla casa sicura dalla signora Deloach».

«Ah, già! Tutto bene?»

«Sì, benissimo».

Il tenente annuì soddisfatto.

«Bravo, hai avuto una buona idea» e gli diede una pacca sulla spalla sana.

Parker e Sanchez firmarono i documenti, staccarono le rispettive copie e risalirono alla sala interrogatori, dove trovarono Krample e il suo avvocato intenti a discutere sottovoce, sorvegliati a vista da un agente.

«Bueno Scott, puoi andare» disse Sanchez all'agente per

congedarlo.

«Il procuratore che segue il suo caso ha deciso di rilasciarla, Krample. – disse Parker masticando amaro – Qui c'è la documentazione con tutte le firme necessarie».

«Alla buon'ora!» esclamò l'avvocato Young, ma Parker fece finta di non sentirlo. Provava nausea alla sola vista di quei due uomini e ormai che la decisione di non perseguirli era stata presa non vedeva l'ora di liberarsene per sempre.

«Venite, vi accompagniamo all'uscita» disse gelidamente Parker.

Nel breve tratto di scale che percorsero assieme l'avvocato continuò a minacciare i due detective di denunciarli per abuso di potere, di richiedere sanzioni disciplinari che avrebbero stroncato le loro carriere e cose simili, cui Sanchez e Parker non si presero neppure la briga di rispondere.

Giunti al bancone del sergente MacGovern indicarono loro l'uscita e, una volta che questi l'ebbero varcata, scesero direttamente in garage, per prendere un'auto e andare a raccogliere la deposizione del signor LaRue.

Sanchez si mise al volante, ma i due detective avevano percorso solo pochi isolati che la radio attirò la loro attenzione.

«Auto Undici Sette, auto Undici Sette, qui Capo Undici, mi sentite?»

«Undici Sette, detective Parker, avanti Capo Undici».

«La metto in contatto con il tenente Braxton, attenda».

«Parker! Parker, sei tu?» disse il tenente con voce insolitamente agitata.

«Sì tenente, che succede?»

«Una cosa incredibile… sbrigatevi a tornare!»

«Ma che…»

«Jim Bryant, il giardiniere… ha accoltellato Krample appena uscito dal distretto!»

«Dio santo!» esclamò Parker, mentre Sanchez, che aveva sentito attraverso l'altoparlante, stava già facendo un'inversione con le ruote fumanti.

Vicino al portone dell'Undicesimo Distretto c'erano già alcuni curiosi, tenuti a bada dagli agenti che, coordinati dal tenente Braxton, stavano anche posizionando le transenne intorno al marciapiedi. Un'ambulanza era in arrivo di fronte a loro, a sirene spiegate. Sanchez, per non bloccare inutilmente la strada, proseguì, fece mezzo giro dell'isolato ed entrò nel garage del distretto. Lasciata l'auto, salirono immediatamente all'ingresso e uscirono di nuovo sul piano stradale, facendosi largo rudemente tra i curiosi.

«Ehi, avete visto che gran casino? E proprio sotto i nostri occhi!» gridò loro il sergente Mac appena li vide.

«Krample è morto?» gli chiese Parker.

«Sul colpo. Gli ha piantato una cesoia in pieno petto».

Parker raggiunse finalmente una posizione che gli consentiva una visuale libera sulla scena del delitto. Il corpo di Krample non era ancora stato coperto e Parker, oltrepassando il cordone di agenti, lo vide, con gli occhi spalancati in un'espressione di sorpresa e sgomento, una mano ripiegata verso il petto, come in un estremo gesto di autodifesa. Accanto a lui le cesoie usate da Jim Bryant, immerse in un lago di sangue reso scurissimo dal contatto con l'asfalto. In quell'istante piombarono intorno al cadavere i paramedici scesi dall'ambulanza e Parker non vide più nulla. Attese ancora, ma solo per vedere il medico scuotere il capo e uno degli assistenti stendere un lenzuolo bianco sopra il cadavere. Di fronte a quello scontro brutale e improvviso con la morte, il secondo della sua vita dopo quello di Weird di pochi giorni prima, Parker sentì milioni di pensieri aggrovigliarsi contemporaneamente nella sua testa, in un caos dal quale divenne subito impossibile scindere una questione dall'altra, un ragionamento dall'altro.

I suoi sensi di colpa per Jim Bryant, spinto a compiere un gesto che lo avrebbe portato a finire i suoi giorni in cella; le sue convinzioni sulla colpevolezza di Krample mescolate all'intima consapevolezza di non avere una vera prova lampante e inattaccabile; l'odio verso Richardson, che gli aveva impedito di dare un nome e un volto certi al suo primo caso di omicidio; un senso di umana pietà verso Simon Krample, infine.

Si sentì toccare una spalla. Era il sergente Mac che gli indicava con il pollice i piani superiori del distretto. «Ti vogliono di sopra, ragazzo».

Tornò a voltarsi un'ultima volta verso il lenzuolo bianco, già ampiamente chiazzato di rosso al centro e sui lembi poggiati a terra. Le cesoie non erano state toccate, in attesa dell'imminente arrivo del tenente Spielman e dei suoi tecnici. Parker trovò un attimo di consolazione nel pensiero che probabilmente stavolta la morte aveva fatto giustizia, ma fu solo un attimo; quel marciapiedi ormai nero non poteva chiamarsi giustizia. O almeno, non quella che lui considerava giustizia.

Si decise a salire. La sala dell'Investigativa era deserta, quindi salì ancora un piano di scale fino alle stanze per gli interrogatori e lì trovò Braxton, Sanchez e Richardson, tutti dentro la numero 2, intorno a Jim Bryant, seduto e ammanettato.

«Ah, eccolo» disse Sanchez, appena lo vide entrare.

«Bryant! Ma cos'ha fatto?!» gli urlò Parker.

«Ha aspettato che Krample e l'avvocato Young uscissero dal distretto – gli rispose il tenente Braxton – e li ha colpiti con un paio di cesoie. Young se la dovrebbe cavare con qualche punto al braccio».

«Bryant, perché? Lei non c'entrava niente...»

«Lei non ha figli, detective, vero?» gli chiese di colpo Bryant.

«No».

«E allora lei non può arrivare a capire l'odio che si prova per chi ti toglie un figlio».

«Ma suo figlio non è morto, dovrà solo farsi qualche anno di prigione».

«Un figlio in carcere per me è come morto. Nessuno nella mia famiglia, NESSUNO, aveva mai avuto problemi con la legge e ora questo... - una pausa carica d'odio - questo bastardo che cerca di far ricadere su mio figlio un omicidio!»

«Suo figlio non era innocente... l'auto l'aveva rubata lui assieme ai suoi amici, avevano della marijuana e hanno reagito all'arresto».

«Ma l'omicidio no, quel bastardo non doveva nemmeno provarci...»

«Bryant... è una pazzia quella che ha fatto, lo capisce? – gli disse Parker, ora più calmo, sedendosi di fronte a lui – Quel che ha commesso è un omicidio volontario! Suo figlio tra qualche anno uscirà e lei invece no... cosa pensa di aver risolto con questa follia?».

La domanda retorica di Parker rimase sospesa nell'aria pesante della stanza.

«Dunque Bryant – riprese l'interrogatorio Sanchez, per spezzare i pensieri oscuri di ognuno dei presenti – ci stava spiegando come ha saputo del coinvolgimento di Simon Krample nell'omicidio Weird...».

«A cosa serve ormai?»

«A noi serve».

Bryant inspirò profondamente, si voltò a guardare tutti i presenti e ricominciò la sua confessione.

«Mentre ero qui sotto in cella mi sono fatto tante domande, poi ieri sono andato a trovare mio figlio in prigione e mi ha raccontato di come l'avevate scagionato almeno dall'omicidio, mi ha detto che stavate cercando uno ferito dal morso di un cane, e allora ho ripensato a Krample».

«Lei sapeva della sua ferita?»

«Sì. Mercoledì scorso ero a lavorare nel suo giardino, era mattina presto e ho incontrato il dottor Masterson mentre usciva dalla villa. Mi sono sorpreso di vederlo lì a quell'ora e gli ho chiesto cosa stesse facendo. Mi ha risposto di essere venuto a curare il signor Krample che era stato morso dal cane».

«Il suo cane?»

«Sì, così ho capito».

«Continui».

«Stamattina presto sono andato da Krample con la scusa di alcuni arretrati che mi doveva».

«E invece le sue reali intenzioni quali erano? Ucciderlo?»

«Non avevo un'idea precisa, volevo fargli qualche domanda, magari riuscire a vedergli la ferita… insomma, volevo vedere se i sospetti che avevo erano fondati o no».

«Ma non ha trovato il signor Krample. Come ha saputo che era qui da noi?»

«Me l'ha detto il signor White, il maggiordomo. Al suo arrivo stamattina ha trovato un biglietto del signor Krample che gli diceva di essere stato portato via in serata da voi per un interrogatorio».

«E lei quindi ha immaginato che noi avessimo i suoi stessi

sospetti...»

«Sì. E la conferma l'ho avuta quando ho parlato di nuovo col dottor Masterson; sono passato al suo studio stamattina».

«Sì, lo sappiamo. E cosa le ha detto il dottore?»

«Che la ferita del signor Krample non poteva essere stata fatta da Sam... cioè... dal suo cane...»

«Sì, Sam».

«Esatto, Sam. Il dottore mi ha detto che il signor Krample l'aveva pregato di non denunciare l'aggressione alla polizia e lui stesso aveva tenuto per sé i suoi dubbi. Il morso era troppo piccolo e poi Sam è un cane anziano, che non ha mai dato il minimo segno di aggressività... aggredire la mano del suo padrone... figuriamoci. Ma il dottore è molto legato al padre di Simon... credo che abbiano combattuto insieme nell'ultima guerra... e quindi ha preferito non sapere».

«E' stato lì che le è venuta l'idea di aspettarlo qui fuori dal distretto?»

«Sì. Ormai non avevo più bisogno di altre conferme, dovevo solo aspettare, aspettare per la mia vendetta».

«Continui».

«Sono stato seduto in macchina per ore, a un certo punto ho anche pensato che l'aveste arrestato voi. Poi ho visto il portone aprirsi e uscire l'avvocato Young, che ho visto spesso a casa di Krample. Ridevano. Ridevano, capisce? Lì ho capito che voi avevate fallito e che avrei dovuto farmi giustizia da solo. Ho attraversato la strada, ho fatto il giro intorno alle auto parcheggiate e gli sono sbucato davanti. L'avvocato era il più vicino a me, ma lui in fondo non m'interessava, così l'ho solo ferito a un braccio per togliermelo di torno. Quando Young ha urlato, Krample si è voltato di scatto e allora mi ha visto, mi ha riconosciuto; sembrava stesse per dirmi qualcosa, ma il tempo delle parole era finito, ormai».

Sanchez si voltò a guardare il tenente e Richardson, poggiati stancamente alla parete nell'angolo più lontano della stanza. Il procuratore gli fece un cenno d'assenso con la testa e Sanchez spense il registratore. Chiamò l'agente di guardia fuori dalla porta e fece ricondurre in cella Jim Bryant.

Parker si alzò dalla sedia e la sbatté contro il pavimento. Sanchez intercettò il suo sguardo furioso, ma gli mise un braccio intorno alle spalle e lo tirò fuori dalla stanza.

«Lascia perdere, niño, non ne vale la pena, fidati».

Scesero all'ingresso e uscirono dal portone; gli uomini della Scientifica avevano terminato il loro lavoro, il cadavere di Krample era stato portato via e ora era il turno di tre addetti del Comune che, sotto l'occhio attento del sergente Mac-Govern, stavano lavando via il sangue di Krample e, in minima parte, dell'avvocato Young dal marciapiedi. Ancora pochi minuti e non sarebbe rimasta traccia di quel che si era consumato in quel pezzetto di città. Anche la folla di curiosi che Parker aveva visto al momento del suo arrivo non esisteva più, e le transenne erano state rimosse.

Sanchez andò a prendere la macchina, mentre Parker rimase a osservare il lavaggio del marciapiedi accanto al sergente, entrambi in silenzio. I suoi occhi seguivano le mosse degli addetti, ma la sua testa vagava altrove. Pensò a Grady Watts, pensò che forse se ci fosse stato lui al posto suo nel braccio di ferro con il procuratore tutto quello non sarebbe mai successo. Pensò a sua madre, ignara di tutto, colma di gioia per aver fatto felice Sue Deloach. Pensò che quel lavoro forse gli piaceva, perché ogni giorno c'era un motivo per cui lottare, c'era qualcuno da servire e proteggere, c'erano dei princìpi, prima ancora che delle leggi, da tenere alti. Pensò a Gayle Zampisi ed ebbe un moto d'odio, per come era stato trattato, per come si era sentito usato.

«Le vendette sono difficili da prevedere» disse a un tratto una voce sconosciuta accanto a lui.

Parker si voltò e vide un uomo con la divisa blu scuro della polizia, con i gradi di capitano sulle spalline e sul colletto. Era quasi calvo, non particolarmente alto ma fisicamente compatto, gli occhi azzurri erano due fessure, la mascella quadrata e dura, la pelle segnata da profonde rughe.

Parker ne ebbe una tale, istintiva soggezione da doversi controllare per non scattare sull'attenti come un soldatino in caserma.

«Lei è il capitano Duvall?» chiese timidamente.

Quello lo guardò sorpreso.

«Ci conosciamo?»

«No, sono un detective della sua Squadra Investigativa ma... da una sola settimana, ecco...»

«Come ti chiami?» lo interruppe Duvall.

«Noah Parker, signore».

«Ah sì, ho letto la tua scheda; tuo padre era un poliziotto anche lui».

«Sì – rispose Parker, molto sorpreso dall'interesse del capitano – ma è stato sempre alle pattuglie, gli piaceva lavorare in strada».

«Altri tempi. Altri tempi. Oggi la strada è pericolosa, e la divisa non basta più a proteggerti» sentenziò Duvall, fissando il vuoto.

«Sì, penso sia così».

«Era un caso tuo questo qui?» gli chiese indicando il marciapiedi con la mano.

«Sì. Liberato dal procuratore Richardson per insufficienza di prove. Appena è uscito dai nostri uffici è stato accoltellato per vendetta... è una storia lunga, un caso complesso, capitano».

«Tu eri convinto fosse l'omicida?»

«Sì».

«E ora sei felice che giustizia sia comunque stata fatta?»

«Dovrei?»

«Dimmelo tu».

«Beh... no. Una persona finirà per pagare con il carcere a vita al posto suo... no, non riesco a essere felice di questa conclusione».

Duvall lo scrutò severamente, poi gli diede una pacca sulla spalla.

«Bravo, ragazzo. E' bello che almeno tu, in questo quartiere, non vada cercando vendette. Le vendette sono pericolose e incontrollabili. Il pensiero della vendetta porta a galla tutti i più selvaggi istinti dell'animo umano; in quei momenti si vede che uomini siamo, se sappiamo controllarli o se lasciamo che siano loro a impossessarsi di noi».

Parker non trovò nulla di meglio da fare che annuire in silenzio.

«Gran brutta cosa la vendetta…» mormorò ancora Duvall, voltandosi di scatto e rientrando con pochi passi nel distretto. Parker guardò il sergente MacGovern, fin lì insolitamente taciturno, e fece una smorfia di perplessità.

«E' fatto così il capitano, che vuoi farci? – gli rispose il sergente allargando le braccia – Ci sono giornate che gli prende di fare il filosofo!»

Arrivò Sanchez con il finestrino abbassato.

«Qui non abbiamo più niente da fare, per il verbale della confessione di Bryant c'è tempo. Ci sarebbe ancora il ferramenta…»

«Ah, già, me n'ero dimenticato».

«Senti niño, se non ti va di venire ti capisco, posso anche andarci da solo, tanto è solo una scemenza di mezz'ora».

«No no, Julian, vengo, è meglio».

Si diressero mestamente verso il ferramenta di LaRue. Nessuno dei due parlò durante il breve tragitto, ciascuno con la mente ancora occupata dalle crude immagini su cui era stata scritta la fine del caso Krample.

Randy LaRue era un uomo sulla sessantina, basso e tarchiato, con i capelli tagliati a spazzola e due mani potenti come le tenaglie che vendeva. Parker se ne accorse quando quello gli strinse la mano e lui riuscì a stento a trattenere un gemito di dolore. Il suo negozio di ferramenta era davvero grande e fornito e lui lo gestiva insieme alla moglie e ai due figli. A Parker sembrarono una bella famiglia, al primo sguardo.

Sanchez fece vedere rapidamente al collega il punto d'entrata dei ladri e la collocazione della cassa da cui erano stati prelevati 40 dollari; infine, giunsero davanti al punto in cui erano ammassati i tubolari rimasti.

«Secondo lei, come mai non li hanno rubati tutti?» chiese Sanchez.

«Forse erano in pochi e non sarebbero riusciti a trasportarli».

«O forse avevano un furgone qui fuori per caricarseli piano piano tutti, ma l'allarme li ha costretti a fare un viaggio solo prima della fuga».

«Potrebbe anche essere».

Parker ne afferrò uno. Era lungo e pesante.

«Quanto sono lunghi?» chiese a LaRue.

«Ce ne sono di tante misure, quelli mancanti erano tutti da 40 inches, come quello che ha preso lei».

«E quanto pesano? Dieci, undici libbre l'uno?»

«Quattordici».

«Penso che un uomo normale non ne possa portare più di due contemporaneamente» disse Parker a beneficio degli altri due, che annuirono.

«Signor LaRue, posto che dieci siano troppo pochi per costruire un'impalcatura, che altro ci si può fare con questi tubi?»

Per tutta risposta LaRue spalancò le braccia. «Io li ho visti usare solo per quello».

«Ok. Può farci vedere una chiave come quelle che le hanno rubato?»

«No, le hanno prese tutte!»

«Quante erano?»

«Quattro».

«Perché ne aveva così poche? Se ne vendono parecchie?»

«Tutto il contrario, ormai se ne vendono pochissime, per serrare e svitare i dadi da 9 pollici sui ponteggi si usano dei trapani elettrici con degli adattatori speciali».

«Che lei ha, ovviamente».

«Certo, sono questi qui sopra» e indicò delle scatole piuttosto grandi due scaffali più in alto.

«E come mai allora i ladri non hanno rubato quelli?»

«Non saprei, forse non li sanno usare, sono roba piuttosto nuova».

«O forse dove li devono usare non ci sono spine elettriche a cui attaccarli» s'inserì Parker.

Sanchez alzò lo sguardo dal suo blocchetto per guardare il collega. Non aveva pensato a questa ipotesi, e fece un cenno di assenso con la testa. Anche LaRue guardò Parker, compiaciuto che questo nuovo piedipiatti fosse un po' più sveglio dell'altro di due notti prima, Stuart Price, l'abituale compagno di coppia di Sanchez.

«Almeno questi dadi quadrati si possono vedere?» chiese

Sanchez.

«Di quelli ne ho finché ne volete!»

«Forza allora».

LaRue li guidò attraverso i corridoi del suo negozio finché, indicando un grande contenitore di plastica verde poggiato sul pavimento, sentenziò trionfante: «Ecco i dadi da 9 pollici».

Sanchez e Parker ne presero uno a testa, soppesandoli nelle mani.

«Muy grandes» commentò Sanchez.

«I più grossi che esistano in commercio. Se li vuole più grossi deve farseli fabbricare apposta. Con questi si bloccano anche le traversine dei binari eh!»

«Bueno, - disse Sanchez lanciando il suo dado dentro il contenitore - direi che per noi la lezione di ferramenta può bastare. Se possiamo poggiarci qualche minuto nel suo ufficio, signor LaRue, vorrei che rileggesse il rapporto che ho scritto con le dichiarazioni che mi ha fatto al telefono. Se è tutto a posto, ce lo firma e togliamo il disturbo».

Così fu. In pochi minuti i due detective poterono salutare il signor LaRue e la sua famiglia e tornare alla loro auto con le copie del rapporto firmate. Accesero la radio, tutte le frequenze erano occupate dalle comunicazioni dei reparti impegnati nella gestione della manifestazione. Il raduno ormai era terminato e tutte le forze di polizia stavano cercando di gestire al meglio il deflusso di oltre un milione di persone. Non c'era stato nessun incidente di rilievo, tutto sembrava filare liscio, le voci dei loro colleghi nelle comunicazioni radio erano concentrate ma tranquille. Sanchez indicò al collega l'orologio sul cruscotto dell'auto: erano le otto di sera. Ancora quattro ore e il loro turno sarebbe terminato.

«Non metteresti qualcosa sotto i denti?» chiese Sanchez.

«Sì, ho fame. Che proponi?»

«Frutta!»

«Frutta?! Vuoi cenare con la frutta?»

«Guarda che il mondo non è fatto solo dalle porcherie che mangia Watts eh! Confias en mì?»

Parker lo guardò con aria sospettosa, poi annuì.

«Che vada per la frutta».

«Siamo vicini a un posto speciale, un mio compaesano che ha i migliori ananas della città. Te li sbuccia con il machete, li impugni dal ciuffo e li mangi a morsi come fossero granturco, uno spettacolo!»

«Tu sei portoricano, vero?»

«Già, sono arrivato qui su un gommone con i miei genitori quando avevo tre anni».

«Sei figlio unico?»

«Quando sono arrivato sì, poi sono nati altri tre fratelli».

«Però!»

«Mio padre non perde un colpo, niño!»

«Sono vivi i tuoi?»

«Sì, stanno nel Barrio, abbastanza vicini al distretto».

«E i tuoi fratelli?»

«Uno è morto, l'altro è a Prescott e il terzo fa il fornaio».

«Avevano preso una brutta strada i primi due?»

«Sì, pensavano che il modo migliore di far soldi non fosse quello di guadagnarseli... durante una rapina a un distributore di benzina, il proprietario ha estratto un fucile a canne mozze e gli ha sparato. Osvaldo è morto sul colpo, Rico se l'è cavata con un braccio ferito dai pallettoni ma è stato arrestato e condannato a otto anni. Ne ha già fatti sei, per la cronaca».

«E tu a fare il poliziotto, invece».

«Già».

«Un bel passo avanti».

«Questo lavoro è la mia vita, niño, ho sputato sangue per riuscire ad avere il distintivo. In Accademia mi trattavano tutti come una merda, ma sono stato il migliore del mio corso. C'è ancora qualche istruttore che parla di me, là dentro. Sono orgoglioso di quel che sono».

«E fai bene a esserlo».

«Beh, basta con le chiacchiere. Siamo arrivati, è quel banchetto lì».

Mentre stavano scendendo dall'auto la loro attenzione fu attratta da una comunicazione alla radio.

«Tenente Gibbons, tenente Gibbons, passo».

«Tenente Gibbons, avanti».

«Tenente, sono il tenente Klesko, addetto al controllo del

lato ovest della Central Station. Uno dei miei uomini, il detective Watts, mi ha fatto notare come il suo reparto a cavallo stia ostacolando l'ingresso della gente da quella parte della stazione. Potete spostarvi? Passo».

«Ehi, Parker! Torna qui! - disse Sanchez ridendo - C'è Watts che ha trovato il modo di rompere le palle a un tenente della cavalleria!»

«I miei ordini dalla Centrale sono di sorvegliare quest'area, non siamo di nessun intralcio. Dica al suo collega di preoccuparsi della gente, tenente, non di noi. Passo e chiudo».

«Cribbio che risposta acida, a quest'ora Watts starà schiumando dalla rabbia. Se non avesse altro da fare sarebbe già andato a tirarlo giù a calci nel culo dal cavallo, quel tenente Gibbons» disse Sanchez, tornando a scendere dall'auto per scegliersi l'ananas.

Quando Klesko riferì per radio a Watts la risposta che il tenente Gibbons gli aveva dato, si avverò esattamente la previsione di Parker. Watts divenne paonazzo in volto, diede un pugno al distributore automatico di bibite che aveva accanto e si dovette trattenere dall'istinto di uscire lui stesso nel piazzale della stazione a dire a quell'idiota ciò che pensava di lui. Per sua fortuna si ricordò di avere a che fare con un superiore (era il motivo per cui aveva fatto fare la chiamata al suo superiore diretto lì alla stazione, anziché farla lui stesso) e lasciò sbollire lentamente la rabbia. La situazione era apparentemente molto tranquilla, e lo era stata per tutto il giorno. Ciò nonostante, Watts avvertiva da una decina di minuti, con il calare della sera, una strana sensazione di pericolo. Dal settore ovest della Central Station, quello in cui erano stati posizionati quasi tutti gli uomini provenienti dall'Undicesimo, sarebbero partiti da lì a mezz'ora due lunghissimi treni speciali carichi di manifestanti. L'afflusso di gente nell'atrio e lungo le scalinate che conducevano ai binari era quindi oceanico, e lo sarebbe stato fino alla partenza di quei due convogli. Watts si trovava alla balconata superiore della stazione, solitamente riservata a negozi e uffici tecnici ma requisita da due giorni dalla polizia per il posizionamento di vari punti d'osservazione e di due squadre di tiratori scelti. Sotto di sé, Watts poteva vedere tutti i suoi colleghi dell'Undicesimo attualmente in servizio: c'erano infatti i detective Sanders, Klay, Sprewell, Gibson e Mitchell, ciascuno posizionato in un punto convenuto tra atrio, corridoi e scale, al comando di un gruppo di una decina di agenti del loro reparto di pronto intervento, equipaggiati per l'occasione con tenuta antisommossa, casco, scudo e maschera antigas appesa al collo, nel caso si fosse reso necessario il lancio di gas lacrimogeno. Watts aveva il compito di coordinarli, alle dipendenze dirette del tenente Klesko. Fuori dall'edificio, invece, nel grande piazzale e nelle vie che vi si immettevano, la sorveglianza del deflusso era affidata a uomini del Settimo e del Cinquantaquattresimo Distretto, cui si aggiungevano alcuni reparti speciali, come quelli a cavallo, inviati direttamente dalla Centrale. Dall'alto della sua favorevole posizione d'osservazione, e grazie alle vetrate davanti a lui che gli consentivano anche la vista esterna, Watts aveva notato circa un quarto d'ora prima l'uscita di uno strano gruppo di giovani da una delle vie laterali del piazzale. La loro stranezza sarebbe potuta essere una sciocchezza, in teoria: erano tutti vestiti di arancione. Ma l'istinto di Watts catalogò subito tra le stranezze il fatto che una quarantina di persone vestite tutte dello stesso colore si fossero trovate a marciare insieme. Li aveva tenuti d'occhio per un po', poi era stato distratto dalla posizione in cui il tenente Gibbons aveva piazzato il suo reparto a cavallo; una dozzina di quelle bestie e relativi agenti sul dorso, proprio allo sbocco di un vialetto che attraversava i giardini del piazzale. Ora, dopo la rispostaccia avuta da quello, tornò a mettersi il binocolo davanti agli occhi. Fortunatamente il piazzale era ben illuminato dai lampioni e dalle fotoelettriche supplementari piazzate per l'occasione sul tetto della stazione. Vagò un po' con lo sguardo finché non ritrovò la macchia arancione. Notò che ora era più piccola. Diminuì l'ingrandimento del binocolo e vide che le macchie si erano divise in due, tre... contò cinque gruppetti. Seguendo tranquillamente il passo del resto della folla, notò che sarebbero finiti per passare proprio vicino agli uomini (e ai cavalli) di quell'idiota di Gibbons. Pensò di chiamarlo per segnalargli la cosa, ma proprio mentre stava portando la mano alla ricetrasmittente decise di soprassedere e tornò a guardare sotto di sé nell'atrio, per curarsi della zona che gli era stata assegnata.

L'apertura degli ananas con il machete era una cosa davvero particolare, Parker dovette ammetterlo. Quattro colpi netti, uno per lato, e l'ananas veniva consegnato al cliente, pronto da mangiare attraverso l'impugnatura naturale del ciuffo di foglie verdi in cima. Parker la mangiò deliziato, si sciacquò le mani sotto un bidone d'acqua dotato di rubinetto, tenuto appositamente su un lato della bancarella, e si sedette sul cofano dell'auto ad attendere il collega, intento a divorare il secondo.

«Non ne vuoi più, Parker?»

«No, grazie Sanchez. Ma era buonissimo, devo proprio ringraziarti».

«De nada, niño, è stato un piacere anche per me. Purtroppo le cose non sono andate proprio come avremmo voluto».

«Il tenente mi ha detto di avere pazienza...».

«Ed è un buon consiglio, niño, fidati di lui. Braxton lo conosce bene, questo lavoro».

«Senti, a proposito di lavoro, che pensi di fare con la rapina dal ferramenta?»

«Niño, non penserai mica che mi metta a controllare tutti i cantieri della città per vedere chi ha ponteggi con tubi da 40 inches e chiavi da 9 pollici nuove di zecca, vero?»

Parker rise. «No, no, tranquillo, non pensavo a quello! E' solo che c'è qualcosa di strano in quella rapina... a te non suona qualcosa di stonato nella testa?»

«Sì, ma... non so cosa».

«Non si capisce lo scopo di una rapina del genere».

«La cassa?»

«Andiamo, anche i bambini sanno che di notte non viene lasciato niente».

«E allora magari sono entrati per prendere i tubolari e le chiavi, è scattato l'allarme e sono scappati con quello che hanno potuto prendere e uscendo hanno arraffato i 40 dollari dal cassetto».

«Sì, è possibile, potrebbe essere davvero andata così».

«Ma scommetto che non sei ancora convinto».

«No, infatti. Sono materiali da poco, non giustificano il rischio di una rapina. E il signor LaRue ti ha detto che erano troppo pochi per montare un'impalcatura degna di questo nome».

«Exacto. Aspetta un attimo» disse Sanchez, andandosi a lavare le mani visto che aveva terminato anche il secondo ananas.

Parker, solo con i suoi ragionamenti, tornò a prestare attenzione alla radio, che sentiva attraverso lo sportello lasciato aperto.

«Centro Uno a Capo Stazione, Centro Uno a Capo Stazione».

«Qui Capo Stazione, sono il capitano Beck, avanti».

«Capitano, una pattuglia in moto ci ha appena segnalato una possibile intrusione esterna nell'area dei binari, un paio di miglia a sud rispetto alla Central Station. Vi risulta? Passo».

«No, non ho nessuna notizia in merito. Quante persone erano? Molte? Passo».

«No, cinque o sei. Un'ora fa un testimone li ha visti dal palazzo di fronte mentre spezzavano la recinzione con delle lunghe pertiche metalliche e ci ha chiamati, ma a causa del personale ridotto la pattuglia è potuta andare sul posto solo pochi minuti prima che io vi chiamassi. Sono stati segnalati problemi nel transito dei treni? Passo».

«No, nulla, sono tutti transitati regolarmente. A breve ne dovrebbero partire altri due. Probabilmente sono solo ragazzi che vogliono prendere il treno senza pagare. Grazie comunque della segnalazione, passo».

«Ok, buon lavoro capitano, passo e chiudo».

Dopo aver sentito questa discussione la mente di Parker prese a correre a piena velocità.

«Sanchez – disse al collega appena tornato – credo di aver capito a cosa servivano i tubolari. Alla radio hanno appena segnalato la forzatura delle recinzioni della linea ferroviaria due miglia a sud della stazione usando delle pertiche metalliche. Ti dice niente questo?»

«Coño, sono le nostre! Ecco a cosa gli servivano! Era un

furto premeditato, altro che spaventati dall'allarme!»

«Aspetta… aspetta però, i conti non tornano. Non ti servono dieci di quei pali per rompere una semplice recinzione. Alla radio hanno detto che i ragazzi erano solo cinque o sei, e per fare leva e piegare la rete metallica dovevano essere almeno due per palo. Che fine hanno fatto gli altri? A cosa gli servono?»

«Non lo so, ma direi di pensarci strada facendo» disse Sanchez accingendosi a risalire in macchina.

«Andiamo a dare un'occhiata?»

«Direi di sì, niño. Tu avverti il tenente mentre andiamo».

Appena messa l'auto in strada, Sanchez mise il lampeggiante sul tetto, senza però accendere la sirena.

«Auto Undici Tre a Capo Undici, Auto Undici Tre a Capo Undici, rispondete».

«Qui Capo Undici, avanti».

«Sono il detective Parker, comunicate al tenente Braxton che ci stiamo dirigendo due miglia a sud della Central Station per un controllo su una segnalazione giunta via radio dalla Centrale. Passo».

«Ricevuto, inoltriamo al tenente la comunicazione, passo e chiudo».

«Cosa ci si può fare con un palo del genere? Brandirlo come un'arma?» chiese Parker ad alta voce, appena ebbe chiuso il collegamento radio.

«Troppo grosso».

«Allora… lanciarlo? Usarlo come ariete?»

«Come ariete no, non ha le estremità appuntite, se avessero dovuto buttare giù degli ostacoli avrebbero rubato delle mazze, dei martelli, cose così… però potresti brandirli per fare il vuoto intorno a te, falceresti chiunque nel raggio del palo» disse Sanchez continuando a guidare.

Parker lo guardò annuendo. «Sì, ma non per falciare i poliziotti, non ci riuscirebbero, i nostri hanno gli scudi… cos'altro potrebbe essere… i cavalli! Con quei pali falci le zampe dei cavalli! Li fai crollare al suolo, aggredisci il poliziotto stordito dalla caduta e gli rubi le armi!».

«Calma Parker, non correre troppo. Perché proprio i cavalli? Potrebbero usarli per devastare la stazione».

«No Julian, non rubi quelle cose lì solo per sfasciare quattro vetrine. Quei pali servono a tirare giù i nostri cavalli. Bisogna dire a quelli alla stazione di far togliere subito dal piazzale i reparti a cavallo, specialmente quello in mezzo alla gente che Watts chiedeva di spostare, sono loro l'obiettivo dei pali mancanti».

«E le chiavi per i dadi da 9 pollici?»

«Cavolo Julian, una cosa alla volta! Magari gli saranno servite per allentare la recinzione o vogliono usarle come armi per colpire i poliziotti una volta a terra o potremmo anche ipotizzare che…»

«Fermati, cos'hai detto prima? Allentare?» lo bloccò Sanchez.

«Sì, allentare la recinzione…»

«LaRue non aveva detto che quelle chiavi venivano usate anche per stringere i bulloni che tengono le traversine attaccate ai binari?»

«Sì, qualcosa del genere».

«E allora, se servono per stringerli, serviranno pure per allentarli, no?»

Parker rimase qualche secondo in silenzio, terrorizzato dalla destinazione finale dei suoi ragionamenti, guidati dalle intuizioni del collega.

«Stai dicendo che le chiavi sono in mano agli stessi che hanno forzato la recinzione e che ora stanno manomettendo i binari per far deragliare i treni speciali in partenza?»

«Proprio così. Che ne pensi?»

«E' una cosa talmente enorme da sembrare impossibile, ma non possiamo rischiare che sia vera senza fare nulla».

Come reazione immediata, Sanchez inserì la sirena e spinse l'acceleratore al massimo. Voleva essere al più presto su quei binari e magari scoprire di essersi sbagliato. Ma voleva vederlo con i suoi occhi.

«Dobbiamo avvisare immediatamente Grady. – disse con tono perentorio a Parker - Chiama la centrale radio della Central Station e te lo fai passare».

Parker tornò ad afferrare la radio.

«Auto Undici Tre a Capo Stazione, auto Undici Tre a Capo Stazione, è urgente, rispondete».

«Capo Stazione, avanti Undici Tre».

«Sono il detective Parker dell'Undicesimo, ho bisogno che mi mettiate subito in collegamento con il detective Watts, nell'ala ovest, passo».

«Sono un po' sotto pressione all'ala ovest, è davvero urgente Parker? Passo».

«Della massima importanza Capo Stazione, passo».

«Ok, attendi in linea».

Dopo qualche secondo di silenzio, l'altoparlante dell'auto restituì l'inconfondibile voce di Watts.

«Giovane Parker, non è proprio il momento della rimpatriata, qui è un casino, porca puttana!»

«Ehm… ciao Grady, è un piacere sentirti di così buon umore».

«Taglia corto, che cazzo volete tu e quell'altro ritardato portoricano?»

Sanchez alzò per un attimo gli occhi al cielo.

«Senti Grady, lo so che sei nel mezzo del ciclone, ma stammi a sentire un attimo».

«Hai venti secondi, spara».

«Abbiamo ottimi motivi per sospettare che lì alla Central Station stia per succedere qualcosa di grosso. Due notti fa c'è stato un furto in un ferramenta sotto la nostra giurisdizione, e sono intervenuti proprio Sanchez e Price. Sembrava che avessero rubato solo quattro soldi dalla cassa, invece oggi da un inventario più accurato è saltato fuori che a mancare erano anche una decina di pali di ferro da 40 inches e alcune chiavi da 9 pollici, la stessa misura dei dadi che tengono le traversine attaccate ai binari».

«Continua, i tuoi venti secondi stanno per finire e non ci ho ancora capito un cazzo».

«Poco fa la Centrale ha segnalato una recinzione forzata vicino ai binari, un paio di miglia dopo la tua stazione. Noi stiamo andando là per capire se siamo sulla strada giusta, ma pensiamo che solo una parte di quei pali sia stata usata per rompere la recinzione. Secondo noi i gruppi si sono divisi e mentre uno, quello passato dalla recinzione, è da qualche parte sui binari a manometterli, un altro sta arrivando alla stazione con il resto dei tubi».

«Gli arancioni» mormorò Watts, ora attento. «Per farne che?» chiese bruscamente.

«Non lo sappiamo di preciso. Potrebbero usarli per sfondare le vetrine oppure...».

«Diglielo, coño!» urlò Sanchez a Parker, sentendolo indugiare.

«...oppure abbiamo anche pensato che potrebbero usarli per falciare le zampe dei cavalli e aggredire poi gli agenti a terra. Che ne pensi?»

Watts rimase qualche attimo in silenzio, mentre la parola "arancioni" gli pulsava sempre più nella testa e la sua mente faceva collimare a tempo di record nel mosaico tutte le tessere, le sue e quelle appena dategli da Parker.

«Ho capito perfettamente di chi parli. Ce li ho nel binocolo. Sono dei gruppi sbucati dal nulla, sono tutti vestiti di arancione e si stanno dirigendo contro i reparti di quell'idiota di Gibbons. Voi correte a controllare i binari, io cerco di fermare quei bastardi».

«Ci sono treni in partenza?»

«Due. stracarichi di gente. – Watts guardò fulmineamente il grande orologio a lancette sulla parete dell'atrio della stazione – Ma non dovrebbero ricevere l'ordine di partenza prima di 15 minuti. Tenetemi aggiornato».

«E i treni?»

«Me la vedo io anche per quelli, ma voi fatemi sapere se c'è assoluta necessità che vengano fermati. Passo e chiudo».

Parker riappese la radio e cercò di allungare i muscoli del collo e delle spalle con qualche piccolo esercizio.

«Stanco?» gli chiese Sanchez.

«Beh, diciamo che la giornata lunga inizia a farsi sentire. Manca ancora molto?»

«No, un paio d'isolati e dovremmo esserci».

«Abbiamo delle torce?»

«Sì, ce ne sono due nel retro. Spero solo che siano cariche. Prendiamo anche i fucili?»

Parker guardò sorpreso il collega. Non lo aveva mai neppure sfiorato l'idea di dover ricorrere ai grossi calibri custoditi sotto chiave nel bagagliaio. La prima tentazione fu di dire sì, poi la prudenza lo fece ragionare qualche altro secondo e, infine, ebbe il sopravvento.

«No, penso di no. Potrebbero esserci più d'impaccio che altro».

«Beh, io lo prendo, niño, meglio premunirsi».

«Ok, basta che lo punti bene prima di sparare. E stacca la sirena».

Sanchez eseguì e iniziò a rallentare, per non correre il rischio di saltare il punto in cui la recinzione dei binari era stata divelta. Proseguirono così per qualche minuto, a passo d'uomo accanto al marciapiedi e con gli occhi fissi sulla loro sinistra. I fari dell'auto, essendo orientati frontalmente, non li aiutavano se non con un vago bagliore, e le berline non erano dotate di fari snodabili sul tettuccio come le autopattuglie.

D'un tratto Sanchez, con il finestrino abbassato per non avere ulteriori disturbi dal riflesso interno del vetro, frenò di colpo.

«Eccolo» sentenziò, e scese dalla macchina.

Sanchez non si sbagliava; i paletti di ferro erano stati piegati verso l'interno con una leva evidentemente potente e la rete metallica, portata all'estremo punto di tensione, aveva infine ceduto. Lo squarcio iniziale era poi stato allargato per consentire il passaggio di persone.

Dopo un primo, sommario sguardo, i due detective tornarono all'auto, aprendo il babagliaio per prenderne le due torce elettriche, una ricetrasmittente e il fucile per Sanchez. Le batterie delle torce erano ben cariche e il loro potente fascio di luce consentì a Parker di scoprire un pezzetto di stoffa arancione impigliato nella punta di una delle maglie rotte della rete.

«Watts a un certo punto aveva mormorato "gli arancioni", l'hai sentito?» disse a Sanchez.

«No, non ci ho fatto caso. Comunque sia, un motivo in più per andare a vederli da vicino, no?»

«Certo» e si lanciò lungo il breve dirupo sterrato. Sentì le erbacce attaccarsi alla stoffa del suo vestito, pensò per un attimo che la madre non ne sarebbe stata affatto contenta, ma un attimo dopo sentì di nuovo la terra sotto i piedi e poté guardarsi intorno con la torcia. Il terreno era molto irregolare, con grosse pietre rossastre a fare da base di posa per decine di binari e relative traversine. Pali metallici, ovunque intorno a lui, sostenevano cartelli indicatori, leve di comandi incomprensibili e semafori, tutti con le luci verdi. Sentì arrivare Sanchez dietro di lui, reso impacciato dall'ingombro del fucile; fece qualche passo in avanti per non rischiare di essere travolto dal collega e contemporaneamente tese le orecchie alla ricerca di un minimo rumore che li potesse aiutare sulla direzione da prendere.

«Sentito niente, niño?» bisbigliò Sanchez mentre si scrollava la terra di dosso dopo la discesa.

«Niente».

«Secondo me sono andati verso sud, in direzione contraria a quella della estaciòn. Non avrebbe senso avvicinarsi a un luogo zeppo di poliziotti per fare qualcosa che puoi fare anche cinque miglia più in là».

«Sì, hai ragione. Andiamo».

«Occhio a dove metti i piedi, niño, con questi sassi ci vuole niente a rompersi una caviglia».

Sanchez e Parker si separarono di qualche passo e iniziarono la loro faticosa avanzata pietra dopo pietra. Scavalcarono alcuni binari avanzando in diagonale poi, quando ebbe giudicato di trovarsi più o meno al centro dell'area di transito, Sanchez fece segno a Parker di salire su un binario e procedere camminando solo di traversina in traversina; sarebbero andati più veloci e avrebbero fatto molto meno rumore. Camminarono per cinque minuti senza incontrare anima viva. Intorno a loro il silenzio era assoluto, dovevano essersi già allontanati un bel po' dalla stazione, pensò Parker. Ogni minimo rumore prodotto dal loro avanzamento, da una pietra spostata al ticchettio della cinghia della radio che aveva intorno al collo, sembrava riecheggiare per miglia e miglia come un colpo di cannone. Parker pregò che non ci fosse nessuno ad aspettarli con un'arma; con quella torcia accesa in mano e i rumori continui che gli sembrava di fare, era il più comodo di tutti i bersagli.

Ormai Watts non aveva più dubbi, "gli arancioni" stavano cercando rogne. Non sapeva ancora se le intuizioni di Parker fossero vere, non riusciva a scorgere questi famigerati pali nei loro gruppi neppure osservandoli attentamente con il binocolo, ma era certo che stavano puntando il reparto a cavallo di Gibbons. Guardò la radio che stringeva nella mano sinistra; non avrebbe scommesso un dollaro sul fatto che quello gli avrebbe dato retta, ma il dovere gl'imponeva di provarci.

«Tenente Gibbons, sono Watts dall'interno della stazione, mi sente?»

«Watts! Che altro diavolo vuole?»

«Ho appena ricevuto informazioni da una pattuglia esterna riguardo la presenza nel piazzale di gruppi armati con tubi di ferro. Potrebbero usarli per falciare le zampe ai suoi animali, passo».

«Di tutte le stronzate sentite in vita mia...»

«Tenente, tenga d'occhio quei gruppetti vestiti di arancione, sono loro i nostri sospetti, vede che stanno dirigendosi divisi verso i suoi uomini? Passo».

«Watts la pianti di darmi ordini, è chiaro? Sono un suo superiore, per dio! – urlò Gibbons fuori di sé – Li vedo benissimo gli arancioni e non hanno armi di nessun genere, figuriamoci tubi di ferro!»

«Tenente, mi dia ascolto, riunisca il suo reparto, non lo tenga così allungato, e lo schieri dietro quelle panchine di cemento che vede alla sua destra, non sappiamo esattamente quanto...»

«Quando questa storia sarà finita – lo interruppe bruscamente Gibbons – avrà mie notizie Watts, ne stia certo!» e chiuse la comunicazione.

«Se ci arriverai vivo alla fine di questa storia, stronzo» disse piano Watts, inferocito contro il collega.

Diede uno sguardo d'insieme all'atrio mentre cercava di calmarsi. I suoi uomini erano alle postazioni prestabilite, ottime per controllare la situazione all'interno della stazione, ma troppo lontani per intervenire a protezione di Gibbons. In caso di problemi per il loro reparto a cavallo, le squadre di uomini dell'Undicesimo avrebbero dovuto attraversare tutto l'atrio e buona parte del piazzale, scontrandosi contro il flusso di avanzamento dei manifestanti, oltretutto accelerato dalla necessità di arrivare ai due treni in partenza. Watts scelse di rischiare e giocò d'anticipo. "Se sbaglio mi fanno il culo a strisce per aver lasciato sguarnito un pezzo dell'atrio, - pensò Watts - e tutto per un'intuizione di Parker, un detective con una settimana d'anzianità. Devi essere completamente rincoglionito, Grady".

Tornò ad avvicinare la grossa ricetrasmittente alla bocca.

«Klay, Sprewell ci siete?» abbaiò violentemente al microfono.

«Sono Klay, dimmi Grady».

«Qui Sprewell, avanti» risposero i due quasi all'unisono. Watts li guardò dall'alto e vide che lo stavano osservando.

«Dobbiamo uscire dalla stazione e dare supporto a un'unità a cavallo».

«Uscire dalla stazione? Ho capito bene?» chiese Klay.

«Hai capito benissimo Klay, credo che io e te parliamo la stessa lingua no? Allora… abbiamo informazioni secondo cui quel reparto sta per essere attaccato da alcuni piccoli gruppi organizzati, armati di pali di ferro con cui falciare le zampe degli animali. E' probabile che mirino a impadronirsi delle armi degli agenti una volta a terra, è quello che dobbiamo impedire a ogni costo. I gruppi sospettati indossano tutti degli abiti di colore arancione».

«Il reparto è stato avvertito?» chiese Sprewell.

«Sì, ma il tenente che lo comanda non ha voluto sentire ragioni».

«Ok. In che direzione dobbiamo muoverci?»

«Appena usciti dalla stazione, andate verso quel gruppo di alberi sulla destra, poi avvicinandovi vedrete i nostri colleghi a cavallo. Cominciate a muovervi, io scendo e vi raggiungo».

Klay e Sprewell chiusero le comunicazioni. Watts li osservò brevemente prima di muoversi a sua volta; vide i due detective fare un cenno ai rispettivi uomini, gridare loro alcune indicazioni sommarie e mettersi in movimento. Quindi Watts spiegò a un altro detective accanto a lui impegnato nel controllo dell'atrio i motivi del suo spostamento, quindi scese le scale ben sorvegliate dai suoi colleghi e si unì alla squadra di Sprewell proprio mentre questa passava davanti a lui.

Watts era stato buon profeta nel non sottovalutare il rallentamento dovuto al flusso contrario dei manifestanti. Le due squadre presero ad avanzare con grande fatica tra la folla, facendosi largo con veemenza con gli scudi manovrati come arieti e una formazione a testuggine che sembrava richiamare le antiche legioni romane. Sotto i caschi, dietro le visiere e gli scudi, gli agenti sudavano come spugne; la maggior parte dei manifestanti cui passavano accanto li ignorava, ma c'era anche chi coglieva l'occasione per scaricare loro addosso tutto il disprezzo di un popolo che vedeva incarnati in quelle divise blu tutti gli odiosi politici e generali che stavano mandano a morire mariti, figli e fidanzati in Vietnam. E così le divise degli agenti e i giubbotti dei detective, prima ancora di essere uscite sul piazzale antistante la stazione, divennero un campionario di sputi, acqua e bevande varie rovesciate, chewing gum appicciati. Ma nulla fermò le due squadre guidate a gran voce da Watts, che lentamente si diressero verso il loro obiettivo.

In un buio sempre più opprimente, Parker e Sanchez avanzavano con mille cautele su due binari poco distanti tra loro, attenti a poggiare i piedi solo sulle traversine. D'un tratto un netto rumore metallico alla loro sinistra, seguito da imprecazioni soffocate, li fece sobbalzare. Si guardarono per un attimo, quindi Sanchez fece cenno con la testa al compagno di andare a sinistra e spense la sua torcia, subito imitato da Parker. Fecero pochi passi e il rumore metallico tornò a farsi sentire. I due detective accelerarono i loro passi, per quanto fosse loro consentito dall'oscurità. Poi un breve grido femminile, seguito da un rumore di terra smossa, di rotolamento e si ritrovarono un uomo ai loro piedi, caduto giù dal terrapieno sulla cui cima si trovava un'altra recinzione metallica. Le torce vennero riaccese e puntate sul volto della figura piovuta dall'alto.

«E voi chi cazzo siete?» gridò la ragazza.

Parker capì che quella frase aveva messo in avviso i suoi complici in cima al terrapieno, probabilmente intenti a forzare la recinzione con quegli stessi pali che avevano usato per entrare.

«Tu bada a lei, io salgo, sono più agile senza fucile» disse a Sanchez. Parker gli lasciò la radio, si tolse la giacca, s'infilò la torcia spenta dietro la camicia e iniziò ad arrampicarsi come un ragno sullo sterrato. Scivolò un paio di volte, ma salì comunque con grande rapidità, fino a scorgere in pochi secondi la recinzione e alcune figure intorno a quello che sembrava un varco nella rete.

Appena sentì spianarsi il terreno sotto i suoi piedi si rialzò in posizione eretta, afferrò con una mano la torcia, la accese e con la destra impugnò la pistola.

«Polizia! Fermi dove siete!» urlò Parker, ottenendo in risposta solo un'accelerazione del tentativo d'infilarsi nello stretto varco per fuggire.

Puntando la torcia vide che erano in tre, uno dei quali praticamente già oltre la recinzione. Parker sapeva bene come la rete rappresentasse per lui un punto di non ritorno; passata quella, si sarebbero dispersi in un attimo e lui sarebbe tornato indietro a mani vuote. Decise di lanciarsi contro i tre, non sapendo neppure se fossero armati o no. Rimise la pistola nella fondina ascellare e si avventò contro il più vicino, vestito con un giubbotto grigio di cotone leggero, afferrandone un lembo.

«Sbirro bastardo!» gli gridò quello, tentando di divincolarsi. Il primo fuggitivo aveva finito di oltrepassare la rete e, ben guardandosi dal tornare dentro, si limitava a gridare «Dai! Dai, venite fuori!»

Parker stava cercando di avere la meglio sulla preda che aveva afferrato quando vide un riflesso metallico accendersi all'improvviso a margine del cono di luce della sua torcia. Fece appena in tempo a ripararsi istintivamente con il braccio che reggeva la torcia, che un grosso oggetto metallico si abbatté sulla sua spalla sinistra, strappandogli un gemito di dolore. Mentre il suo avversario lo risollevava per caricare un secondo colpo, Parker inquadrò meglio l'oggetto: era una delle chiavi da 9 pollici che stavano cercando. Stavolta parò il colpo con la torcia, con la quale colpì subito dopo il suo nemico, fracassandogli sul volto il vetro posto a protezione della lampadina. Appena quello si portò le mani al volto urlando, Parker strattonò a sé quello che aveva affer-

rato con la mano destra e li ammanettò insieme immediatamente.

«Tutto bene, niño?» gridò Sanchez da sotto, preoccupato
dai rumori di colluttazione che gli erano giunti attraverso la
notte.

«Tutto bene, ti sto spedendo altri due pacchi» rispose Parker
e spinse senza tanti complimenti i suoi due prigionieri giù
per la breve discesa. Quindi si voltò verso la rete bucata,
dove l'unico scampato alla cattura del gruppo stava facendo
ancora da spettatore.

«Tu che vuoi? Vogliamo fare due chiacchiere anche con te?»
gli gridò Parker, accennando a estrarre nuovamente la pistola, ma quello fuggì in strada come un fulmine. Il detective
raccolse la grossa chiave con cui era stato colpito e la portò
con sé tornando giù, dove trovò Sanchez già impegnato in
uno stretto interrogatorio per farsi rivelare quali fossero i
binari manomessi.

«Sei impazzito sbirro? Noi non abbiamo toccato nessuno
binario. – rispose senza scomporsi la ragazza – Ci stavamo
solo facendo un giro».

«Certo, anche io e il mio collega eravamo a passeggio».

«Ecco, vedi?»

«Senti, hermosa, – disse Sanchez diventando improvvisamente serio e afferrando la ragazza per il bavero del giubbotto – non abbiamo tempo di giocare con voi. Se avete
toccato anche un solo bullone di quei binari farete bene a
dirlo immediatamente. I reati che avete finora sul groppone sono delle barzellette rispetto a quello che potrebbe
succedervi se uno di quei treni deraglia. Lì sopra ci sono
migliaia di persone, stiamo parlando di una strage. Strage!
La conoscete questa parola? L'avete mai sentita, cabrones?
C'è il carcere a vita. Vi chiudono dentro e buttano via la
chiave, campaste anche cent'anni».

«Forza! Non abbiamo tutta la notte!» rincarò la dose Parker.

Il ragazzo con il volto insanguinato per il colpo preso da
Parker iniziò a piangere sommessamente.

«Te l'avevo detto che stavamo facendo una cazzata, te
l'avevo detto!» disse alla ragazza, che invece rimase più com-
posta.

«E piantala di frignare come un bambino, mi fai schifo, ca-casotto. – gli disse quella con disprezzo. Poi, rivolta ai de-tective – Vedete agenti… il problema è che, anche volendo, non sapremmo proprio dirvelo. Noi di treni e binari non ne capiamo un cazzo, ci siamo mossi a caso. E con il buio, per di più, non sapremmo proprio dirvi su quali binari ab-biamo messo le mani».

Sanchez e Parker si puntarono a vicenda le luci delle torce sui rispettivi volti e riconobbero nell'altro un bagliore di sconforto. "La ragazza sta dicendo la verità, – pensò Parker – questi qui non saprebbero guidarci meglio di un cieco".

Watts, Sprewell e il loro gruppo di agenti erano a circa qua-ranta yard dalla sezione più vicina del reparto a cavallo, mentre Klay e la sua squadra stavano puntando verso l'estremità più lontana degli uomini del tenente Gibbons. Gli uomini in arancione, però, erano molto più vicini di loro e sferrarono il loro attacco esattamente come aveva previsto Parker; ognuno dei cinque gruppi in cui si erano suddivisi, giunto a pochi passi dal suo obiettivo, si staccò all'improv-viso dal flusso dei manifestanti seguito fino a quel momento e si avvicinò lateralmente ai poliziotti e ai loro animali. In pochi attimi, dal centro di ogni gruppo, dove veniva occul-tato alla vista di chiunque dall'esterno, emerse un palo di ferro che, brandeggiato rapidamente dai componenti del gruppo più vicini ai cavalli, ruotò e infine si abbatté con brutale violenza sulle zampe degli animali. Il tenente Gib-bons e i suoi uomini non fecero quasi in tempo ad accor-gersi di nulla. Dalla loro posizione rialzata avevano la naturale tendenza a osservare i movimenti a media e lunga distanza, senza prestare troppa attenzione a ciò che acca-deva immediatamente sotto di loro. Il primo attacco fu un pieno successo: cinque cavalli crollarono al suolo di fianco, con altissimi nitriti di dolore, trascinando con loro i cavalieri. I poliziotti a terra, storditi e impigliati, con un piede rimasto nella staffa o una gamba sotto il fianco del cavallo, furono subito aggrediti dagli uomini in arancione non deputati alla manovra dei pali, mentre gli altri tornarono a sollevare i pali sopra le loro teste per scagliare il secondo attacco.

La fortuna di alcuni poliziotti caduti fu che la fondina con la pistola, l'obiettivo finale degli aggressori, si trovasse proprio nel fianco su cui erano caduti, e quindi praticamente irraggiungibile, tra l'ostacolo del corpo del cavallo e quello del poliziotto.

Quando sentì i primi nitriti di dolore dei cavalli, Watts capì che non c'era più un secondo da perdere e spronò Sprewell e gli uomini intorno a lui ad avanzare con qualunque mezzo, senza badare più alla forma. Klay, alla loro sinistra, si accorse dell'accelerazione dei colleghi e ordinò ai suoi uomini di procedere nello stesso modo. I poliziotti presero così a farsi largo tra la folla con violenti colpi di scudo e manganello, senza preoccuparsi troppo dell'incolumità della folla che, intorno a loro, iniziava ad agitarsi. Watts temette che la situazione potesse degenerare e, certo che il tenente Gibbons non l'avesse fatto, decise di chiedere lui i rinforzi.

«Punta Ovest Uno a Capo Ovest, Punta Ovest Uno a Capo Ovest, rispondete!»

«Qui Capo Ovest, avanti»

«Tenente Klesko sono Watts, ci sono problemi nel piazzale, un nostro reparto è stato…»

«Che cazzo ci fai nel piazzale, Watts?»

«Ora non ho tempo di spiegarle tutto dall'inizio, tenente, sto correndo in soccorso del reparto a cavallo del tenente Gibbons. Credo che alcuni suoi uomini siano a terra, i cavalli sono stati falciati con dei pali di ferro da alcuni gruppi di manifestanti, riconoscibili dal colore arancione dei vestiti. Sto intervenendo con le squadre dei detective Sprewell e Klay ma la situazione potrebbe farsi pesante, servono subito altri rinforzi, sia nel piazzale ovest che dentro l'atrio».

«Ok ti mando subito gli uomini del Settimo, ma dopo facciamo i conti, Watts!»

«Un'altra cosa tenente, si metta in contatto con il detective Parker prima di far partire quei due treni, lui le spiegherà».

«E chi cazzo è Parker?»

«Non è di servizio alla stazione, quindi lo chiami sul canale normale, è un mio collega dell'Undicesimo, auto Undici Tre. Ora la devo salutare, abbiamo quasi raggiunto Gibbons e i suoi fottuti cavalli. Passo e chiudo».

Il secondo attacco con i pali non ebbe successo come il primo. Alcuni poliziotti, resisi conto di quanto era appena accaduto ai compagni, vedendo arrivare i colpi fecero impennare i loro cavalli, che così schivarono quasi completamente l'impatto con il ferro. Il cavallo del tenente Gibbons, invece, venne falciato e l'ufficiale crollò al suolo insieme al suo animale. Ebbe il riflesso di sfilare il piede dalla staffa, ma appena ebbe toccato terra con la schiena gli volarono addosso tre uomini in arancione, che non gli diedero il tempo di difendersi, lo stordirono con un violento pugno al mento e s'impadronirono della sua pistola e del suo manganello. La stessa operazione andò a buon fine con altri due agenti, atterrati nel primo attacco, mentre gli altri riuscirono a resistere. Le tre pistole in mano agli uomini in arancione non furono però il danno peggiore. Uno degli agenti agli ordini di Gibbons, infatti, venne colpito direttamente alla schiena dal palo, ma riuscì a non cadere per il contraccolpo, reggendosi disperatamente in sella. Aggrappato alla schiena del cavallo e accecato dal dolore, vedendo che chi lo aveva colpito stava ora cercando di afferrarlo per completare l'opera e tirarlo giù di sella, estrasse la pistola e svuotò i suoi sei colpi a bruciapelo sui suoi assalitori, uccidendone tre sul colpo e ferendone seriamente un quarto, che si accasciò in terra. Le felpe arancioni diventarono improvvisamente marrone scuro e fiotti di sangue inondarono dopo pochi secondi l'asfalto del piazzale.

Gli spari risuonarono fortissimi e la folla, fino a un momento prima mestamente avviata verso l'interno della stazione, venne scossa da un fremito di orrore, riaccesa in tutta la sua energia. La voce che la polizia avesse ucciso dei manifestanti si diffuse in pochi attimi come un'onda incontrollabile e da più parti si alzò il grido di "Vendetta!".

Il detective Klay aveva assistito da pochi metri all'uccisione dei tre uomini in arancione e capì subito che, se non lo avesse portato via immediatamente, quel poliziotto sarebbe stato linciato dalla folla. Schierò i suoi uomini con gli scudi in un piccolo perimetro protettivo, quindi tirò giù di forza dal cavallo il collega, con la pistola fumante ancora in mano e lo sguardo evidentemente sotto chock. Si guardò intorno, altri quattro uomini ancora a cavallo stavano lottando con i loro animali, spaventati dagli spari ravvicinati, per controllarli ed evitare che calpestassero la folla circostante. Klay non ebbe dubbi, doveva portare via anche loro per evitare guai peggiori. Fece scorrere il suo perimetro umano lateralmente tenendosene bene al riparo, come un quarterback all'interno della tasca protettiva dei suoi compagni di linea.

«Scendete! Scendete di lì e venite via con noi!» gridò quando fu in mezzo ai quei quattro, rischiando di essere calpestato lui stesso dai cavalli imbizzarriti.

Non ebbe risposta immediata. Si guardò intorno. Molta gente stava avvicinandosi con aria minacciosa e a breve il suo perimetro di uomini non sarebbe più stato in grado di proteggerlo. Klay allora decise di buttarsi in mezzo ai quattro colleghi in difficoltà e ne afferrò due per le gambe, strattonandoli verso il basso.

«Venite via o la vedo brutta per voi! Dovete abbandonare i cavalli, SUBITO!»

Stavolta le sue richieste furono ascoltate. I due fecero cenno agli altri due compagni d'imitarli e scesero tutti e quattro, unendosi alla squadra di Klay.

«Dobbiamo andare di là! – disse uno di loro al detective – Ho visto che dei tizi vestiti d'arancione hanno preso la pistola a Johnson quando è caduto a terra! Dobbiamo recuperarla, sono quelli lì!»

Klay gli fece un cenno d'assenso con la testa, poi battè sulle spalle degli uomini che li stavano proteggendo.

«Riformate la testuggine, ragazzi! Si va a sinistra verso quei cavalli caduti! Una nostra pistola è caduta nelle mani sbagliate e dobbiamo recuperarla!»

Watts e Sprewell avevano già intuito il problema delle armi rubate; giunti per primi in soccorso del tenente Gibbons, avevano notato subito la fondina vuota nel cinturone. Il loro arrivo era stato talmente rapido da non aver lasciato agli uomini in arancione la possibilità di allontanarsi troppo e di mescolarsi alla folla. Watts prese cinque uomini con sé e altrettanti ne lasciò a Sprewell; i due detective si separarono per dare la caccia ai due gruppi arancioni più vicini. Le loro prede si accorsero di essere inseguite, ma non avendo gli scudi per farsi largo tra la folla il loro avanzamento era molto più difficoltoso rispetto a quello delle due squadre di poliziotti. Sprewell fu il primo a raggiungere l'obiettivo; gli uomini della sua squadra, stanchi per la lunga corsa e innervositi dal sentirsi circondati da una folla che li tollerava con ostilità, misero mano ai manganelli appena ebbero a tiro le loro prede e le colpirono senza pietà, facendole stramazzare al suolo. Sprewell ebbe la fortuna d'individuare subito l'uomo in possesso di una delle pistole rubate; quello, sentendosi minacciato, la estrasse e fece per puntarla contro di lui, ma una precisa manganellata del detective tra polso e arma gli fece mollare la presa sul calcio del revolver. In pochi secondi l'intero gruppo venne ridotto a un manipolo d'innocui ragazzi.

Watts invece non ebbe la stessa sorte del collega. Il gruppo in arancione a cui dava la caccia era più numeroso dell'altro e meglio organizzato. Non avevano mollato per terra i due pali dopo aver abbattuto i cavalli, come avevano invece fatto gli altri, e quindi li usarono per picchiare selvaggiamente gli agenti in avvicinamento. Non fecero danni gravi, i poliziotti avevano gli scudi per proteggersi, ma la squadra dovette rinculare più volte nel suo avanzamento, sotto i tremendi colpi sferrati con i pali, finché riuscì ad avvicinarsi a distanza tale da rendere inservibili quelle armi così lunghe. A spazi serrati il vantaggio di avere scudi e manganelli iniziò ben presto a farsi sentire in favore dei cinque uomini della polizia, ma gli arancioni, avuti rinforzi dall'arrivo di un altro gruppo separatosi in precedenza, continuarono a resistere, lottando ferocemente e riempiendo i vuoti lasciati dai compagni a terra, abbondantemente sanguinanti dopo aver ricevuto colpi al capo o alle gambe.

Il momento cruciale dello scontro fu segnato da due spari; due uomini in arancione, trincerati nelle retrovie del loro schieramento, vista volgere al peggio la situazione decisero di giocare il tutto per tutto ed estrassero le due pistole sottratte pochi minuti prima ai poliziotti a cavallo. Nell'incredibile confusione regnante in quel momento, Watts fece appena in tempo a cogliere i bagliori metallici delle armi che venivano estratte dalle felpe arancioni, bagliori subito seguiti dalle esplosioni degli spari. Il primo colpo andò a vuoto, il secondo no. L'agente immediatamente davanti a Watts venne fulminato alla testa; la pallottola calibro 44 sparata dalla Colt strappata a Gibbons trovò solo un blando ostacolo nel casco indossato dall'agente Rayburn, costruito per resistere a colpi d'arma bianca o a sassate, ma non certo antiproiettile. Testa e casco esplosero in un tutt'uno di sangue e materia cerebrale che si riversò su Watts, impastandogli il volto e il petto. La sua reazione del detective fu solo di fastidio, nient'altro. Non era la prima volta che si trovava coperto dal sangue di un compagno; in guerra aveva visto ferite orrende causate da armi, mine o trappole artigianali. Anche ora che queste cose gli accadevano molto più di rado, la sua capacità di reazione non era cambiata; riusciva incredibilmente a non farsi sopraffare dall'orrore.

L'agente Rayburn crollò al suolo all'istante e Watts si trovò così scoperto verso i suoi avversari. Lui, come tutti gli altri detective, non indossava protezioni di alcun tipo, aveva la ricetrasmittente in una mano e un manganello di legno nell'altra. In un attimo fu consapevole di non avere altra scelta se non quella di mettere mano anche lui alla sua arma; gli passarono come un fulmine nella mente tutte le possibili conseguenze, conseguenze in molti casi drammatiche, ma in quel momento aveva il dovere di proteggere la sua squadra. Se non avesse abbattuto quei due, lui e la sua squadra sarebbero stati massacrati in pochi secondi e così gli sembrò di non avere realmente scelta. Gettò in terra il manganello mentre intorno a lui c'era gente che fuggiva ovunque, terrorizzata dagli spari; i suoi occhi colsero marginalmente le immagini di alcuni ragazzi rotolati a terra e calpestati dalla folla in fuga come una mandria impazzita, ma in quel momento erano solo dettagli insignificanti, le sue priorità erano altre. Con la mano libera impugnò la Colt Python che portava nella fondina ascellare sotto il giubbotto e sparò sull'uomo armato che aveva di fronte, quello che aveva appena ucciso Rayburn; un tiro miracolosamente libero, visto il caos che regnava ormai sovrano intorno a lui. Mirò al petto e fece fuoco, abbattendolo mentre il suo sangue esplodeva all'altezza dello sterno.

"E' questo il punto debole di chi non è abituato a sparare agli uomini, – pensò Watts in un baleno – dopo il primo colpo si fermano a guardare che succede".

Ruotò a sinistra per inquadrare il suo secondo bersaglio, ma si trovò la linea di tiro occlusa dallo scudo di un uomo della sua squadra. Il secondo avversario si accorse però subito di essere nel mirino di Watts e sollevò nuovamente l'arma, puntandola nella direzione del detective. Watts sapeva di avere solo pochi attimi per evitare la morte, visto che lo scudo del collega dietro cui si trovava non avrebbe fermato la pallottola che stava per arrivare. Fu allora che ebbe un'intuizione fulminea; capì che lo scudo non avrebbe fermato neppure la SUA pallottola. E allora ci sparò attraverso.

«Capo Ovest per Auto Undici Tre, Capo Ovest per Auto Undici Tre, rispondete».

Parker si guardò il ventre, dove dondolava la radio, con aria sorpresa. Si era quasi dimenticato di averla. Guardò Sanchez con aria interrogativa e quello gli ordinò con un cenno imperioso di rispondere.

«Qui Auto Undici Tre, sono il detective Parker, passo».

«Parker! Proprio te cercavo! Sono il tenente Klesko, Watts mi ha detto che hai delle notizie per me sui treni in partenza dalla stazione ovest, passo».

«Sì tenente. Io e il detective Sanchez abbiamo arrestato tre membri di un gruppo di ragazzi che, dopo aver forzato le recinzioni ed essere scesi sulla linea, ne hanno manomessi alcuni svitando i bulloni che tengono insieme le traversine ai binari, passo».

«Dove vi trovate? Passo».

«Difficile dirlo con precisione, tenente. Direi quattro o cinque miglia a sud della stazione ovest, ma qui è tutto buio e non abbiamo riferimenti. Passo».

«Li avete colti sul fatto? Passo».

«No, li abbiamo bloccati mentre tentavano di fuggire da un altro buco nella recinzione. Ma siamo certi del loro sabotaggio, avevano dietro gli attrezzi adatti e poi, messi alle strette hanno confessato. Il problema è che non hanno idea di quali binari abbiano manomesso. Passo».

«Come?!»

«Si sono mossi completamente a caso e al buio. Non sanno dirci dove hanno messo le mani. Signore, scusi se mi permetto, ma penso che quei treni non debbano lasciare la stazione. Passo».

Ci fu qualche secondo di silenzio, poi la voce di Klesko tornò a farsi sentire.

«Qui è un casino, Parker. Ci sono degli scontri pesanti sul piazzale, Watts è intervenuto lì con i tuoi

colleghi. Non posso tenerli fermi per molto quei treni, c'è il rischio che i manifestanti che sono a bordo ridiscendano e prendano i nostri uomini alle spalle. Potremmo farli partire e farli andare a passo d'uomo per una decina di miglia... ho qui accanto il responsabile tecnico della stazione, dice che a bassissima velocità i binari dovrebbero tenere anche senza qualche bullone... aspetta un attimo, rimani in linea, Parker... - per un minuto si sentirono voci in sottofondo, voci cariche d'ansia che discutevano animatamente, poi Klesko riprese – Parker! Sei ancora lì? Passo».

«Sì, ci sono, passo».

«Allora, i treni partiranno tra pochi minuti e procederanno come ti ho detto. Viaggeranno sullo stesso binario a dieci minuti di distanza, così dovrete controllare un solo binario. Li instraderemo sul 2, ha capito, Parker? Passo».

«Binario 2, capito, passo».

«Per maggiore sicurezza, il primo treno sarà preceduto da un vagone di servizio con a bordo solo il macchinista, per verificare la tenuta del binario. Tu e il tuo collega dovrete verificare lo stato del binario 2, attendere il passaggio dei treni e riferirmi quel che accade. Siete in grado di controllare la tenuta del binario? Passo».

«Signore, qui è tutto buio e noi abbiamo solo due torce. Le ripeto che non abbiamo modo di verificare lo stato dei binari. Non potete mandare dei tecnici a ispezionare la linea? Passo».

«Negativo, non c'è tempo. Fai del tuo meglio Parker, è un ordine. Tra cinque minuti esatti partirà il mezzo di servizio, seguito a ruota dal primo treno, passo e chiudo».

Parker ebbe per un attimo una voglia tremenda di spaccare

la ricetrasmittente sui sassi che aveva sotto i piedi, ma si trattenne. Avrebbe potuto essergli ancora utile.

«Andiamo a fare del nostro meglio?» disse a Sanchez, sorridendo amaro.

«Beh, se è un ordine…» gli rispose quello con tono rassegnato.

«Piuttosto, dove li leghiamo questi tre?» chiese Parker al collega.

Sanchez si guardò intorno con la torcia. Vide un palo di sostegno della linea elettrica con una lunga catena pendente da un lato. Trascinò i suoi prigionieri e li legò là, usando le manette di entrambi e la catena. Dopo aver concluso il lavoro esaminò il tutto con la torcia e annuì soddisfatto.

«Ora svitate anche questo se vi riesce, cojones» disse ai tre, e la ragazza gli rispose con uno sputo, che lo mancò.

I due detective presero le chiavi sequestrate ai ragazzi e si avviarono verso il binario 2, fortunatamente per loro uno dei più vicini.

«Prova a picchiare forte sul binario con la chiave, niño, - disse Sanchez a Parker – se non è ben fermo dovresti sentire un rumore fasullo».

«E tu che come la sai questa cosa? Hai pure un fratello capotreno?»

«No, nessun hermano capotreno. L'ho visto fare in un film, magari funziona».

«Figuriamoci…» disse Parker sconsolato, iniziando a picchiare con la chiave.

I due detective iniziarono a risalire il più velocemente possibile il binario dove a breve sarebbero transitati i treni, picchiando di tanto in tanto su entrambi i lati con la chiave, come aveva suggerito Sanchez. A Parker sembrava che ogni colpo producesse sempre lo stesso suono, ma questo non riusciva a tranquillizzarlo; era demoralizzato, stanco e convinto che l'unica possibilità di salvezza fosse che i sabotatori non avessero messo le mani su quel binario, punto e basta.

Le due pallottole attraversarono lo scudo da due direzioni diverse e in momenti diversi, ma giunsero ai rispettivi bersagli nello stesso istante. Quella sparata dal revolver di Watts attraversò l'intestino del suo bersaglio come una lama il burro, lacerando tutti i tessuti interni che incontrava, causando un'enorme emorragia interna e fuoriuscendo dalla schiena. Il ragazzo con la maglia arancione a maniche lunghe si portò istintivamente al ventre le mani, una delle quali stringeva ancora la pistola presa alla polizia, ma fu un gesto del tutto inutile. Vide l'acciaio dell'arma coprirsi del suo stesso sangue, si sentì mancare improvvisamente le forze e cadde in ginocchio, mentre la sua respirazione si faceva sempre più affannosa e difficile. I compagni, presi dagli scontri corpo a corpo con i poliziotti, non si resero neppure conto della sua caduta e dopo qualche secondo, senza che nessuno se ne accorgesse, il ragazzo non fu più in grado di reggersi nemmeno sulle ginocchia e cadde bocconi sull'asfalto del piazzale con la testa piegata su un lato e la rada barba giovanile che andò a bagnarsi del suo stesso sangue. Non fu mai in grado di vedere che, magra consolazione, anche la sua pallottola era andata a segno, piantata nel braccio sinistro di Watts. Il detective sentì un fortissimo bruciore subito dopo aver sparato e capì di essere stato ferito. Visto cadere il suo bersaglio, cercò di mantenere la calma e si guardò il braccio sinistro, teso insieme al destro per puntare meglio. Vide il fiotto di sangue uscire dalla ferita, il liquido rosso scuro allargarsi sulla stoffa del giubbotto; cercò invano il foro d'uscita della pallottola e non trovandolo capì di averla ancora dentro di sé. Rimise la pistola nella fondina, mentre il sangue iniziava a colargli giù lungo il braccio abbandonato, la stoffa oramai incapace di assorbire altro liquido. Con la mano destra ora libera afferrò la radio che gli pendeva su un fianco; premere il pulsante di chiamata gli sembrò faticosissimo.

«Punta Ovest Uno a Capo Ovest, Punta Ovest Uno a Capo Ovest, rispondete» disse con voce stentata.

«Qui Capo Ovest, avanti».

«Tenente, abbiamo avuto uno scontro a fuoco, c'erano due di loro armati, probabilmente con le pistole prese ai reparti a cavallo. Ci sono a terra tre uomini, tutti probabilmente morti, e uno è dei nostri, l'agente Rayburn. Io sono ferito a un braccio da un colpo di pistola, sto perdendo parecchio sangue, abbiamo bisogno di rinforzi immediati, altrimenti rischiamo di essere travolti, passo».

«Gli uomini del Settimo sono già in movimento, dovrebbero raggiungervi a momenti, resistete ancora qualche minuto, poi appena arrivano sfilatevi dalla mischia e tornate alla stazione o nel luogo sicuro a voi più vicino, passo».

«Agli ordini, passo e chiudo».

Scorse alla sua destra la sagoma ben conosciuta di Mike Sprewell, intento a sventagliare il manganello per tenere a distanza alcuni ragazzi, non appartenenti ai gruppi in arancione ma a quanto pareva ben decisi a imitarne le gesta dopo aver sentito gli spari. Gli toccò la spalla per farsi riconoscere.

«Mike sono ferito! E abbiamo Rayburn morto qui a terra!» gli gridò Watts nel frastuono.

Quello si voltò un attimo, diede uno sguardo veloce alla situazione alle sue spalle, quindi tornò a concentrarsi sugli avversari che stava fronteggiando a distanza di sicurezza.

«Cristo che casino! Chiama Klesko e chiedi subito rinforzi, dobbiamo sganciarci!»

«Già fatto, dice che stanno arrivando le squadre del Settimo».

«Ok!»

«Devi coprirmi, resto qui dietro di te! Non ce la faccio a difendermi!»

«Tranquillo, resta qui! Il primo di questi stronzi che prova ad avvicinarsi ci rimette la testa!»

Il tenente Klesko fu di parola. Dopo neppure due minuti arrivarono i promessi uomini del Settimo Distretto, che si posero subito davanti a Watts e ai suoi uomini, facendo ulteriormente indietreggiare i manifestanti più aggressivi. Watts notò come ognuno di loro avesse al collo una maschera antigas, e ne dedusse che queste squadre erano attrezzate per il lancio di lacrimogeni.

«Chi è il capo qui? Chi è il capo qui?» gridò un uomo in giacca blu.

«Sono io, detective Watts, molto piacere di vedervi» disse Watts porgendo la mano.

«Detective Langham, piacere. Vedo che sei ferito».

«Sì, abbiamo avuto uno scontro a fuoco. Abbiamo anche un agente e due manifestanti morti».

«Cazzo, una carneficina... beh, ritiratevi subito comunque, tra poco inizieremo a sparare i lacrimogeni per alleggerire la pressione e disperdere queste teste di cazzo».

«Ok, ma ricordati di recuperare le due pistole di quei morti lì a terra! – Watts li indicò con la mano destra – Non lasciarle in giro e tienile con cura, se spariscono mi mandi all'ergastolo!»

«Sì, me ne occupo personalmente, non preoccuparti».

«Buona fortuna, e grazie. – poi con tutta la voce rimasta si rivolse alla sua squadra – Ragazzi dell'Undicesimo, indietro! Venite indietro! Tu! – gridò indicando un agente della sua squadra – Prendi Rayburn e portiamocelo via, non lo lasciamo di certo qui! Forza, si torna alla stazione ovest!»

Gli uomini con gli scudi si voltarono e iniziarono a farsi largo tra la gente lungo la strada percorsa in precedenza; l'avanzata stavolta non fu rallentata dal flusso dei manifestanti, ma dalle condizioni degli agenti, stremati dallo scontro. Sprewell sostenne Watts nel cammino; lo vedeva pallido ed ebbe il terrore che, se fosse crollato a terra, qualcuno avrebbe dovuto caricarsi quel bestione a peso morto. In più, c'era l'agente con sulle spalle il corpo di Rayburn, cui un compagno dovette dare il cambio a metà strada. All'ingresso dell'atrio si unirono a loro gli uomini di Klay, anch'essi stremati e con qualche ferito lieve ma nulla di più. Le altre squadre dell'Undicesimo vennero loro incontro e li accompagnarono nelle sale che la polizia aveva requisito al piano superiore, dove Watts, appena arrivato, svenne. Fu soccorso prontamente dai colleghi e medicato in attesa di essere prelevato dall'ambulanza per il trasferimento in ospedale.

Parker e Sanchez, continuando a risalire senza incidenti il binario 2 in direzione della stazione, scorsero in lontananza una coppia di fari, assistita da un altro piccolo riflettore più in alto.

«Ecco la motrice di servizio» disse Sanchez con un senso di liberazione.

Nell'istante in cui il loro cammino avesse incrociato quello del mezzo di servizio, infatti, la linea si sarebbe potuta ritenere sicura, essendo stata controllata a monte dal transito stesso del mezzo e a valle dai due detective.

La motrice e i suoi fari si avvicinarono con lentezza esasperante; alle sue spalle, in lontananza, s'iniziarono a intravedere anche le luci del primo treno, composto da ben nove vagoni pieni all'inverosimile. La vista di tutte quelle persone diede un soffocante senso d'ansia a Parker; non aveva mai visto un deragliamento in vita sua, ma la sua fantasia non mancò di costruire per la sua mente alcune immagini di un così potente realismo che lo terrorizzarono. Avrebbe voluto gettarsi sul binario e fermare tutto fino alla mattina seguente, fino a quando si sarebbe potuto controllare perfettamente, palmo a palmo, quel maledetto tratto, ma l'ordine del tenente Klesko era stato categorico e un detective con una settimana d'anzianità non poteva farci proprio niente di più.

L'avanzamento a passo d'uomo del mezzo divenne ben presto snervante per i due detective. Nello sferragliare confuso di quella motrice così vecchia non sapevano distinguere i rumori ordinari da eventuali segnali di anomalie e questa confusione, questo senso d'ignoranza e d'impotenza li logorava. Giro dopo giro, le grosse ruote d'acciaio vennero loro incontro, facendo vibrare i binari e l'aria stessa che le circondava, finché, con infinita lentezza e cautela, li raggiunse.

Poco prima di arrivare a incrociare i due detective, la motrice emise un fischio in segno di saluto, cui i poliziotti risposero muovendo le torce, la cui luce si stava ormai affievolendo, le batterie quasi scariche.

Parker si accorse di avere il proprio cuore a mille mentre la motrice di servizio transitava tra lui e Sanchez. Poté vedere distintamente il viso del macchinista nella cabina illuminata, un visto barbuto che accennò un sorriso riconoscente ai due uomini che lo osservavano da terra. Lo guardò sfilare, seguì le luci posteriori rosse che si allontanavano scomparendo nella notte, mentre il suo cuore iniziava a placarsi. C'era sempre la possibilità che fosse sfuggito loro qualcosa nel tratto già controllato, ma era una possibilità piuttosto remota. Evidentemente erano altri i binari manomessi.

La sua torcia si spense.

«Sanchez, ho finito le batterie!» disse al collega.

«Eh sì, credo di averne per poco anche con la mia, niño. Pazienza».

«E' andata bene, eh?» disse Parker accennando un sorriso.

«Aspetta a dirlo, devono ancora passare i treni, e quelli pesano molto di più della motrice che è passata ora» ribatté Sanchez.

«Ah, giusto» disse laconicamente Parker, rassegnandosi a una nuova, ansiosa attesa.

Il macchinista del convoglio, probabilmente incoraggiato dal fischio della motrice che lo precedeva, aumentò leggermente la velocità. Stavolta il rumore si moltiplicò per dieci, creando un assordante delirio di acciaio in movimento, accompagnato da migliaia di volti che li osservavano dai finestrini del convoglio. A Parker sembrò che la sua testa dovesse spaccarsi in due ed esplodere da un momento all'altro, tanto era il frastuono e tanta era la sua vicinanza ad esso.

Guardarono sfilare tra di loro anche quello, anche stavolta senza problemi. Finiti i vagoni, Sanchez si sedette sulle pietre, anche lui sfatto dalla tensione. Parker attraversò il binario e lo imitò, sedendoglisi accanto. Guardò prima se stesso, poi il collega e rise divertito.

«Sembriamo due stracci oni».

«Parla per te, pobrecito, io sono sempre alla moda».

«Sei lercio da far schifo, quale moda?»

«Da uno vestito come un venditore d'enciclopedie non accetto critiche, nemmeno dopo una giornata così».

«Ancora con questa storia del venditore d'enciclopedie! Ma perché tutti dite questa sciocchezza appena uno è più elegante di voi?»

«Hai ragione, niño, non sei vestito da venditore d'enciclopedie. Sei vestito da poliziotto».

«E' un complimento, quindi?»

«No. Ti sto dicendo che vestito così avrai due problemi: non farai colpo sulle donne e, peggio, se sarai alla ricerca di un sospettato quello ti sparerà prima ancora che tu apra bocca».

«Io invece penso proprio che sia il contrario. Siccome tutti i detective vanno in giro con giubbotto e jeans, nessuno penserà che io sia così all'antica da indossare un completo».

«Que puta idea! E comunque con le donne non attacca, niño!»

«Pazienza».

«Pazienza un corno, non sarai mica un maricòn?»

«Un che?»

«Un finocchio».

«No, puoi stare tranquillo».

«Bueno, sei già un passo avanti, allora. Ora basta con queste cazzate e chiama Klesko».

Parker annuì.

«Auto Undici Tre a Capo Ovest, auto Undici Tre a Capo Ovest, mi sentite?»

Silenzio. Parker attese qualche secondo, poi ripeté la chiamata.

«Qui Capo Ovest, avanti».

«Tenente, sono Parker, il mezzo di servizio e il primo treno sono transitati senza problemi, pare che il binario 2 sia a posto, passo».

«Meno male, era ora che arrivasse una cazzo di buona notizia. Il secondo treno è in partenza, passo».

«Bene, aspettiamo anche quello e poi andiamo a recuperare i tre fermati che abbiamo lasciati legati a un palo, passo».

«Sì, ottimo lavoro tu e il tuo collega, passo e chiu... ah, Parker, Watts è del tuo stesso distretto, giusto? Passo».

«Sì... perché?» disse Parker con la voce improvvisamente strozzata.

«Beh, volevo dirti che ha avuto uno scontro a fuoco con dei manifestanti, ne ha uccisi due ma si è beccato una pallottola in un braccio... insomma, un gran bel casino. Passo».

«Ora dov'è?»

«Lo stanno per portare al St. Patrick con l'ambulanza, devono togliergli la pallottola che ha ancora dentro. Ha perso molto sangue ed è svenuto. Passo».

«Ok, grazie di avermi avvisato, tenente, passo e chiudo».

Si riappese la radio a tracolla e guardò Sanchez, che aveva

sentito tutto, con aria sconsolata.

«Bella giornata di merda. Prima ci ammazzano Krample sotto gli occhi, ora sparano a Watts».

«Gli incerti del mestiere. Le giornate di merda ci sono in tutti i lavori, niño» rispose Sanchez, sforzandosi di assumere un tono distaccato, anche se il suo volto lasciava chiaramente trasparire preoccupazione mista a una grande stanchezza.

Attesero il secondo treno seduti nel buio più profondo, senza scambiare una parola. L'umidità della notte penetrò nelle ossa dei due detective facendoli rabbrividire; Parker pensò ai tre ragazzi che avevano lasciati ammanettati al palo. Probabilmente anche loro dovevano star sentendo parecchio freddo, anzi anche di più, vista l'immobilità cui erano costretti, e Parker ne ebbe pena. "Gli è andata sempre meglio di quelli che hanno sparato a Grady" disse tra sé e sé. Poi i suoi pensieri furono interrotti dall'approssimarsi del secondo treno. Sanchez riaccese la sua torcia e i due detective si alzarono, non senza qualche fatica, in piedi.

Anche questo secondo e ultimo convoglio scorse loro davanti a passo d'uomo ma senza intoppi, lasciando ben presto i due poliziotti di nuovo da soli.

«Torniamo indietro a recuperare i tre muchachos e la macchina?» chiese retoricamente Sanchez avviandosi.

«Sì, e di corsa, prima che si spenga anche la tua torcia».

Li trovarono dove li avevano lasciati, addormentati e incastrati uno sull'altro. Dovevano aver tentato di liberarsi poi, una volta resisi conto dell'inutilità del loro tentativo, si erano rassegnati a preoccuparsi solo del freddo. Li svegliarono e sciolsero le manette dal palo, richiudendole nei polsi liberi di due dei tre ragazzi. A metà del tragitto di ritorno verso la macchina finirono anche le batterie della torcia di Sanchez; per sicurezza Parker afferrò uno dei fermati per il giubbotto, tenendosene sempre a contatto, mentre Sanchez, con il fucile, continuò a camminare qualche passo dietro all'insolito quartetto.

Procedendo con grande attenzione e lentezza, riuscirono a ritrovare quasi subito il varco da cui erano entrati, ma per scalare il terrapieno furono costretti a togliere le manette a un prigioniero per volta. Parker fu il primo: legò a sé il bracciale vuoto e si arrampicò con la ragazza al seguito, che certo non poteva definirsi un compagno collaborativo. Arrivò in cima stremato. Fece sedere la ragazza sui sedili posteriori della loro auto e si apprestò a scendere di nuovo.

La seconda salita fu di Sanchez, che rimase su ad aspettare il collega con il terzo e ultimo prigioniero.

Ci vollero quindici minuti perché i due detective si ritrovassero alfine in auto, sudati e sporchi, con i tre ragazzi ammanettati e stretti dietro di loro.

Sanchez si mise alla guida, accese il lampeggiante e partì di gran carriera verso il loro distretto.

"Inutile svegliare mezza città per questi tre cabrones" pensò mentre valutava se accendere o meno anche la sirena.

Parcheggiata l'auto nel garage, spinsero i tre fino alle celle sotterranee dove Parker, con sua grande sorpresa, vide Paul Hembry, serenamente addormentato nella sua cella, dov'era rinchiuso da venerdì, due giorni prima. Parker guardò istintivamente l'orologio: mancavano quindici minuti a mezzanotte.

«Maledizione, Julian!!» disse al collega, intento a chiudere a chiave la cella dei tre ragazzi.

«Che altro c'è ora?»

«Hembry è ancora qui! Con tutti i casini di oggi mi sono dimenticato di riportarlo a casa, e le 48 di fermo sono passate! Che faccio?»

Sanchez si assicurò di aver chiuso a dovere la cella, poi si avvicinò al collega sospirando.

«Stai calmo, niño, te la puoi ancora cavare. Il documento di rilascio indica le 12 di stamattina, quindi devi farglielo firmare subito. Sarà mezzo addormentato e in più è un po' loco, no? Vai tranquillo, non si accorgerà della differenza di orario. Il documento lo controfirmiamo noi due e buonanotte. La copia per l'archivio la porti domani tu, dicendo che te l'eri dimenticata sulla scrivania. Non è più un sospettato e il suo caso è chiuso, quindi Hembry non interessa più a nessuno. Ma poi devi riportarlo con la macchina tua a casa sua, senza farti vedere da nessuno, DA NESSUNO, capito?»

«La mia macchina è parcheggiata in strada, se passo dal portone l'agente di turno mi vedrà».

«Allora passo io dal portone e ti porto la macchina nel garage, ci vediamo lì. Dammi le chiavi e dimmi dove l'hai messa».

Parker annuì e diede tutte le coordinate necessarie al collega. Era preoccupatissimo per quello che stava facendo, ma seguire i consigli di Sanchez era l'unico modo per uscire da quella situazione senza problemi.

Appena Sanchez si avviò su per le scale, svegliò Hembry con delicatezza.

«Sveglia signor Hembry, sveglia. Si torna a casa» gli disse scuotendolo.

«Uh... ah, è lei... davvero si torna a casa?»

«Sì, stia tranquillo, è tutto a posto. L'abbiamo sorvegliata finora proprio per assicurarci che i ladri ne stessero alla lontana, è tutto ok. Firmi qui e andiamo».

Come aveva predetto Sanchez, Hembry firmò il foglio di rilascio senza neppure guardarlo e si avviò di buon passo dietro Parker lungo il corridoio delle celle. Diede un ultimo sguardo ai tre ragazzi; dormivano già della grossa. Sembrava un sonno sereno, il loro, ma l'indomani avrebbero dovuto affrontare guai grossi come montagne.

Si affacciò guardingo dalla porta che dal seminterrato immetteva nel garage. Sanchez, alla guida della sua Plymouth Belvedere celeste, stava percorrendo giusto in quel momento l'ultima parte della rampa. Nessuno in vista. Parker scese con un allegro Hembry al seguito, lo fece salire subito al posto del passeggero, strinse vigorosamente la mano a Sanchez in segno di ringraziamento, si mise al volante e partì. Fu fortunato; appena immessosi in strada, incrociò diversi mezzi della polizia che rallentavano per imboccare la rampa del garage dell'Undicesimo, con a bordo i suoi colleghi di ritorno dagli scontri alla stazione. Due minuti in più e sarebbe stato impossibile per lui uscire con Hembry senza essere visto.

Il viaggio verso Racine Street, senza il traffico diurno, fu velocissimo.

«Non attacchi la sirena?» gli chiese a un tratto Hembry, con il tono petulante di un bambino.

«E' notte fonda signor Hembry, non possiamo svegliare tutto il quartiere».

«Ah, ok, giusto. – e dopo qualche secondo di riflessione – Ma almeno la luce blu?»

«Nemmeno quella signor Hembry, è… è una luce molto intensa, passerebbe attraverso le persiane e sveglierebbe lo stesso molta gente». Era la prima scusa che gli era venuta in mente. Ovviamente la sua auto personale non aveva né sirena né lampeggiante, ma non gli andava di deludere Hembry, che comunque annuì, prendendo per buona la sua risposta.

In pochi secondi furono davanti alla sua casa, di fronte a quella del fu Carl Weird e del suo cane Flash. Parker scese con il suo ospite e lo accompagnò fino alla porta di casa.

«Beh, arrivederci signor Hembry, stia bene e non si preoccupi più dei ladri».

«La mia pistola?»

«Non potrà più riaverla indietro signor Hembry, mi dispiace. Abbiamo scoperto che era difettosa e abbiamo dovuto tenerla noi. Ma tanto ormai non le servirà più a nulla un'arma, di ladri non ne vedrà più».

«Sì, ne sono sicuro, ragazzo, tanto più che presto tornerà mio figlio Dave».

«Ah, a proposito, signor Hembry… siamo riusciti a rintracciarlo dal distretto, sa?»

«Per telefono?»

«No, non per telefono. Lì è difficile telefonare, proprio come pensava lei. Abbiamo scritto un telegramma al suo comandante, che ci ha risposto dicendo che sta bene ma che ci vorrà ancora molto tempo prima che ritorni, perché è il miglior soldato che ha a disposizione e non se ne può privare».

«Ah…» sospirò Hembry, un po' deluso.

«Dave è molto coraggioso e il suo comandante si fida molto di lui. Dev'essere orgoglioso di suo figlio, signor Hembry».

«Sì sì, lo sono… è solo… è solo che mi manca».

Parker lo abbracciò, come un figlio abbraccia un padre anziano e ormai indifeso verso la vita.

«Una delle prossime sere verrò da lei a vedere i Red Sox, le va?» gli disse sforzandosi di sorridere.

«Sì ragazzo… a patto che tu non sia degli Yankees però… nessun tifoso degli Yankees deve mettere piede in casa mia!»

«No, sono dei Red Sox anch'io come lei» mentì Parker, che invece era proprio un tifoso degli Yankees.

«Uhm… tu non me la conti giusta. Mi sa che invece sei proprio un tifoso degli Yankees! E' vero, ragazzo?»

«Beh… sì. Veramente sì».

Paul Hembry lo squadrò da capo a piedi come se lo avesse visto per la prima volta in quell'istante. Quindi allungò una mano e gli diede un piccolo schiaffetto sulla guancia.

«Ma sei un bravo ragazzo lo stesso, per te farò un'eccezione».

«Grazie, signor Hembry, le prometto che verrò».

«Bene, allora ciao ragazzo, e grazie».

«Arrivederci signor Hembry, a presto».

Lunedì 21 giugno 1971

Risalito sulla sua macchina, Parker si apprestò ad attraversare nuovamente il Washington Bridge, e con esso il fiume Chain, e con esso la città. La sua giornata non era ancora finita, la sua meta ora era il St. Patrick Hospital, l'ospedale dove il tenente Klesko gli aveva detto che avrebbero portato Grady Watts.

Dovette fare un giro più largo del normale, per evitare tutta la zona della stazione, e impiegò venti minuti per arrivare a destinazione. Nel momento in cui varcò la porta dell'ospedale, si vide riflesso nel vetro e si rese conto di essere in condizioni pietose. Una manica della giacca e una gamba dei pantaloni del suo vestito si erano strappate nelle discese dal terrapieno dei binari, la camicia bianca aveva sul petto una grossa chiazza marrone di terra impastata a sudore, le scarpe erano sporche e piene di graffi. Si guardò perplesso per qualche secondo nel riflesso della porta a vetri, poi entrò risoluto.

L'ospedale, essendo il più vicino alla zona degli scontri, era animatissimo anche a quell'ora della notte. Tutti i feriti della manifestazione, quale che fosse la parte dello schieramento in cui si trovassero, erano stati portati lì, quindi l'attività era frenetica quanto quella diurna.

Parker incrociò un'infermiera, chiese informazioni e quella gli disse che tutti i poliziotti feriti erano ricoverati al quarto piano. Prese l'ascensore ma appena uscito fu subito fermato con modi bruschi da un poliziotto di guardia.

«Ehi, calmo, sono un collega! – reagì Parker – Ecco il distintivo».

«Ah ok, scusa».

«Sai dov'è ricoverato Grady Watts?»

«Non so neppure chi sia».

«Quello a cui hanno sparato».

«Ah, sì! E' la prima stanza dopo quella curva del corridoio».

«Grazie, ciao».

Parker percorse freneticamente i pochi passi che lo separavano dalla stanza di Watts ma, svoltata la curva, trovò una stanza vuota e il tenente Braxton seduto al suo interno. Il suo vestito era inappuntabile come sempre, ma l'aria era quella di un uomo che non dormiva da tante, troppe ore.

«Ciao Parker».

«Salve tenente, anche lei è qui per Grady?»

«Per lui e per tutti gli altri feriti che abbiamo avuto tra gli uomini del nostro distretto. Purtroppo per l'agente Rayburn non c'è più niente da fare, invece».

Parker annuì contrito.

«Che si sa di Grady?»

«E' sotto i ferri. La ferita non è grave ma ha perso moltissimo sangue prima di venire soccorso, i medici temono per quello».

«Capisco».

«Ti vedo a pezzi. – disse Braxton con aria paterna - Vai pure, resto qui io, cerca di dormire qualche ora».

«No, aspetto con lei».

Parker gli raccontò tutti gli avvenimenti della serata dopo che lui e Sanchez avevano lasciato il distretto, omettendo unicamente il rilascio di Hembry, avvenuto solo mezz'ora prima.

«Siete stati bravi, - disse infine il tenente – avete avuto un'ottima intuizione a collegare il furto al ferramenta con il sabotaggio dei binari, certo anche fortunati ma...» fu interrotto dall'ingresso nella stanza della lettiga con sopra Watts, spinta da due infermieri e seguita dal chirurgo.

I due poliziotti scattarono in piedi. Watts dormiva, in pieno effetto dell'anestesia.

Non ci fu bisogno di chiedere nulla, il dottore parlò per primo.

«Il vostro collega è arrivato appena in tempo, ancora pochi minuti e gli organi interni avrebbero iniziato a subire danni per mancanza di sangue. Siamo intervenuti con trasfusioni e ho asportato la pallottola dal braccio».

«Quindi se la caverà senza problemi?» chiese Braxton.

«In linea di massima sì, ma dovrà lavorare sodo per riprendere la piena forza e funzionalità del braccio. Per il momento rimane qui almeno una settimana sotto osservazione, poi si vedrà».

«Quando dovrebbe svegliarsi?»

«Non prima di domani mattina».

«Bene, grazie dottore, buonanotte».

«Dovere. Buonanotte anche a voi».

Mentre i tre uomini parlavano, gli infermieri avevano posizionato la lettiga e collegato tutti i cavi per il controllo cardiaco, la flebo e il catetere. Watts era pallidissimo; Parker lo vedeva per la prima volta con i capelli sciolti, erano davvero selvaggi. Gli ricordò un suo compagno delle scuole elementari, alto, pallido e biondo, cui toccava sempre la parte di Gesù nella recita di Pasqua, e gli venne spontaneo un sorriso. Un rumore li fece voltare, erano i due agenti che avrebbero piantonato la stanza per le prossime otto ore, finché non fossero venuti a dar loro il cambio.

Parker guardò il tenente con aria interrogativa. Braxton capì al volo.

«Ha pur sempre ucciso due ragazzi, non vorrei che qualcuno cercasse di fargliela pagare».

«Ma mi è stato detto che è stato per legittima difesa, avevano già ucciso Rayburn…».

«Così pare, ma ci sarà senza dubbio un'inchiesta. Per i prossimi giorni i giornali non parleranno d'altro, quindi la polizia ha tutto l'interesse a chiarire ogni aspetto della questione. Beh, io me ne torno a casa, e ti consiglio di fare lo stesso».

«Sì, grazie tenente, a domani».

Si strinsero la mano poi, sull'uscio della stanza, Braxton si voltò.

«Una settimana e sei già il rinforzo d'esperienza che avevo chiesto. Continua così, Parker».

Il detective si limitò a rispondere con un imbarazzato cenno della testa.

Uscito il tenente, Parker accarezzò con due dita una guancia di Watts e gli sembrò sorprendente che quello non aprisse gli occhi e prorompesse in un "fottuto finocchio, che cazzo hai da toccare?". Rise tra sé e uscì, facendo un cenno di saluto ai due colleghi, seduti ai lati della porta.

Tornò al piano terra e prese una bottiglia d'acqua da un distributore automatico. La stava ancora stappando quando i suoi occhi si posarono su un telefono pubblico appeso alla parete.

Poggiò la bottiglia sopra il telefono, si frugò le tasche della giacca alla ricerca di una moneta da 10 cent e, trovata, la infilò nella fessura. Compose il numero e attese parecchi squilli, com'era prevedibile a quell'ora della notte. La sua pazienza fu premiata e infine rispose una voce assonnata.

«Pronto».

«Ciao, sono Noah».

«Noah… ma che ore sono?»

«Quasi l'una e mezza».

«Ehi, devo proprio mancarti per chiamarmi a quest'ora!» disse Zampisi accennando la sua caratteristica risata, che però le venne roca.

«Ti scoccia che ti abbia svegliata?»

«Nient'affatto. Sei a casa?»

«No, sono ancora in giro, ho staccato da poco, ci sono stati problemi alla stazione».

Zampisi sembrò non percepire il senso dei problemi accennati da Parker.

«Beh, allora visto che sei ancora in giro vieni, no? Così stiamo un po' insieme, ho voglia di vederti anch'io…».

«Io non ti ho chiamato perché ho voglia di vederti».

«Ma allora…»

«Hanno ucciso un agente del nostro distretto e hanno ferito seriamente Grady, l'hanno appena riportato in camera dopo l'operazione. Sembra sia fuori pericolo ma non ha una bella cera e sta ancora dormendo per l'anestesia. Ti sto chiamando dal St. Patrick Hospital, volevo che lo sapessi. Penso che gli farebbe bene trovarti qui al suo risveglio ma fai un po' come credi. Buonanotte» e riattaccò.

Il tempo di arrivare alla Plymouth e la bottiglia d'acqua era già finita. Gli sembrava di non bere da un secolo. Mise in moto e si diresse verso casa, risalendo tutto il Monumental Park verso nord e riattraversando il Chain sul Lincoln Bridge. Alla fine del ponte notò sul marciapiedi di destra un chiosco illuminato e si accostò. Era gestito da un vecchio nero, con gli occhi iniettati di sangue, la barba bianca e una curiosa camicia rosa il cui colletto sollevato sbucava da sotto uno spesso strato di maglioni. Il suo piccolo banco su ruote conteneva ciambelle fritte ricoperte di zucchero; ce n'erano per tutti i gusti, semplici, alla crema, al cioccolato o farcite con diverse marmellate. Il profumo era celestiale. L'unico cliente in quel momento era una prostituta, nera anch'essa, piuttosto malmessa ma che non rinunciava a mostrare una scollatura molto abbondante attraverso un giubbotto di pelle rossa, appositamente aperto per meglio mostrare la merce.

Il venditore era intento a friggere nuove ciambelle e stava dando le spalle ai suoi due clienti, così quando si voltò e li vide disse: «Chi c'è prima?»

«La signora» disse Parker non senza un certo imbarazzo, indicando con la mano la prostituta.

«Hai sentito vecchia malalingua? – disse quella al venditore – C'è ancora qualcuno che mi chiama signora!»

Il venditore scoppiò a ridere.

«Che diavolo vuoi, vecchia bagascia?» la apostrofò.

«Una ciambella semplice, cafone!»

«Eccotela, offro io, basta che sparisci, mi rovini la clientela».

«Figurati! La tua clientela! Il migliore ha accoltellato la madre per prenderle la pensione! – e andandosene lanciò un bacio a Parker – ciao bello, sei proprio un cavaliere, lasciatelo dire. Quando vuoi passare da me ti faccio anche lo sconto».

Parker ringraziò imbarazzato, poi divorò due ciambelle e se ne fece mettere in un sacchetto di carta altre quattro. Fece l'ultimo, breve tratto di strada che lo separava da North Banks, il suo quartiere, e quando arrivò la sua auto era già impregnata dell'odore delle ciambelle.

Entrò in casa nel modo più silenzioso possibile, ma al suo terzo passo nel corridoio la luce della camera di sua madre si accese con uno scatto secco.

«Noah... stavo iniziando a preoccuparmi... tutto bene?»

«Sì mamma, abbiamo solo avuto un po' di problemi in serata, ma sto bene. Tu? Tutto bene?» Parker continuò a parlarle dal corridoio, non voleva che vedesse lo stato in cui era ridotto.

«Sì, tesoro mio. In frigo trovi la cena, se vuoi mangiare».

«No, anzi domattina troverai tu una bella sorpresa per colazione… ciambelle!»

«Grazie, ma non dovevi disturbarti, Noah. I problemi si sono risolti?»

«Ci vorrà un po', ma dovrebbe tornare tutto a posto».

«Parli di quel poliziotto a cui hanno sparato?»

«Ma…»

«Ne hanno parlato alla radio tutta la sera. Il signor Pelham me l'ha riparata ieri stesso».

«Beh, allora sai tutto».

«Sì… ce la farà il tuo collega?»

«Sì, pare di sì, torno ora dall'ospedale».

«Vieni, affacciati».

«No, mamma, sono uno straccio…»

«Affacciati, voglio vederti».

Parker apparve in tutto il suo squallore sull'uscio della stanza.

«Forse avevi ragione, quei vestiti non sono l'ideale per correre dietro ai delinquenti moderni» disse la madre sorridendo.

Parker si guardò quel che restava del vestito che aveva addosso.

«No, mamma, ti sbagli. E' con questi che si porta un distintivo in giro per la città».

Non le lasciò il tempo di rispondere e andò via. La madre lo sentì aprire l'acqua della doccia, guardò orgogliosa la foto del marito sul comodino e spense la luce.

Commenta
"Sangue chiama sangue"
su **Amazon** o su **Facebook**.
In pochi minuti aiuterai
tutti gli altri utenti a conoscere
questo libro e darai un importante
contributo alla sua diffusione.

Il secondo romanzo della saga
di Noah Parker, dal titolo
"Fantasmi per l'11° Distretto",
sarà in vendita su **Amazon**
da **giugno 2014**.